Blauwe zomer

Van Leo Blokhuis verscheen eveneens
bij Ambo|Anthos *uitgevers*

Klein abc van de popmuziek
Grijsgedraaid
Het plaatjesboek
City to city
The sound of the Westcoast
The sound of the South

Leo Blokhuis

Blauwe zomer

Ambo|Anthos
Amsterdam

MIX
Papier van verantwoorde herkomst
FSC® C014496
www.fsc.org

ISBN 978 90 263 4808 2

Omslagontwerp Riesenkind
Omslagillustratie © Riesenkind
Foto auteur © Merlijn Doomernik

Verspreiding voor België:
Veen Bosch & Keuning uitgevers nv, Antwerpen

DEEL 1

1

Soerabaja, 2005

De zoete geur van de bloeiende melati mengt zich met die van een vleug kruidig eten afkomstig van het karretje aan de stoeprand. Dit is heerlijk. Dit hoort bij het land dat hij zo gemist heeft. Chris trekt zijn overhemd recht en steekt zijn arm uit om een taxi aan te houden.

Hij geeft de taxichauffeur een briefje. 'Jl. M.H. Tamrin' staat erop. Ooit was dat de Speelmanstraat. De chauffeur knikt, lacht zijn grote gele tanden bloot, knikt nog een keer en wringt zijn Bluebird toeterend de straat op. De auto ruikt naar luchtverfrisser en een beetje sigarettenrook. Wat zou hij nu graag een sigaret opsteken, maar de stickers tegen de achterkant van de voorstoelen verbieden hem dat.

Soerabaja is veranderd. Het is er drukker geworden. Veel van de kenmerkende witte monumentale gebouwen staan er nog, al zijn de meeste inmiddels half verscholen achter enorme reclameborden of voorzien van rommelige, veelkleurige entrees. De strakke Nederlandse organisatie is verdwenen, maar de blauwe lucht, de warmte en de geuren zijn er nog.

De taxi staat stil bij een groot kruispunt. Links op de hoek zit de Tourist Information. BALAI PEMUDA staat er op een bord. Elke spier in zijn lichaam spant zich. Daar staat het gebouw met het achthoekige torentje waar de Nederlandse sociëteit was gevestigd. De Simpang Club. Ooit dronk zijn vader hier Nederlands bier, kon hij er dansen en traden er beroemde artiesten op. Pisuisse, Louis Davids en anderen, vader heeft ze hier gezien. Tijdens de oorlog gebruikten de jappen het gebouw en direct ná de oorlog...

Chris probeert te slikken, maar zijn mond voelt kurkdroog. 'Doorrijden,' zegt hij, wenkend naar de chauffeur, maar die heft verontschuldigend zijn handen op. Hij staat voor een stoplicht. Chris sluit zijn ogen. Hij heeft lang uitgekeken naar deze reis, maar er ook erg tegen opgezien.

'Doe maar, lieverd, ga maar. Gun het jezelf. Johan heeft het goed gezien,' had Klaartje gezegd. Typisch zijn vrouw. Doe maar, lieverd. Onbewust schudt hij zijn hoofd. Kent ze het risico van zo'n reis eigenlijk wel? En heeft ze enig idee wát Johan dan goed gezien heeft? Chris glimlacht als hij denkt aan Johan en zingt zacht: '*Like a bird on a wire, like a drunk in a midnight choir, I have tried in my way to be free...*'

'Volgende rechts,' gebaart Chris. Na al die jaren kent hij nog steeds de weg. Dit is de Raya Darmo, de Darmo Boulevard, een brede weg met een groenstrook in het midden. Ooit reed hier de elektrische tram, maar Soekarno had zo'n hekel aan Nederlanders dat hij alles wat hem aan hen deed denken wilde verwijderen. De tram werd het eerste doelwit. De rails zijn weggehaald. De middenafzetting die daardoor vrijkwam lijkt geen overbodige luxe op deze drukke weg. Brommers schieten als nerveuze bromvliegen tussen de auto's door.

De taxi worstelt zich naar rechts. Neus tussen twee auto's duwen, dan stopt de achterste vanzelf, toeterend vier rijen doorkruisend, de Coen Boulevard op. Opnieuw een brede weg, maar deze is rustiger. Op de hoek staat een wit gebouw met een rood dak en in het midden een torentje. Het pand steekt fier af tegen de blauwe lucht. '*Brimob*,' mompelt Chris – het politiebureau. 'Wismilak,' knikt de taxichauffeur. 'Wismilak. Kretek. Kretek.' Hij houdt zijn wijs- en middelvinger bij zijn mond, alsof hij rookt. Het voormalig politiebureau is nu het hoofdkantoor van de grote Indonesische sigarettenfabrikant Wismilak.

'*Wish me luck...*' verzucht Chris. Hij tikt de chauffeur op zijn schouder. 'Zet me hier maar af.'

De hitte voelt als het uitlaatgas van een brommer in zijn gezicht. De brede Coen Boulevard heet nu Jalan Dr. Soetomo, ziet hij. Hij was een van de architecten van de Indonesische nationalistische beweging. Chris sluit even zijn ogen en ziet op deze plaats de gedeukte legertrucks. Vrouwen en kinderen gillen en duiken in paniek achter hun stromatrassen en tassen met al hun bezittingen. Woeste Indonesiërs met stokken met scherpe punten rennen op hen af. Het zijn heel korte filmpjes in zijn geheugen, dia's meer. Chris veegt het zweet van zijn voorhoofd. Niet teruggaan, niet naar die tijd. Focus. Hier liggen ook mooie herinneringen.

De tweede dwarsstraat is de Speelmanstraat. Hier moet het zijn. Het derde huis aan de rechterkant. Hij durft bijna niet te kijken. Daar staat het, achter een muurtje met een stevig hek. Het is veel kleiner dan hij zich herinnerde. Achter het huis, waar nu een brommer uit elkaar gehaald wordt, sliep kokkie.

Precies op deze plek aarzelde Chris ook als hij uit school kwam. Meestal glipte hij via de achterkant het huis binnen, langs het domein van kokkie, die hem vaak wat toestopte. Op heel Java kon niemand zo koken als kokkie, zei zijn moeder. Er was altijd eten. Zodra het donker werd kwamen de satéverkopers voorbij, elke avond. En daarna de nasiverkopers. De geur van eten, van de orchideeën die aan de rand van de veranda hingen en van de papajabomen in de tuin, ze komen allemaal terug.

Rechts achter het huis was de kamer van moeder. Kokkie deed het werk in de keuken en kwam als moeder het belletje rinkelde. Aan de rechter voorkant van het huis lag vaders vertrek. Een echte werkkamer voor zijn spullen heeft hij nooit nodig gehad, hij was voorman bij Machinefabriek Braat en werkte alleen op de fabriek.

Chris glimlacht bij de herinneringen. Daar, helemaal aan de andere kant van de tuin, bouwde hij met zijn jongere broer Rob een volière. Er is niets van over. Links achter in het huis was zijn slaapkamer. Hij kan hem vanaf de straat niet zien. Daarnaast een precies even grote kamer voor Rob, die amper gebruikt werd. Rob sliep liever op een matje op de grond bij Chris dan in zijn eigen bed. Hij en zijn achttien maanden jongere broertje waren in dit huis onafscheidelijk. Ze klooiden in de volière, klommen in de bomen om het huis, maar het liefst zaten ze op het witte muurtje. Het vormt nog altijd de grens tussen hun tuin en die van de buren, alleen staat er nu een ijzeren hek op. Soms zaten ze te kletsen en becommentarieerden de voorbijgangers, meestal speelden ze op hun gitaar. Chris leerde de eerste grepen van zijn vader toen zijn vingertjes nog te klein waren om over de volle breedte van de hals te reiken, de rest zocht hij later zelf uit. Hij leerde het Rob en het ging ze makkelijk af.

Lachend probeerden ze nieuwe liedjes, soepel bewogen de ranke vingers van hun linkerhand over de snaren. Indische krontjong: 'Ajoen Ajoen, in die hoge klapperboom', of 'Marinjong'. De liedjes klonken weemoedig en Chris wist dat moeder genoot als ze haar jonge zoons hoorde spelen. Zo nu en dan waagden ze zich aan nieuwe liedjes die ze oppikten van de Amerikaanse zender die vanaf de Filipijnen uitzond. Vaak kwamen de buren even kijken of hielden toevallige passanten in. Soms stonden er wel twintig mensen te luisteren naar de liedjes van de broers. Ze genoten van de aandacht. Chris voelt het geluk van toen door zijn lijf, zoals een slok whiskey na een koude wandeling je hele lichaam opwarmt.

Wat zou hij graag de tuin in lopen, om het huis heen. Of het huis vanbinnen willen bekijken. Hij durft het niet.

In een donkere ruit ziet hij de weerspiegeling van zichzelf, Chris Buisman, vijfenzestig jaar oud. Hij kan zijn eigen ogen amper zien, ze liggen diep. Gedachteloos doet hij een knoopje van zijn crèmekleurige overhemd dicht en strijkt hij zijn zwarte linnen broek glad, alsof hij zich fatsoeneert voordat hij het podium op gaat.

In zijn hoofd is hij nog veel jonger. Hij pakt zijn lange haar met zijn rechterhand bij zijn nek bij elkaar. Vanzelf zet hij zijn benen een eindje uit elkaar. Zijn rechterknie buigt licht naar binnen. Zijn linkerhand houdt hij open, een eindje van zijn lichaam, alsof hij een gitaar vasthoudt.

Hij schudt zijn hoofd. Hou toch op, man.

2

Den Haag, 1950

Als je hard genoeg aan de koperen knop trekt, hoor je in de gang achter de gesloten voordeur een belletje schel rinkelen. Je kunt er niet zacht mee bellen. Johan wacht bij de deur. Nog voordat het lawaaierige geklingel is afgelopen, doet mevrouw Hamersma open. Ze buigt vriendelijk iets voorover om Johan te begroeten. 'Loop maar door, je weet de weg,' zegt ze.

Johan is tien en krijgt orgelles van meester Hamersma. Hij geeft de vijfde klas les, maar niet op de basisschool waar Johan op zit. Elke dinsdagmiddag om halfvijf loopt Johan naar de achterkamer van de meester. Het ruikt er naar gedoofde sigaren en muffige boeken, net als bij opa Berkenbosch. Ergens tussen een paar grote boekenkasten staat een Hammondorgel met twee klavieren en voetpedalen, waarop meester Hamersma soms zacht met Johan meespeelt. De lage basnoten zijn heerlijk – je hoort ze en voelt ze –, maar een halfuur samen met de meester op de houten orgelbank zitten is ongemakkelijk.

'Laat de noten mooi in elkaar overlopen, Johan,' gromt Hamersma. 'Let op de zetting van je vingers. Als je ze goed neerzet, hoef je niet van die grote bewegingen te maken.' Op het lage klavier speelt de meester het voor en gaat met zijn rechterarm achter Johan langs om op een paar knoppen te drukken. De klank van het orgel verandert en Johan probeert zich kleiner te maken om de warme arm niet op zijn rug te hoeven voelen. Als hij het stuk nog eens probeert te spelen en de meester meespeelt, wordt het echt mooi. Johan geniet van de volle klank. Hij doet iets wat niet heel moeilijk is, de meester voegt er iets aan toe en met elkaar wordt het fantastisch. Het liefst zou Johan de hele les zo samenspelen.

Op dinsdag heeft Johan orgelles en elke zaterdag gaat hij rond met het zendingsbusje. Hij fietst met een stevige groene collectebus de route die de penningmeester van de zendingscommissie van de kerk heeft uitgestippeld door een gedeelte van Den Haag. Als Johan hard fietst, kan hij het net binnen het uur doen. Zijn record is drieënvijftig minuten, maar de tijd heeft ook te maken met de wachttijd bij de voordeuren. Hij fietst zo hard hij kan, gooit zijn fiets tegen een hekje of gevel, belt aan en schudt de bus als de deur opengaat flink op en neer, zodat de munten die erin zitten lawaai maken. 'Zendingsbusje!' roept hij dan. Meer is er niet nodig. Hoe fijn is het als degene die opendoet hem al verwacht. Dan kan er meteen een stuiver, dubbeltje of zelfs een kwartje in de bus.

Hij slingert zijn iets te kleine rode fiets heen en weer om te kunnen racen. Waar het geld uit het busje precies naartoe gaat weet hij niet. Zijn vader heeft hem uitgelegd dat een zendeling een soort dominee is die in verre landen mensen die nog nooit van God en Jezus hebben gehoord kan uitleggen wie dat zijn, zodat zij ook kunnen geloven. En dat is gevaarlijk werk, want Johan heeft weleens in een stripverhaal gezien dat blanke mensen in Afrika in grote potten gekookt worden en dan worden opgegeten. Dus misschien is het geld bedoeld om wapens voor de zendeling te kopen. Of bijvoorbeeld een snelle motor zodat ze weg kunnen als het te gevaarlijk wordt.

Bij het volgende adres krijgt hij niet alleen een kwartje in zijn bus, maar ook een toffee voor hemzelf. 'Dank u wel!' roept hij, terwijl hij alweer terug naar zijn fiets rent. Bij een kleine rotonde op zijn route wil hij altijd linksom fietsen. Zijn twee jaar oudere broer Karel heeft gezegd dat de politie je meteen een boete geeft als je dat doet. Die boete krijg je volgens Karel sowieso, ook al is er geen politie in de buurt, want er is altijd wel iemand die het aan ze vertelt. Johan gelooft er niks van. Hij ziet niemand, maar gaat toch netjes rechtsom. Kun je mensen eigenlijk wel iets laten geloven door iets te vertellen? Hoe zorgt een zendeling er eigenlijk voor dat de mensen in Afrika hem geloven?

Thuis zet hij de bus met een klap op het kastje in de gang. En stel je voor dat het de zendeling niet lukt om de mensen te laten geloven. Dan komen ze in de hel. Als je niet in God gelooft, kom je later in de hel. De bus is al best zwaar, volgende week wordt hij weer geleegd. Dat gebeurt eens in de twee maanden, in een zaaltje achter de kerk. Alle jongens met een eigen wijk sorteren de centen, stuivers, dubbeltjes en kwartjes uit hun eigen bussen in mooie rijen. De laatste keer had Johan het meeste geld opgehaald van iedereen: achttien gulden en vierentwintig cent. Het is geen wedstrijd, zegt zijn vader, maar Johan hoopt weer op het hoogste bedrag.

'Speel je meteen even orgel, Johan?' roept zijn moeder vanuit de kamer. Johan zucht. Hij wil veel liever stoepranden met Karel, of desnoods met zijn jongere zusje Nel. Elke avond als zijn moeder het eten kookt, moet Johan een kwartier oefenen op het harmonium. Ongeacht of hij net zijn wijk met het zendingsbusje heeft gelopen of niet, er is geen ontkomen aan.

Johan schuift langzaam de klep van het klavier naar boven en klapt de zitting van de houten kruk omhoog. Onder de zitting zit een opbergvak, waarin de zes oefenboeken van Folk Dean zitten. Ze hebben kleurige omslagen. Hij heeft ze alle zes al doorgewerkt. De psalmen voor orgel bewerkt door J. Worp, in een statig zwart gebonden uitvoering, zijn nog te moeilijk voor hem. Hij pakt de blauwe bundel, de liedbundel van Johannes de Heer, waarin een paar liedjes staan die wat makkelijker zijn. Hij slaat het boek open en zoekt lied 200, 'O, welk een macht heeft Uwe liefde'. Geen kruisen, geen mollen, steeds een mooie vierklank. Lage c en g met de linker-, midden-c en e met de rechterhand. Hij begon pas een klein beetje van het orgel te houden toen hij de meerklanken kon spelen. Nog altijd zet hij graag zijn rechterduim, wijsvinger en middelvinger op de c, e en g. Die laat hij lang liggen terwijl hij rustig zijn voeten om beurten naar beneden trapt om lucht in het instrument te pompen. Dan schuift hij een voor een zijn vingers een noot omhoog. Eerst klinkt de dissonant, maar uiteindelijk is daar weer de perfecte drieklank. En dan weer terug naar het oorspronkelijke akkoord. Met zijn linkerhand twee lage c's erbij, met zijn rechterknie drukt hij een van de houten kleppen onder het klavier naar buiten, waardoor er een extra zwaar basgeluid uit de eikenhouten kast klinkt. Dit is zo mooi. Romig. Het akkoord klinkt als stijfgeslagen slagroom en tegelijk warm als chocolademelk die hij soms op een koude zaterdagavond krijgt. Hij voelt de lage tonen in zijn maag. Er is voor Johan even niks anders dan dit perfecte geluid. En dan haalt hij zijn linkerhand van de toetsen en zet hem terug. De basnoten klinken als het gedreun van de heimachine die twee straten verderop zijn palen in de grond beukt. Hij beweegt zijn bovenlijf naar voor en achter mee op de cadans van zijn linkerhand. Niets anders dan muziek kan hem dit gevoel geven. Sneller gaat zijn linkerhand. Alleen de klank van een vol akkoord en het ritme, meer is er niet nodig. Niemand hoeft het te horen, niemand hoeft hem te zeggen wat hij moet spelen, hij wil zelf klooien en zich verliezen in het geluid.

'Johan!' roept zijn moeder. 'Johan!'

Dan stopt hij.

'Dit lijkt me niet de oefening die je voor meester Hamersma moest doen!'

'Niet wéér "O, welk een macht",' verzucht Nel als hij zijn eerste akkoord speelt. Op maandagavond speelt Johan na het eten voor wat hij die week heeft geleerd. Hij werpt haar een vernietigende blik toe, het kind is net negen geworden en snapt niks van muziek. Karel grinnikt zonder op te kijken.

'Stil nou,' zegt hun vader. 'Toe maar.' Hij knikt vriendelijk naar Johan.

Als zijn vader zo naar hem kijkt, voelt Johan zich even heel bijzonder. Hij herinnert zich ineens hoe hij een jaar of vijf geleden als vijfjarige met zijn ogen dicht aan tafel zat. 'Kijk nou, hij slaapt,' zei zijn vader. Johan drukte zijn ogen wat verder dicht; slapen, bord niet leeg eten, geen gedoe met naar bed gaan, geen tanden poetsen. 'Ik denk ook dat hij slaapt.' Dat was de stem van zijn moeder. Zijn vader had hem opgetild en hem zo naar boven gebracht. Voorzichtig had hij zijn broek uitgetrokken, zijn shirtje over zijn hoofd gehaald. Hij deed zo onhandig zijn pyjama aan dat Johan hem wel even móést helpen. Daarna had hij hem een kus op zijn voorhoofd gegeven. 'Welterusten lieve jongen,' zei hij, en hij knipte het licht van zijn kamer uit. Johan wist dat zijn vader wist dat hij niet sliep. En hij wist dat zijn vader wist dat hij dat wist. En toch had hij hem naar bed gebracht.

Johan zet opnieuw in. Zijn vader neuriet zachtjes mee. Aan het haperende eind van het lied knikt hij goedkeurend. Johan kijkt triomfantelijk naar zijn broer en zusje.

3

Den Haag, 1950

Om beurten bungelen Johans onderbenen van voor naar achter, van voor naar achter, van voor achter. De banken in de kerk zijn hoger dan de stoelen thuis, hier kan hij zijn benen heen en weer laten gaan zonder dat ze de grond raken. Zijn moeder legt geduldig haar hand op zijn knie. Niet doen, zeggen haar ogen. Johan houdt meteen zijn benen stil. Het ging vanzelf, maar het mag niet. In de kerk ziet God alles.

Hij kijkt opzij. Karel doet zijn hand naar zijn mond alsof hij een hap van een koekje neemt. Johan knikt: we doen een wedstrijdje. Wie de meeste keren goed voorspelt wanneer de dominee 'amen' zegt, wint een koekje. De verliezer moet zijn koekje aan de winnaar geven.

'Gemeente. Laten wij zingen uit Pessallem twéé en veertig...'

De stem van de dominee gaat met veel nadruk naar boven en beneden. Hij zingt eigenlijk meer, de twee van tweeënveertig spreekt hij hoog uit. Het zou grappig zijn als de organist meespeelde met de melodie van de woorden van de dominee, denkt Johan. 'Tweeee,' zegt hij zachtjes, net zo hoog als de dominee. Het is niet zacht genoeg. De man voor hem draait zich om, hij kijkt boos. Moeder legt alweer haar hand op zijn knie. 'Ssssttt,' fluistert ze.

''t Hijgend hert der jacht ontkomen, schreeuwt niet sterker naar 't genot,' vervolgt de dominee plechtig, 'naar de frisse waterstromen, dan mijn zíél' – het woord 'ziel' klinkt weer net zo hoog als 'twee' – 'verlangt naar God. En wat dan verder volgt.' In gedachten ziet Johan een hert rennen. Het hijgt. Logisch, het hert rent keihard. En het schreeuwt. Hoe zou een hert schreeuwen?

De organist trekt aan de knoppen naast het orgel, je hoort het hout kraken en kloppen, en zet hard in. Johan schrikt. Hij voelt zijn hart in zijn keel. Het orgel schreeuwt.

De organist speelt alle noten even lang. Dat hoort eigenlijk niet. Boven het eerste couplet van de psalm staat een notenbalk met de melodie. Johan weet van orgelles dat een noot die zwart is twee keer zo snel moet als een noot die open is. En een witte noot met een stokje moet twee keer zo snel als een witte noot zonder stokje. In de kerk geldt dat niet. 'Ritmische muziek hoort niet in de kerk,' heeft zijn vader een keer uitgelegd. 'Muziek is bedoeld om de Heere te prijzen en niet om op te dansen.' Zijn vader kan het weten, hij is ouderling. Hij zit rechts voor in de kerk en kan Johan streng in het oog houden. Zelf zit hij links in de kerk met zijn moeder, broer en zusje, waar de banken schuin naar de preekstoel gericht staan. Toen Johan onlangs op school bij de dagelijkse Bijbelvertelling het verhaal hoorde over David, die danste voor de ark, vroeg hij diezelfde dag nog tijdens het avondeten aan zijn vader hoe dat zat.

'Dit is een belangrijk verschil tussen ons en de volken van het zuiden,' verklaarde vader, nadat hij rustig zijn bestek had neergelegd. 'Wij Nederlanders uiten onze vreugde niet in dans.' Hij keek Johan even streng aan en pakte vervolgens zijn vork en mes weer op. Hij kijkt meestal streng als hij het over de kerk heeft. 'Moeder,' had vader daarna gezegd, 'wat heb je weer heerlijk gekookt.'

Johan zingt de psalm mee en kijkt even opzij. Ziet zijn moeder wel hoe goed hij dat kan? Zij knipoogt. Hij probeert zo hard mogelijk te zingen. De psalm over het hijgende hert heeft hij al uit zijn hoofd geleerd. Op de School met den Bijbel zeggen alle kinderen van de eerste tot en met de zesde klas elke maandagmorgen hun nieuw geleerde psalmversje op. De woorden klinken bekend, vertrouwd en mysterieus onbegrijpelijk. Als het eerste vers is afgelopen, speelt de organist een tussenspel.

Hoe zou het zijn om in een kerk in een zuidelijk land te zitten, waar je ritmisch mag zingen? Stel je voor dat je zelfs mag dansen... Het tweede vers van de psalm kent hij niet uit zijn hoofd. 'O mijn ziel, wat buigt g' u neder. Waartoe zijt g' in mij ontrust...' Johan moet zijn best doen de regels op tijd te lezen en ze direct daarna te kunnen zingen. Met zijn vinger wijst hij de woorden aan in het nieuwe psalmboek dat hij voor zijn tiende verjaardag kreeg. De zielenpiet buigt, maar daar komt het hert aanrennen. Ongerust gaat de arme stakker ook rennen. Hij schreeuwt. Het hert schreeuw. Het orgel schreeuwt.

'Ik ga u voor in gebed,' zegt dominee De Zoet als de psalm is afgelopen. Zijn stem wordt donker. Johan houdt zijn handen gevouwen en knijpt zijn ogen dicht. Niet helemaal dicht, hij kan nog door zijn ooghaartjes gluren. Dit gebed gaat lang duren.

'Barmhartig en genadig God.' De dominee spreekt de woorden nóg langzamer uit dan alles wat hij eerder deze kerkdienst zei. Dansen past hier niet bij. Schreeuwen ook niet trouwens. Door zijn ooghaven ziet Johan dat de dominee zijn hoofd schuin omhoog gericht heeft. Logisch. Hij spreekt tegen de Here God, en die is boven. Zijn gevouwen handen houdt hij ter hoogte van zijn kin. Zijn ogen zijn stijf dicht, zijn gezicht ziet eruit alsof hij pijn heeft.

Johan sluit zijn ogen weer. Straks ziet vader hem kijken. Het is lastig om je ogen zo lang gesloten te houden. Soms kijkt hij naar beneden. Dat mag ook, want dat ziet niemand. Zo kun je controleren of er geen enge beesten uit het donker onder de bank vandaan kruipen.

Uiteindelijk zegt de dominee: 'Dat bidden en smeken wij in de naam van onze Verlosser.' Johan kijkt opzij naar Karel. Hij heeft de vingers van zijn linkerhand gestrekt voor zich. De duim wijst recht omhoog. Johan houdt zijn hand net zo. Als de dominee de zin uitgesproken heeft, duwen Johan en Karel tegelijk hun duim naar beneden. 'Amen,' zegt de dominee. Dit was makkelijk. 1-1.

Nu komt de collecte. Dat is als een pauze. Mensen gaan even verzitten, de diakenen lopen met collectezakken door de kerk, moeder deelt pepermunten uit en je mag, als je het heel zacht doet, even wat tegen elkaar zeggen. Karel prikt stiekem in Johans zij. Johan schuift met een ruk opzij, hij kan helemaal niet tegen kietelen. Moeder buigt zich over hem en veegt een vlekje van zijn wang. 'Je moet een beetje rustiger doen, hoor,' zegt ze. 'Je bent nu een grote jongen van tien. Je kunt best proberen wat te onthouden van wat de dominee zegt.' Johan kijkt haar aan. Zij kan lang niet zo streng zijn als vader. Gelukkig zit hij altijd bij haar en niet bij hem.

De dominee leest een stuk uit Openbaring. Dat is makkelijk te vinden in zijn minuscule bijbeltje met knisperdunne pagina's. Het is het laatste boek. 'En rondom den troon waren vierentwintig tronen.' Johan leest mee in zijn bijbeltje. Dat moet een enorm paleis zijn, waar al die tronen kunnen staan, in de hemel. 'En op de tronen zag ik vierentwintig ouderlingen zittende, bekleed met witte klederen. En zij hadden gouden kronen op hun hoofden.' Zie je wel. Ouderlingen zijn echt belangrijk. 'En van de troon gingen uit bliksem, en donderslagen, en stemmen.' Johan pakt de arm van zijn moeder.

Dan komt de preek. Die duurt wel veertig minuten, zei Karel een keer. Aan het begin daarvan kan hij nog zo lang mogelijk op zijn pepermuntje proberen te zuigen. King blijft hard en valt niet uit elkaar en kan uiteindelijk zo flinterdun worden dat je ermee in je tong kunt snijden.

'Zo zullen wij elkander ontmoeten, de schapen, jubelend en juichend in de schaapskooi des Heren.' Dominee De Zoet gebruikt graag twee woorden met dezelfde beginletter. Dat viel Johan al eerder op. Daarnet had hij het over bokken die 'brúllen en branden in de hel'. Brullen werd opnieuw hoog uitgesproken, branden juist laag. De l van hel hield hij aan zo lang hij kon. Het hert schreeuwt. Het schaap jubelt. De bok brult. De mannen met de kronen zijn de stumpers, ze buigen en ze sidderen, bang voor het onweer. En voor de hel, waar het brandt.

Het licht valt in geel, oranje en rood door het glas-in-loodraam de kerk binnen. De dominee staat in een fel wit lichtje op de preekstoel. De orgelpijpen hangen met de punt naar beneden boven het hoofd van de dominee. Johan begint ze te tellen. Het zijn er veel, en hij weet na al die zondagen nog steeds niet hoeveel het er nou zijn. De pijpen zijn verdeeld in verschillende kasten. De grote baspijpen hangen in het midden, schuin boven de preekstoel. Dat zijn er elf. Niet moeilijk. Maar hoe kleiner de pijpen worden, hoe lastiger het is om ze van een afstand te tellen. Je zou je vinger over de getelde pijpen willen laten glijden. Hij zit met zijn rechterwijsvinger vlak bij zijn ogen om op die manier de getelde pijpen af te dekken, maar ook zo blijft het moeilijk. Als zijn moeder vindt dat hij al te opzichtig zit te tellen, neemt ze zijn rechterarm tussen haar eigen linkerarm en haar boezem. Johan kijkt dan meteen muisstil naar de grond en voelt zijn wangen rood worden. De pijpen blijven hangen, er zit geen eng beest op de grond onder de banken, maar de dominee lijkt eindelijk het einde van zijn preek te naderen.

Johan kijkt Karel aan. De vingers van zijn linkerhand gestrekt voor zich. Als de dominee de zin uitgesproken heeft, duwt Karel zijn duim naar beneden. Johan niet. De dominee laat een lange pauze vallen. Dan spreekt hij verder. Johan lacht triomfantelijk naar Karel. Strafpunt voor Karel. Zou hij eindelijk een keer van zijn grote broer winnen? Hij staart naar de plaats waar de dominee staat. Stel dat er een draak onder de preekstoel vandaan zou kruipen. Of nee, een slang. Een grote, giftige slang. Niemand heeft het door, behalve hij. Het mag niet, maar hij móét opstaan. Heel voorzichtig en behoedzaam. De slang kruipt tergend langzaam naar de eerste rij. De mensen hebben niks door, want ze kijken naar boven, naar de dominee. Johan sluipt door het linker gangpad en nadert de slang van achteren. Net als het beest wil uithalen naar Marie van Oostduin, springt Johan naar voren. Met twee handen omknelt hij het net achter zijn kop. Worstelend met de slang valt hij op de grond, maar hij houdt vol. De slang moet zich sissend van woede gewonnen geven. De mensen slaken een zucht van opluchting en bewondering. Die Johan Berkenbosch, zo jong nog, en nu al een redder.

Nu opletten, het kan niet lang meer duren. 'Amen!' Karel kijkt naar Johan. Ze hebben allebei de duim nadrukkelijk plat tegen de andere vier vingers liggen. Gewonnen! Hij kijkt lachend naar Karel. Die haalt zijn schouders op. Vanmiddag nog een kans. Het orgel speelt, de muziek klinkt blij. Johan schuift opgetogen naar voren en wil zijn voeten weer laten bungelen, nu op de maat van de muziek. Zijn moeder legt haar hand op zijn knie. Sorry God, denkt hij. 'Hier,' fluistert zij. Ze geeft hem zijn psalmboekje. 'Zoek Psalm 25 maar op.'

Waarom mag je in Nederland nooit dansen op muziek, ook niet als je echt blij bent?

4

Soerabaja, 1956

Chris gooit zijn tas in de hoek van het terras.

'Wil jij wat *jus jeruk?*' vraagt Merpati. Ze gaat ondertussen gewoon door met haar werk en veegt met een droge palmtak wat losse blaadjes van de vloer.

Chris glimlacht. Merpati blijft hem vertroetelen zoals ze deed toen hij nog klein was. Hij kon zich geen lievere en meer toegewijde baboe wensen.

'Ja graag. Met ijs,' zegt Chris. 'Is moeder ergens?'

'Die is nog op school. En oma is binnen.' Merpati heeft nog niet één keer opgekeken van haar werk. Als ze haar laatste blaadje heeft weggeveegd, loopt ze naar de keuken en roept kokkie. 'Indah, Indah! *Satu* jus jeruk!' Indah komt met een groot glas jus d'orange naar buiten. Net als hij zijn eerste slok neemt, klinken er stemmen en voetstappen voor het huis.

'*Dua* jus jeruk! Indah, dua jus jeruk!' roept Merpati meteen. De twee glazen sinaasappelsap komen tegelijk met Rob en zijn moeder op het terras aan. Rob heeft zijn arm om de schouder van zijn moeder. Hij is langer dan zij. Zijn zwarte haar is net als dat van Chris opgeschoren, boven op zijn hoofd is het wat langer. Zijn moeder draagt een witte blouse en een kleurrijke rok. Ze lachen en Chris voelt een mengeling van plezier en jaloezie. Het is fijn dat zijn moeder lacht. Tegelijk weet hij dat hij nooit zo makkelijk de arm om zijn moeder zal kunnen slaan als zijn broertje dat doet.

Zijn broertje heeft dat lieve en hartelijke van zijn moeder. Zijn moeder, die een hand door Chris' ravenzwarte haar haalt als hij weer eens woedend uithaalt. 'Ach jongen, rustig maar,' zegt ze dan. 'Precies je vader.' Het maakt hem eerder verdrietig dan rustig.

'Hoe was het op school?' vraagt ze als Rob zijn arm van haar schouder haalt.

Chris haalt zijn schouders op. 'Gewoon.' Hij draait de ijsblokjes rond in zijn sap, ze tikken vrolijk tegen het glas. Hij kijkt er aandachtig naar. Er gebeuren nooit bijzondere dingen op de hbs van de Soerabajase School Vereniging. Alles in de hoge lokalen van het witte koloniale gebouw aan de Genteng Kali, de weg die slingerend langs de rivier de Kali Mas loopt, straalt serene rust uit. De discipline en regelmaat zijn dodelijk saai. Nog één jaar moet hij het volhouden, dan doet hij examen. Anders dan zijn moeder twijfelt hij er geen moment aan dat hij zal slagen.

'Gewoon,' herhaalt zijn moeder. Ze is inmiddels gaan zitten en kijkt Chris glimlachend aan. 'Je zit op de enige Nederlandse school die we nog hebben in Soerabaja. Die school moeten we koesteren.' Ze legt haar hand op Chris' knie. 'Zuinig op zijn.'

'Het is een saaie school.' Chris zucht.

'De enige waar je Nederlands kunt spreken.'

En nu gaat ze zeggen dat vader het zo wilde, denkt Chris.

Ze doet het niet.

'Dat is iets om trots op te zijn. Mijn opa kwam uit Nederland. Je vaders vader ook. Wij hebben Nederlands bloed.'

Chris haalt zijn schouders op en staat op om zijn gitaar te pakken. Als zijn moeder hem niet regelmatig herinnert aan zijn Nederlandse nationaliteit, dan doen de mensen in de stad dat wel. Een iets lichtere kleur dan de inlanders en een Nederlandse achternaam was ooit een garantie voor een makkelijk en succesvol leven, hij kent de verhalen. Maar tijdens de Bersiapperiode, die direct volgde op de Tweede Wereldoorlog, was het een vloek en na de onafhankelijkheid van Indonesië werd het een last. Indische Nederlanders als Chris en Rob worden steeds brutaler lastiggevallen en de tempo doeloe, waar zijn moeder nog graag over droomt, bestaat niet meer.

'Hé Chris...' Robs stem klinkt hoger dan die van hem. 'Meneer Van Alphen van wiskunde geeft volgende week een feest in zijn huis.' Alsof hun leraar wiskunde hen zou uitnodigen! Hij is trouwens wel de enige docent die min of meer normaal is. Van Alphen is vriendelijk en lijkt veel dichter bij de leerlingen te staan dan bij zijn collega's. 'Hij heeft gevraagd of wij een paar liedjes willen spelen.'

'Wie is wij?'

'Nou ja, in elk geval jij en ik.'

Chris slaat een vol G-akkoord aan. 'Wat moeten we spelen?'

'Mogen we zelf weten.' Rob heeft er zin in, dat is duidelijk.

'Dus het hoeven niet van die ouderwetse liedjes te zijn? Van die liedjes die net zo oud zijn als de school zelf?' Chris tokkelt inmiddels zacht van G naar C naar A en terug.

'*Adoeh*, wat is er mis met oude liedjes?' vraagt zijn moeder lachend.

'Niks, mam,' zegt Rob, en hij geeft haar een aai over haar haar en kijkt verwachtingsvol naar zijn broer. 'Maar volgens mij hoeft dat niet.'

Chris gaat rechtop zitten. 'Wat we gisteren deden zou ook kunnen?'

Gisteravond probeerde hij met Rob een liedje na te spelen dat hij op de radio hoorde. Als hij lang genoeg aan de knop draait, ontvangt hij krakerig Voice of America, het Amerikaanse station dat vanaf de Filipijnen uitzendt. Alsof het geluid op lange golven uit de oceaan naar Java gebracht wordt, zwelt de nieuwe Amerikaanse muziek aan en lijkt ze weer te verdwijnen. Maar ze komt steeds terug. De muziek uit Amerika lijkt in niets op de Nederlandse muziek die hij op school leert, en ook niet op de krontjong uit Indië. De songs zijn hoekiger. Hij moet zijn akkoorden niet uit laten klinken, maar aanslaan en meteen dempen. Dat is het: aanslaan en dempen.

De teksten zijn amper te verstaan. 'See You Later Alligator' is een van de makkelijkste die hij hoorde. *See you later alligator, after a while crocodile,* dat is alles wat hij kan ontrafelen. Die springerige stijl gaat niet vanzelf, maar gisteravond voelden ze allebei de opwinding. Dit is muziek die je niet alleen speelt, je vóélt hem ook. Je speelt hem niet alleen met je handen, maar met je hele lijf. Het zou geweldig zijn om met zo'n nummer dat hele feestje op z'n kop te zetten.

Zacht slaat Chris de akkoorden en dempt ze meteen. 'Dan moeten we Ruud en Hans erbij vragen.' Zijn vrienden spelen ook gitaar en met vier muzikanten zullen ze meer indruk maken dan met twee. Misschien kan een van die twee iets met percussie.

Rob lijkt allang blij te zijn dat zijn broer zijn plannetje niet meteen torpedeert en moeder zegt: 'Doe anders "Bintang Soerabaja". Die is mooi.'

'Moet u niet ook eens een feestje geven?' vraagt Rob dan aan zijn moeder. Ze geeft les aan de huishoudschool. Het is geen Nederlandse school, er zitten vooral inlandse meisjes op. Zijn moeder schudt langzaam het hoofd. Geen feestjes in haar huis.

Chris stopt met spelen.

'Oma zou het toch ook leuk vinden?' probeert Rob nog. Oma Beth zit binnen. Waarschijnlijk zit ze te borduren. Ze slijt haar dagen met handwerken, praten met haar schoondochter en het vertellen van spannende verhalen aan haar kleinzoons.

Chris kijkt naar zijn moeder. De glimlach is helemaal van haar gezicht verdwenen.

'Ik maak me zorgen,' zegt ze hoofdschuddend. 'Meneer Scheerma zegt dat de inlanders hondsbrutaal worden. Ik merk het ook op school.' Scheerma is de opvolger van Chris' vader in de Braat-machinefabriek, niet ver van hun huis. Hij leidt daar een groep arbeiders en levert elke vrijdag persoonlijk het weduwenpensioen af bij de familie Buisman. 'Meneer Scheerma is niet gerust op de laatste ontwikkelingen.'

Chris zet zijn glas neer. Het was net nog gezellig en nu hangt alweer die donkere deken van zorgen over het terras. 'Nederland zou niet zo koppig moeten zijn over Nieuw-Guinea en het niet moeten willen houden. Dat zet veel kwaad bloed hier op Java.'

Chris heeft ze natuurlijk ook gezien. Hij kan er woedend om worden. De kreten op de schuttingen en muren. USIR BLANDA! – weg met de Nederlanders, en DARI IRIAN BARAT – weg uit Irian Jaya. Dat is Nieuw-Guinea, het enige deel van voormalig Nederlands-Indië dat nog onder Nederlands bestuur valt.

Hij kijkt naar zijn moeder, het is alsof ze in slow motion spreekt. Alsof zij haar mond beweegt en de woorden van meneer Scheerma door de grote radio in de kamer te horen zijn. Meer dan een kwart van de Javaanse economie is nog in handen van de Nederlanders, dat Nederland dáár zuinig op moet zijn, dat dáár het belang van Nederland ligt. Scheerma is een aardige vent, hij bedoelt het goed, maar volgens Chris maakt hij zijn moeder bang en somber. En als ze zo door blijft praten, wordt hij net zo somber als zijn moeder.

'Chris!' Rob geeft zijn broer een klap tegen zijn schouder. 'Zijn er nog meer liedjes zoals "Alligator"?'

Chris schrikt op. 'Natuurlijk!' Hij schiet in de lach. '"That's All Right". "Tutti Frutti"...'

◆

De tuin van meneer Van Alphen ziet er sprookjesachtig uit. Fakkels verlichten bloeiende orchideeën en azalea's. De kokkie van Van Alphen schenkt sap van zuurzak, mango en guave, een paar meisjes uit de examenklas helpen met snacks. De hele bovenbouw van de hbs is uitgenodigd. De meeste jongens dragen smetteloos witte overhemden, de meisjes zijn kleurig uitgedost. Continu speelt er iemand spontaan wat op een gitaar, maar de gebroeders Buisman en hun vrienden zijn van tevoren aangekondigd en worden met veel opwinding verwacht.

Die vier jongens staan op het achterterras, onder de grote elektrische lamp. 'We bouwen het op,' zegt Chris tegen de anderen. Dat lijkt hem het beste. De scholieren verzamelen zich op het grasveld, tussen de fakkels. Eerst spelen ze wat liedjes die ze op school met elkaar gezongen hebben. Dat doen Chris en Rob zo vaak, op het muurtje naast het huis. Als je met elkaar muziek maakt, doe je niks anders dan dat, er zijn geen andere gedachten, alleen het liedje.

Een paar toeschouwers zingen weifelend mee, de meeste lijken onder de indruk dat de vier hier staan te spelen. Chris kent ook wat krontjongliedjes en ze spelen een instrumentaal stuk. Hawaïmuziek is populair en met zijn akoestische gitaar probeert Chris het geluid van de bekende gitarist George de Fretes na te doen. Hij is zelf niet heel erg tevreden, maar het publiek klapt evengoed vrolijk. Hoewel het donker is, is het nog steeds heet. Chris veegt het zweet van zijn voorhoofd en kijkt naar Rob.

'Zullen we 'm doen?' vraagt Rob.

Chris voelt zijn hart in zijn keel kloppen. Dit is veel spannender dan al die liedjes die ze tot nu toe gespeeld hebben. Misschien vinden hun medescholieren er niks aan. Hij kijkt naar Ruud en Hans, en knikt.

Hans draait zijn gitaar om en tikt met zijn duimen zo hard mogelijk op de achterkant van de klankkast. Ruud haalt een muntje uit zijn broekzak en speelt vooral de lage twee snaren van zijn gitaar. Chris knikt vier keer met zijn hoofd, en dan beginnen ze.

'*Well I saw my baby walking, with another man today.*' Hij hoort zichzelf zingen, alsof hij boven de lamp zweeft. Kom op, denkt hij, niet zo twijfelachtig. '*See you later alligator.*' Dat is al beter. '*After a while, crocodile!*' Is dit gênant, of lijkt het ergens op? Eindelijk durft hij het publiek in te kijken. Dat valt niet tegen. Ze bewegen op zijn muziek. Hij kijkt naar zijn bandleden. 'Ruud,' sist hij, 'niet zo vloeiend. Stotterend.'

Ruud grinnikt en maakt zijn bewegingen korter. Dat gaat goed. Dit voelt fantastisch. Muziek op de maat van zijn bonkende hart. Niet te hard lachen, stoer blijven. Beweeg je hoofd naar voren op de maat van de muziek. Rob, kijk! Kijk dan: korte bewegingen. We moeten precies tegelijk. Rob kijkt zijn broer aan en begrijpt hem zonder woorden. *'Can't you see you're in my way now.'* Niet te mooi willen zingen. Hij spuugt zijn woorden uit. Zijn haar plakt nat op zijn voorhoofd. *'And you know you can my style.'* Die laatste zin klopt niet, maar Chris heeft geen idee wat het moet zijn. Na een rammelend slotakkoord springt iedereen in de tuin van Van Alphen op. Het publiek juicht, klapt en roept: 'Nog een keer!' Chris kijkt vragend naar Rob. 'Natuurlijk.'

Uiteindelijk spelen de vrienden 'See You Later Alligator' vijf keer. Het gaat steeds beter en strakker. Chris geniet. Dit is geweldig. Hij zuigt de warme avondlucht in zijn longen. Zijn overhemd staat wijd open. Hij kijkt rond alsof hij een film in zijn hoofd wil maken. Niet vergeten dit. De jongens springen op en maken tegelijk boksende bewegingen in de lucht. Het lijkt wel een competitie wie de vreemdste sprongen kan maken. Meisjes draaien onhandig hun heupen en bewegen de ellebogen langs hun zij. Elke keer dat het lied is afgelopen, klinkt er luid applaus. Van Alphen kijkt geamuseerd toe.

Wanneer Chris bezweet zijn gitaar heeft weggezet, springt hij als een karatestrijder een groepje klasgenoten in. Hij wil juichen, maar houdt zich in. Stoer blijven. Hij, Rob, Ruud en Hans zijn een moment de onbetwiste helden van de school. Jongens slaan hem hard op de schouder, meisjes kijken hem onbeschaamd aan. Chris pakt een kretek uit zijn broekzak en steekt hem zo achteloos mogelijk aan.

Daar staat Linda Franken. Geen blond meisje – hoe populair blondines ook zijn op Java –, maar de donkerharige Linda is het mooiste meisje van de SVV hbs. De jongens spreken op gedempte toon met ontzag over haar springerige krullen, haar donkere oogopslag, die tegelijk bedeesd en geamuseerd is, en haar prachtig gevormde lijf.

'Dat was ongelooflijk,' zegt Linda als ze dichter bij Chris is. Ze bestudeert zijn schoenen, zo lijkt het. Langzaam gaan haar ogen naar boven, langs zijn lichtbruine broek, zijn witte overhemd, zijn stevige kaken, waar de baardgroei maar niet wil vlotten, tot zijn diepliggende donkere ogen.

'Dank je...' stottert Chris. Nu een gevatte opmerking maken. Maar die heeft hij niet. Onrustig kijkt hij om zich heen. Het is hier veel te druk voor dit spel. Kort kruist zijn blik die van haar, vangt hij een glimp van haar glimlach op. Dan kijkt ze weer naar beneden. Langzaam gaat haar rechterhand naar Chris' riem en ze geeft een ferm rukje aan zijn gesp. Chris kan niet anders dan een stap in haar richting zetten.

'Ik wil je wat vragen over dat liedje,' fluistert ze.

Dan loopt ze naar de achterste strook in de tuin, ver voorbij de fakkels, waar de cassavestruiken en een paar oliepalmen de natuurlijke afscheiding van het land van Van Alphen vormen. Met een nonchalant gebaar duwt ze de laaghangende tak van de palm opzij. Ze kijkt niet om en lijkt zich geen moment af te vragen of Chris wel zal volgen.

'Wat wilde je weten?' vraagt hij onhandig.

Ze draait zich om en laat haar hand over zijn schouder naar zijn rug glijden. Er jaagt nu nog meer adrenaline door zijn aderen dan tijdens het optreden. Hij laat Linda haar lichaam tegen het zijne aan drukken. Nooit eerder voelde hij de vormen van een meisje en de warmte van een onbekend lijf zo nadrukkelijk tegen zijn huid. Nooit eerder voelde hij de handen van een meisje zo liefkozend op zijn rug. Hij sluit zijn armen om haar middel. Zijn hart bonkt als de bassdrum van de originele 'See You Later'. Hier onder de palmboom voelt het alsof hij boven de donkere aarde zweeft. Hij ruikt de zoete geur van amandel en kokos en proeft de zachte lippen van Linda.

5

Den Haag, 1956

Johan loopt voorzichtig de trap af, maar zijn hart bonkt. Zijn vader is op zolder, bij de houten tafel waar zijn Märklin-treinbaan is uitgestald. Eindeloos heeft hij geprobeerd zijn zoon enthousiast te maken voor de miniatuurstoomlocomotieven, voor de kunstig in elkaar gelijmde modellen van het station van Baden-Baden en halteplaats Hintertupfingen en voor de seinpalen, die met een zachte klik van stand verspringen. Johan kan er onmogelijk warm voor lopen. Tenminste, niet meer na zijn zevende verjaardag. De eerste keer dat hij niet meer voor zijn vader uit naar zolder holde, maar hem alleen liet gaan, dat moet de eerste keer zijn geweest dat hij hem teleurstelde.

De hobby van zijn vader heeft alles met zijn werk bij de spoorwegen te maken. 'Een verantwoordelijke baan,' zegt hij er zelf graag bij. 'In feite ga ik over de veiligheid van alle treinreizigers.' Johan ergert zich vaak aan de gewichtige toon van zijn vader. Hij werkt in het seinhuis Post 1, bij station Hollands Spoor. Als hij aan een lange hendel trekt, zet het wiel aan de hendel een ketting in beweging die een wissel omtrekt. Of een seinpaal op rood of veilig zet.

Johans moeder staat in de achterkamer te strijken. 'Wat ga je doen?'

Johan hoort aan haar stem dat ze tegelijk nieuwsgierig en bezorgd is, maar als je zestien bent, hoef je niet elke stap die je zet meer te verantwoorden aan je ouders, vindt hij. 'Even naar Marinus en Ronald.'

'Maar jongen...' zegt zijn moeder nog.

Nu gewoon doorlopen, anders gaat het mis. Bij zijn moeder komt hij er zo mee weg, zijn vader zou hem zeker staande gehouden hebben. 'Ik heb liever niet dat je met die jongens omgaat,' zoals hij al vaker zijn mening over Marinus en Ronald kenbaar heeft gemaakt.

'Waarom mag ik mijn vrienden niet zelf kiezen?' had Johan de laatste keer kwaad geroepen. Hij is verdorie zestien.

'Omdat jij blijkbaar de gave des onderscheids niet hebt,' bitste zijn vader terug.

Je moet je ouders eren, leert Johan in de kerk. Maar soms is dat zo verrekte moeilijk. 'Jij ziet niet wie werkelijk iets toevoegt aan je leven en wie je naar de afgrond zuigt,' zei zijn vader. 'Jongemannen met wie je op kunt trekken, die je helpen op het juiste spoor te blijven.' Johan háát het als zijn vader met zo'n kalme vanzelfsprekendheid zijn roestige blik op het leven geeft. 'Lees je wel genoeg in Gods Woord? Oefen je in de godsvrucht, bereid je voor op het leven. Omring je met mensen die je daarin kunnen helpen. Ach jongen, je moet nog zóveel leren...'

Johan gaat de verbale confrontatie met zijn vader eigenlijk nooit aan. Hij zegt dat hij doet wat zijn vader wil en gaat ondertussen gewoon zijn eigen gang. Zou zijn vader écht denken dat hij een stukje uit zijn bijbel gaat lezen als zijn vader naar de zolder sjokt?

Zijn moeder is het type van de lieve vrede. Ze zegt 'ach jongen toch' of 'maar jongen', meer dan wat emotionele druk is het niet.

'Ik ben niet te laat thuis, hoor,' roept Johan naar zijn moeder en hij slaat dan de voordeur achter zich dicht. Hij kijkt om zich heen en voelt zijn hart bonken als de motor van een vertrekkende vissersboot uit de Scheveningse haven.

Marinus en Ronald zijn de meest brutale en lawaaierige jongens uit de klas. De twee zijn onafscheidelijk, Johan kent ze al van de basisschool en zoekt ze regelmatig op. Hij maakt niet zoveel lawaai als zijn vrienden, maar wordt aangetrokken door hun lef.

Leendert, de oudere broer van Marinus, liet Johan vorige week de single 'Rock Around the Clock' horen.

'Dat is wel even wat anders dan Psalm 42 in de kerk, hè?'

Johan was stil blijven zitten. De plastic arm van Leenderts koffergrammofoontje was al lang terug geklikt. Dit was niet alleen anders dan een zingende kerk, dit was anders dan alle muziek die hij ooit gehoord had. Zijn hart bonsde in zijn keel. Het was fantastisch, opwindend en fysiek. Hij hoorde de muziek niet alleen, hij voelde haar ook in zijn hele lijf. Mocht hij hier wel naar luisteren?

'Je moet de film eens zien,' zei Leendert. 'De film *Rock Around the Clock*. Ik trakteer, je kunt volgende week met m'n broertje mee.'

Johan moest meteen aan een voorval op de basisschool denken, een jaar of zes geleden. Hij had zijn vinger hoog opgestoken, alsof hij het goede antwoord op een moeilijke vraag wist. Alleen had de meester helemaal geen vraag gesteld.

'Meester, wat is zonde nou precies?'

Twee meisjes achter hem begonnen te giechelen. Ronald, naast hem, keek verbaasd. Meester Verkerk leek ook even van zijn stuk. Typisch een vraag die zijn vader, de ouderling, uitstekend zou kunnen beantwoorden.

'Dat is een belangrijke vraag, Johan. Zonde is... dat je iets doet wat de Here God niet wil. Zoals...' Hij keek uit het raam, alsof hij er nog even over na moest denken. '... naar de bioscoop gaan.'

Johan twijfelde toen Leendert zijn aanbod deed. Maar uiteindelijk nam hij het aan.

'Jo, hier!' Marinus en Ronald staan lachend op de stoep.

'Sorry,' mompelt Johan. 'Ik was even in gedachten.'

Hij kijkt opzichtig om zich heen. ROCK AROUND THE CLOCK staat er met grote letters op de gevel van de filmzaal Thalia aan de Boekhorststraat. Links en rechts van de brede ingang hangen lijsten met foto's. Mensen drommen samen bij de deur, de meeste zijn niet ouder dan vijfentwintig. Tramlijn 10 schommelt voor de bioscoop langs.

'We gaan geen overval plegen, hoor. Ontspan, man.' Ronald lacht.

Marinus steekt resoluut de straat over, grijnst naar de portier met de pet en sluit aan in de rij voor de kassa. 'Mijn oudste broer zag hier vorig jaar *Blackboard Jungle*,' zegt hij, terwijl hij een plekje naar voren probeert te dringen. 'Het was ongelooflijk. Ik heb mijn broer nog nooit zo uitgelaten gezien als toen. Hij zei later dat hij met z'n vrienden het glas van de lantarenpaal hier kapot heeft gegooid. Rock-'n-roll verandert je gewoon helemaal, zegt hij.'

'Hier, kijk hier,' zegt Ronald. Hij wijst naar een poster in de vitrine. Hij praat veel te hard, denkt Johan. Zou hij net zo zenuwachtig zijn?

JAZZ-FANS, DIT IS UW FILM staat er. 'Wat een sukkels. Jazz-fans, haha!' Ronald lacht geforceerd hard.

'Hé Bertje, ben je d'r nou alweer?' hoort Johan achter zich.

'Dit is al de derde keer,' grinnikt de jongen die Bertje moet zijn. Een rauwe oerkreet komt uit zijn keel als hij wild heen en weer begint te springen. 'Ik heb de dans nog niet helemaal onder de knie.'

'Vergeet het man, met jouw dikke benen. Daar gaat geen meid in trappen.'

Johan voelt een por in zijn rug.

'Aansluiten.'

'Drie kaartjes, alstublieft,' zegt Marinus.

'Alle drie ouder dan veertien?' vraagt de verkoopster ongeïnteresseerd.

'Alle drie zestien, mevrouw,' antwoordt Marinus beleefd.

Nog een keer kijkt Johan om. Schreeuwende jongens, giebelende meiden, een portier met een platte pet en een politieagent langs het trottoir. Een jongen knijpt hard in de remmen van zijn staalblauwe Berini en komt met gierende banden pal voor de ingang van de bioscoop tot stilstand. Het meisje achterop schuift hard tegen zijn rug aan en kijkt geïrriteerd naar de stoeprand.

Nee, Chris ziet echt niemand die hij kent. Dan doet hij wat de Here God niet wil; hij loopt snel naar binnen.

De stoelen moeten ooit mooi donkerrood zijn geweest. Er hangt een uitgelaten sfeer in de filmzaal. Jongens roepen opgewonden naar elkaar en klimmen over stoelen, meisjes doen alsof ze het niet zien en horen. Johan kent twee plaatsen waar mensen in rijen gaan zitten om op te letten wat er voor in het vertrek gebeurt: op school en in de kerk. Twee plaatsen waar hij komt om iets op te steken, zich voor te bereiden op zijn toekomst. Dit is anders. Het is alsof hij de vurige ogen van zijn vader in zijn rug voelt branden als hij voorzichtig gaat zitten in de vaalrode stoel met gelige slijtplekken. Hier ga ik niks leren, denkt Johan. Hier ga ik vermaakt worden. En vermaak is in het begrip van de familie Berkenbosch nutteloos. Hij glimlacht flauwtjes naar zijn vrienden, die allebei links van hem neerploffen.

De dia's waarop reclame wordt gemaakt voor de plaatselijke middenstand interesseren Johan niet. Het Polygoonjournaal doet bericht over een straaljager die zich bij een scheervlucht boven Eindhoven in een huis heeft geboord. De piloot heeft zich niet kunnen redden met een schietstoel. Het dak van het huis is er bijna helemaal af. Mannen tillen vormeloze brokken staal op een vrachtwagen. Er is een tweede slachtoffer gevallen in een van de tuinen van het rampgebied. Het gaat om een man die zijn brommer stond te poetsen, zegt de strenge stem van Polygoon. De zwartgeblakerde brommer staat nog overeind, twee mannen staan de schade op te nemen. Wat een bizarre dood, denkt Johan. Je bent blij met je brommer, anders sta je 'm niet te poetsen. Je hoort een enorme knal en voordat je iets in de gaten hebt, ben je dood. Misschien hoorde hij niet eens een knal. Was hij het ene moment aan het poetsen, het andere moment is hij dood.

Dan begint de hoofdfilm. Meteen die bekende klanken, Johan zal ze nooit vergeten. *Pa-tak. One two three o'clock four o'clock rock.* De meeste bezoekers klappen hard mee op het ritme van de muziek. Een paar jongens veren op uit hun stoel. 'Zitten!' roepen anderen. *Five six seven o' clock eight o'clock rock.* Als zijn vader hem hier zou zien zitten... Johan krimpt ineen. Het liefst zou hij willen opspringen, maar het is alsof een onzichtbare hand hem naar beneden trekt. *Nine ten eleven o'clock twelve o'clock rock.* Dit is in één moment gevangen alles wat zijn vader en God verboden hebben. *We're gonna rock tak around tak the clock tonight.*

Het volgende nummer in de film begint en de zaal deint mee op de muziek. '*See you later alligator,*' zingt Bill Haley. Hij is keurig in het pak gestoken en ziet eruit als een collega van Johans vader. Het voetgestamp op de vloer van de filmzaal is luider dan dat van de dansende zaal op het witte doek. 'Hé, ontspan man!' zegt Marinus. Johan kijkt opzij. Marinus knikt harder dan hij hem ooit heeft zien knikken. Op de maat van de muziek.

'Het is geen boogie, het is geen jive en het is geen swing,' zegt de man op het witte doek. 'Het is een soort leeg, hol.' In de film is hij samen met een andere man een zaaltje in gelopen waar iedereen volledig in de ban is van de muziek.

'*Hey sister,*' vraagt de andere man aan een meisje. Ze hangt met haar hoofd naar beneden in de armen van haar danspartner. 'Hoe noem je deze oefening?'

'Dit is rock-'n-roll, *brother,*' antwoordt het meisje in extase. '*We're rocking the night.*'

Meisjes worden omhooggegooid, opgevangen en tussen de benen van de jongens door geschoven. Jongens draaien strakke rondjes, rokken zwieren feestelijk omhoog en prachtige damesbenen zijn zichtbaar tot ver boven de knie. Steeds uitbundiger wordt de dans, steeds indringender klinkt de pulserende bas. Dit kan echt niet, dit mag niet, maar wat is dit lekker. Als het lied is afgelopen, springt Johan op uit zijn stoel.

'Jaaa!' roept hij, en klapt hard in zijn handen.

'Goed zo,' zegt Marinus grinnikend.

◆

'Jij.' Zijn vader staat bij de voordeur van zijn huis. 'Bent.' Johan loopt langzaam het tuinpad op. 'In de.' Zijn vader vouwt zijn armen over elkaar. 'Poel des verderfs geweest!'

Als hij niet beter zou weten, zou hij een man zien staan die een koele constatering doet. Klopt, daar is hij geweest, zou hij dan achteloos kunnen antwoorden. Maar Johan weet dat er een verband is tussen de pauzes in een zin en de irritatie dan wel woede van zijn vader. Dit is erger dan woede, dit is verbijstering. De poel des verderfs, waarbij het woord 'poel' een octaaf hoger dan de rest wordt uitgesproken.

Drie weken bleef het rustig, en Johan begon al te geloven dat zijn bioscoopbezoek thuis geen gevolgen zou hebben. Maar nu is hij er toch achter gekomen.

'Wat moet er van jou worden. Ga naar binnen!' Hij sist het als een giftige slang. Zijn vader sluit de voordeur rustig. De mensen in de straat hoeven niets te weten van een conflict tussen hem en zijn zoon. Ze hoeven al helemaal niet de indruk te hebben dat hij zijn zoon niet meer de baas is.

'Hoe háál je het in je hoofd,' zegt zijn vader in de hal. Johan voelt een vreemde rust over zich komen. Het maakt helemaal niks uit wat hij nu zegt en eromheen draaien heeft geen zin. Hij ziet het hoofd van zijn zusje, Nel, boven aan de trap.

'Ga je me nog antwoord geven? Ben je helemaal je gezonde verstand kwijtgeraakt? Ik ben diep, diep teleurgesteld. Nee, niet teleurgesteld. Ik ben...' Zijn vader kan even geen woorden vinden. Hij schreeuwt niet. Zijn woede lijkt snel plaats te hebben gemaakt voor een onuitsprekelijke vermoeidheid. Hij haalt zijn hand door zijn borstelige haar. 'Hoe heeft dit kunnen gebeuren...?' Hij lijkt de vraag net zozeer aan zichzelf als aan zijn zoon te stellen.

Johan zwijgt.

'En dacht je dat je ermee wegkwam? Het gaat er natuurlijk helemaal niet om of wij hiervan op de hoogte zijn of niet. Jij weet drommels goed dat dit uiteindelijk een zaak is tussen jou en de Here God. Hij ziet je overal, Hij heeft jou daar gezien.' Vader huivert bij de gedachte. 'Je hebt Hem verloochend.' Hij draait zich om. Alsof de haan achter hem kraaide. 'Twee weken huisarrest. Maar dat had je natuurlijk al begrepen...' Hij doet de deur van de woonkamer achter zich dicht.

Johan sjokt de trap op. Nel is nergens meer te zien. Hij ploft neer op de stoel achter zijn houten bureau. De stoel kraakt bij elke beweging die hij maakt. Hij plant zijn ellebogen op het wiskundeschrift dat open voor hem ligt. Wat nu? De bioscoop mag niet, dat weet hij. De muziek die hij daar zag en hoorde mag al helemaal niet. Zijn bijbeltje ligt in een hoekje. Open laten vallen op een willekeurige plek en dan gaan lezen. Dat is de beproefde methode. De dominee zei ooit tijdens catechisatie dat je zo te weten kunt komen wat God je te zeggen heeft.

De flinterdunne pagina's vallen open en zonder te kijken zet Johan zijn vinger op de pagina. 'Hoe dikwijls geschiedt het dat de lamp der goddelozen uitgeblust wordt.' Bah. Boven aan de pagina staat Job 21. Het Bijbelboek dat juist over lijden gaat. 'En hun verderf hun overkomt; dat God hun smarten uitdeelt in Zijn toorn.' Nee, nee! Dat kán het niet zijn. God moet toch iets hoopvollers kunnen zeggen? Even verder kijken. Is dit valsspelen? Hij pakt een plukje pagina's, slaat ze om en prikt met zijn wijsvinger op een volgende tekst. 'Hij kusse mij met de kussen Zijns mond.' Hè? O, Hooglied. Natuurlijk. Het meest liederlijke Bijbelboek. Kijk hier, een stukje verder: 'Mijn Liefste is mij een bundeltje mirre, dat tussen mijn borsten vernacht.'

'Wij moeten Hooglied absoluut in overdrachtelijke zin opvatten,' zei Johans vader onlangs aan tafel. Ooit begon hij de Psalmen na het eten te lezen. Spreuken volgde vanzelf, daarna Prediker, maar toen het Hooglied aan de beurt was, besloot hij het boek na één hoofdstuk verder over te slaan. 'Het gaat hier om de liefde van de

Heere jegens zijn kinderen, beschreven op een manier die wij kunnen begrijpen.' Nel werd rood en knikte met haar hoofd naar Johan. Houd je kop, zeiden haar ogen. Johan had de kans om een serie lastige vragen te stellen laten schieten. Liever droomde hij weg bij het beeld van de man die als een bundeltje welriekend kruid tussen de borsten van zijn geliefde mag overnachten. De religieuze diepgang ontging hem volledig, maar hij deed dan ook geen enkele moeite.

De opwindende muziek, de minstens zo opwindende meisjesbenen onder de opwapperende rokjes in de film laten Johan gloeien. De muziek is fout, elke gedachte aan fysiek contact met meisjes is fout, maar waarom gaat zijn lijf dan zo tekeer? Hij zat rustig in de bioscoopstoel, zo rustig als hij in de kerk en op school zit. Maar al zijn zinnen werden geprikkeld op een manier waarop ze nooit eerder waren geprikkeld. Het hoofd zei nee, de rest van zijn lijf zei ja. Is dit nou die grote verleider waar zijn vader en de dominee het steeds over hebben? Is dit die brede weg, waar het zo goed toeven is? Die weg die onherroepelijk naar de afgrond leidt? Ga je naar de hel omdat je van rock-'n-roll houdt?

6

Soerabaja, 1957

'Scheerma,' zegt Chris' moeder verrast als ze vroeg in de avond de man van de Braat-fabriek het terras achter het huis op ziet lopen. Het is geen vrijdag, dus Scheerma komt niet om het weduwenpensioen te overhandigen. Hij ziet er opgewonden uit.

Chris zit met zijn moeder, oma en broer op het terras. De mangoboom geurt, de rozen bloeien en de cipoh's zingen. Chris heeft zijn gitaar op zijn schoot en een lach bevriest op zijn gezicht. Zijn moeder had hem net gevraagd of hij niet liever piano wilde leren spelen. 'Je kunt het zo goed,' zei ze. 'Zo'n gitaar is zo...' Ze haalde haar schouders een klein beetje op. '... zo gewoontjes. Iedereen speelt gitaar. Wij kunnen best een piano kopen, hoor.' Chris was in de lach geschoten. Hij speelt het best gitaar van iedereen in zijn klas, misschien wel van iedereen op school. Wat hij hoort, kan hij spelen, een natuurtalent. Hij houdt van zijn gitaar. Het is een instrument dat je vast kunt houden, dat je mee kunt nemen. Maar vooral is het het instrument dat zijn vader hem leerde spelen. En midden in zijn lach loopt Scheerma het terras op.

Scheerma vloekt binnensmonds. Chris kijkt hem verwonderd aan. De man is altijd beheerst en voorkomend. 'Die schurken!' Chris ziet dat hij zou willen schreeuwen, maar zich inhoudt. Kleine spettertjes speeksel sproeien met een boogje uit zijn mond, goed zichtbaar in het licht van de olielamp. Hij schrikt van de felheid van de plotselinge gast. 'Wat denken ze nou?! Dat ze het zelf wel kunnen?'

Chris staat op. Zijn hart bonkt en zijn handen en rug voelen klam. Zit er iemand achter Scheerma aan?

'Misschien kun je beter hier blijven, Chris,' zegt Scheerma zonder hem aan te kijken.

'Kokkie!' zegt Chris' moeder. 'Indah! Een *tjèndol* voor meneer Scheerma!' Typisch zijn moeder. Als er een ramp lijkt te gebeuren, eerst zorgen dat er iets te drinken is. Ze zal straks vast Chris naar de satéverkoper sturen om wat te halen.

Scheerma wacht tot hij zijn drankje heeft. 'Oké,' zegt hij dan. Hij lijkt wat bedaard nu en neemt een voorzichtige slok. Zijn hand trilt een beetje. 'Het komt natuurlijk niet als een verrassing. Ik had het alleen niet zo snel verwacht.'

'Meneer Scheerma?' zegt Chris' moeder dan. 'Ze ontslaan u toch niet?'

'Dat doen ze wel, Trui. Ze doen het verd... Ze doen het wél.'

Oma heft haar handen omhoog en zegt zacht: '*Kassian*'.

Chris duwt zijn rug tegen de leuning van de stoel. Hij kijkt naar boven, naar de bamboebedekking van het plafond over het terras. De oplopende spanningen in het land zijn hem natuurlijk niet ontgaan. Vorige week had Soekarno een verrassing voor de inwoners die de Nederlandse nationaliteit hadden gehouden. Ze werden 'ongewenste vreemdelingen'. De dag waarop de man die Nederlands onderwijs had genoten dit afkondigde, kon geen toeval zijn: 5 december. 'Zwarte Sinterklaas', schreven de kranten op Java. 'Als we hier maar kunnen blijven,' had zijn moeder verzucht. Chris kan het zich niet goed voorstellen, een leven ergens anders.

'De Braat-fabriek is vorige week genaturaliseerd,' zegt meneer Scheerma. 'Net als alle andere Nederlandse bedrijven. Maar de fabriek moet wél blijven draaien.'

Hij kijkt Chris en Rob aan. 'Jullie grootvader had een hoge positie in de fabriek,' zegt hij plechtig. Oma knikt. 'Jullie vader ook. Ik heb alles van hem geleerd, ik heb hem mogen opvolgen. Ik zit op het niveau net onder de directie. En nu kunnen ze het ineens allemaal zelf?' Hij neemt een slok. 'Toen Nederlands-Indië Indonesië werd en veel blanke Nederlanders vertrokken, dachten we dat wij...' Hij draait zijn vinger rond om zichzelf en de broers aan te wijzen. '... dat wij nu de hoogste in de organisatielijn konden worden.'

'Huh?' zegt Rob. Hij lijkt Scheerma niet te kunnen volgen.

'Eerst hadden de blanke Nederlanders de beste posities. Nu de meeste weg zijn, zijn wij de lichtst getinte mensen.' Hij houdt zijn handen open voor zich en trekt zijn schouders iets op. 'Logisch toch dat wij dan nu de goeie banen zouden krijgen? Maar zo werkt het dus niet, blijkbaar.' Hij kijkt nu naar Chris' moeder. 'Al mijn expertise. Al mijn ervaring. Ik ken elke hoek van die fabriek.'

Hij staat op en begint te ijsberen. Hij hapt drie keer naar adem om een zin te beginnen die niet komt. Uiteindelijk wijst hij naar Chris' moeder. 'Wat ik jou moet zeggen: ze zullen ook je weduwenpensioen stoppen.'

Chris kijkt gespannen naar zijn moeder. Die haalt haar schouders op. 'Ach, ik heb mijn werk nog. Misschien redden we het.'

'Trui,' zegt Scheerma nu indringend. 'Je moet echt nadenken of je hier wilt blijven. Je hebt toch de Nederlandse nationaliteit? Je bent een ongewenste vreemdeling. Het wordt er hier niet beter op.'

'*Tanah tumpah darah...*' verzucht moeder. Haar moederland.

'Chris, ik adviseer jou zeker naar Nederland te gaan. Je bent achttien toch?'

Chris schrikt.

'Hier kom je niet verder, je gaat studeren en dat kun je het beste in Nederland doen. Je wist al dat dat het beste was. En dat geldt ook voor Rob. Ik vertrek met mijn gezin. Ik heb geen werk en ik denk dat het steeds onveiliger wordt.'

Chris voelt een vreemde opwinding. Moet dat echt? Wat een verandering zou dat zijn, naar Europa. Hij kijkt naar zijn moeder. Ze huilt zacht. Scheerma praat door. Niemand luistert meer. 'Ik heb veel ervaring. Die kan ik ook in een ander bedrijf kwijt. Ik kan leidinggeven. Ik ken de handel...'

◆

Chris loopt met Hans langs de Kali Mas. Ze zitten bij elkaar in de klas. Hans is een maandje ouder, maar lijkt altijd verstandiger. Alsof hij beter doorziet hoe de wereld in elkaar zit. Chris is graag in zijn gezelschap.

Een groepje inlandse jongens staat ze op te wachten. 'Kijk uit!' schreeuwt Hans. '*Bèrang*!'

Chris heeft het kapmes al zien glinsteren in de zon. Twee jongens hebben een mes, er zijn er nog zes en God mag weten met welke wapens zij de blanda's te lijf willen gaan. 'Wegwezen!' roept Chris.

Een paar dagen geleden heeft Chris een Nederlands meisje uit de klauwen van twee jongens gered. Ze was net door hen gegrepen en hij had geen tel nagedacht, was erop afgegaan en had de jongens van het meisje gemept. Ze waren scheldend en dreigend afgedropen.

Natuurlijk komen ze terug. En natuurlijk zijn ze dan met meer. 'Usir blanda,' krijsen ze. Chris is doodsbang. Dit is letterlijk rennen voor je leven, schiet er door hem heen als hij schuin over de Simpang Dukuhstraat rent in de richting van het Oranje Hotel. Merdeka Hotel, wordt het tegenwoordig genoemd, het hotel van de vrijheid. '*Namanya* Chris!' gilt er een achter hem. Hoe weten ze hoe hij heet? *Pemuda's* met messen, woedende kreten, hij ruikt de geur van bloed, hij hoort oude legertrucks optrekken en hij wil zich als een zesjarige verstoppen in de struiken. Hans duikt de lobby van het chique hotel in. Waarom daar naar binnen? Chris volgt hem. Achter zich hoort hij nog steeds geschreeuw. '*Kami akanambil dia nanti*!' Hij wurmt zich door de zware voordeur en rent door tot de balie. De medewerker in uniform kijkt verbouwereerd naar de twee jongens. 'Hans...' Chris is buiten adem en in paniek. 'Ze weten wie ik ben. Ze zeggen dat ze me te grazen gaan nemen!' Hans slaat zijn arm om zijn schouder, zijn rug is kletsnat. Samen staan ze hijgend tegen de balie aan gedrukt. Er zijn geen klanten om in te checken, de man kan ze onmogelijk negeren. De woeste achtervolgers laten zich achter de deur zien, maar komen niet naar binnen.

De man van het hotel alarmeert de politie, die Chris en Hans ontzet. Het levert hun allebei meteen een paar klappen op. Als de politie komt, vallen er sowieso klappen. Vier agenten nemen de jongens mee in hun busje. Hans probeert Chris te kalmeren, op het bureau krijgt hij nog een flinke por met de kolf van een geweer. Van bedreiging wil de agent niks weten. Deze blanda's zullen het er zelf naar gemaakt hebben.

De vader van Hans haalt de jongens van het bureau. 'Ja commissaris, ik neem ze onder handen,' zegt hij voordat hij de jongens mee kan nemen. Chris probeert zijn ademhaling omlaag te krijgen, kijkt voortdurend om zich heen. De drie lopen zwijgend naar huis. Chris wil van alles zeggen, over hoe bang hij is geweest, hoe onredelijk dit is gegaan, maar hij doet het niet. Hij wil vragen of meneer Jozefs de kwestie niet groter wil maken bij zijn moeder, hij kent zijn moeders bezorgdheid. Hij doet het niet. Hij weet dat zijn moeder vindt dat ze niet meer veilig zijn. Maar hij ziet nu zelf ook dat hij Indonesië moet verlaten. Zo snel mogelijk.

Die avond gaat Chris naar Hans. Ze zitten voor het huis, met hun rug tegen de buitenmuur. De voortuin is niet groot, een smal reepje gras en wat hortensia's.

'Was jij bang?' vraagt Chris.

Hans haalt zijn schouders op.

'Ik ben er niet gerust op.' Chris is doodsbang, maar ook benieuwd hoe zijn verstandige vriend de boel inschat. 'Denk jij dat ze terugkomen?'

'Je moet even uit de buurt van de Kali Mas blijven. Dat denk ik wel. Maar verder weet ik het ook niet. Heeft dat meisje jouw naam genoemd?'

'Nee. Ik kende haar niet...'

Heeft Hans zijn naam geroepen? Maar los daarvan, je kunt eens ruzie over een meisje hebben, maar dit, die messen, de blik in de ogen van die jongens, het was echt angstaanjagend.

'Eerlijk gezegd ben ik nog steeds bang. Ik ben bang dat ik hier niet kan blijven.'

Hans peutert rustig een sigaret uit zijn pakje. Hoe kan hij zo kalm blijven?

'Ik denk dat het op den duur overgaat.'

'Die haat? Waarom die haat?'

Hans steekt zijn sigaret aan. 'Kom op,' zegt hij terwijl hij zijn eerste rookwolk uitblaast. 'Je hebt het zelf toch meegemaakt? Hoe dit land onafhankelijk is geworden? De Nederlanders hebben de inwoners van dit land eeuwenlang als een minderwaardig volk behandeld. We hebben ze onderdrukt Chris, in hun eigen land! En we hebben bepaald niet soepel meegewerkt met de logische stap naar onafhankelijkheid.'

Chris wil opstaan. Hans biedt hem een sigaret aan.

'Nee, het was chaos. Maar nu is Indonesië er, met eigen bestuur. Wij zijn de jonge mensen. Het gaat over de generatie vóór ons. Wij zouden toch...'

Chris trekt driftig aan zijn sigaret. Dit is een verhaal tegen beter weten in. Misschien heeft Hans de woorden om het acceptabel te maken. Misschien kan hij hem uitleggen waarom hij het land waar hij geboren en opgegroeid is moet verlaten. Waarom hij bij Linda weg moet.

'Wij praten er nooit over, thuis. De gebeurtenissen zijn als de Kali Mas, zegt mijn moeder. We worden meegevoerd door de stroom van gebeurtenissen als door een rivier. Je doet er niets aan, je kunt de loop van de geschiedenis niet wijzigen.'

'Je weet toch hoe het is gegaan, na de oorlog?'

Chris knikt.

'Wij praten er wel veel over, thuis,' zegt Hans. 'Volgens mijn vader is het belangrijk je geschiedenis te kennen, om de tijd waarin je leeft te begrijpen. En wij horen natuurlijk het verhaal van de Nederlandse kant.'

Hans doceert bijna. Dat is een sterke eigenschap, vindt Chris, maar het irriteert tegelijkertijd. Had hij zelf maar een vader met wie hij deze dingen kon bespreken.

'Kijk,' zegt Hans, 'Nederland heeft hier natuurlijk best veel goeds gedaan. We hebben dit land organisatie, structuur en welvaart gegeven. Maar we hebben meer welvaart genomen dan aan de bevolking hier gegeven. We hebben ons altijd als bazen opgesteld, ons laten bedienen en mensen vernederd. Echt vernederd.'

Chris kijkt somber voor zich uit. 'Kokkie en baboe zijn blij dat ze bij ons kunnen werken,' zegt hij dan. 'Ze hebben een goeie baan. Ze willen helemaal niet dat wij weggaan.' Dan wordt hij feller. 'En wij lopen niet met kapmessen en speren door de stad!'

'Dat is de frustratie. En vergeet niet: het Nederlandse leger heeft hier veel bloed vergoten.'

'Daar zijn de Nederlanders niet mee begonnen! Man, weet je niet meer wat er hier in de stad gebeurde, toen de oorlog was afgelopen?'

'Nee,' zegt Hans. 'Dat ben ik niet vergeten.' Hij kijkt met samengeknepen ogen naar Chris. 'Jij bent dat natuurlijk helemaal niet vergeten. En ik weet ook lang niet alles van wat er toen gebeurd is...'

Chris' hersens kraken. Zit Hans hier nou de Indonesische terroristen te verdedigen? De gekken die hen vanmiddag aanvielen? Hij voelt een kokende woede en tegelijk een pijnlijke verslagenheid. Hij ziet woedende pemuda's met blinkende messen, mannen met ontblote bovenlijven, uitgebrande legertrucks en hoort woedende kreten en wanhopige angstschreeuwen. Hij doet zijn ogen dicht en voelt het zweet langs zijn rug lopen. Hij slikt moeizaam en zegt dan: '*Soedah*. Het heeft geen zin. Dat is geweest. We moeten vooruit.'

'Precies, Chris, we moeten vooruit. We moeten werken aan herstel.'

Hans gelooft daar echt in, zijn optimistische energie is bewonderenswaardig. Maar hoe kan hij er na zo'n middag nog in geloven? 'We moeten vooruit.' Zijn optimisme lijkt niet van deze wereld. Naïef.

'Misschien is vooruit voor ons wel op de boot naar Nederland,' zegt hij dan somber.

'En dat wil je niet, bedoel je?'

'Nee. Maar ik denk dat ik wel zal moeten. De westerse wereld, de wereld van de vooruitgang... Maar...' Hij gaat Hans niet zeggen dat hij vertrekt. Hij weet nog niet hoe, hij mag niemand in gevaar brengen. Zijn vrienden, Hans, Ruud, de anderen van school. Het huis, de zon, de warmte en vooral Linda, wat zal hij alles en iedereen missen.

Chris staart voor zich uit. Hij voelt Hans kijken, maar houdt zijn ogen gericht op de hortensia voor hem. Hoe kun je ooit afscheid nemen van je geboorteland? Misschien kan hij terug, als alles rustiger is geworden. Dan staat hij op. 'Ik ga nog even bij Linda langs.' Zonder om te kijken loopt hij weg.

Als Chris bij Linda is, bestaat er even niks anders dan hij en zij. Hij voelt zijn hartslag eindelijk naar beneden gaan en zwijgend luisteren ze in de tuin naar de wind die zacht door de bomen ruist.

Als ze tegelijk gaan verzitten, stoot Linda hem per ongeluk tegen zijn rug.

'Au!' Hij grijpt naar de plek.

Ze schrikt. 'Was het zo hard?' Hij probeert zijn gezicht in de plooi te houden. 'Laat eens kijken?' Ze tilt zijn shirt op. 'Draai eens naar het licht. Wat een blauwe plek! Heb ik dat net gedaan?'

'Nee, die zat er al.'

'Hoe komt die daar?'

Chris weifelt. Hij moet Linda niet bang maken met een verhaal over wat er is gebeurd. 'Ach,' zegt hij dan, 'er waren een paar idioten in de stad.'

'Kregen ze je te pakken?'

'Nee. Hans was erbij, we waren met z'n tweeën.' Dan lijkt het wat minder erg misschien.

'Maar waardoor kreeg je die blauwe plek dan? Hij is groot!'

'Van de politie. Die heeft ons ontzet en de vader van Hans heeft ons bij de politie opgehaald.'

'Nee! De politie?' Linda bekijkt de plek nog eens. 'Zal ik er wat *kayu putih* op smeren?'

'Nee, geen eucalyptus.' Straks ruikt zijn moeder dat en dan komen er meer vragen.

'Fijn dat Hans' vader jullie daar weg kon halen.' Hij weet dat ze naar hem kijkt. Het is weer stil en hij voelt haar twijfel. 'Mis jij je vader?' vraagt ze uiteindelijk.

Natuurlijk mis ik mijn vader, denkt Chris. Hoe kan ze dit vragen? 'Ik weet niet,' zegt hij dan. 'Het is al zo lang geleden.'

'Ik weet het,' fluistert zij.

Wat weet Linda? Niks laten zien, denkt hij. Rustig blijven, niet reageren. Geen oude wonden openhalen.

'O...' zegt hij dan. Dat klinkt onverschilliger dan hij bedoelde. Hij wil er niet over praten.

Ze slaat haar arm om hem heen.

'Mijn oom heeft alles gezien,' zegt ze zacht. 'Hij was in de Simpang Club.'

Chris verstijft onder haar arm.

'Mijn oom hield zich dood. Er lag een dode man over hem heen. Hij is later weggevoerd naar de Werfstraatgevangenis. Daar is hij na een paar dagen bevrijd door een officier. Jack Boer. Ik zal zijn naam nooit vergeten...'

Hij rilt van ellende. Zij drukt haar arm steviger om hem heen.

'Hij heeft vijf jaar niet gesproken, mijn oom. Niks. Geen woord. Toen hij weer begon met praten, heeft hij aan mijn moeder, zijn zus, alles verteld. Ik was erbij. Ik was elf...'

Linda stopt even. Ze duwt haar hoofd tegen dat van Chris. 'Hij heeft gezien wat er met jouw vader is gebeurd. Ik weet het.'

Chris slaat zijn armen om haar middel en trekt haar tegen zich aan. De grond draait, zijn hoofd voelt licht en Linda lijkt het enige in zijn omgeving wat niet beweegt. Ze streelt haar hand door zijn haar.

7

Soerabaja, 1958

'Meneer Buisman,' zegt de medewerker van het Nederlands consulaat, 'ik kan u niks beloven, maar u lijkt te voldoen aan de eisen voor repatriëring. We gaan uw verzoek insturen en dan is het afwachten op het antwoord van de staat Nederland.'

Chris kijkt nerveus om zich heen.

'Meneer, luistert u eens!' roept de man bij het loket naast het zijne. Hij slaat met zijn vlakke hand op de houten balie. Rondom Chris duwen mensen elkaar opzij, overal klinken stemmen, sommige zacht en beschaafd, andere luid en geïrriteerd, een enkele wanhopig.

'Hoelang gaat dat duren?' vraagt Chris. Zijn mond voelt droog.

'Minimaal drie maanden, maar op het moment kan dat ook langer zijn. Gaat u maar uit van het dubbele.'

'Kan dat echt niet sneller?' Hoe moeilijk kan het zijn: zijn vader had de Nederlandse nationaliteit, zijn moeder heeft die, maar hij heeft geen paspoort.

'Er moeten toch echt dingen nagelopen worden,' zegt de man. 'De druk op Nederland is groot, we kunnen niet iedereen binnenlaten. Dat moet u begrijpen.'

De man met de hoed die naast Chris geholpen wordt, is boos. 'U hoort toch dat ik perfect Nederlands spreek. Ik heb de Nederlandse etiquette geleerd, ik ben Nederlands opgevoed, mijn auto is onder gekrast. Er staat BLANDA BULUH op. Misschien kunt u de hoge heren in Den Haag uitleggen dat dat 'dood aan de Hollanders' betekent.'

De man achter het loket steekt zijn hand op. Natuurlijk, hij kent de verhalen.

Maar de man met de hoed is nog lang niet klaar. 'De heren in Den Haag mogen dan wel vertellen dat ik niet genoeg binding met Nederland heb, de mensen hier denken daar héél anders over.'

De man achter het loket valt hem nu in de rede: 'U hebt zelf drie jaar geleden gekozen voor de Indonesische nationaliteit, meneer Verhage...'

'Meneer Verhage, inderdaad. Dat klinkt erg Indonesisch, vindt u ook niet? Ik weet dat ik niet de enige *warga negara* ben die spijt heeft van zijn keuze. Ik wilde mijn werk houden! Het was de enige manier om mijn werk te kunnen blijven doen.' De man draait zich resoluut om en wil weglopen, maar hij bedenkt zich. 'Trouwens, de Nederlandse regering heeft mij juist aangemoedigd deze stap te zetten.' Dan draait hij zich vastberaden om. 'Ik zal mijn eigen weg moeten zoeken.' Hij kijkt naar Chris, die naar buiten loopt. 'Nederland kan toch niet zomaar z'n handen van geboren Nederlanders af trekken?' Hij lijkt het vooral tegen zichzelf te zeggen. 'Begrijpt u dat nou?'

Chris begrijpt het niet. En het tafereel bij het loket maakt hem angstiger dan hij al was.

'De volgende,' zegt de man van het consulaat.

De schouders van de man met de hoed hangen, zijn rug is bol. Wat gebeurt er met de mensen die wachten op uitreispapieren? Sta je dan op een lijst en houden ze je in de gaten? Laten ze dat aan de Indonesische overheid weten?

'Meneer!' Hij steekt zijn hand uit naar de man die net naast hem stond. 'Meneer!'

De man draait zich om.

'Hoe gaat u het nu doen?'

Hij kijkt vragend naar Chris.

‘U zei dat u uw eigen weg moet zoeken. Wat gaat u doen?’

‘Sssstt! Niet zo luid, jongeman!’ De man pakt even zijn arm vast en fluistert: ‘Sommigen gaan als verstekeling aan boord.’

Dan draait hij zich om en loopt snel weg. Chris rent achter hem aan, het consulaat uit. Hij houdt hem opnieuw staande en trekt hem de smalle doorgang tussen het consulaat en het leegstaande pand ernaast in. Hij kijkt om zich heen. ‘Hoe gaat u dat doen?’

De man trekt zijn hoed dieper over zijn hoofd. ‘Ik weet het nog niet. Ik moet alles uitzoeken: wanneer vertrekt er een geschikt schip, waar kun je je aan boord verstoppen...’ Hij kijkt Chris ineens langer aan. ‘Waarom wil je dit weten?’

‘Ik ben bang dat ze mij ook niet laten gaan.’

De man zucht. ‘Het gekke is: ik belemmer nu de terugkeer van mijn vrouw. Zij heeft directe familie in Apeldoorn. Volgens een goede vriend van mij moet ik nu scheiden, dan kunnen mijn vrouw en onze twee kinderen naar Nederland.’

‘Wacht even. U moet scheiden zodat uw vrouw naar Nederland kan?’

De man knikt. ‘Ik denk dat dat de enige oplossing voor ons is. Zij gaan naar Nederland als spijtoptanten, ik ga er dan als verstekeling achteraan.’ Hij kijkt naar de ingang van het steegje. ‘En dan trouwen we weer. Want dan kan ik ook in Nederland blijven.’ Dan lacht hij schraperig. ‘Als ze dat dan nog wil, tenminste...’

Wat een krankzinnige constructie is dit. ‘Weet u welke eisen ze stellen om naar Nederland te mogen?’

‘In Nederland geboren, directe familie in Nederland of in elk geval een keer van je leven in Nederland geweest.’ De man tikt tegen zijn hoed. ‘Veel wijsheid, jongen,’ zegt hij dan en hij loopt weg.

Chris gaat niet wachten op zijn papieren. Dat duurt te lang, het is te onzeker en voor hem is het hier te gevaarlijk.

◆

Er is er maar één die Chris in vertrouwen durft te nemen.

Robs ogen worden groot als hij hoort dat Chris werd bedreigd door nationalisten en dat Chris overweegt om als verstekeling naar Nederland te gaan. 'Zal ik meegaan?' Hij roept het bijna.

'Ssst,' zegt Chris geïrriteerd. Ze zitten op het muurtje en Chris speelt wat op zijn gitaar zodat hun gedempte stemmen overstemd worden door de muziek.

'Samen gaan, dat is beter, toch?'

'Nee,' fluistert Chris. 'Ik loop gevaar. Jij niet. Bovendien zijn moeder en oma er ook nog. We kunnen niet met z'n vieren ongezien op zo'n schip komen. Iemand moet hier bij hen blijven.' Het zal Rob goed doen, wat verantwoordelijkheid hier thuis. 'Maar denk nou 'ns serieus mee, in plaats van aan het avontuur te denken. Lijkt het jou een goed idee om als verstekeling te gaan? Als ik dan het land in kom, hebben jullie directe familie in Nederland. Misschien gaat het voor jullie dan sneller.'

'Als het je lukt om aan boord te komen...' Rob kijkt serieuzer nu. Hij tuurt naar het lampje op de veranda. Het licht valt zacht op zijn gezicht. Best een knappe vent, denkt Chris. Goeie kaken, flinke jukbeenderen en glinsterende ogen. Een paar vlassige haartjes op zijn bovenlip. 'Maar als je op het schip bent en het vaart eenmaal, zullen ze je er vast niet afgooien. Of dat hele gevaarte omkeren om jou weer bij de haven af te zetten. En als je eenmaal in Nederland bent...' Hij haalt zijn schouders op en kijkt zijn broer even lachend aan. 'Het is een heel end terugzwemmen, hè?'

'Ja. Wat kan er misgaan?' Heerlijk, die nuchtere benadering van Rob.

Rob denkt na. 'Ze zouden je in de gevangenis kunnen gooien.'

Twee dagen broedt Chris op een plan. Hij zegt niets tegen zijn moeder, maar bespreekt soms op gedempte toon zijn vragen met Rob.

Hoe kom je ongezien op zo'n schip?

'Gewoon met de andere mensen meelopen,' zegt Rob. 'Dat valt het minst op.'

En als ze op vervoersbewijzen controleren?

'Zorg dat je een tas bij je hebt. Die sjouw je dan voor familie.'

Hoeveel proviand heb je nodig? Hoelang doet zo'n schip eigenlijk over de reis?

Het staat in de krant. De Sibajak vertrekt op 31 maart vanuit Soerabaja en komt ongeveer vier weken later in Nederland aan. Een enorm schip, waar negenhonderdzesenvijftig passagiers op passen. Chris heeft geen idee of het er ook zoveel op zijn reis zullen zijn, maar op zo'n groot schip met zoveel mensen moet een verstopplek te vinden zijn. Dit is zijn boot. Hij gaat het doen, zijn besluit staat vast. En dat hij het zijn moeder zal vertellen.

Ze schudt haar hoofd, haalt haar handen over haar gezicht en zegt: 'Je kunt naar tante Juul. Die woont in Nederland.'

'Eerst maar eens daar zien te komen. Die papieren duren veel te lang. Ik ga als verstekeling.'

Zijn moeder zucht. Chris kent deze zucht. Zonder woorden zegt ze zoveel. Een zucht van een vrouw die het even niet meer weet, die haar man mist, die steun zoekt en niet weet waar ze die moet halen. '

'Adoeh, het is gevaarlijk...' zegt ze dan.

Chris kijkt naar haar. Het lijkt wel of ze steeds kleiner wordt. Ze gaat steeds meer op oma lijken. Ze draagt haar lange zwarte haar meestal in een wrong en haar jurk is iets te kleurig naar de zin van Chris. Zijn moeder lijkt op deze manier bijna een inlandse in een sarong. De man van het consulaat zou zeker suggereren dat deze vrouw veel te oosters georiënteerd is om in Nederland te kunnen aarden.

'Ik ga als verstekeling.' Chris wil zo beslist mogelijk klinken, als een volwassen man, er gaat verder niet over gediscussieerd worden. 'En als ik er eenmaal veilig ben, kunnen jullie ook komen.'

Bij Ruud rookt hij wat sigaretten. Ze spelen samen gitaar en praten over een studie en waar je die het best zou kunnen doen. 'Ik zou het liefst in Nederland studeren,' zegt Ruud. 'Ik ga het echt proberen...'

Chris durft niks te zeggen over zijn eigen plannen. Dit mag niet uitlekken. Straks wordt hij door een politiemacht bij de haven opgepakt. Nee, Ruud moet zijn eigen plan maken.

Als Chris weggaat zou hij hem het liefst willen omhelzen en even tegen zich aan drukken. Het is bijna onverdraaglijk, zo nonchalant weglopen terwijl hij weet dat hij hem lange tijd niet meer gaat zien. 'Tot ziens maar weer, hè.'

Ruud steekt zijn hand op. 'Ja. Zie je snel.' En hij gaat het huis in.

Chris blijft nog even staan en loopt dan langzaam weg.

Hij zou zo graag nog door de stad lopen. In het donker durft hij langs zijn oude school te gaan, maar het levendige centrum, de Kali Mas, de winkels en de ijssalon mijdt hij allemaal. Op zijn kamer staat een kleine koffer. Hij zit vol, maar regelmatig wisselt hij nog dingen. Een boek, een schrift met gitaarakkoorden, wat foto's...

Afscheid nemen van Hans valt Chris nog zwaarder. Ze zitten met hun rug tegen de muur van het huis, er is niet veel meer te zien dan de beurtelings oplichtende rode puntjes van hun sigaretten. Hoe graag zou Chris Hans alles vertellen, maar hij durft niet. Hoe minder mensen weten wat hij gaat doen, hoe minder risico hij loopt. Hij zou hem willen overhalen zijn eigen plan te maken om naar Nederland te vertrekken, maar Hans praat over betere banden tussen Nederlanders en Indonesiërs, over een Nederlands excuus voor de manier waarop de Nederlanders de Indonesiërs eeuwen hebben behandeld, voor de zogenaamde politionele acties en over een Indonesisch excuus voor de wreedheden van de pemuda's. Hans heeft nooit een standaardmening, wat zou hij nog graag zijn eigen mening aan die van hem willen blijven scherpen. Als Chris uiteindelijk opstapt, heeft Hans hem al een paar keer gevraagd of hem wat dwarszit. 'Nou, tot snel maar weer.'

Hans pakt in het donker zijn schouder en zegt: 'Hou je haaks, man.'

Als hij wegloopt, voelt hij de tranen.

Chris heeft een fris overhemd aangetrokken en zijn haren gekamd om een laatste keer bij Linda te zijn. Elk woord beukt als een mantra bij elke stap door zijn lijf: de laatste keer naar Linda. Hij drukt haar stevig tegen zich aan bij de begroeting en rookt sigaretten, zij plukt aan zijn licht krullende haar en witte overhemd. Ze kletsen over een studie en welke dat dan zou moeten zijn. Even doen alsof er geen ondraaglijk morgen is, genieten van het moment. Ze zitten op het verhoogde prieel achter in de tuin van Linda's ouders. De krekels tsjirpen en Chris staart naar de papajaboom. Daar, onder de boom, staat zijn vader, die hem een kort knikje geeft. Als Chris met zijn ogen knippert, is hij alweer weg.

'Chris,' zegt Linda. Ze trekt zich met haar arm om zijn middel dichter naar hem toe. 'Je gaat weg, hè?'

Hoe weet ze dat? Is het dan toch uitgelekt? Dat kan niet. Alleen zijn moeder, oma, Rob en meneer Scheerma weten van zijn plan.

'Ik ga zo.' Het is bijna onmogelijk haar te verlaten nu ze zo dichtbij is.

'Chris...' fluistert Linda, nu vlak bij zijn oor. Zijn hoofd tolt. Dit is anders dan het geflikflooi van de laatste weken. Wat wil ze? Natuurlijk weet hij wat ze wil. Hij wil het ook.

'Ik weet niet...' zegt hij zacht.

'Of het mag?' vraagt ze. 'Was jij een paar maanden geleden niet achttien geworden? Moeten we het even aan je moeder vragen?'

'Nee, doe niet zo gek.' Zijn hand dwaalt onder haar blouse over haar blote rug.

'Je weet niet hoe het moet,' zegt ze lief en ze pakt met beide handen zacht zijn gezicht.

Nee, natuurlijk niet, denkt hij. Niet precies.

'Natuurlijk wel.' Hij draait zijn schouders iets naar achter. Zijn handen dolen verder naar beneden. Naar de voorkant? Of toch de achterkant? Dit leer je niet op de Soerabajase School Vereniging.

Haar adem voelt als de warme Javaanse nacht, haar huid als de koele berglucht van Tretes. Zijn hart maakt zoveel lawaai dat hij bang is dat zij het kan horen. Het prieel kraakt zacht, de *tokeh* roept hard en de tranen van Linda zijn zout als de Javazee.

Zijn moeder en oma kunnen niet stoppen met huilen. Chris voelt zijn dichtgeknepen keel, maar hij zal zijn tranen niet laten zien. Dat is een van de te weinige lessen die hij van zijn vader leerde: een man huilt niet. Tegelijk weet hij zich niet zoveel raad met twee wenende vrouwen in zijn armen.

De vrouw die hem een zacht duwtje gaf toen hij na de vreselijke Bersiapperiode voor het eerst naar school ging. Toe maar, jongen, het lijkt eng, maar het komt goed. De vrouw die hem droeg toen hij een baby was, die hem troostte toen hij uit de papajaboom was gevallen en een gat in zijn voorhoofd had. Die vrouw zoekt nu troost bij hem. En hij heeft geen idee hoe hij die moet bieden.

Naast haar de vrouw die haar zoon al verloor. Zij wil haar kleinzoon niet zien vertrekken. Ze brandt wierook, ze offert bloemen en specerijen, ze maakt baden en bezweert de *djaga*, de boze geest die eruitziet als een python. De djaga die haar zoon nam. Geen *goena-goena* kan haar kleinzoon tegenhouden, dus moet ze haar stille kracht gebruiken om hem te beschermen.

Chris kan ondertussen niet anders dan vurig hopen dat zijn moeder, zijn oma en zijn broertje veilig zullen zijn totdat ook zij kunnen vertrekken. Hij is niet meer bij de Kali Mas geweest, kwam zo weinig mogelijk in het centrum en begint te geloven dat zijn bedreigers niet weten waar hij woont. Maar wat als ze erachter komen dat hij laf is weggevlucht en zijn familie hier heeft achtergelaten?

Ik hou van jullie, houd je alsjeblieft rustig en kom snel, denkt hij. 'Als ik in Nederland ben kan ik jullie komst goed voorbereiden.' Het is al zeker de tiende keer dat hij dit zegt. Rob staat er wat schaapachtig bij. Chris kijkt naar hem, misschien kan hij een grap maken om de sfeer wat te verlichten, maar zijn broer kijkt hardnekkig naar de stam van de klapperboom. Chris haalt diep adem. 'Jullie kunnen vast heel snel ook komen...'

8

Den Haag, 1958

Twee deuren naast de Thaliabioscoop aan de Haagse Boekhorststraat zit Muzam, een winkel waar grammofoonplaten worden verkocht. Johan stapt er met kloppend hart naar binnen. Hij haalt nonchalant zijn hand door zijn blonde haar, dat veel te kort is om te profiteren van deze beweging. De muziek die hij hoorde in *Rock Around the Clock* laat hem niet los. Vijf maanden lang hoort hij telkens weer dat ene liedje. 'See you later, alligator...' Dan iets onverstaanbaars wat eindigt op 'crocodile'. Hij wordt ermee wakker, steeds weer dat liedje in zijn hoofd, dat ritme in zijn lijf. Ondanks de preek die hij kreeg van zijn vader, wil hij het liedje hebben, zodat hij het weer een keer kan horen. Niet de inmiddels ongetwijfeld gecorrumpeerde versie in zijn hoofd, maar de echte.

'U heeft de film gezien?' vraagt de verkoper glimlachend.

'Nee,' zegt Johan. Waarom zegt hij nou nee? Dit is zijn vader niet.

'Ik heb er als het goed is nog een liggen,' zegt de platenverkoper. Johan haalt diep adem en kijkt om zich heen. Deze winkel is een schatkamer vol platen en posters. Hij zou hier dagen willen luisteren en ontdekken. 'Hier heb ik hem.' De man legt een singletje op de toonbank. Er staat een Decca-logo op. In het midden van het hoesje zit een groot, rond gat, waardoor Johan het label van het plaatje kan zien. BILL HALEY, staat er onder de titel. 'Dat is één gulden vijftig.'

Met het singletje nonchalant onder zijn trui roept hij: 'Ik ben thuis!' en neemt meteen de trap naar boven. Het singletje verdwijnt in de onderste lade van zijn bureau. Dan gaat hij rustig naar beneden.

Wekenlang bekijkt Johan elke dag zijn single. Afspelen kan niet, hij heeft geen pick-up. Steeds weer kijkt hij er geconcentreerd naar, alsof hij de muziek kan horen als hij maar lang genoeg naar het vinyl staart. Dan besluit hij van zijn spaargeld een koffergrammofoon aan te schaffen. Het wordt een Philips-speler die op 16, 33, 45 en 78 toeren kan afspelen. Als zijn vader op zijn werk is en zijn moeder naar de markt, koopt hij het apparaatje en brengt het naar zijn kamer. Zijn vader komt daar niet. Als hij zijn bureau een beetje rommelig houdt, valt het niet eens op. Hopelijk gaat zijn moeder er geen trammelant over maken. Een paar dagen gebruikt Johan de speler voor zijn enige single 'See You Later Alligator'. Hij speelt het liedje zacht af, zodat het buiten zijn kamer niet te horen is. Elke keer weer sluit hij zijn ogen als hij het lied hoort. Dit is geluk. Elke ochtend voordat hij naar de technische school gaat, luistert hij eerst naar zijn single. Als in ochtendgebed zit hij, helemaal geconcentreerd. Hij voelt vlinders in zijn lijf. De stoel waar hij op zit, de vloer waar de stoel op staat, ze lijken niet te bestaan. Alleen hij en zijn muziek. Dit gevoel van totaal geluk zou hij eigenlijk in de kerk moeten ervaren. Hij vindt het hier, in de muziek.

Na een week komt zijn vader ineens zijn kamer binnen. Johan had hem de trap op horen lopen, maar veronderstelde dat hij door zou lopen naar zijn treintjes op zolder. Zijn vader komt vrijwel nooit in zijn kamer.

Vader gaat ongemakkelijk op de rand van Johans bed zitten. Zijn donkerbruine pak valt te royaal om zijn schouders en dijen wanneer hij iets te diep wegzakt in de zachte, sleetse matras.

'Jongen,' zegt hij zonder Johan aan te kijken. Hij staart naar het grammofoonspelertje op zijn bureau. 'Ik wil 'ns met je praten.'

Eén keer eerder is hij met deze mededeling Johans kamer binnengekomen, anderhalf jaar geleden. Toen schraapte hij zijn keel en was hij zichtbaar nerveus. 'Eh...' Hij krabde wat aan zijn linkerslaap. 'Weet jij waar kinderen vandaan komen?' Johan had eigenlijk 'nee' willen zeggen, maar realiseerde zich dat de ongemakkelijke scène dan alleen maar langer zou duren. 'Ik ben zestien,' had hij geantwoord. 'Ah. Natuurlijk.' Vader leek wat opgelucht. 'Als je dat weet, dan moet ik je misschien nog even zeggen dat je soms, eh...' Hij staarde lang naar buiten, alsof daar iemand was die hem uit deze beproeving ging helpen. Iemand als moeder bijvoorbeeld, maar die had het blijkbaar het beste gevonden als vader dit klusje zou klaren. 'Nou ja, dat je soms wakker wordt en dat je, eh...' Enfin. Op zijn zestiende komt zijn vader hem vertellen dat je een natte droom kunt hebben en dat dat niet erg is en dat je dan niet, zoals hij bij zijn eerste dacht, aan een ziekte lijdt.

Die combinatie van onhandigheid en toch ook de zeldzame lieve bedoeling ergens over te willen praten in plaats van een dwingende opvoedende aanwijzing te geven, ziet Johan nu ook bij zijn vader.

'Ik weet dat je heel erg van die teenagermuziek houdt,' zegt hij uiteindelijk. 'En je bent natuurlijk ook een teenager. Dus dat is logisch.'

Weer die ongemakkelijke stilte.

'Je moet weten dat er een reden is dat ik die muziek hier in huis niet wil horen. Het is de muziek uit het rijk van het kwaad. De Here God vraagt ons Hem te prijzen in psalmen, lofzangen en geestelijke liederen. Niet in liederlijke oerwoudgeluiden.'

'Nou ja, oerwoudgeluiden... Zo erg...'

'Oerwoudgeluiden,' zegt zijn vader nadrukkelijker nu. Dan herpakt hij zich en spreekt weer geduldiger. 'Al die opzwepende trommels, het is niet Nederlands. Krijsende zang, ik zou het niet eens zang noemen. Het is geluid dat niet harmonieus is en je dus afleidt van een harmonieus leven met de goede God. Het is spelen met je leven. Hoe wil jij dit gaan verantwoorden als jij straks voor de troon staat?'

Hij kijkt Johan eindelijk aan, onderzoekend, zijn gezicht ernstig.

'Ik wil dat je dat begrijpt en ik wil dat ik je hierin kan vertrouwen. Ik kan niet toestaan dat boze machten ons huis indringen, ook al zul jij dat niet zo bedoelen.'

Hij staat op, lijkt wat opgelucht en geeft Johan een klopje op zijn schouder. Johan wil knikken, maar zijn hoofd blijft naar beneden gericht.

◆

'Kijk dan. Dit is echt bijzonder en uniek.' De stem van Johans vader gaat altijd een stuk omhoog in toonsoort als hij enthousiast wordt. Het is vrijdagavond en Johan schippert al een paar dagen tussen zich teleurgesteld op zijn kamer opsluiten en de anderen in de woonkamer opzoeken. Johans vader lijkt zijn aanwezigheid te waarderen en doet zo te zien zijn best het gezellig te maken.

'Dit wordt een enorme kathedraal.' De r van 'enorme' rolt als de donder van een verre onweersbui. 'Dit hier, kijk.' Johan volgt de vingers van zijn vader. 'Dit lijkt de hoofdgevel. Is het niet. Het is slechts een zijbeuk.' Hij zegt het met een plezier en trots alsof hij de Sagrada Familia zelf heeft ontworpen. 'Dit gaat nog decennia duren, voordat deze basiliek af is. Dat gaan wij niet meer meemaken.' Hij kijkt Johan aan alsof hij hem zojuist heeft ingewijd in een groot geheim. Dan slaat hij de bladzijde van het boek om.

Iedereen wordt leuker van enthousiasme, denkt Johan. Waarom ziet hij dat zo weinig bij zijn vader? Hij is zo innemend met zijn bijna naïeve aanstekelijkheid. Johan ziet hem eigenlijk nooit over zijn andere passie, de kerk en het geloof, spreken. Zijn vader reist bijna net zo makkelijk in de verbeelding als in het echt. Met brede armgebaren weidt hij uit over de afbeeldingen die op de groezelige zwart-witfoto's in de boekjes en bladen afgedrukt staan.

Vanwege zijn baan bij de Nederlandse Spoorwegen kan Johans vader met korting reizen. Het is nog altijd een begrotelijke exercitie, maar zo nu en dan trekt de complete familie er met de trein op uit, meestal om een bezoek te brengen aan een van de grotere Nederlandse steden. Voor Johan zijn dit de beste herinneringen aan zijn kindertijd. Vooral zijn vader verandert op die dagen van een sombere, wat tobberige man in een enthousiaste reisleider. Hij bereidt de tripjes nauwgezet voor en geeft bij elk monumentaal pand, bij voorkeur een grote kerk, een gedegen verhandeling over het gebouw en de geschiedenis daarvan. Zijn archaïsche taalgebruik daarin is net zozeer beïnvloed door de Bijbel en andere kerkelijke lectuur als door de reisboeken van dr. L. van Egeraat.

'Pap,' zegt Johan. 'Zullen we er een keer heen gaan? Naar Barcelona?'

Zijn vader staart voor zich uit, alsof hij nooit aan de mogelijkheid heeft gedacht de Pyreneeën in het echt over te steken. 'Ja. Dát zou mooi zijn...' Hij kijkt nog eens naar het boek voor zijn neus en schudt zijn hoofd, alsof hij ontwaakt uit een droom. 'Maar het is niet realistisch, zoon.'

'Hoezo niet? Het zou toch prachtig zijn?'

'Ik denk dat je wel drie dagen onderweg zou zijn met het spoor. Den Haag, Rotterdam, Roosendaal, Antwerpen, Brussel, Mons, Saint-Quentin, Parijs. De TEE naar Parijs. Étoile du Nord. En dan moet het grootste deel nog komen.'

Johan glimlacht. Zijn vader kent het traject helemaal uit zijn hoofd. Zou hij het vervolg ook kennen?

'Zou u het graag een keer doen?' vraagt hij.

Zijn vader schudt zijn hoofd. De flonkering die Johan net nog zag verdwijnt uit zijn ogen. 'Het kan niet.'

'Als alles zou kunnen, waar zou u dan het liefst naartoe reizen?'

Nel bemoeit zich met het gesprek. 'Je bedoelt dat we dan ook met een vliegtuig zouden kunnen?'

'Ja.'

'Hawaï,' zegt Nel, alsof ze er al lang over nagedacht had. 'Amerika.'

'Ja,' zegt hun vader bedachtzaam. 'Amerika. Het land van onze bevrijders.'

‘Cowboys en indianen bekijken.’ Nel lacht.

‘New York. Boston. Washington,’ mijmert hun vader. ‘En dan met de Pacific Express het achterland in...’

‘Israël,’ zegt hun moeder.

Iedereen is stil en kijkt naar haar. Ze had nog niets gezegd. Alsof ze ineens verlegen is door al die blikken, zegt ze bijna verontschuldigend: ‘Ja toch? Het land van de Bijbel.’

Mooi idee, denkt Johan.

‘Kan niet,’ zegt hun vader dan. ‘Veel te gevaarlijk. Met die Suez-oorlog en zo. Het is ook allemaal onzin. Wij zullen met ons gezin nooit genoeg geld hebben om zomaar in een vliegmachine te stappen.’

‘Maar Barcelona...’ zegt Johan.

‘Het zou werkelijk prachtig zijn.’ Hij geeft Johan zowaar een knipoog. ‘Als jij nou een goedbetaalde baan vindt, wie weet...’

‘Afgesproken,’ zegt Johan.

Zijn vader klapt met een zucht het boek over Noord-Spanje weer dicht. Het is de klap van een droomreis die als een zeepbel uit elkaar spat. Hij sjokt naar boven. Terug naar de realiteit van het huis in Den Haag. Naast zijn treinentafel op zolder staat een oude boekenkast waarin zijn bescheiden reisbibliotheek is ondergebracht.

◆

Uiteindelijk bleef dat knagende gevoel, en dat beeld van zijn vader: niet boos, maar ernstig en bezorgd. Misschien wel bang. Hij herinnerde zich de Bijbeltekst over een hand die tot zonde verleidt en daarom afgehakt moet worden, en het oog dat tot zonde verleidt en daarom uitgerukt moet worden. ‘Het is u beter maar een oog hebbende in het Koninkrijk Gods in te gaan, dan twee ogen hebbende, in het helse vuur geworpen te worden.’ Johan kon dit niet anders interpreteren dan dat je soms iets moet opofferen om later in de hemel te komen. Of om in elk geval nog káns te maken in de hemel te komen. Na een avond waarin zijn huiswerk voor de technische school maar niet wil lukken en het singletje van Bill Haley als een gloeiende kool in zijn bureaulade leek te liggen, besloot Johan dat één gulden vijftig een kleine investering is, als het om het eeuwige leven gaat. Hij gooide zijn single in de vuilnisbak.

Een paar dagen later staat zijn vader weer bij de deur van Johans kamer. Het vermoeden van een glimlach speelt om zijn mond. 'Ik wist dat ik op je kon rekenen, jongen,' zegt hij dan. 'Ik heb de rommel zien liggen op de plek waar het hoort.'

Johan slaat met een zucht zijn natuurkundeboek dicht.

'Nu vind je het misschien moeilijk, maar je zult snel volwassen zijn. En als je volwassen bent, zul je hoe dan ook niet meer naar die klanken kunnen luisteren. Nu kort lijden voor glorie in de eeuwigheid. Het zal niet de laatste keer zijn dat je het doet, maar dit is een goede les. En je hebt gekozen voor de eeuwigheid.' Veelbetekenend staart hij naar het raam van Johans kamer. Johan kijkt om, is daar iets te zien? De vuilnisman rijdt de straat in. 'Je kiest voor het leven,' zegt vader dan op plechtige toon, en hij draait zich om en sluit de deur.

'See You Later Alligator' in de vuilnisbak achterlaten. Is dat inderdaad wat God van hem vraagt? Haalt hij met rock-'n-roll de duivel in huis? Hoe weet je überhaupt wat God vindt van iets wat nog niet bestond toen de Bijbel werd geschreven? Hij had gedacht, gebeden en gelezen. Geen stem gaf antwoord. Kan iets dat zo mooi is fout zijn? Of is het juist fout omdat het zo mooi is?

Weer twee dagen laten vindt Johan een plat pakje op zijn bureau. Er zit een briefje op in het priegelige handschrift dat hij direct herkent. 'Als blijk van waardering,' schrijft zijn vader, 'en als aanmoediging de ware muziek en werkelijke harmonie te leren herwaarderen.' In het pakketje zit een mini-elpee: *Feike Asma bespeelt het orgel van de Ev. Lutherse Kerk te Den Haag*.

9

Sibajak, 1958

Mensen lopen door elkaar, er wordt geschreeuwd, karren rijden ratelend over de kade, en er hangt een doordringende geur van stookolie en rook. De Sibajak ligt aan de kade in de haven van Soerabaja en is de spil van alle bedrijvigheid: vracht wordt aan boord gehesen, mensen drommen samen bij de loopplank en de kade bij het schip is overvol.

Het liefst zou Chris in één lange sprint het schip op rennen en onder een zeil duiken totdat de trossen los zijn. Gewoon lopen, rustig om je heen kijken en niet omkijken, dat heeft hij wel honderd keer tegen zichzelf gezegd. En nu hij hier loopt, kijkt hij alleen maar achterom. Zijn Hans en Ruud hier toevallig? Linda? Zijn moeder en Rob zijn thuis, dat weet hij zeker. Zelfs Rob hield het niet droog toen Chris hem voor het laatst aankeek. Hijzelf ook niet. Zo nonchalant mogelijk probeerde hij op Robs oude fiets te springen, en hij reed meteen weg. Zijn broer mag zijn – betere – fiets hebben, die van Rob laat hij achter bij de haven. Hij keek pas over zijn schouder toen hij zeker wist dat hij zijn huis niet meer kon zien. Er was niemand achter hem aan gerend, het verkeer bewoog zich voort over de Darmo Boulevard zoals op alle andere dagen.

Op de kade twijfelt hij. Is er een beste moment om de loopplank op te lopen? Nu al of juist vlak voor vertrek? Hij schudt zijn hoofd en haalt diep adem. Met een groepje van zeven stapt hij de loopplank op. Een gezin zo te zien; een man, een vrouw, vijf jongere mensen met allemaal een kleine tas in de hand. Hij heeft een kleine plunjebaal achteloos over zijn schouder geslagen. Als hij met zijn torso iemand zou aanraken in het gedrang, zou de ander zijn hart kunnen voelen bonken. Hij kan zo doorlopen en steekt door naar de andere kant van het schip. Het dek is daar helemaal leeg, de mensen zijn op zoek naar hun hut of zoeken een plekje op het dek om te zwaaien naar achterblijvers.

De eerste korte stoot van de scheepshoorn betekent dat de wegbrengers het schip moeten verlaten. Nu kan hij nog terug. Zijn laatste kans. Terug naar zijn moeder, broer en oma. Terug naar Linda. Terug naar zijn moederland. Hij houdt zijn rechterhand voor zijn ogen. Herpak je. Kom op. Doorzetten nu. Hij had zich voorgenomen zich meteen te verstoppen, maar misschien is de beste verstopplek wel een plaatsje aan de reling, tussen alle andere passagiers.

Boven hem hangen zes reddingssloepen, onder hem zijn nog twee dekken vol mensen. De kade ziet zwart van de achterblijvers. Mensen zwaaien met witte zakdoeken, felgekleurde sjaals of driftig met twee armen boven het hoofd. Papieren guirlandes vormen kleurige verbindingen tussen de opvarenden en hun familie aan wal. Chris speurt naar zijn vrienden, maar vindt ze niet. Geen donkere krullen van Linda, geen Hans, geen Ruud. Dus zwaait hij maar naar iemand die met een kleine witte zakdoek zijn kant op zwaait.

De hoorn van de Sibajak blaast als een langgerekte jammerroep over Tandjoeng Perak, de haven van Soerabaja. De sleepboten trekken de kabels strak, het geluid van de mensen op de kade en langs de reling zwelt aan, papieren levenslijnen breken en dan is het schip los van de wal. Honderden mensen die allemaal individueel gezien willen worden versmelten tot één lawaaierige kluwen, één gekrijs. Chris grijpt de reling steviger vast. Sjaals worden vlaggen, zwaaiende handen worden vuisten, masten worden speren. Hij doet zijn ogen dicht, schudt zijn hoofd en knijpt in het metaal van de reling tot zijn knokkels wit zien. 'Niet aan denken, nu niet,' zegt hij zacht. Soerabaja trekt zich langzaam terug.

Een voor een verlaten de mensen de reling. Sommigen zien er opgetogen uit, een paar vrouwen huilen zacht. De vette rookpluim versluiert de heldere zon. Als hij nu in zee springt, zou hij dan nog naar de kade kunnen zwemmen? Naar de stad waar hij leerde lopen, waar hij naar school ging. De stad van de eerste liefde en de stad van de verschrikking. De plek waar hij zijn vader verloor. Soerabaja met zijn klasgenoten, zijn vrienden en zijn vriendin.

Toen hij eergisteren bij Linda vertrok, voelde hij zich diep gelukkig en intens miserabel tegelijkertijd. Hij had zich zo snel hij kon weer aangekleed en even getwijfeld. Ga met me mee, wilde hij haar smeken, maar hij durfde niet. 'Wees voorzichtig,' fluisterde ze. Chris voelde zich draaierig. Haar grote ogen te dichtbij om scherp te kunnen zien. Hij hield haar prachtige gezicht tussen zijn handen en gaf haar een laatste, zachte zoen.

Voordat de laatste mensen van het dek zijn, zoekt Chris onopvallend een verstopplek. Vier weken duurt de overtocht. Hij heeft biscuits bij zich en water. Nooit genoeg voor de hele tocht, hij zal op een gegeven moment rond moeten scharrelen op zoek naar vers eten en water. Hij klimt in een van de reddingssloepen en trekt het oranje dekzeil zorgvuldig achter zich dicht. Het sluit niet zo mooi als het zat, maar hij heeft maar een klein stukje opengeklapt. Binnen is het benauwd en het stinkt er naar plastic en olie. Als een rat verstopt voor de mensen die de frisse zeelucht mogen inademen, bedenkt Chris. De officiële opvarenden slapen in een keurige hut, eten drie keer per dag, zullen zich vermaken met idiote spelletjes als blindemannetje en ringwerpen. Hij mist zijn gitaar.

Bij de ingang van de eetzalen worden de persoonlijke maaltijdkaarten gecontroleerd. Hij heeft gezien hoe een man bij de kraag werd gevat. Hij spartelde flink tegen toen hij door twee matrozen werd afgevoerd. Zou hij ook een verstekeling zijn? Hebben ze een gevangenis op de boot of zouden ze hem bij de eerstvolgende gelegenheid op een boot terug naar Indonesië zetten? Dat is Chris' grootste angst: teruggestuurd worden. In Indonesië zal hij als een verrader opgesloten worden, denkt hij. Ze zullen niet zachtzinnig met hem omgaan.

Alleen als het donker is, durft hij zijn sloep te verlaten en wandelt hij zo nonchalant mogelijk over het dek. Hij eet het noodrantsoen in zijn sloep. Overdag maalt zijn hoofd. Hij heeft Nederlands bloed en de Nederlandse nationaliteit, maar dat land heeft hem niet geholpen. Hij heeft Indisch bloed, maar kan niet in zijn geboorteland, het land van zijn moeder, blijven. En in de genadeloze hitte van zijn oranje schuilplaats kookt zijn woede over al dat onrecht.

Wat hadden de Nederlanders kunnen doen om hem een gevoel van veiligheid te geven? Hij kan vooral dingen verzinnen die ze níét hadden moeten doen, zoals tegenwerken bij de onafwendbare onafhankelijkheid van Indonesië. Irian Jaya vasthouden. Oorlog voeren. Maar het heeft geen zin te piekeren over dingen die je niet kunt veranderen. Wat hadden de Indonesiërs moeten doen zodat hij had kunnen blijven? Die idiote opstandelingen onder de duim houden. Praten in plaats van knokken. Nederlanders met rust laten...

Het fel oranje dekzeil wordt met een ruk weggetrokken en twee nieuwsgierige matrozen kijken de schuilplaats van Chris in.

'Hier zit er weer een,' zegt de een, terwijl Chris instinctief in elkaar duikt. Zijn spieren spannen. Moet hij met een katachtige sprong uit de sloep proberen te springen en een nieuwe schuilplaats zoeken? Moet hij de matrozen in vertrouwen proberen te nemen en ze overtuigen niks tegen de kapitein te zeggen? Of moet hij er juist op los gaan slaan?

'Kom er maar uit,' zegt de ander.

Verslagen geeft Chris zijn schuilplaats op. Zou hij nu opgesloten worden? Moet hij terug? Ze zijn al vier dagen onderweg. Hoewel hij ontmaskerd is, voelt hij ook opluchting. Hij stinkt en heeft regelmatig paniekaanvallen gehad bij de gedachte dat hij vier weken in die vreselijke sloep zou moeten doorbrengen. Maar het lichte gevoel van opluchting is van korte duur als hij hoort dat hij zich bij de kapitein moet melden. Rillend van de zenuwen, maar met een rechte rug, klimt hij achter de matrozen de smalle trap op naar de brug. De kapitein is niet de norse man die hij verwachtte. Hij heeft zilvergrijs haar, een gebruind gezicht waarop een vriendelijke lach speelt.

'Kijk, kijk,' zegt hij. 'Daar hebben we er weer een. Wat is je naam?'

'Buisman, meneer. Chris Buisman.'

'Welkom aan boord, Chris. Je bent inmiddels de veertiende verstekeling op deze vaart.'

Chris slaat zijn ogen neer. 'Het spijt me, meneer.'

'Nee, nee, zeg dat niet. Ik heb bewondering voor je lef en ik begrijp heel goed waarom je mee wilt.'

Chris kijkt verbaasd op.

'Ben je warga negara?' vraagt de kapitein.

'Dat niet. Ik ben Nederlander. Nooit Indonesiër geworden.'

De kapitein kijkt even peinzend uit het raam. De zee is kalm. Chris is er nog steeds niet helemaal gerust op of hij mag blijven.

'Ga je opknappen. Je kunt je douchen in de vertrekken van de bemanning. Zij hebben ook een uniform voor je. Je kunt daar ook slapen. We nemen je mee naar Rotterdam, maar je moet wel werken voor de kost. Harm, neem hem mee.' Hij kijkt naar Chris. 'Luister naar Harm, hij zegt je wat je moet doen.'

De dagen gaan langzaam en vullen zich steeds met hetzelfde werk; werk dat in Soerabaja door een baboe gedaan zou worden. Een week geleden was het ondenkbaar dat hij met wasgoed zou sjouwen en lakens van kussenslopen zou scheiden, maar nu is hij blij dat hij wat omhanden heeft en uit die sloep weg is. De avonden zijn lang. Chris zit dan graag op het achterdek. Er is niet veel licht en er komen vrijwel geen mensen.

‘Hoi,’ zegt Chris tegen een jongen die in z’n eentje in zijn buurt draalt bij de reling. Er waait een stevige wind op zee. Diep onder hem hoort hij het water. Chris zit met zijn rug tegen de reling van het achterdek en blaast langzaam de sigarettenrook uit. Hij wenkt de jongen om naast hem te komen zitten. De Sibajak schommelt langzaam heen en weer, maar niet zo erg dat je je moet vasthouden.

De jongen gaat zitten en stelt zich voor: Stephan. Chris mag geen contact hebben met de passagiers, maar niemand ziet hem hier.

‘Alleen?’ vraagt Chris zonder hem aan te kijken.

‘Nee, ik ben met m’n ouders. Die zijn binnen.’ Hij knikt naar voren.

Natuurlijk is binnen aan die kant. Achter en naast hen is zee. Chris zegt niks en vindt dat Stephan nu een vraag moet stellen. Dat doet hij pas na een paar minuten.

‘Ben jij matroos?’

‘Ik ben verstekeling.’ Hij kijkt even opzij. ‘Chris.’

Stephan fluit tussen zijn tanden. ‘Een verstekeling...’ Hij kijkt naar Chris en dan weer voor zich uit. ‘Waarom?’

‘Het werd gevaarlijk. Ik had een paar inlanders achter me aan zitten.’ Chris wil in geen geval als een lafaard overkomen. ‘Ik moet ook een studie gaan doen. Dat kan beter in Nederland. Jij dan?’

‘Mijn moeder had gezien dat twee van die gekken me lastigvielen. Ik had ze eigenlijk net afgeschud. Ze hoorde dat ze *bunuh* riepen. Daar werd ze panisch van.’

‘Dacht zij dat ze je echt wilden vermoorden?’

‘Ach... Nou ja... Misschien wel. Het was voor mijn ouders de druppel. Ze stuurden me naar de doekoen. Die moest me zegenen. Ik heb het allemaal gedaan, hoor.’ Stephan schiet in de lach. ‘Het rituele bad, besprenkeld, bewierookt... Ach, wat kan mij nou gebeuren.’ Hij leunt tevreden achterover tegen de reling. ‘En dan duurt het nog best lang voordat je echt kunt vertrekken.’

‘Weet ik...’

‘Goed. Dus we gaan daar studeren. Wat muziek maken.’ Hij kijkt opzij. ‘Maak jij muziek?’

'Zeker. Gitaar.'

'Misschien kunnen we een bandje beginnen.' Hij drukt zijn sigaret uit. 'En naar al die mooie blonde meisjes daar kijken,' zegt hij lachend.

Chris lacht niet. Wat verwacht hij eigenlijk? Blonde meisjes zullen er vast zijn, maar wat treft hij er nog meer? In gedachten ziet hij een modern, gestroomlijnd land voor zich, waar hij zal kunnen studeren, waar de zaken goed geregeld zijn, de opleidingen uitstekend. Mensen gaan er verstandig met elkaar om en staan elkaar niet naar het leven. Hij gaat wonen bij een tante die hij amper kent, moet een baantje vinden en een beroepsopleiding, maar hij is opgevoed met de Nederlandse taal, normen en waarden. Er zullen vast dingen tegenvallen, maar dit avontuur moet hij aankunnen. Dan staat hij op. 'Ik moet weer aan het werk. Zie ik je morgen weer?'

'Natuurlijk. Morgen roken we weer op het achterdek.'

De avonden op het achterdek met Stephan maken de reis voor Chris een stuk aangenamer, ook al wordt het er elke avond wat kouder. Ze fantaseren over het leven in het nieuwe land, over het weer, een studie en een baantje, maar vooral over muziek. Ze wisselen favoriete liedjes uit en dromen over optredens voor enthousiaste klasgenoten of na het werk, misschien wel in een club of een feestzaal.

'Wat is jouw favoriete artiest?' vraagt Stephan op een avond.

Chris heeft er niet echt een. 'Ik vind "See You Later Alligator" bijvoorbeeld heel goed,' zegt hij.

'Ik hou van Elvis.' Stephan begint 'Hound Dog' te zingen. Chris bluft na een tijdje mee. Hij kent het liedje niet echt, maar het schema is al snel duidelijk. Hij zingt '*dung dung dung*' op de melodie van de bas. Stephan klapt met zijn vlakke handen op zijn dijen een snelle drumpartij.

Ongelooflijk, denkt Chris, dat je met een stem, twee handen en twee dijen zo kunt swingen. Hij slaat Stephan lachend op zijn schouder. 'Dat bandje. Moeten we echt doen, joh.'

10

Doetinchem, 1958

De lucht voelt steenkoud, er valt wat milde regen en een korte tijd later schijnt de zon weer flauwtjes. De regen is veel zachter dan de slagregens in Soerabaja en de zon veel minder fel. Dit is dan *negri dingin*, het koude land. Chris staat op het achterdek, samen met de andere verstekelingen. Na vier weken varen legt de Sibajak aan in de Schiehaven te Rotterdam. Drie sleepboten trekken het schip tegen de kade. Chris rilt. Hij kan makkelijk voorwenden dat het de kou is. Terwijl de opvarenden het schip via de loopplank verlaten, worden de verstekelingen op hun plek gehouden door de bemanning van het schip. Sommigen maken een geintje, Chris staart stil naar het vaste land.

Opeens komt een groep marechaussees in looppas het dek op. Ze hebben allemaal een getrokken wapen op de heup. Chris spant elke spier in zijn lijf en voelt zijn hart tegen zijn slapen kloppen. Een ingewikkeld gesprek met de politie, dat had hij verwacht. Dit niet. Hij kijkt om zich heen. Moet hij proberen te ontkomen?

In groepjes van drie of vier gaan de verstekelingen met een marechaussee van het schip af. Chris loopt voorop in zijn groepje. Hij voelt een fysieke weerstand van de loopplank met het hekje van touw ernaast af te lopen. Zoals je soms een huis niet in wilt. Gewoon omdat het niet goed voelt.

De marechaussee gebaart dat het groepje naar de bus moet lopen die aan de kade klaarstaat. Als alle verstekelingen erin zitten, gaat de deur dicht en rijdt de bus langzaam weg. Johan kent er een paar bij naam, zij waren de afgelopen weken zijn collega's. Maar zo vriendschappelijk als met Stephan ging hij met niemand anders om. Er rijden twee politiemotoren voor hen uit en twee erachter. Drommen mensen gaan maar langzaam uit elkaar, iedereen lijkt te willen zien wie er in die bus zit.

'We krijgen een rondrit door Nederland,' suggereert een van de passagiers lachend. 'Is natuurlijk een bedankje voor ons harde werken aan boord...' Chris is er niet gerust op. Is die man zo zeker van zijn zaak, of maakt hij een grapje van de zenuwen? Misschien denkt hij dat de Nederlandse politie niet zo bruut zal zijn als de Indonesische nationalisten. Ze zijn wel véél beter bewapend. De agenten kijken grimmig, hij ziet nergens een spoor van een glimlach. Wat betekenen die getrokken wapens en die politie-escorte?

De bus rijdt de stad uit. Chris zit tegen het raam geplakt en kijkt zijn ogen uit. Wat is Nederland plat. Geen berg of vulkaan te zien. Weilanden strekken zich in eindeloos fris groen uit, zwart-witte en bruin-witte koeien staan wezenloos kauwend langs een slootkant. Hier en daar een kleurrijk tulpenveld, wat bos en veel brede en smalle wateren. Alles ziet er aangelegd uit. Dorpjes liggen keurig tussen de velden, alsof iemand met reusachtige handen huizen bij elkaar heeft geveegd. Kerktorens steken hoog boven de zwarte en rode daken uit.

Na een lange rit stopt de bus bij een stenen poort met een gietijzeren hek. DE KRUISBERG, vermeldt het naambordje. Om het gebouwencomplex ligt een gracht, afgezet met prikkeldraad. Chris voelt zich leeg. Hij is in Nederland. Zo te zien wordt hij weliswaar niet meteen teruggestuurd, maar deze plek heeft alles van een gevangenis. Op de binnenplaats staan wat geüniformeerde mensen en een man in burger, die de groep welkom heet.

'U wordt hier in De Kruisberg opgevangen totdat het voor de Nederlandse staat duidelijk is of u recht heeft om in Nederland te wonen of dat u toch te oosters georiënteerd bent.'

Chris kijkt naar de grijze wolken boven hem. Een nieuwe regenbui is in aantocht en de wind blaast over de binnenplaats. Een koude rilling trekt over zijn lijf. Met alles wat in hem zit zal hij moeten bewijzen dat hij hier thuishoort.

Iedereen wordt naar binnen gebracht en naar een slaapzaal gedirigeerd. Chris wordt opgedragen de grauwe kleding die bij aankomst is uitgereikt aan te trekken. De zaal blijkt een grote cel; er staan een tafel, een stoel en er liggen strobedden. Het past er allemaal net in. Voor de kleine ramen zitten tralies. Twee kale peertjes lichten het vertrek bij.

Chris bibbert van de kou, maar ook van de machteloze woede en vermoeidheid. Problemen bij binnenkomst van het land had hij verwacht, maar hij had gehoopt dat hij na een goed gesprek met de immigratiedienst aan de slag kon: zijn tante opzoeken, werk of andere bezigheden vinden, een gitaar opscharrelen. Iets opbouwen. En nu zit hij hier, als vee opgedreven, opgesloten in een kille cel, met een stel andere verdwaasde, net gearriveerde verstekelingen. Hij bekijkt de lorren die hij als gevangeniskleding zal dragen. Het enige voordeel van het sombere pak is dat het wat warmer is dan zijn eigen kleren.

◆

Chris trekt de deken over zijn kin. Het is koud, het stro in zijn matras prikt en de deken voelt als schuurpapier. Naast hem snurkt iemand luid en vies, alsof hij continu een snotje in zijn keel heeft. Elk houten platje in een willekeurige Indonesische achtertuin is comfortabeler dan dit miserabele slaaphol.

In zijn hoofd ziet hij steeds de twee wasknijperhelften die hij met een metalen veertje aan elkaar moet zetten. Soms is het stukje metaal zo goed, dat de twee helften perfect sluiten. Een hele reeks perfect sluitende wasknijpers komt voorbij. Houtje, metaaltje, nog een houtje, en door. Nijdig draait hij zich om. Is er echt niks mooiers te verzinnen om mee in slaap te vallen dan een perfect sluitende wasknijper? Zou zijn vader trots zijn, als hij hem hier aan het werk zag? Zouden zijn broer, moeder en oma ooit deze kant op komen, als ze zouden weten waar hij nu zit? Zou Linda hem hier een blik waardig gunnen, een blik voor de wasknijperbouwer in lompen?

Hij ziet haar lieve ogen boven zijn hoofd, hoort haar zachte stem en voelt de warmte van haar heerlijke lijf.

'Hou vol,' zegt zijn vader, die van een afstandje toekijkt. 'Hou vol, je gaat het redden.'

'Kom toch bij me,' fluistert Linda. Haar gezicht voelt zacht als satijn.

Hij schrikt op als hij de ruwe deken hard langs zijn wang voelt schuren.

◆

Aan Linda Franken,
Soerabaja

Doetinchem, 2 juni 1958

Lieve Linda,

Het is nacht en het is koud. Ik kan niet slapen en denk aan jou, zoals ik elke avond jouw lieve gezicht voor me zie als ik op bed lig. Het is gek om in Nederland te zijn, maar niet deel te nemen aan de maatschappij. Het enige wat ik van Nederland zie zijn de strenge bewakers van De Kruisberg, de overdrijvende grauwe wolken en hoge bomen die aan de rand van het terrein staan.

Vooral 's nachts is het moeilijk de moed niet te verliezen. Dan sluipt de twijfel mijn lijf in. Ben ik te doldriest vertrokken? Was ik te bang? Kan ik óóit terug? Dan zie ik alleen maar wat ik heb moeten achterlaten: mijn familie, ons prachtige land, het heerlijke eten, diepblauwe luchten, mijn gitaar, de geuren, de geluiden en vooral jou. Dan zie ik niet meer zo scherp wat er voor terug kan komen. Mijn veiligheid? Wat is veiligheid als je opgesloten zit? Mijn toekomst? De paar Hollanders die ik hier zie kijken hier naar me alsof ik een inlander ben. Weg uit Indonesië, maar nog niet echt in Nederland. Ik hang tussen mijn vader- en mijn moederland.

Lieve Linda, ik mis alles, maar het meest mis ik jou.

Voor altijd in mijn hart,
jouw Chris

◆

'Mijnheer De Fretes?' Chris veegt zijn handen af aan zijn ribcordbroek. Hij kan zijn ogen niet geloven. Verkeert de held van de hawaïgitaar in dezelfde miserabele omstandigheden als hijzelf?

De man met eenzelfde broek aan glimlacht. 'Dat klopt,' zegt hij geamuseerd en hij steekt zijn hand uit. 'George de Fretes.'

'Chris Buisman. Neemt u me niet kwalijk, maar sluiten ze een heer van naam en faam hier ook op?'

'Ja. Je ziet het. Zonder onderscheid des persoons.'

De Fretes moet ergens tussen de dertig en veertig jaar oud zijn en Chris kan zich maar moeilijk voorstellen hoe een keurige heer als verstekeling vanuit Indonesië naar Nederland reist.

George de Fretes is zojuist aangesteld als opzichter van een groepje van dertien jongens waar Chris deel van uitmaakt. Tien uur per dag zet Chris op De Kruisberg wasknijpers in elkaar. Al anderhalve maand lang denkt de Nederlandse staat na of hij hier mag blijven of niet. Soms verdwijnen er een paar man; er wordt gezegd dat zij toegelaten zijn. Elke paar weken, als er weer een schip uit de Oost in Nederland is gearriveerd, is er nieuwe aanwas.

De lente breekt aan in Nederland, maar dat betekent niet dat het alle dagen lekker warm is. Het weer, de helder blauwe lucht, het eten, hun heerlijke huis, alles was beter en fijner in Soerabaja. Het eten in De Kruisberg is smerig. Altijd diezelfde aardappelen, wat doorgekookte groenten en iets wat op vlees lijkt. En alles is vlak van smaak. Nergens een uitgesproken accent. 's Morgens krijgt hij koude boterhammen, bij de lunch diezelfde koude boterhammen. 's Avonds een klodder gele vla als dessert. Chris had de eerste keer voorzichtig zijn rechterwijsvinger in het kommetje vla gestoken. Koud. Zoet. Niet eens vies, maar vreemd, glad als zalf en geel als kurkuma.

Na het eten zijn er op de slaapzaal vaak seances en rituelen. 'Er zijn hier veel geesten,' zegt een van zijn medegevangenen. 'Dit huis is in de oorlog een kamp voor Joodse kinderen geweest, zoveel geesten hier...' Zijn ogen worden groot als hij erover spreekt, maar Chris wil er niks mee te maken hebben. Als je wilt bewijzen dat je in Nederland thuishoort, lijkt het hem beter je verre van dit soort praktijken te houden. Dus zit Chris in z'n eentje op de rand van zijn bed of dwaalt hij over de binnenplaats en denkt aan Soerabaja. Als hij de schorre kauwen hoort schreeuwen denkt hij aan de tokehs, ziet hij de kale takken van de lindebomen dan mist hij de statige tamarinde, hoort hij het gekibbel van zijn medegevangenen dan denkt hij aan zijn broer, met wie hij op het muurtje naast hun huis zat, en als hij de kille bries tegen zijn gezicht voelt verlangt hij naar de zachte huid van Linda.

Een week nadat De Fretes is aangesteld als zijn opzichter, durft Chris het aan. 'Meneer De Fretes,' zegt hij als de werkdag erop zit. 'Kunt u hier eigenlijk muziek maken?'

De Fretes kijkt hem glimlachend aan. 'Jazeker wel.'

'Zou ik eens eh... langs kunnen komen?'

George kijkt hem zwijgend aan. Net als Chris nog nerveuzer wordt, zegt hij: 'Dat is goed. Kom vanavond. Eerste verdieping, aan het einde van de lange gang rechts.'

George wenkt Chris binnen als hij verlegen bij de deur blijft staan. De man heeft een metalen gitaar op schoot. Zijn zwarte haar golft stijlvol naar achter. Er zijn nog twee mannen, allebei achter in de twintig, schat Chris. Zij hebben ook een gitaar vast. Chris voelt voor het eerst iets van plezier op deze dorre plek. Een gitaar, muziek maken, de zinnen verzetten, jezelf verliezen in een wereld die alleen maar mooi is.

In de kamer wordt fors gerookt. De sigarettenrook maakt de baan van het licht uit de bureaulamp langs de muur zichtbaar. De koffiebekers op tafel zijn nagenoeg leeg en hebben een donkerbruine aanslag aan de binnenkant. 'Speel je gitaar?' vraagt George.

'Ja. Maar ik wist niet dat je hier muziekinstrumenten kon krijgen.'

'Dat ging ook niet zomaar,' zegt een van de twee andere mannen. Hij praat snel, gehaast bijna. 'Ik ben Anton. En dat daar is Phillip. Je weet niet wie dat is, hè?' Hij knikt met zijn hoofd in de richting van George.

'Jawel,' zegt Chris, 'dat is meneer George de Fretes.'

'En weet je wie George de Fretes is?'

'Zeker wel. De bekendste muzikant van Java en hij is mijn opperman. Ik probeerde hem weleens na te spelen...'

'Precies.' Anton neemt een diepe haal van zijn sigaret. 'De Royal Hawaiian Minstrels, zegt je dat iets?'

'Anton, daar is Chris te jong voor,' grinnikt George.

'Suara Istana dan, ken je die groep?' gaat Anton verder. 'Beroemde orkesten in Indië, hoor. George heeft op de radio gespeeld. En wij noemen hem Tjoh.'

Chris haalt amper zichtbaar zijn schouders op. 'Ja, dat weet ik natuurlijk,' zegt hij zacht. Hij wantrouwt de situatie en twijfelt of hij hier mag zeggen dat hij de muziek van De Fretes kent. Ben je dan te inlands?

'Echt, een heel beroemde en grote muzikant. De beste hawaïgitarist van de aardbol,' zegt Anton.

'Anton,' zegt George vriendelijk, 'is wel goed zo.' Dan kijkt hij naar Chris. 'Ik speel veel hawaï inderdaad. En in de oorlog, toen de jappen ons verboden hawaïmuziek te maken, speelde ik krontjong.'

'Mocht u daarom niet naar Nederland komen?' vraagt Chris.

George schiet in de lach. 'Misschien wel ja. Maar goed, ik ben er nu toch. En ik denk dat ik niet heel erg lang in De Kruisberg hoef te zitten. Er zijn hier genoeg mensen die met me willen werken. Ik heb al gehoord dat iemand van Phonogram een afspraak wil met mij.'

Hij speelt met het metalen buisje dat over de snaren van zijn steelguitar glijdt. Er komt een zangerige, weemoedige klank uit.

'Ik hoef hier niet zo heel lang te zijn.'

In gedachten lijkt hij al buiten de muur van het sombere gebouw in Doetinchem. Dan kijkt hij Chris ernstig aan. 'Heb je zin om mee te doen? Wat muziek te maken?'

'Ja, natuurlijk!' Dan aarzelt Chris. 'Maar ik kan natuurlijk helemaal niet zo goed spelen als u...'

'Ik zoek geen mensen die heel goed kunnen spelen. Ik zoek iemand die goed kan luisteren.'

'Eén virtuoze gitarist is meer dan genoeg,' zegt Phillip. Het is voor het eerst dat Chris zijn stem hoort. De stem is rasperig, en veel lager dan je van de tengere man zou verwachten.

George glimlacht. 'Ik doe de solo's, laat daar geen misverstand over bestaan. Ik ben op zoek naar begeleiders. Mensen die mét mij meespelen. Ik zoek geen mensen die de muzikale competitie met mij willen aangaan. Jij zit in mijn team, ik zie hoe geconcentreerd jij je werk doet en ik mag je. Ik denk dat jij het kunt. Luisteren en spelen.'

Anton loopt naar de schemerduistere hoek van de kamer. 'Heb je zo'n ding weleens in je handen gehad?' Hij pakt een contrabas.

Chris' ogen worden groter. Wordt hij in de maling genomen? In een gevangenis? Een echte bas, dat is een duur instrument. 'Hoe komen jullie daaraan?'

'Ik heb vrienden,' zegt George. 'Vrienden en ook familie komen hier regelmatig langs. Zij nemen weleens wat mee. En onze bewakers vinden het prima. Wij blijven rustig zo. En ik denk dat zij ook weten dat ze me hier niet heel lang zullen vasthouden.'

'Dan maar liever plezier van Tjohs aanwezigheid,' gromt Phillip. Hij hoest rookwolken.

'Ik heb het weleens geprobeerd,' zegt Chris dan. 'Dat is al even geleden.' Hij pakt het instrument voorzichtig beet.

'Niet zo voorzichtig.' Anton lacht. 'Ze is eigenlijk net als een prachtige vrouw. Stevig beetpakken en met liefde bespelen.'

'Ik wil van jou vooral het ritme,' zegt George. 'Het ritme waarmee ik je bijna in trance wasknijpers in elkaar zie zetten. Een ritme dat je met je hele lijf voelt. *Pa-dam bom. Pa-dam bom.* Twee tonen omhoog en dan een octaaf naar beneden. Om-hoog laag. Om-hoog laag. Hier.' Hij pakt de bas over en speelt wat hij net zong. 'Geen onzin, geen tierlantijnen, gewoon een solide basis. Zou je dat kunnen?'

'Er zitten geen fretten op,' zegt Chris als hij het instrument weer overneemt. 'Even zoeken, hoor.'

'Daarom zeg ik dat je moet kunnen luisteren. Jij hoort of een toon de juiste is, en als je misgrijpt moet je kunnen corrigeren. Probeer het maar eens.'

◆

'Je hebt talent.' De Fretes knikt. Chris heeft elke avond de bas in handen gehad. Steeds weer dezelfde lijntjes oefenen, totdat de mensen in zijn omgeving gek werden van het donkere, zware basgeluid.

'Vooral je timing is héél goed.'

Chris glimlacht.

'Ik wil dat het zo goed is dat we voor publiek zouden kunnen optreden. Kom, nog één keer "Pulau Ambon". Langzaam. Langzaam spelen.' Hij laat zijn gitaar huilen en neuriet zacht het intro mee. Zijn wat hoge stem klinkt prachtig. Chris ziet in gedachten de blauwe zeilen van de vissersboten aan de kust bij Soerabaja. Zijn bas speelt de zee, de eindeloze golven die het strand raken. De kruinen van de palmbomen wijzen landinwaarts. George heeft gelijk. Je hoeft niet heel veel te kunnen, als je maar kunt luisteren. Je moet het land kunnen horen in de muziek, de orchideeën kunnen ruiken en de zee kunnen voelen in het ritme.

De grote zaal in De Kruisberg is ingericht als een theaterzaal. Stoelen zijn netjes in rijen opgesteld en bij de ingang staan lange tafels met koffie en thee. Voorzichtig schuifelen de eerste bezoekers binnen. Ze kennen hun woonplaats als hun broekzak, maar in De Kruisberg zijn ze nog nooit binnen geweest. Hier zitten die geheimzinnige donkere mensen. Mannen van wie sommigen fluisteren dat zij zwarte magie bedrijven. Mannen die er alles voor over schijnen te hebben om in hun midden te kunnen wonen. Vanavond mogen ze hen onder begeleiding bekijken. En beluisteren. De vreemdelingen uit de Oost kunnen heel andere muziek maken dan de Nederlanders.

Voor Chris is dit net als voor de anderen uit De Kruisberg de eerste kennismaking met de gewone Nederlander. Hij probeert ze zo onopvallend mogelijk te bestuderen. Mannen met weerbarstige grijze colberts en blauwe hemden. Vrouwen met donkere, hoog dichtgeknoopte jurken. Knoestige kerels met donkere randen onder hun vingernagels. Prachtige meisjes met blonde haren, blanke voorhoofden en rossige wangen. Stevig ingepakte pronte borsten en brede heupen. Chris fluit zacht tussen zijn tanden als hij de zaal in loopt.

◆

'Meneer...' De ambtenaar bladert even door zijn papieren. 'Buisman?'

'Inderdaad,' antwoordt Chris. Iedereen in De Kruisberg wordt in de loop van de tijd intensief verhoord. De ambtenaar van justitie beoordeelt na het gesprek of Chris in Nederland mag blijven of niet.

'Ik ben meneer Versluis, ik wil graag even met u praten,' zegt hij afwezig. 'U weet wel waarom.' Dan lijkt hij zijn papieren op orde te hebben en tikt de losse vellen drie keer met de onderkant op het tafelblad om de stapel wat gelijkmatiger te maken.

'Meneer Buisman.' De man kijkt Chris aan. 'Wat komt u hier eigenlijk doen?'

Chris staart naar de grond. Je kijkt iemand die je niet kent niet zomaar aan als je iets tegen hem zegt. Hij voelt de staalblauwe ogen van de ambtenaar als schroeivlekken in zijn gezicht. Wat een bizarre vraag. Meiden versieren, nou goed? Hij slikt. 'Ik hoop hier een veilig en nuttig bestaan op te kunnen bouwen.' Hij had over deze zin nagedacht, maar had verwacht hem pas aan het einde van het gesprek te hoeven gebruiken, als een soort emotioneel slotpleidooi.

'Veilig?' De man lacht een vreugdeloze lach. Het is meer één schampere luchtstoot door zijn grote neus. 'En nuttig? Wat denkt de tropische man die u bent aan onze harde maatschappij bij te kunnen dragen?'

Chris kijkt door het kleine raam naar buiten. Kille maatschappij, dat bedoelt hij. Een koud land met koude mensen. Hij ademt in om wat te zeggen, maar Versluis wuift met zijn hand.

'Even wat gegevens noteren. Uw vader had de Nederlandse nationaliteit?'

'Dat klopt.'

'U heeft niet de Indonesische nationaliteit aangenomen?'

'Nee. Ik ben Nederlander.'

'U heeft geen bewijs van Nederlanderschap aangevraagd?'

'Nee. Ik heb wel een geboortebewijs.'

'We zijn allemaal geboren, meneer Buisman. U had bij het Nederlands consulaat een bewijs van Nederlanderschap op moeten vragen. Waarom heeft u dat niet gedaan?'

Chris' hart gaat tekeer. Was nou niet weggelopen bij dat consulaat, sukkel. Straks heeft deze idioot de bevoegdheid je terug te sturen. 'Ik voelde me niet veilig, ik vertrouwde niemand meer op het laatst.'

'Niet veilig?' Versluis krabbelt wat op zijn papieren. 'Kunt u daar wat meer over vertellen?'

'Ik werd op het eind met de dood bedreigd. Ik heb een Nederlandse nationaliteit, ik heb een Nederlandse naam en de mensen in Soerabaja houden nu niet van Nederlanders.'

'U woonde...' De man bladert weer wat in de papieren. '... bij uw moeder?'

'Ja. En mijn broer...' Chris schrikt. Had hij Rob er niet bij moeten halen?

'En u wilde bij hen weg?'

'Nee! Ik wilde daar weg. Weet u niet hoe het ons is vergaan? Ik heb redenen me zorgen te maken.'

'U bedoelt... Dat was...' De ambtenaar maakt zijn duim en wijsvinger nat en bladert snel door zijn stukken. 'Dat was tijdens de oorlog. Een heel andere tijd, meneer Buisman.'

'Niet alleen in de oorlog. In oktober 1945 was die afgelopen. De jappen, de pemuda's, de Indonesiërs...' Chris slikt en wendt zijn hoofd bruusk naar buiten.

'Wilt u een glas water?'

'Graag,' zegt Chris schor. Verdomme. Hij laat zich kennen. Deze man doet of hij een heer is, maar haalt als was hij een pemuda het bloed onder zijn nagels vandaan.

Versluis komt even later terug met een groot glas water. 'U moet begrijpen dat tijdens de oorlog de toestand in Nederland véél erger was dan in Nederlands Oost-Indië. Mensen hebben hier honger geleden, waren uitgemergeld. Ze moesten toevlucht nemen tot tulpenbollen.' De man trekt een gezicht alsof hij zojuist gedwongen werd een hap tulpenbol te nemen. 'Velen zijn verdwenen in de verschrikkelijke kampen, velen in dit land missen hun dierbaren. Hier was geen warme zon, maar striemende regen. Wij hadden hier geen kokosnoten en mango's. Tulpenbollen, meneer Buisman. Minder dan dierenvoer, dat hadden we hier.'

Chris doet zijn mond open. Er komt alleen een schorre hoest.

'Dit land krabbelt op. Langzaam, maar het krabbelt op. Er wonen hier tien miljoen mensen, Nederland is vol. Wij kunnen niet zomaar vreemdelingen toelaten, we hebben geen huizen, geen banen en niet genoeg eten.'

'Ik ben geen vreemdeling,' zegt Chris schor. 'Ik heb een Nederlandse opvoeding gehad. Ik ben naar een Nederlandse school geweest. Mijn eerste taal is Nederlands, u hoort toch dat ik keurig Nederlands spreek?'

'Wij hebben ervaring met mensen zoals u. Wij kunnen verwachten dat u snel ziek zult zijn van de heimwee en niet hard genoeg zult kunnen werken om u staande te houden in ons land.'

'Ik heb mij nog geen dag hoeven afmelden in de wasknijperfabriek. Elke werkdag heb ik mijn tien uur vervuld.' Chris voelt hoe de adrenaline zijn lijf vult. 'Ik heb hard gewerkt en zal hard werken.' Nu kijkt hij Versluis voor het eerst recht in de ogen. 'Nederland mag blij zijn. Blij met een kracht als ik ben.' Dan laat hij zijn rug tegen de harde leuning van zijn stoel leunen.

'Heeft u familie in Nederland?' Versluis duikt geroutineerd terug in zijn papieren.

'Een broer en een zus van mijn vader. Ik heb nog geen kans gehad ze te traceren.'

'Wat is uw laatst genoten opleiding?'

'Ik heb de Nederlandse hbs afgemaakt.'

'En daarna?'

'Daarna heb ik een paar maanden op het postkantoor van Soerabaja gewerkt. Totdat ik een tijdje geleden werd ontslagen.'

'Waarom werd u ontslagen?'

Chris zucht. Speelt deze man onnozel of is hij het echt? 'Ik ben een blanda. Blanda's worden ontslagen.'

'U functioneerde naar behoren?'

'Meneer Versl... Meneer, u heeft geen idee hoe het er momenteel in Indonesië aan toegaat. Ja, ik functioneerde naar behoren. Er is nooit één klacht over mij geweest. Maar daar gaat het niet om. De Indonesiërs zijn boos. Ze moeten de blanda's niet meer.'

'Even kijken,' zegt Versluis onverstoorbaar. 'U heeft geen beroepsopleiding...' Zijn pen maakt een beweging alsof hij iets afvinkt. 'U vermoedt dat u familie heeft in Nederland maar weet dat niet zeker...' Vinkje. 'Of in elk geval niet waar... Hoe is uw gezondheid?'

'Uitstekend,' zegt Chris mat.

'Heeft u contacten bij de Indonesische overheid?'

Chris kijkt vragend naar Versluis.

'Heeft iemand u weleens informatie uit Nederland gevraagd?'

Chris zucht. 'Nee. Ik ben geen spion.'

'Ik moet het u vragen. We zullen het sowieso natrekken.'

'Ik zeg het u. Ik ben geen spion.'

Versluis zet nog een paar snelle krabbels op een papier. Dan kijkt hij Chris aan. 'Dank u voor uw tijd, meneer Buisman. U hoort nog van ons.'

11

Den Haag, 1958

'Lief dat je met me meeloopt.' Moeder pakt de hand van haar zoon en klemt hem tussen haar elleboog en haar borst.

Johan voelt zich ongemakkelijk. Ongemakkelijk door de manier waarop zijn hand klem zit tegen een deel van zijn moeders lichaam dat hij als te intiem ervaart en ongemakkelijk door wat ze zegt. Wat moet hij antwoorden? Ach moeder, ik doe het alleen voor u, hoor. Of zwijgen en erkennen dat hij te laf is om een pittige discussie aan te gaan en met dit loopje naar de kerk de weg van de minste weerstand bewandelt.

Nel loopt een paar passen voor hen uit. Ze heeft net zo'n hoedje op als moeder. Tuttig, vindt Johan. Het heeft een onbestemde, bruingroene kleur, net als haar mantel die ver over haar knieën valt. Een tiener die bijna hetzelfde draagt als haar moeder. Johan kijkt even opzij. Hij trekt zijn hand voorzichtig uit de omknelling. Moeder loopt flink door. Ze heeft een bevroren glimlach om haar mond.

Hoe dichter ze bij de kerk komen, hoe meer mensen er op straat lopen. Voordat de dienst begint, komen de ouderlingen, diakenen en dominee in de consistorie achter de kerk bij elkaar. Vader is vandaag ouderling van dienst. Dat betekent dat hij de dominee de hand schudt voordat die de kansel bestijgt, maar ook dat hij een gebed uitspreekt in de consistorie voordat de dienst begint. Hij is er altijd twee dagen nerveus en prikkelbaar over.

'Wat doet u toch weer gespannen,' zei Nel gisteravond.

Vader had een diepe zucht geslaakt. 'Ach meisje,' zei hij. Eigenlijk had hij het daarbij willen laten, dacht Johan, zo lang bleef het stil. Toen besloot hij toch nog maar wat uit te weiden. 'Wat weet jij nou van de verantwoordelijkheid over het welslagen van de heilige eredienst?'

De familie Berkenbosch zit nog altijd op dezelfde plek in de kerk. Johan grinnikt schamper in zichzelf als hij ziet hoe zijn vader met een wijde boog zijn arm uitstrekt en de dominee een hand geeft, en staat gedwee op als de dominee op de kansel staat. Als het gestommel van overeind komende mensen is verstomd, spreidt de dominee zijn armen wijd uit. De mouwen van zijn toga hangen als slappe vleermuizenvleugels naar beneden. 'Onze hulp is in de naam des Heeren,' zegt hij, 'die hemel en aarde heeft gemaakt.' Hij draait zijn handen naar de gemeente. 'Genade zij u en vrede van God onze Vader en van de Heere Jezus Christus.' De armen gaan naar beneden. 'Amen.' Johan kijkt even naar zijn broer. Die heeft zijn ogen gesloten. Hij is een stille, saaie man geworden.

Johan gaat rustig zitten. Hij ademt lang door zijn neus uit. Eigenlijk is het hoogtepunt al geweest. Genade en vrede door God toegewenst krijgen, mooier wordt het niet vandaag. Als hij die woorden hoort, bekruipt een gelukzalig gevoel hem, als een lichte kriebel over zijn rug. Nu is er nog een lange weg te gaan. Liederen zingen in een begrafenistempo. Een monoloog aanhoren waarvan je halverwege de draad kwijt bent, gewoon omdat het te lang duurt. Zouden zijn vader en moeder écht nieuwsgierig zijn naar wat de dominee vandaag te vertellen heeft? Voelen ze zich veilig in deze beschermde wereld binnen de boze buitenwereld? Hij ziet zijn vader, glimlach bevroren om zijn mond, en kijkt opzij naar zijn moeder. Haar handen liggen gevouwen op haar schoot, berustend. Het is mooi, als je hier zo zonder een spoor van twijfel thuis kunt zijn.

Het orgel speelt, de gemeente zingt, hard en zonder gevoel. ‘Wien heb ik nevens U omhoog?’ Johan zingt zacht mee. ‘Wat zou mijn hart, wat zou mijn oog op aarde nevens U toch lusten? Niets is er waar ik in kan rusten...’ Hij kijkt om zich heen. De meeste mensen kijken naar beneden, naar hun psalmboek. Een enkele oudere man kent de tekst uit zijn hoofd en zingt fier, recht voor zich uit. Zijn vader ook. Hij lijkt tevreden. Omdat hij hier is? Of bevalt de tekst hem? Of bevalt het hem dat hij de tekst zo hard en trefzeker uit zijn hoofd kan zingen?

Daarna leest de dominee de wet. De tien geboden kent Johan uit zijn hoofd. Hij repeteert de korte versie terwijl de dominee leest. Een: geen andere goden dienen. Twee: geen afgodsbeelden maken. Drie: niet vloeken. Vier: gedenkt de sabbat. Vijf: eert uw vader en uw moeder. Zes: niet doodslaan. Zeven: niet echtbreken. Acht: niet stelen. Negen: niet liegen. Tien: niet begeren. De dominee is nog met het derde gebod bezig als Johan klaar is. Na de geboden volgt de samenvatting: ‘Gij zult de Heere uw God liefhebben met geheel uw hart, en uit geheel uw ziel, en uit geheel uw verstand, en uit geheel uw kracht. Dit is het eerste gebod. En het tweede, aan dit gelijk, is dit: gij zult uw naaste liefhebben als uzelven. Er is geen ander gebod, groter dan dezen.’

Kun je liefde gebieden? Kun je iemand dwingen van iemand anders te houden? Johan kijkt naar zijn vader. Kan iemand hem dwíngen van zijn vader te houden? Houdt hij eigenlijk wel van zijn vader? Zou hij ontroostbaar zijn als zijn vader hier in de ouderlingenbank voor in de kerk dood neer zou vallen? Zijn vader houdt ondertussen het psalmboek met een gestrekte hand hoog voor zijn borst. Niet op de schuine plank voor hem, zoals de meeste mensen doen. Hij wil voor zich kijken als hij zingt. Op zich een goede techniek, denkt Johan. Je kunt beter zingen zo.

‘Ik lees u het derde hoofdstuk uit het boek Genesis,’ zegt de dominee na het psalmgezang. ‘De slang nu was listiger dan al het gedierte des velds.’ Hij begint al terwijl de helft van de gemeente nog druk bladert in de bijbels met knisperige blaadjes. 'En zij zeide tot de vrouw: is het ook dat God gezegd heeft: Gijlieden zult niet eten van allen boom dezes hofs?'

'Hebben jullie de preek begrepen?' vraagt Johans vader als zijn vrouw, zoons en dochter koffie in hun zondagse, Engels gebloemde kopjes voor zich hebben staan. Zijn vader zit in een rookstoel, zijn moeder op de hoek van de bank, Nel in het midden en Karel op de andere hoek. Johan hangt in een leunstoel tegenover zijn vader en kijkt naar zijn moeder, die opstaat en naar de keuken loopt om roomboterkoekjes in een trommel te doen. Iedereen mag er één nemen. Zijn vader vindt het belangrijk om rond de salontafel de dienst met zijn kinderen door te nemen. Meestal mislukt dat, omdat zij precies dan ruziemaken, alle drie naar het toilet moeten of vragen of ze boterhammen voor de lunch moeten smeren.

De ogen van Johan dwalen naar de radio in het kastje naast de deur naar de gang. Hier staan de kerkelijke boeken van zijn vader en de bijbeltjes met psalmboeken die zondag meegaan naar de kerk. Daaronder een plank met de in zwart lederen kaft gestoken trouwbijbel van zijn ouders. Na elke maaltijd leest zijn vader hieruit een hoofdstuk voor. De rug is door het intensieve gebruik aan de bovenkant losgescheurd. Daarnaast staan een paar delen van de *Korte Verklaring*. In elk deel wordt een Bijbelboek toegelicht. Johan heeft er weleens in gebladerd, maar hij vond de verklaring ingewikkelder dan de oorspronkelijke Bijbeltekst.

In het kastje liggen ook drie vuistdikke boeken met een donkergroene omslag van de theoloog K. Schilder: *Christus aan den ingang van zijn lijden*, *Christus in den doorgang van zijn lijden* en *Christus bij den uitgang van zijn lijden*. Johans vader heeft hem deel 1 al verschillende keren in de hand gedrukt. 'Je bent er oud genoeg voor,' zei hij dan. 'Lees dit. Dit is belangrijk.' Alleen de titel was al afschrikwekkend genoeg. Het boek heeft een tijdje op Johans kamer gelegen, maar hij heeft het alleen geopend om er wat planten in te drogen voor het herbarium dat hij voor school moest aanleggen. Bij de eerste pagina van hoofdstuk elf, 'Christus, den Satan dwingend' getiteld, zijn de gele vlekken van het stuifmeel van de boterbloem nog duidelijk te zien. Te dik om over het hoofd te zien staren die boeken hem vanaf het kastje aan, als een herinnering aan iets wat moet, maar wat hij echt niet gaat doen.

Zette zijn vader maar eens wat leuke boeken in de kamer. Zijn reisboeken bijvoorbeeld, en die kerkelijke dingen op zolder. Het zou de kamer opfleuren. Maar ja, wat zullen de mensen zeggen die op visite komen? De boekenkast is als een visitekaartje. En dus toont die meer wie je wilt zijn dan wie je daadwerkelijk bent.

'Het was een belangrijk onderwerp.' Vader gaat er even goed voor zitten. 'De zondeval.'

Nel giechelt. Zij haat spreken in het openbaar en een gezin ervaart zij bijna als in het openbaar. Karel peutert in zijn kies.

'Als ik het goed begrijp,' zegt Johan, 'heeft de slang Eva verleid.'

Vader knikt. Ga door.

'Eva at eerst, en daarna Adam ook. Van een boom waarvan God had gezegd dat ze eraf moesten blijven.'

'Heel goed, jongen.' Vader schuift wat naar voren op zijn stoel.

'En toen zag Adam ineens een naakte vrouw staan.'

Nel schiet in de lach, Karel kijkt op, vader zegt 'nee' en zakt vermoeid terug in zijn stoel. 'Of, ja. Maar het was zijn eigen vrouw. Zij zagen elkaars...' Hij slikt even. '... naaktheid.'

'Oké, naaktheid,' zegt Johan. 'Ze ontdekken schaamte, omdat ze ongehoorzaam zijn geweest, want ze aten stiekem van een boom. Zo kwam de zonde in de wereld.'

'Inderdaad.'

'Ze aten een appeltje. En daarom gaan alle mensen dood.'

'De toon van jouw conclusie bevalt me niet.'

Johan wil sorry zeggen, maar slikt dat op het laatste moment in. 'Nee, oké. Andere toon dan.'

Proberen niet te provoceren, want zijn vragen zijn oprecht. Zou zijn vader echt de antwoorden hebben op zijn twijfel, zou hij zelf ook twijfelen? Kan hij meebewegen, of staat hij daar met zijn voeten in beton gegoten langs de oever? Johan komt op zijn vlot voorbij. Er is een moment dat ze elkaar bijna kunnen aanraken, maar de stroom van het water neemt hem onverbiddelijk mee.

'Ik meen het serieus. Het is zo'n zware straf voor een klein vergrijp. Een hap van een appel! Ik probeer dat te begrijpen.'

'Het is het principe. Luister en gehoorzaam God de Vader, en je zult leven. Doe je dat niet, al is het op het kleinste detail, dan zul je sterven.'

'Maar we zullen evengoed allemaal sterven.'

'Dat is wat de Bijbel noemt "de eerste dood". Die is niet belangrijk. Daar zullen wij allen uit opstaan en als je de Heere God gehoorzaamd hebt, zul je de tweede dood niet sterven.'

'De tweede dood?'

Vader zucht. Dit moet iedereen die een beetje heeft opgelet bij de catechisatie weten. 'De tweede dood is de hel. Als je Gods geboden volgt, zul je gereinigd voor Zijn troon staan en niet veroordeeld worden.'

Johan ziet in gedachten de troon, de vierentwintig tronen en de strenge ouderlingen in angstaanjagend wit, omgeven door donder en bliksem.

'Als je uitverkoren bent door Hem, zul je met Hem in de hemel mogen wonen. Of nee, met Hem op de nieuwe aarde mogen wonen.'

'Dus je moet de regels volgen? Of moet je uitverkoren zijn?'

'Probeer je strikvragen te stellen? Heb je dit niet geleerd bij de dominee? Als je niet leeft naar de wet Gods, zul je nooit uitverkoren zijn. Leven naar Zijn geboden is een voorwaarde, de rest is in Zijn hand.'

Het zijn geen strikvragen. Die stelde je vroeger, voor de grap, zonder dat je er zelf conclusies aan verbond. God kan alles. Kan hij dan ook een steen maken die hij zelf niet kan optillen? Dit is anders.

Kun je iets geloven omdat het altijd zo gezegd wordt en alleen daarom? Of mag je ook verlangen dat het verhaal logisch aanvoelt, niet willekeurig en rechtvaardig?

'Dus hoe goed u uw best ook doet, u weet het nooit zeker?'

'De rest is in Zijn hand.'

'En kan de slang u weer verleiden?'

'Wij moeten altijd op onze hoede zijn voor het kwade. Jij ook. Juist jij. Je hoorde wat de dominee las. De Heere zet vijandschap tussen de slang en de vrouw. Als wij waakzaam zijn zal ze geen vat meer op ons hebben. Die vijandschap, zegt de Bijbel, zal de slang de kop vermorzelen. Maar ze zal ook de hiel van de mens vermorzelen.'

Waarom spreekt zijn vader bijna alleen in Bijbelcitaten? Hij zou zo graag horen wat hij zelf vindt, in zijn eigen woorden.

'Hooguit een vermorzelde hiel, maar je weet nog steeds niet zeker of je uitverkoren bent?'

'We moeten waakzaam zijn, Johan. Niet met vuur spelen. Niet het rijk der duisternis opzoeken. En dan...' Hij staat op en kijkt uit het raam. 'Och, mocht het gebeuren. De rest is in Zijn hand...'

◆

Johan denkt de dagen na het zondagse gesprek met zijn vader veel na. Er steekt iets in de berustende en bange toon van zijn vader. Hij hoort de grote woorden, maar ervaart kleinzieligheid. Gaat dit over troost of dreiging? Liefde of angst? Geluk of onderdrukking? Is er schoonheid hier of alleen in het hiernamaals?

Hij loopt nog vaak langs Muzam. Soms gaat hij er naar binnen. Kijkt wat rond, houdt even een album van Elvis vast, maar zet hem netjes terug en vertrekt dan weer. Vandaag ziet hij *The 'Chirping' Crickets* van Buddy Holly. Daar heeft hij bij Marinus naar geluisterd. Marinus heeft een stuk of tien teenagerplaten en alleen daarom al is hij graag bij hem. Hij houdt de elpee lang in zijn handen en bestudeert de voor- en achterkant.

Hij neemt nog een keer de punten door waar hij op zijn kamer vaak aan denkt. Als hij nu iets koopt, moet dat niet weer over een paar dagen in de vuilnisemmer belanden. Rock-'n-roll is van de duivel, zegt zijn vader. Dat moet je dan maar van hem aannemen, want dat vind je niet letterlijk terug in de Bijbel. Muziek maken wordt niet veroordeeld, dansen ook niet. Koning David danste op straat. Zijn de drums het bezwaar? Er staan geen drums in de Bijbel, ook geen orgel trouwens. In een van de psalmen gaat het wel over een trommel, een harp en een luit. Dat komt al in de buurt van een bandje. Rock-'n-roll is liederlijk, zegt zijn vader. Dat is het Hooglied ook.

Als je zo nadenkt, is er maar één reden om de plaat niet te kopen. Zijn vader wil het niet. Hij loopt langzaam naar de toonbank. Zijn vader verliest. Johan gelooft dat het kan. Deze muziek én God zouden allebei in zijn leven moeten kunnen bestaan. Hoe precies, weet hij niet. Er moet een andere vorm te vinden zijn dan de rechtlijnige, starre vorm van zijn vader. Dat moet hij uitzoeken. Leven zonder God kan hij zich niet voorstellen. Maar een leven zonder deze muziek net zomin. Snel rekent hij af met de verkoper.

Met kloppend hart smokkelt hij het kleinood in een krant mee naar huis. Zo onschuldig als hij kan steekt hij zijn hoofd om de hoek van de kamerdeur. Zijn ouders drinken een kop thee aan tafel. 'Hallo, ik ben weer thuis, hoor.' Voordat er een antwoord of een vraag kan klinken, is hij al op weg naar de trap. Hij doet de deur van zijn slaapkamer zorgvuldig achter zich dicht en luistert of er iemand naar boven komt. Dan legt hij zijn elpee op de pick-up en zet voorzichtig de plastic arm in de groef. Het volume staat zo laag dat hij zijn oor tegen het speakertje moet houden om iets te kunnen horen.

Straks zijn de huiselijke plichten er weer, morgen is er school. Nu is gelukzalig: met zijn oor tegen een plastic speakertje waaruit muziek komt die op het ritme van zijn hart gemaakt is. Liedjes die over zijn leven gaan en nergens onbegrijpelijk ouderwets of hoogdravend worden. Buddy Holly zingt 'Oh Boy!' en 'Not Fade Away', maar Johan geniet vooral van 'I'm Looking for Someone to Love'. Hij verstaat niet alle tekst, maar hij voelt waar het over gaat. Een meisje, om samen een toekomst mee op te bouwen. Om het ouderlijk huis mee te ontvluchten. Om intiem mee te zijn...

Een ander hoogtepunt van de plaat vindt Johan de doowopballade 'Last Night': '*Last night as I watched the stars from my window, I prayed the Lord above to guide and protect you. Though I'm not wanted now, I still love you somehow. That's my only prayer for you...*'

Wat als hij dit liedje nou eens aan zijn moeder kon laten horen? Hier steekt toch geen kwaad in? Hij kijkt nog eens goed naar de helblauwe hemel op de hoes. Geen wolkje aan de lucht. Vier keurige mannen in grijs kostuum, wit overhemd en rode stropdas, twee elektrische gitaren maken het plaatje compleet. Hoe zou het zijn om zo'n ding te bespelen? Om zelf deze muziek te kunnen maken? Met een zucht bergt hij het album veilig op tussen zijn kinderspeelgoed onder in de kast naast zijn wastafel.

12

Den Haag, 1958

Chris knippert met zijn ogen als hij door de poort loopt. Het is gelukt, hij is buiten. De Fretes en zijn vrienden zijn al een paar weken weg, als een van de laatsten mag Chris De Kruisberg verlaten. Er waren nog zevenendertig verstekelingen, die vannacht met veel machtsvertoon zijn opgehaald. Toen Chris wakker werd van blaffende honden en geschreeuw, zag hij politie geheel in het zwart gekleed met getrokken wapens op de gang. De mannen zijn van hun bed gelicht en worden vandaag op het schip terug naar Indonesië gezet. Chris huivert als hij eraan denkt. Hij kent ze. Gerard, Frederik, Marius, ze zaten bij hem in de groep en zijn niet door de ballotage gekomen. Soekarno zal hen niet met open armen ontvangen. Die gaan meteen door de gevangenis in. Als landverraders.

Maar Chris mag in Nederland wonen. De houding van de Nederlandse overheid is er een van ontmoediging als het gaat om repatrianten uit Indonesië, zoveel is hem inmiddels wel duidelijk. Voor iemand als Chris, die halsoverkop en zonder papieren het land in wil, neemt de overheid ruim de tijd om na te gaan of de betrokken persoon daadwerkelijk is wie hij claimt te zijn en inderdaad Nederlander is. Veel andere verstekelingen zijn spijtoptanten. Zij hebben na de onafhankelijkheid afstand gedaan van de Nederlandse nationaliteit en zijn Indonesiër geworden. In Indonesië zijn zij nooit geaccepteerd en worden zij gediscrimineerd en lastiggevallen. Als zij hun Nederlandse roots kunnen aantonen, moeten ze ook nog laten zien dat ze niet 'te veel oosters georiënteerd' zijn. De veronderstelling is dat deze mensen niet goed functioneren in koude temperaturen en in de Nederlandse cultuur, die er een is van handen uit de mouwen steken. Het is een subjectieve inschatting van de mensen in De Kruisberg of je een Nederlands paspoort krijgt of niet.

Chris zou blij moeten zijn, maar voelt vooral woede. Hoe heeft zijn vaderland hem vier maanden zijn vrijheid kunnen ontnemen? En hem veroordeeld tot die vreselijke dwangarbeid in een gevangenis in het oosten van het land? Terwijl hij dat vernederende werk deed, moest hij ondertussen vriendelijk en voorkomend zijn. De mensen van De Kruisberg hadden de macht: of je mag blijven of op het schip teruggestuurd wordt naar Indonesië.

Kwaad en voorkomend, dat was de paradox van De Kruisberg. Handen gebald in de zakken en uitgestrekt op de werkvloer. Met elkaar probeerden de verstekelingen hun Nederlands op te vijzelen, om zo te laten zien dat zij echte Nederlanders zijn. Chris verdiende zo nu en dan een paar pakjes sigaretten door lotgenoten die wat minder bedreven waren in de Nederlandse taal bijles te geven. Wekelijks kreeg hij een loontje voor het in elkaar zetten van wasknijpers of fietszadels.

En nu lonkt het echte leven.

Hij zet zijn eerste stappen als vrij man in zijn vaderland. Hij snuift de frisse septemberlucht in. Die lijkt nu zuurstofrijker dan tijdens de spaarzame momenten dat hij buiten mocht zijn.

De bus brengt hem naar Wassenaar, een lange rit. Het is het begin van de nazomer, maar de lucht is grijs. Zo zonder zon lijkt alle diepte uit de streek verdwenen. Rond lunchtijd stopt de bus bij een gebouwtje in Wassenaar. Chris en nog acht mannen worden naar binnen geleid, waar een man in een ruim vallend pak hen opvangt.

'Goedemiddag,' zegt de man terwijl hij in zijn handen wrijft. 'Welkom in De Haven, het opvangcentrum van de hervormde kerk. Ik wil u graag namens het CCKP welkom heten, het Centraal Comité van Kerkelijk en Particulier initiatief van onze kerk.' Hij krabt even in zijn haar. 'Enfin, dat doet er weinig toe, ik wil u wel vertellen dat ons comité zich inzet voor Indische Nederlanders. We willen u met raad en als dat nodig is ook met spullen helpen.'

'Daar dank ik u hartelijk voor,' zegt een van de mannen uit het groepje van Chris luid.

De man glimlacht en lijkt even van zijn à propos, maar zegt dan: 'Wij weten dat de informatie die u kreeg in ons land nogal, eh... summier was.' De man naast Chris schiet hard in de lach, maar de man van de kerk laat zich niet opnieuw van de wijs brengen: 'Wij gaan u zo meteen proberen zo goed mogelijk van uw eerste passende kleding in ons koude land te voorzien, maar willen u graag eerst een maaltijd aanbieden.' Hij wijst met zijn vlakke hand naar vier dames die zich nu naar een keukentje haasten dat met een ruim doorgeefluik is gescheiden van de ruimte waar Chris en zijn lotgenoten zijn opgevangen. 'Als u naar dat luik loopt, krijgt u daar uw bord uitgereikt.'

Op zijn bord ziet Chris aardappels, wat donkergroen gekookte andijvie en een bal gehakt. Het eten is bepaald niet *pedis*, maar blijkbaar durft niemand hier om sambal te vragen en deze lunch is sowieso een verademing na de kleffe boterhammen die hij in De Kruisberg at.

Na het eten krijgt iedereen gebruikte kleding uitgereikt. Chris is blij dat hij zijn gevangenistenue eindelijk en voorgoed kan uittrekken.

De vrijwilligers in Wassenaar helpen hem contact te zoeken met tante Juul – een schoonzus van zijn vader die ergens in Den Haag moet wonen. Zolang de huisvesting bij zijn tante nog niet is geregeld, kan hij in De Haven blijven.

Tante Juul steekt beide handen uitnodigend uit als ze Chris ziet. 'Jongen, adoeh, jongen, kom hier!'

Chris aarzelt. Hij heeft zijn tante zo lang niet gezien, dat dit een willekeurige Indische vrouw zou kunnen zijn. Ze komt hooguit tot zijn schouders. Haar zwarte rok reikt bijna tot de grond, daarop draagt ze een donkerrode blouse met daarover een bruine schouderdoek. Haar haar zit in een knotje, ze heeft ongeveer evenveel zwarte als lichtgrijze haren. Ze lacht lief, maar in haar ogen ziet hij ook verdriet. Dan steekt hij zijn handen ver naar voren. 'Tante Juul!'

'Kom zitten, jongen. Laat me naar je kijken.' Ze wijst Chris een ruime rookstoel in haar kleine woonkamer aan. 'Ik zal thee voor je maken. Zet je tas maar neer.' Ze wuift met haar hand naar de grond, alsof ze bang is dat Chris het kleine huis zo weer uit zal lopen.

Chris gaat op de punt van de stoel zitten en wacht tot zijn tante terug is. Boven de schoorsteen ziet hij een ingelijst fotootje van zijn oom. Hij overleed tijdens de Japanse bezetting van Nederlands-Indië. En dat is... Hij staat weer op om het beter te bekijken. Naast het portret van zijn oom hangt een minuscuul lijstje met een pasfoto van zijn vader. Hij voelt een steek in zijn maag en gaat meteen zitten.

Hoelang is het geleden dat hij zijn tante zag? Kort na het einde van de oorlog, hij was bijna vijf. Oom Cor was gedeporteerd naar Birma en werkte daar aan de spoorlijn. Als hij toen nog leefde. Korte tijd later hoorde zijn tante dat haar man niet terug zou komen. Zij vertrok onmiddellijk naar Nederland. Haar ene zwager, Ad, volgde haar snel, haar andere zwager, de vader van Chris, kwam kort na de oorlog tijdens de Bersiap in Soerabaja om het leven.

'Hoe is het nou, jongen?' zegt tante Juul terwijl ze een kopje met oudroze, groene en gouden bloemen erop voor Chris neerzet.

Chris wrijft zijn handen warm en vouwt ze beide om het hete kopje. 'Het is goed, hoor.' Hij neemt voorzichtig een slokje. 'Raar, dat wel, tante. We werden opgesloten. Alsof we gevangenen waren. Nou ja, we záten natuurlijk ook gevangen.' Hij staart in de donkere thee. 'Maar ik ben er. Ik heb het gered.'

'Hoe was de overtocht? Hoe heb je dat gedurfd?'

'Goed. Hoe maakt u het hier?'

'Koud, jongen,' zegt tante Juul. Ze kijkt naar het kleine raam dat zicht geeft op de straat. '*Dingin dingin*. Dat went niet.'

'Zijn hier goede toko's?'

'O ja hoor, die zijn er wel. Ik zal je wegwijs maken. En er zijn veel meer mensen zoals wij.' Ze staat op. 'Maar ik zal je eerst je kamer laten zien. Kom maar mee.'

Chris loopt achter zijn tante aan.

'Klein,' verexcuseert ze.

'Groot genoeg,' zegt Chris. Hij gaat op de rand van zijn bed zitten en kijkt rond. Een eigen plek waar je een deur achter je dicht kunt trekken, wat heerlijk. Hij loopt verder door het huis en geeft dan tante een kus op haar voorhoofd.

'Ik ga even naar buiten,' zegt hij.

Dit is het dus, Nederland, en dit zijn eerste wandelingetje als vrij man. De huizen staan opvallend dicht bij elkaar. De gevels zijn plat, er zijn geen veranda's of galerijen. Veel gebouwen zien er historisch uit, indrukwekkend. De septemberzon schijnt, echt koud is het niet, eerder fris. Er lopen veel mensen op straat, rijden veel fietsers rond en iedereen lijkt vrolijk. Twee vrouwen op hoge, stevige schoenen kijken hem belangstellend aan als hij hen tegemoet loopt. Chris kijkt naar de klinkers, vermijdt oogcontact, maar barst tegelijk van nieuwsgierigheid. Hoe zien ze eruit, de vrouwen in Nederland? Deze twee hebben bruinig haar, in rommelige knotjes op hun achterhoofd bij elkaar gespeld. De jassen geven weinig prijs van hun figuur, maar ze zijn lang en lijken goedgevuld. Hij voelt hun nieuwsgierige ogen op zich gericht. Had hij maar betere kleren aan. Zijn lange broek voelt te wijd en te lomp, op deze manier kan hij nooit indruk maken.

Er zijn geen karretjes met eten, maar wel winkels waar je warm eten kunt kopen: patat, kroketten en frikandellen. Aan de overkant sjouwt een man zakken meel uit een bakfiets de bakkerij binnen. Chris is verbijsterd dat hij een witte man – en dat komt niet door het meel – dit werk ziet doen. Daar hebben ze in Indonesië inlandse mensen voor. De man ziet hem en roept: 'Hé, pinda pinda!' Chris negeert hem en loopt door. Drie meisjes kijken hem opzichtig aan. Hondsbrutaal is het, tenminste, in Indonesië. Toch lijken deze meisjes eerder nieuwsgierig dan brutaal. Er is een gracht met mooie kades, er zijn trapgevels zoals hij ze in Indonesië op foto's zag en de meeste vogels zijn bruinig of grijzig, in elk geval niet zo kleurig als in Indonesië.

Chris realiseert zich dat zijn schouders een beetje hangen, dat hij zijn hoofd naar beneden heeft gericht. Met een ruk recht hij zijn rug. Nederland zal weten wie hier is, verdomme. Hij zal ze laten zien wie hij is, wat hij kan. Een doorzetter. Een betrouwbare werker. Hij wordt de beste... de beste, ja, wat eigenlijk?

◆

Aan mevrouw G.M. Buisman-Scheepbouwer,
Soerabaja

Den Haag, 2 september 1958

Lieve Moeder,

Ik ben inmiddels bij tante Juul aangekomen. Het is heerlijk om eindelijk uit die gevangenis weg te zijn. Het gesprek met de ambtenaar verliep goed, maar ik ben blij dat jullie deze procedure niet hoeven te volgen.

Ik neem aan dat jullie op de hoogte worden gehouden van de voortgang van jullie visumaanvraag. Wellicht helpt het dat ik, directe familie, nu permanent als Nederlander hier gevestigd ben.

De Nederlandse overheid heeft een financiële regeling voor Nederlanders die van Indonesië naar Nederland willen verhuizen. U hoeft niet meteen de overtocht te betalen, maar ik begrijp dat die wel later terugbetaald moet worden. De Nederlandse overheid helpt ook met het vinden van een woning. Wij kunnen niet met z'n vieren bij tante Juul wonen, haar huisje is te klein.

Op 14 oktober vertrekt er een schip uit Soerabaja, de Modjokorto. Het is een vrachtschip met genoeg plaatsen voor gewone passagiers. Ik hoop dat dat schip jullie mee kan nemen. Ik mis jullie.

Helaas ben ik te laat uit de inrichting gekomen om me te kunnen aanmelden voor de zeevaartschool in Den Haag. Ik heb gesolliciteerd bij de posterijen en kan weer als postbode aan het werk.

Groet oma en Rob van mij,
groet ook Hans en Ruud,
en wilt u ook mijn lieve groet overbrengen aan Linda?

In gedachten bij jullie,
uw zoon,
Chris

◆

'Waar ga je naartoe, Chris?' Tante zit op haar stoel bij het raam.

'De Plu!' roept Chris terug en trekt de voordeur van het huisje van tante achter zich dicht.

Hij loopt naar de Kamperfoeliestraat, die overloopt in de Goudenregenstraat tot aan de Laan van Meerdervoort. Daar op de hoek zit de Gouden Paraplu, een cafetaria. Lekkere patat, mooie gehaktballen en onbegrijpelijke Nederlandse snacks zijn bij de balie of uit de automatiek te halen. Het is dicht bij het huis van de familie Coert, Indische Nederlanders. De woonkamer van mevrouw Coert is een zoete inval voor Indische jongeren.

Chris hangt graag buiten. Alleen thuis bij tante is dodelijk saai, hij hoeft geen verhalen over vroeger en wil graag leeftijdsgenoten zien, het liefst Indische.

Het is druk bij de Gouden Paraplu. De meeste meisjes dragen

petticoats, zeker tien jongens hangen nonchalant tegen een tafeltje. Ze kletsen en roken.

'Hé. Hoe?'

Chris grinnikt. Niemand spreekt zo beknopt als Jimmy.

'Goed, Jimmy,' zegt hij. 'Jij?'

'*Baik*! Goed goed. En hoe je moeder?' Jimmy neemt een flinke trek van zijn sigaret. Hij heeft een spijkerbroek aan, die nauw om zijn benen sluit. Daarboven een T-shirt en een groen bomberjack. Zijn zwarte haar steekt in een indrukwekkende kuif zeker tien centimeter boven zijn voorhoofd naar voren.

'Hopelijk komt ze snel hier, met m'n broer en m'n oma. Thuis goed?'

Jimmy lacht. 'Mijn vader wel 'ns kwaad,' zegt hij en hij haalt zijn schouders op.

'Heel kwaad?'

Jimmy neemt een diepe haal van zijn sigaret. 'Alles goed.' Hij kijkt naar buiten. 'Maar in Soerabaja is hij hoge ambtenaar bij consul. Hier werkt hij op de postkamer. Hij wordt kwaad.'

Chris grinnikt. Hij is weleens bij Jimmy thuis geweest. Zijn vader is een klein, humeurig mannetje dat je het liefst ontloopt.

Dan stoot hij Chris aan. 'Hé,' zegt hij, en hij wijst naar een meisje dat tegen de deurpost leunt. 'Zij toch alleen.' Hij duwt Chris zacht haar richting uit.

'Hoi,' zegt Chris. Ze ziet er mooi uit: haar zwarte haren vallen krullend om haar smalle gezicht, haar lippen pruilen een beetje en haar ogen zijn zo groot als stuiters als ze langs Jimmy naar de straat kijkt. Ze lijkt geen enkele moeite te doen Chris op te nemen, maar antwoordt toch met een verleidelijk klinkend 'hallo'.

'Ik ging net een colaatje voor je halen,' bluft Chris.

'Lekker.'

Chris kijkt zo nonchalant hij kan, maar hij weet: een colaatje betekent beet.

◆

Langzaam loopt Chris door de donkere stad terug naar het huisje van zijn tante. Het meisje was even lief en gewillig als onhandig, maar hij weet niet eens hoe ze heet. Ze waren niet de enigen die langs de Bosjes van Poot gingen, maar niemand zal je daar lastigvallen. Als hij terugloopt, denkt hij niet meer aan haar, alleen aan Linda. Het lijkt alsof het niet uitmaakt wat hij doet, zijn gedachten komen steeds weer uit bij haar.

Tante ligt al op bed, in de hoek van de kamer brandt nog een schemerlampje. Chris pakt een glas water en loopt langs de schoorsteen om het licht uit te doen. 'Dag ome Cor,' fluistert hij. Het hoekige gezicht van de man in uniform staart in het niets. Hij dwingt zichzelf naar deze foto te blijven kijken, maar uiteindelijk dwalen zijn ogen af naar het kleine lijstje.

Hij ziet het elke dag, zoals je het patroon van het behang ziet. Overdag kan hij het prima negeren, in de nacht lukt dat vaak niet. Het is alsof tante met het lichtje in de hoek van de kamer, dat altijd aanblijft als hij nog niet thuis is, bewust een route voor hem langs de foto uitstippelt. En als hij er niet snel genoeg langsloopt, draait zijn maag zich om. Dan voelt hij zijn ogen branden. Dan voelt hij de leegte in zijn borstkas, alsof er iets leger dan lucht bestaat waarmee hij zijn longen volzuigt. Het fotootje is te klein voor de details in het gezicht. En toch zou Chris graag de details van deze vredige foto in zijn geheugen prenten, in plaats van de levendige beelden die hij ziet als hij 's nachts niet kan slapen.

Met zijn duim kan hij bijna het hele gezicht bedekken. 'Papa,' fluistert hij en hij knipt het lampje uit.

13

Soerabaja, 2005

De moskee staat aan de overkant van de straat. Chris draait zich geïrriteerd om. Zijn laken is naast zijn bed gevallen, het is warm. Hij heeft de airco net uitgezet, hij wordt gek van het geratel en gezoem. Aan. Je zou kunnen wennen aan deze herrie. Toch weer uit. Oké, nú slapen. Binnen de kortste keren start de roestbak weer pruttelend op. Hij kon geen knop vinden waarmee het ding meteen uitging, dus heeft hij de stekker uit het stopcontact getrokken. Toen hij eindelijk in slaap gevallen was, werd hij schreeuwend wakker. Er waren mannen met glimmende, ontblote bovenlijven. Ze zwaaiden met hun speren en kapmessen en renden brullend achter hem aan. Hijgend gaat hij op de rand van zijn bed zitten. Een van de mannen brult nog steeds. Chris schuift snel naar achter, verder het bed op, met zijn rug tegen de muur. Dan realiseert hij zich dat hij die vervloekte muezzin hoort met zijn jammerende oproep tot gebed.

Hij denkt aan de verhalen van oma Beth. Zij vertelde Chris en Rob dat zij in de desa waar ze opgroeide nooit dicht bij de put mocht komen. En dat een vriendje van haar broer Ed dat wel deed. Hij keek over de rand en werd zo de put in gezogen. Robs ogen werden dan zo groot als schoteltjes en vroeg wat er met de jongen was gebeurd. Oma keek dan voorzichtig rond, alsof iemand haar kon afluisteren. 'Het is de *sétan*,' zei ze, 'de boze geest. De djaga, hij waakt over zijn woning. En als je daar te dichtbij komt, dan...' Rob had zijn handen voor zijn ogen geslagen. '... dan neemt hij je leven.' Oma's griezelverhalen zijn vriendelijke sprookjes vergeleken bij de nachtmerries van Chris.

Vannacht heeft hij een paar keer op het punt gestaan Klaartje te bellen. Uit een soort van paniek. Hoe vind je tussen meer dan tweehonderd miljoen mensen die enkelen die je terug zou willen zien? De hele reis leek hem zinloos en verspilling van geld, tijd en energie. In de nacht is alles erger. Hij had vannacht behoefte aan Klaartje. Of had hij alleen behoefte aan aandacht? Hij had makkelijk kunnen bellen.

Hier is hij dan. In Soerabaja, de stad waar hij is opgegroeid. Hier zou hij zich thuis moeten voelen. Maar hij is een toerist. De stad is veranderd. De mensen zijn veranderd. Van de Nederlandse geschiedenis is alleen nog iets terug te vinden als je er moeite voor doet. In een winkelcentrum hoor je drie verschillende liedjes door elkaar. Zijn maag verdraagt het heerlijke eten van de karretjes langs de weg niet meer. De hitte voelt vertrouwd, maar aan het eind van de middag heeft hij pijn in zijn hoofd. In zevenenveertig jaar past je lijf zich kennelijk aan andere omstandigheden aan.

Chris steekt een sigaret op. Hij heeft zijn kussens rechtop gezet tegen de wand achter zijn hoofdeind en zit in bed. 'Ik ga uitzoeken hoe het zit,' had hij tegen Klaartje gezegd.

Ze had hem lief aangekeken. 'Hoe wat zit?'

'Nou ja, hoe het... hoe ik... Even terug naar mijn wortels. Kijken waar ik vandaan kom.' Hij zegt niet tegen zijn vrouw dat hij wil uitzoeken waar dat grote lege gevoel in zijn leven vandaan komt. Of dat hij misschien zelfs iets wil uitzoeken wat bedreigend is voor zijn huwelijk.

Hij had een prettige opwinding gevoeld toen hij zijn reis boekte, maar die opwinding maakte steeds meer plaats voor zorgen: hoe zou hij het aanpakken? Wat hoopt hij precies te vinden? Hoe zou het zijn om in z'n eentje te reizen? Hij reisde nooit alleen. Eerst was hij altijd op pad met de jongens van de band, daarna steevast met

Klaartje. Sterker nog: hij was nooit alleen. Altijd was er iemand bij hem. Altijd wílde hij er iemand bij hebben.

Nu hij hier is, ontdekt hij dat hij geen enkel plezier beleeft in het uitzoeken. Hij pakt zijn opschrijfboekje er nog eens bij. Cadeautje van Klaartje. 'Handig om adressen in op te schrijven, telefoonnummers, dat soort dingen,' zei ze glimlachend. 'En misschien wil je zelfs een dagboekje bijhouden.'

'Beetje klein voor een dagboek, vind je niet?' had hij smalend geantwoord. Het is niet groter dan tien bij vijftien centimeter en past makkelijk in zijn broekzak.

'Als jij er een dagboek in gaat bijhouden, krijg je het niet eens voor de helft vol,' zei Klaartje. Het klonk eerder lief dan verwijtend, toch vatte Chris het op als een aanval. En zoals het er nu naar uitziet, krijgt Klaartje gelijk. Er staan wat losse zinnen in het boekje. En wat namen. Hans Jozefs. Ruud de Konink. Indah. Hij weet de achternaam van kokkie niet meer, dat wordt een lastig verhaal. Linda Franken.

Hij heeft brieven geschreven met Hans, maar de correspondentie is op een gegeven moment gestopt. Zo gaat dat. Als je elkaar nooit ziet, verwatert een relatie. Hij woont sowieso niet meer in Soerabaja. Het laatste wat Chris hoorde, is dat hij naar Bandoeng verhuisd is. Van Ruud heeft hij nooit meer wat gehoord, maar volgens de laatste verhalen zou hij nog steeds in Soerabaja wonen. Chris zal zijn zoektocht beginnen in zijn eigen oude buurt. Ruud woonde indertijd een paar straten verderop.

En dan Linda. Chris zette haar naam onder aan zijn lijstje, maar ze was de eerste aan wie hij dacht. In de jaren vijftig woonde ze in de buurt van de Sumatrastraat. Haar vader had een functie bij het Nederlands consulaat. Ze schijnt in de jaren zestig naar Nederland gekomen te zijn. Chris schudt zijn hoofd. Hij heeft indertijd nooit geweten dat ze in Nederland gewoond heeft. Een vriend van een kennis vertelde het hem laatst op een pasar malam. 'Geloof ik, hoor, heb ik gehoord,' voegde hij er aan toe. Daarna is ze teruggegaan.

Waarom? Wat doet zij nu? En wat wil hij precies van haar?

In het boekje staan ook de telefoonnummers van Rob en Stephan. Ze staan ook in Chris' mobieltje, maar hij vertrouwt het papier nog altijd meer dan het geheugen van zijn telefoon. Wat zou hij graag Johan bellen. Hij staart naar de nummers in het boekje. Of zijn zoon, Rogier. Die heeft hij al zo lang niet gesproken. Chris doet zijn ogen dicht en zucht. Hij ziet een klein ventje, dat zijn armen naar hem uitstrekt. Daar is papa eindelijk weer, zegt Klaartje, en Chris tilt het kereltje hoog boven zich. Had het anders kunnen lopen? Had hij het anders moeten doen? Hij neemt een slok lauw water uit het flesje naast zijn bed.

Als hij nu nog één persoon in zijn leven mocht bellen, wie zou het dan zijn? Klaartje? Nee, die snapt hem niet, zeker niet als hij hier is. Hij denkt aan alle gesprekken die hij met Johan voerde. Nooit met haar, vreemd genoeg, steeds met Johan. Zijn wijsvinger glijdt op en neer langs de namen in het boekje en blijft bij Rob steken. Dan klapt hij het resoluut dicht, drukt zijn sigaret uit en loopt naar de douche.

Het is nog vroeg als Chris langs de oever van de Kali Mas staat. Er ligt veel plastic, papier en blik aan de randen van het groenbruine water. Aan de andere kant van de drukke weg is een voetpad geflankeerd door een betonnen muur vol graffiti. Op deze plek, tussen de rivier en de spoorlijn, bevond zich de Braat-fabriek. Achter die muur is hij vaak geweest. De taxichauffeur had hem al gezegd: Barata Indonesia is vorig jaar verhuisd. Het terrein was beperkt; midden in de stad is geen plaats voor uitbreiding.

Chris klimt op een bankje en kijkt over de muur: half afgebroken gebouwen, bulldozers en vrachtwagens. Hij kan zich moeilijk oriënteren. In de oorlog werd de fabriek beschoten en sneuvelden er een paar gebouwen. Daarbij is – maar dat weet hij alleen uit verhalen – zijn opa omgekomen. Chris heeft gezien hoe de gebouwen weer opgebouwd werden, de keren dat hij met meneer Scheerma mee mocht de fabriek in. Vol bewondering heeft hij staan kijken naar de enorme delen van stalen bruggen die hier geconstrueerd werden.

De grote sloopkogels slingeren stukken gebouw weg. Elke dreun is als een venijnige klap tegen het Nederlandse verleden van deze fabriek. Elk stuk muur dat verbrokkeld op de grond valt maakt Chris' herinnering aan deze plek abstracter.

14

Den Haag, 1958

De haven van Amsterdam ziet er, als je op de kade staat, niet heel anders uit dan die van Rotterdam, waar Chris acht maanden eerder aankwam. IJzeren kranen steken puntig af tegen de grauwe lucht. De pakhuizen bieden enigszins bescherming tegen de gure wind. Chris steekt zijn handen diep in zijn zakken. Hij kan maar slecht wennen aan de dagen waarop de zon zich niet laat zien. Maar hoe de buien ook hun best doen dit een sombere dag te maken, hij voelt zich uitgelaten. Dit is een geweldige dag. Zijn moeder, broer en oma Beth komen straks aan met de Johan van Oldenbarnevelt, die drie weken geleden vertrokken is van Tanjung Priok, de haven van Jakarta.

Eigenlijk wil hij over de zee kunnen turen totdat het schip in zicht komt, maar verder dan een klein stukje van het Noordzeekanaal kan hij niet kijken. 'Kom op, kom dan,' zegt hij tegen het nog onzichtbare schip. Wat is de beste plek om hen op te wachten? Hoeveel verander je in negen maanden in een land dat zo anders is? Zullen ze aan elkaar moeten wennen?

De Johan van Oldenbarnevelt wordt met twee sleepboten door het kanaal getrokken en dan op zijn plek aan de kade gezet. Mensen roepen, zwaaien en turen, maar Chris kan zijn familie niet ontdekken tussen alle mensen op het dek.

Met bonzend hart dringt hij zich de hal in waar de passagiers opgevangen worden. Twee keer denkt hij Rob te zien in de rijen mensen. Als hij op een gegeven moment op de schouder wordt getikt, springt Chris op.

'Rob!' Hij drukt hem kort maar stevig tegen zich aan. Zijn moeder en oma Beth staan achter hem.

'Jongen,' zegt zijn moeder alleen maar. 'Jongen...'

Chris slaat zijn armen om haar heen.

'Wat is het hier verschrikkelijk koud,' klaagt ze, terwijl Chris haar rug probeert warm te wrijven. Rob trekt hen uiteindelijk mee.

Ze moeten nu eerst langs de bureaus van de contactambtenaar en zijn maatschappelijk medewerker. Opvarenden worden verdeeld over heel Nederland: katholieken naar het zuiden, protestanten naar het noorden. Chris gaat weer bij zijn moeder, broer en oma wonen, zoveel is zeker. Maar hij is er niet helemaal zeker op dat hij in de buurt van Den Haag kan blijven. Zijn vader stond bij de hervormde kerk ingeschreven. Hoewel het geloof geen bepalende factor is voor zijn moeder, weegt dat zwaarder dan het feit dat er familie woont in Den Haag. 'Jullie hebben toch overal ooms en tantes,' stelt de ambtenaar lachend vast als Chris tante Juul ter sprake brengt. Chris kan er niet om lachen, maar knikt tevreden als hij hoort dat zijn moeder, oma en broer met hem in een contractpension in Scheveningen worden geplaatst.

Na de inschrijving wordt iedereen naar een loods geleid. Daar liggen grote hopen kleding, waar geen enkel systeem in lijkt te zitten. Enorme jassen, slobberbroeken, overhemden, truien, sjaals, alles door elkaar. De nieuw aangekomen Nederlanders hebben warme kleding nodig, hier kunnen zij alles vinden. Passen kan niet en zo goed en kwaad als het gaat zoeken moeder, Rob en oma Beth wat warme kleding. Alles wordt nauwkeurig genoteerd, de waarde van de kleding die ze meekrijgen wordt vastgesteld op honderdzesenvijftig gulden.

Daarna stapt het gezelschap op een van de bussen die klaarstaan. DEN HAAG, staat er op een stuk papier achter de voorruit.

‘Ik werd na aankomst ook in een bus gezet,’ zegt Chris, ‘onder begeleiding van gewapende marechaussee. Ik had géén idee van wat er ging gebeuren...’ Hij kijkt gelukzalig naar zijn moeder.

◆

‘Alstublieft, mevrouw Buisman. Ik zal u voorgaan. Deze trap op...’ Mevrouw Schouten pakt met haar rechterhand haar schort en rok zodat die dicht om haar dikke kousen blijven zitten en er niets van haar benen te zien zal zijn als zij voor het gezelschap uit de smalle trap beklimt. Haar linkerhand laat ze meeglijden over de houten leuning. Ze hijgt steeds harder.

‘Psssst!’

Chris kijkt om en ziet het lachende gezicht van Rob.

‘Haalt zij nooit,’ fluistert hij grinnikend, ‘die vrouw, helemaal naar boven. Haalt zij niet.’

‘Zooo,’ weet mevrouw Schouten boven aan de tweede trap uit te brengen. ‘Poeh. Even uitblazen, hoor.’ Ze legt haar linkerhand op haar forse boezem en leunt tegen de muur en wijst naar een crèmekleurige deur aan de linkerkant van de gang. ‘Het is een van de ruimere kamers die ik heb.’

De deur kan niet helemaal open, er staat een zware houten kast vlak achter. Ze knipt een lichtknopje aan, doet een stapje terug en kijkt alsof ze zojuist de geheime doorgang naar een schatkamer heeft ontsloten. Chris dringt zich tussen haar en zijn moeder door en staat midden in de kamer. Zijn moeder twijfelt, Rob legt zijn hand op haar rug en leidt haar naar binnen. Oma loopt nog op de trap.

Door het opengeschoven raam vermengt de frisse zeelucht zich met de muffe geur van de kamer. De gele gordijnen bollen een beetje op. Onder het raam staat een tweepersoonsbed, links, tegen het voeteneind, een stapelbed. Rechts van de deur troont een grote kast, aan de andere kant staan een donker, houten tafeltje met drie stoelen en een kleine houtkachel. Moeder slaat de hand voor haar mond en zegt niets. Die hut op de boot was klein, maar dat was tijdelijk. Deze steenkoude kamer is twee keer zo groot. Hoelang zullen ze in deze bedompte ruimte moeten wonen?

Mevrouw Schouten interpreteert moeders gedachten moeiteloos op haar eigen manier. 'Heerlijk hè? Een mooi, stevig stenen huis. Dat is vast heel anders dan uw hutje in de tropen.'

Moeder doet of ze niets verstaan heeft. Chris lacht naar de vrouw, zegt 'dank u' en zou het liefst met een duik haar enkels grijpen en haar in één vloeiende beweging het raam uit kiepen. Hij schuift het gordijn opzij en kijkt uit op een blinde muur. Als hij zijn hoofd naar buiten steekt ziet hij links het einde van de steeg die uitkomt op de Scheveningse boulevard. Een koude decemberwind snijdt in zijn gezicht.

'U krijgt 's ochtends om zeven uur uw ontbijt, twee boterhammen met jam per persoon, of havermoutpap. Twaalf uur lunch, als u moet werken kunt u die 's morgens meenemen, en om zes uur staat het avondeten klaar. U zult wel moe zijn na de reis, we praten morgen wel verder.'

Mevrouw Schouten staat boven aan de trap als ze zich nog even omdraait. 'O ja, het is, eh... donderdag. U kunt baden op zaterdag en het is in Nederland de gewoonte dat dan ook élke zaterdag te doen. Wij zijn een proper volkje, moet u weten.'

Moeder zakt met haar hand voor haar ogen op het tweepersoonsbed. Ze snikt. Oma gaat naast haar zitten. Chris voelt een brok in zijn keel. Dit valt tegen. De twee hoopjes kleding die ze bij elkaar heeft gezocht liggen ook op het bed. Repatrianten mogen geen bezittingen vanuit Indonesië meenemen. Rob slaat een arm om hun moeder heen. 'We zijn er. We zijn veilig, zitten nergens opgesloten wasknijpers in elkaar te zetten.'

Ze schudt zachtjes haar hoofd en huilt zonder geluid.

Chris ziet de voorbeeldige zelfbeheersing van zijn broer. Zelf heeft hij eerder de neiging een stoel door het raam te gooien. Na de vrijheid die hij had bij tante Juul lijkt dit een nieuwe gevangenis. Chris draalt bij het stapelbed.

'Kom,' zegt Rob, 'we pakken de sprei van dat bed.' Hij knikt naar het tweepersoonsbed, '... en hangen dat hier aan het plafond. Dan kunnen moeder en oma Beth zich nog een klein beetje afzonderen.'

Oma Beth scharrelt in een kastje.

'We hebben bloemen nodig. En reukwater.' Ze pakt een schoteltje. 'Jullie moeten bloemen zoeken, jongens. Het is hier niet pluis. We moeten deze plaats reinigen en de geesten gunstig stemmen.'

◆

Aan Hans Josefs,
Soerabaja

Den Haag, 1959

Beste Hans,

Hoe gaat het met je? Ik vind het fijn om je berichten uit Soerabaja te lezen. Nu mijn moeder, Rob en oma hier zijn aangekomen, ben jij mijn belangrijkste link met het land waar ik ben geboren.

Toen ik Rob bij de haven zag, wilde ik springen en dansen van geluk. Nu ze alle drie bij me zijn, besef ik pas hoeveel ik hen heb gemist. Het gemis is lastig te onderscheiden: de warmte, de plaatsen die je kent, je oude vrienden, de bergen buiten de stad, maar nu is één gemis in elk geval weg: dat van mijn familie.

Ik ben nu bij mijn tante weg en we wonen met elkaar in een pension. Tijdelijk. We wonen met z'n vieren in een kamertje zo groot als Robs kamer in Soerabaja. Hier moeten we leven, eten en slapen. Mijn moeder hoopt weer in het onderwijs aan het werk te kunnen en ik werk inmiddels als postbode. Ook dat is tijdelijk, ik hoop het komende seizoen naar de zeevaartschool te kunnen, maar eerst moeten we een fatsoenlijk huis zien te vinden. Zo mooi als in Soerabaja tref je ze hier zelden trouwens.

En er vallen me meer dingen op hier. Zo zeggen mensen hier gewoon 'nee' tegen elkaar. En het eten is overal zachtgekookt en vrijwel zonder smaak. Zachte aardappels zijn ze hier gek op, zachtgekookte groente met een eitje of een flauwe gehaktbal of een speklapje erbij. Gelukkig zijn er hier ook toko's, dus als we een eigen huis hebben kunnen we weer gewoon eten.

Verder valt me op hoe enorm zuinig de Hollanders zijn. Eén klein bordje eten. Eén keer per week warm water om je te douchen of te baden. Vóór het eten de visite de deur uit kijken. Eén koekje bij de koffie.

We wonen in Scheveningen, bij Den Haag. Aan de kust dus. Ik kan je niet vertellen hoe blij ik ben dat Rob er weer is. Onze band was al goed, maar hier wordt die alleen maar sterker. Als een tweeling moeten we ons erdoorheen vechten. Mijn moeder zal het hier zelf moeten redden, er is geen personeel in de keuken of het huishouden. Ze lijkt hier veel Indischer dan ze ooit in Indië is geweest. Alsof mijn oma in haar is gevaren. En oma Beth spreekt nog amper een woord, die zit in een hoekje van de kamer te handwerken.

Je begrijpt, we moeten nog wennen hier. Rob en ik zijn vol goede moed, het kan alleen maar beter worden.

Groet Ruud van me, als je hem ziet, en misschien kom je Linda ook nog weleens tegen, groet haar ook.

Ik wens je het allerbeste en veel heil en zegen in 1959,
Chris

◆

'Satu, dua, *tiga...*' telt Chris de treden van de trap, de trap voor bruine mensen. Het is niet de bedoeling dat hij de grote brede trap naar de voordeur neemt.

Net als zijn moeder, oma en Rob, heeft hij zich mokkend bij deze regel neergelegd. Door dit soort regels voelt hij zich in Nederland zo Indisch. Terwijl hij Indonesië moest verlaten omdat hij Nederlander is. Niet Indisch genoeg. En blijkbaar ook niet Nederlands genoeg. De mensen op straat laten dat duidelijk zien. Soms door 'pinda', 'poepchinees' of zelfs 'bosneger' te roepen, maar in elk geval door indringende en intimiderende blikken. Dit had hij op geen enkele manier voorzien toen hij met bonzend hart de Sibajak betrad. Het is niet gevaarlijk, maar het maakt dat je je niet thuis voelt.

Hij knoopt zijn zware leren dienstjas van zijn PTT-uniform open. Zijn dienst zit erop. 'Dag mam,' zegt hij als hij binnenkomt. 'Dag oma.' De hele week is er in zijn ogen geen steek veranderd aan het borduurwerkje dat zij op haar schoot houdt. Zijn moeder zit op de stoel bij de tafel en leest in een krant die op tafel ligt. 'Bent u nog buiten geweest?'

'Ja hoor. Gisteren nog. Het is koud, hè?'

Chris gooit zijn jas op zijn bed. Zijn ogen dwalen afwezig over de krantenpagina. Er staat een advertentie van Sinatran-levertraan boven een stripje van Ferdinand.

'Geen sollicitatiegesprekken gehad?'

'Nee.'

Zijn moeder zucht. Ze lijkt er meer over te willen zeggen, maar doet het niet.

Chris ziet een klein bericht: 'Gitaren. De beste prijs, afbetalingsregeling mogelijk.' Een gitaar in huis, dat zou fijn zijn.

Dan komt ook Rob de kamer binnen. 'Even buiten geweest,' mompelt hij, hoewel er niemand vraagt waar hij vandaan komt. Hij heeft in Soerabaja nog net zijn hbs afgerond en moet nu wachten tot na de zomer om een vervolgopleiding te kunnen doen.

'Vreselijk land, vreselijke mensen,' verzucht hij.

'Hé,' zegt Chris. 'Niet knakken hè?' Hij voelt zich even de sterke oudste broer, de broer met meer ervaring in dit land, de oudere broer van een jongen die geen vader heeft. 'Kin omhoog. We houden onze waardigheid.' Dat zou zijn vader vast ook zo gezegd hebben. 'Dat is heel erg belangrijk.' Het voelt goed, met overtuiging de woorden uitspreken die hij zelf even hard nodig heeft als zijn broer.

'Zo vreselijk onbeleefd,' zegt Rob bozer nu. 'Begrijpt er iemand hier dat wij uit het wíngewest Indië komen? Dat wij blanda's zijn, die hebben bijgedragen aan de welvaart van dit land?'

Chris kijkt verbaasd naar zijn broertje. Hij wordt snel volwassen, denkt hij. En tegelijk: we moeten ons laten zien. We zullen ons bewijzen. Ze zullen niet om ons heen kunnen.

'En dat wij Nederlanders zijn die weg móésten, omdat het Hollandse leger zich schandalig heeft...'

'Rob!' zegt zijn moeder luider dan Chris haar ooit in Nederland heeft horen praten. 'Zeg dat niet. Soedah. Niet zeggen.'

'Vreselijk eten ook,' zegt Rob.

'Lieverd,' zegt moeder. Ze staat op en loopt naar haar jongste zoon. Voordat ze zijn hoofd tussen haar beide handen kan nemen, draait hij zich om.

'Ik maak wel wat,' zegt moeder, alsof ze blij is dat ze iets concreets kan doen aan de stemming van haar zoon. Ze klapt de strijkplank uit en steekt de stekker van de strijkbout in het stopcontact. Behendig schilt ze een uitje en snippert het ragfijn. Gek. Chris heeft haar dit nooit zien doen. Kokkie maakte het eten klaar, ze kochten saté bij de satéverkopers, maar zijn moeder hanteert het mesje alsof ze nooit anders heeft gedaan.

'Ga je morgen mee naar Stephan?' vraagt Chris. Een ander onderwerp, dat lijkt hem op dit moment het allerbeste. En even optrekken met iemand die ook net uit Indonesië komt helpt tegen heimwee. Stephan had op de boot de gegevens van tante Juul van Chris gekregen. Hij was verschillende keren bij haar langsgeweest om te checken of Chris er al was en had het adres van het contractpension waar hij verbleef achtergelaten. De twee zien elkaar sindsdien regelmatig. 'Of we gaan naar de Gouden Paraplu...'

Moeder heeft de strijkbout inmiddels omgedraaid en tussen de strijkplank en de houder geklemd. Ze zet een pannetje op het gloeiende ijzer. Onder uit de grote houten kast pakt ze een klein flesje olie, ze giet een scheutje in het pannetje en schuift de uitjes erbij. Dan pakt ze een klein donker blokje uit de kast.

'Trassi, dat wordt herrie,' zegt Chris. Zijn vingers trommelen nerveus op de rand van de tafel. De kamer vult zich meteen met de doordringende geur van gefermenteerde garnalen.

Rob loopt ondertussen als een gekooide tijger heen en weer. 'Rotland! Rotland!' Hij geeft een trap tegen de tafelpoot. 'Met z'n roteten.'

'Joh, hou op,' zegt Chris. 'Moeder is toch iets pedis aan het maken?'

Gestamp op de trap. Er is er maar een die zo naar boven komt. Het gedreun wordt luider, de tussentijd tussen de stappen een fractie langer en bij de laatste trilt de deur van de kamer in de sponning.

'Snel, geef hier,' zegt Chris en hij zet het hete pannetje onder de houten kast. Moeder draait het strijkijzer om en grist een overhemd van de stoel. Chris komt net overeind als mevrouw Schouten zonder kloppen de deur openzwiept. Met een knal botst hij tegen de kast en slaat bijna terug in haar rode gezicht. Zonder een woord te zeggen loert ze de kamer rond.

'Wat een afgrijselijke stank. Wat is hier aan de hand?' Ze krijst nog net niet.

'Ik ben aan het strijken,' antwoordt moeder kalm. 'Ik heb net geloof ik per ongeluk een stukje plastic uit het boord van een overhemd laten smelten tegen de bout. Het spijt me.'

De ogen van mevrouw Schouten gaan nog een keer de kamer rond. Ze gelooft niets van wat ze net hoorde, maar heeft blijkbaar geen idee wat er dan wel aan de hand is.

'Ik hoop dat u heel erg goed uitkijkt met die strijkbout. U bent natuurlijk helemaal niet gewend aan elektriciteit. Straks vliegt de boel in lichterlaaie.' Ze wil de deur weer dichttrekken, maar kijkt nog één keer de kamer in. 'Ik zou het heel erg op prijs stellen als u uw persoonlijke hygiëne in acht zoudt nemen.' Net voordat ze de deur sluit, hoort Chris haar nog zeggen: '... alsof er een rottend lijk onder het bed ligt.'

'Zegt die blanda *kèpèt* nou dat wij onze hygiëne in de gaten moeten houden?' zegt Rob als de deur dicht is. 'Ik dacht eerst dat het zuinigheid was dat wij maar één keer per week in dat rare zinken teiltje mogen om ons te wassen. Maar zij doen het zelf ook zo!' Het ongeloof druipt van Robs gezicht. 'Het zijn gewoon smeerlappen. Ze vegen het smerigste plekje van hun lichaam af met een droog stukje papier!' Rob huivert. 'Als ze vieze handen hebben, halen ze er toch ook geen droog papiertje over?'

15
Den Haag, 1959

De voordeur valt met een klap achter hem dicht. Hij zet de kraag van zijn lange zwarte jas rechtop. Het is een koude junidag. De zomer in Nederland heeft vaak een jas nodig. Hij haalt zijn handen langs zijn slapen door zijn zwarte haar. Het zit met Brylcreem in een stevige kuif, onder zijn jas draagt hij een hagelwit overhemd.

Twee weken geleden is de familie Buisman verhuisd naar een huisje in de Haagse wijk Oostbroek, vlak bij het Zuiderpark. Het is een portiekwoning aan de Velpsestraat, op de begane grond met bovenburen. Het is nog lang niet de villa uit Soerabaja, maar Chris geniet er nog altijd van dat hij zijn eigen voordeur achter zich dicht kan trekken. Zijn moeder deelt een slaapkamer met oma Beth, hij deelt er een met Rob. Geen minderwaardige trap achterom meer. Geen bemoeizuchtige, gierige pensionhoudster meer. Vijf maanden duurde het in Scheveningen. Vijf vreselijke maanden.

Hij loopt naar het centrum. Bij de groenteboer ziet hij Hollandse groenten en fruit uitgestald: andijvie, sla, appels, aardbeien en veel aardappels. Zijn moeder is intens gelukkig met haar eigen keuken. Een paar keer per week wandelt ze de hele De la Reyweg en Beeklaan af om eten of specerijen en Indische ingrediënten te halen bij toko Toet.

Chris bewondert haar doorzettingsvermogen. Elke dag, of bijna elke werkdag, liep zij de lange trappen om te solliciteren. Ondanks haar ervaring op de huishoudschool in Soerabaja, beschouwden de Nederlandse scholen haar als te min. Ervaring, mevrouw Buisman, prachtig, maar zo'n klasje in Indië is wat anders dan een echte Nederlandse school. Alsof ze meisjes had geleerd kokosnoten te klieven en een wasje te doen aan de oever van de Kali Mas! Steeds gefrustreerder kwam ze terug van de gesprekken die ze voerde.

De Prinsegracht komt uit op de Grote Markt. Op school in Soerabaja zag hij de foto's van de Haagse gebouwen. De Ridderzaal staat in de steigers en er staan wat auto's geparkeerd op het Binnenhof. Hier wordt zijn nieuwe thuisland dus bestuurd. Hier heeft iemand verzonnen dat families die gerepatrieerd zijn uit Indonesië regelmatig een maatschappelijk werkster over de vloer moeten krijgen. In het begin zat Chris weleens bij de gesprekken die zij met zijn moeder voerde, maar al snel kon hij het niet meer aanhoren. Hij was in staat het mens van tweehoog uit het raam te lazeren, met haar belerende geneuzel over netheid en spaarzaamheid.

Ze bemoeide zich werkelijk óveral mee: de opvoeding, het huishouden, de financiën. Laat uw jongens niet tot laat doelloos op straat zwerven. Brengt u hun de juiste tafelmanieren bij? Wat weten zij van goed en kwaad? Zorg dat u financieel een appeltje voor de dorst heeft. Weet u hoe u een goed handwasje doet en hoe de wringer werkt? Ik zie dat hier een sarong hangt, u weet dat wij die niet buiten de deur dragen? Dat wij die dingen eigenlijk sowieso niet dragen? U moet ervoor zorgen dat u niet te oosters georiënteerd bent als u wilt slagen in de Nederlandse maatschappij. U spreekt toch wel Nederlands met uw zoons in huis? En altijd liet zij dat betuttelende blaadje *Djangan Loepah* achter. Niet Vergeten.

Chris' moeder slikte het allemaal geduldig. Ze tikte haar zoons op de vingers als zij gierend van het lachen het blad doornamen. 'Djangan loepah, djangan loepah,' zei Rob dan tegen zijn broer. 'Niet vergeten dat droge stukje papier van de rol over je *pantat* te halen als je...'

Zijn moeder corrigeerde Rob altijd als hij grapjes over de maatschappelijk werkster maakte: 'Netjes blijven. Niemand een reden geven iets slechts over je te zeggen.'

Ergens heeft ze de overtuiging opgevat dat zij gewaardeerd gaat worden als ze haar écht leren kennen, die mensen in Nederland. Chris staart naar de hofvijver en schudt zijn hoofd. Na twee maanden vruchteloos solliciteren, besloot ze het op een lager niveau te zoeken. Nog zwaarder sloften haar voeten de trap op. Ze durfde het Chris en Rob aanvankelijk niet eens te zeggen. Tot die dag, een maand geleden. Ze werd aangenomen als schoonmaakster bij een gezin in Wassenaar. Poetsen van negen tot twaalf, vijf dagen in de week, maar ze heeft een baan.

Hij wandelt terug langs 't Goude Hooft. De oude herberg is een begrip in Den Haag, maar het kan niet tippen aan het Oranje Hotel in Soerabaja, vindt Chris. Via het Kerkplein loopt hij naar het Westeinde, waar de mensen te druk zijn met elkaar en met winkelen om op een jongen met een iets donkerder kleurtje te letten. Dat maakt juist de drukte van zo'n straat rustgevend. Hij vervolgt zijn weg langs het Spaansche Hof en distilleerderij Zondag. De geur van de jonge en oude jenever komt door de deur naar buiten. Lekker, vindt Chris. Voor het zalencentrum Amicitia, naast de Kriterionbioscoop, staat een rode vw-bus met voorop een zwarte punt die naar beneden wijst. Een man sjouwt de onderdelen van een drumstel uit het busje naar binnen. Er wordt gedanst vanavond. Op pad met je eigen bus en spelen in zalen waar mensen dansen op jouw muziek, Chris droomt even weg.

Wat verderop zijn de koperen deuren van het St. Joannes de Deo-ziekenhuis. Rob heeft er gesolliciteerd als schoonmaker, maar werd niet aangenomen. Hij doet nu zo nu en dan klusjes als tomatenplukker in het Westland of sjouwer bij de kruidenier. Zo draagt ook hij bij aan de huishoudpot. En dat is nodig, want alles is duur in Nederland. In Scheveningen moesten Chris en zijn moeder zestig procent van hun gezamenlijke inkomen afstaan voor kost en inwoning. Ook de overtocht moest hij geheel uit eigen zak betalen en het huis waar het gezin nu woont moest met een rijksvoorschot van vijftienhonderd gulden worden ingericht. Als afbetaling wordt er vijftien gulden per maand van zijn salaris ingehouden. Zelfs de tweedehandskleding die de Buismannen bij aankomst hadden mogen uitzoeken in de loods waren stevig geprijsd en moeten terugbetaald worden.

Als hij bijna thuis is komt hij Rob tegen. De jongens struinen regelmatig doelloos door de stad, alsof het hen helpt te wennen aan het leven in Nederland.

'Ik wil even bij Gerritsen kijken,' zegt Rob als ze de Delftselaan af lopen. Gerritsen is de muziekwinkel in de Boekhorststraat die elektrische gitaren verkoopt. De verkoper kijkt de broers eerst wantrouwend aan, maar als Chris een gitaar in handen neemt en wat speelt, maakt zijn scepsis snel plaats voor enthousiasme.

'Er komen hier veel jongemannen in de winkel,' zegt hij, 'maar een enkeling kan ook daadwerkelijk gitaar spelen.'

Chris voelt nieuwe energie zijn lijf in stromen als hij de gitaar vastheeft. Hoe heeft hij zo lang zonder gekund? 'See You Later Alligator', hij speelt het nog vlekkeloos. Dan meteen door in iets wat je een medley van Indische liedjes zou kunnen noemen. En afsluiten met een snel loopje en een dik slotakkoord. In gedachten ziet hij de jongens van zijn school in Soerabaja juichen en klappen, de bewondering in de prachtige ogen van Linda en voelt hij haar zachte aanraking. Hij moet dit ding hebben.

'Bravo! Bravo!' hoort hij dan.

Als hij opkijkt, ziet hij drie jongens in de winkel staan. Ze klappen uitbundig.

'Goed gedaan, pinda!' zegt een van hen.

Een ander stoot hem aan, terwijl hij nog steeds in zijn handen klapt. 'Marinus! Doe normaal,' sist hij. 'Kunnen jullie ook samen spelen?' vraagt hij dan aan Chris.

'Tuurlijk.' Dan kijkt hij naar de man van de winkel.

Die reikt Rob glimlachend een gitaar aan.

'Ga je gang.'

'*One two three o'clock rock*,' zegt Chris. Ze maken er meteen een showtje van. De jongens klappen meteen mee. Op de één en de drie, dat wel, maar ze hebben het zo te zien prima naar hun zin.

'Nog een liedje!' roept een van de drie.

Chris kijkt Rob aan. Ze moeten echt snel meer rock-'n-rollliedjes leren, want dit was het wel. Rob zet 'Ajoen Ajoen' in, maar speelt het als rock-'n-roll. Geniaal. Chris valt meteen in.

Als het is afgelopen, klappen en joelen de drie jongens weer. Buiten de winkel blijven ook een paar mensen staan. Chris en Rob doen nog één liedje en zetten dan de gitaren neer.

'We hebben niet echt veel geld,' zegt Chris met een spijtige blik.

'Als jullie zo doorspelen, ga je vast snel genoeg verdienen,' zegt een van de drie jongens lachend. 'Bedankt voor het concert,' zegt een ander en dan drentelen ze de winkel uit.

De verkoper neemt Chris en Rob mee naar de achterkant van de winkel. 'Kijk,' zegt hij, en hij pakt een felrood instrument. 'Oerdegelijk Nederlands fabricaat. Vinyl afwerking, solide kast, prachtige elektrische gitaar voor tweehonderd gulden. Het is een Egmond.'

Het ding speelt zwaar, maar voor wie altijd een akoestische gitaar in handen gehad heeft is een elektrische een sensatie. Hij kan gillen en fluisteren, janken en zingen, Chris voelt zijn wangen gloeien.

'Ik kan u een afbetalingsregeling aanbieden,' zegt de man op bezwerende toon. 'U betaalt mij vijfentwintig gulden en daarna een maandelijks bedrag van tien gulden.' Hij doet een stap naar achter, alsof hij het hele plaatje in zich op wil nemen: Chris, zijn gitaar en zijn verraste blik. Op deze manier is het ook voor hem haalbaar.

'Ik wil erover nadenken. En mijn broer ook. Misschien kopen we er twee tegelijk.'

De verkoper laat een betekenisvolle stilte vallen, kijkt kort naar de broers en dan weer naar de gitaar. 'Dan zou ik ze u voor honderdnegentig gulden kunnen aanbieden.'

Een van de drie jongens staat buiten de winkel Chris en Rob op te wachten. Het is degene die zijn vriend binnen corrigeerde. Hij heeft donkerblond haar, een scheiding en kijkt de broers enthousiast aan. Het is zo'n directe Nederlandse blik waar Chris nog altijd aan moet wennen.

'Dat was zó gaaf net,' zegt hij. 'Ik vind die muziek geweldig, maar ik had nog nooit iemand op een elektrische gitaar zien spelen. In het echt dan.'

Chris glimlacht naar de stoeprand.

'Waar hebben jullie zo goed leren spelen?'

Chris kijkt onderzoekend naar de jongen. 'Onze vader heeft mij de eerste dingen op de gitaar geleerd. En dan zoek je het verder vanzelf uit.'

'O echt? Van je vader?' Het lijkt of hij even wegdroomt op het idee dat een vader je gitaar kan leren spelen. 'Jullie wonen bij mij in de straat. Denk ik. Ik heb jullie eerder gezien. De Ellekomstraat?'

'De Velpsestraat,' zegt Rob.

'Aha, dat is één straat verderop. Ik ben Johan. Johan Berkenbosch.' Hij steekt zijn hand uit.

'Chris. Chris Buisman. En dit is mijn broer Rob.'

'Zou, eh... Zou jullie vader mij ook de eerste dingen op gitaar willen leren?'

'Rob kijkt zijn broer aan. 'Dat zal niet gaan.'

Het lijkt wel of Johan rood wordt. Sympathieke vent.

'Misschien kunnen wij het wel doen?' oppert Chris dan.

Schrikt hij daarvan? 'Echt?'

Chris kijk opzij. 'Een gulden per keer.'

'Doen we,' zegt Johan.

◆

'Maar jongen.' Chris kijkt naar zijn moeder. Ze probeert het nog eens. 'Wil je niet liever piano leren spelen? Je speelde vroeger al altijd gitaar. Dat is zo...'

'Gewoon?'

'Ja. Gewoon.'

'Niet chic genoeg?'

'Precies. We zijn in Nederland nu. Adoeh, jongen, zo'n mooie piano...'

Chris schiet in de lach. 'Dat vraagt u altijd. Ik kan toch niet krontjong op een piano spelen?'

'Jij wil helemaal niet krontjong spelen. Jij wil zeker hawaïmuziek maken? Met zo'n elektrische gitaar zeker?'

'Nee, moeder. Misschien wel country. Maar ik denk vooral rock-'n-roll. Samen met Rob. We gaan een groep oprichten.'

Rob kijkt op uit zijn boek. 'Een groep? Om muziek te maken bedoel je?'

'Nee, om te breien!'

'Hè ja, gaan jullie weer lekker spelen. We moeten een feestje geven hier,' zegt oma. Ze zit naast de kachel en komt ineens overeind.

Chris glimlacht. Natuurlijk. Oma Beth verlangt terug naar de tempo doeloe. Hier moeten we zo Nederlands mogelijk zijn, maar een echt Indisch feestje in huis, dat is een goed plan.

'Rob, als we allebei zo'n gitaar kopen...' zegt Chris. 'Op afbetaling...'

'Dan hebben we ook nog een versterker nodig.'

'Die maken we zelf. Een oude radio of zo. We kunnen vast geld verdienen met optredens. Niemand speelt hier rock-'n-roll.'

'Nee, geen rock-'n-roll,' zegt oma. 'Jullie moeten "Para Muda" zingen. Of "Ajoen Ajoen".' Op haar gezicht verschijnt een glimlach zoals Chris die al lang niet meer heeft gezien.

Rob doet alsof hij oma niet gehoord heeft. 'Maar wíl iemand hier rock-'n-roll?'

'De meeste mensen kennen het niet, denk ik. Als wij het gaan spelen, gaan ze het ook willen. Die buurjongen, hoe heet-ie, Johan, die wil toch ook rock-'n-roll?'

'Hij wil gitaarles.'

'Hij zag ons "Rock Around the Clock" spelen. Dat wil hij. Hij wil geen gitaarles om de klompendans te kunnen spelen. En met die lessen kunnen we geld verdienen.'

'De klompendans?'

'Psalmen dan, weet ik veel waar ze hier naar luisteren.'

Rob grinnikt. 'Weet je wat we hem moeten leren? Bassen. Da's veel makkelijker. Dan kan hij sneller wat, en dat is precies wat we nodig hebben.'

Chris ziet ineens de rokerige ruimte van George de Fretes voor zich, en een beginnende bassist die zich op kan trekken aan goeie gitaristen. 'Een totok in onze groep... Hm, geen slecht idee. Ik ben benieuwd of hij er gevoel voor heeft.'

◆

'Johaaaan!' Het meisje dat de deur heeft geopend, kijkt de broers onbeschaamd aan en neemt niet eens de moeite haar hoofd om te draaien als ze roept. Pittig ding, denkt Chris, terwijl Johan op zijn sokken over de plavuizen van de gang glijdt. Hij ziet eruit zoals Chris vindt dat een echte Hollander eruit moet zien: wat langer dan hij, een tikje bleek en met donkerblond haar dat in een rommelige scheiding zit. Hij heeft grijsblauwe ogen en vlassige baardharen op zijn kaak en boven zijn mond. Wellicht is vriendschap met hem een kans om uit het Indische kringetje te ontsnappen.

Johan lijkt blij de broers te zien, kijkt hen lachend aan en laat zijn blik dan vallen op de gitaartas die Rob in zijn handen heeft. 'Ik begon bijna te denken dat jullie niet meer kwamen.'

Het meisje doet een stap terug, maar blijft in de buurt van de deur. 'Waarom zijn jullie zo laat?'

Laat? Chris heeft geen horloge, maar het is nog lang niet donker.

'Vier uur was het toch? Het is nu al bijna zes uur.'

'Johan! Nel!' De stem klinkt als die van een bezorgde moeder. 'Waar blijven jullie? Het eten staat op tafel.'

'Ik kom zo!' roept Johan terug. In zijn iets te wijde broek en met zijn donker- en lichtblauw gestreepte overhemd dat er losjes overheen hangt lijkt hij wat van zijn ontspannen uitdrukking te verliezen. 'Nou zijn jullie hier precies met etenstijd, mijn vader kan elk moment thuiskomen.'

Chris haalt zijn schouders op. Wat is het probleem?

Dan komt er een man de gang in. Hij is blijkbaar door de achterdeur naar binnen gekomen, heeft zijn jas nog aan en zijn hoed in de hand. 'O. Hallo pa,' zegt Johan. De man kijkt fronsend naar de jongens voor de deur en dan naar zijn zoon.

'Dit zijn Chris en Rob,' zegt Johan. 'We gaan... We gaan muziek maken.'

'We gaan eten,' zegt Johans vader. 'Heren,' met een kort knikje geeft hij aan dat wat hem betreft de voordeur weer gesloten kan worden. Hij lijkt te vergeten dat hij zijn jas nog moet ophangen en zet een stap in de richting van de keuken.

'Muziek,' zegt hij dan ineens. Het klinkt droog. Bijna dreigend. Als hij zich met een ruk omdraait, waaieren de slippen van zijn jas sierlijk naar buiten. 'Ga je het orgelspelen weer oppakken?'

Chris schiet in de lach, hij kan de uitdrukking op het gezicht van Johans vader niet goed inschatten, maar blijkbaar bedoelde die dat niet als grapje. Chris krijgt een vernietigende blik en hoort Johan zacht 'nee' zeggen.

'Zij gaan mij leren gitaarspelen.' Hij knikt zijn hoofd flauw naar Chris en Rob.

'Nou, gitaar... we willen het even met je over de bas hebben,' zegt Rob.

Johans vader reageert wat langzamer: 'Jij gaat wát?'

Chris stoot Rob aan.

Johan is zichtbaar opgelaten met de situatie. 'Gitaar...'

'Jij gaat gitáár spelen?'

'Ja.' Johan doet een stap naar achter en komt vlak bij Chris uit.

Zijn vader neemt de jongens uitvoerig op. 'En dat gaan zij jou leren?'

'Ja...'

'Maar waarom zou jij gitaar willen spelen?! Met je voorliefde voor oenga boenga oerwoudgeluiden.'

'Je kunt, eh... van alles spelen op een gitaar,' zegt Johan en hij kijkt naar Chris, alsof die hem steun gaat geven.

Chris vraagt zich af wat hier aan de hand is. Heeft zijn vader een probleem met hem en Rob? Of ziet hij moderne muziek niet zitten? Hij kijkt zwijgend naar de vloer voor de voeten van Johans vader.

Die zucht diep. 'Wij hebben het hier al over gehad, Johan,' zegt hij alsof hij doodmoe is. 'Als ik niet wil dat je hier in huis naar dat soort muziek luistert, dan denk jij doodleuk dat je wel dat soort muziek hier in huis kunt gaan spélen? Wat wil je nog meer? Iemand die hier op potten en pannen komt trommelen? Engelstalige zangles?'

Johan duwt Chris zacht terug en draait zich naar hem toe. 'Ik zie je over een uurtje,' sist hij.

'De Bijbel is ook hier klip en klaar over,' raast zijn vader door. 'Wij zullen ons uiten in psalmen, lofzangen en geestelijke liederen. En dus niet in gejammer van wildemannen die God noch gebod eren.'

Johan kijkt snel met een diepe frons op zijn voorhoofd naar Chris en Rob en sluit dan de deur. Chris hoort zijn vader nog zeggen: 'Wat is er mis met dat prachtige harmonium dat hier staat?'

Chris staart nog een tijdje naar de voordeur die zojuist voor zijn neus gesloten werd. Is dit echt gebeurd?

'Gaan we díé jongen gitaarles geven?' vraagt hij dan uiteindelijk aan Rob.

'Tuurlijk.' Rob haalt zijn schouders op. 'Maar ik moet toegeven,' zegt hij als hij het tuinpad af loopt, 'dat ik dacht dat alleen Indische vaders tiranniek waren...'

Idiote vader, denkt Chris. En leuke zus.

DEEL 2

16

Den Haag, 1959

Johan laat zijn hoofd een beetje hangen. Nét onder zijn wimpers door gluurt hij naar Chris. Hij is kleiner dan Johan, maar straalt meer macht uit. Een krachtige kaaklijn, stevige jukbeenderen, diepe, donkere ogen en ravenzwart haar. Anders zwart dan het haar van Johans vriend Marinus, dat meer bruinzwart is, dit is zwart met een blauwe ondertoon. Chris' huid is donker, als koffie met een klein scheutje melk. Net als zijn broer praat hij grappig, met rollende r's en de f klinkt vaak als een p, de v als een b.

Toen Johan de broers in de muziekwinkel hoorde spelen, móést hij naar binnen. Gebiologeerd had hij gekeken en geluisterd. En terwijl hij daar zo stond en genoot van de muzikale spontaniteit, wist hij dat deze muziek onontkoombaar is. Als hij de winkelier was geweest had hij de jongens waarschijnlijk allebei een gitaar meegegeven. Kijk maar hoe je 'm betaalt, maar jullie móéten muziek maken. Dat zag je aan alles. En ineens wilde hij niets liever dan daarbij horen, deel uitmaken van deze muzikaliteit.

Chris houdt zijn gitaar vast alsof hij nooit iets anders in zijn handen heeft. Zijn linkerhand glijdt over de hals en met zijn rechter- raakt hij precies de snaren die hij wil. Die vertrouwdheid met een instrument, dat wil hij ook. Het lijkt of hij Johans blik ontwijkt, zelfs als hij tegen hem praat kijkt hij hem niet aan. Maar hij kijkt ook zijn broer Rob niet echt aan. Hij geeft hem een kort knikje en Rob lijkt dan precies te begrijpen wat hij bedoelt. Dan stopt hij met spelen.

'Welke muziek ken jij?' vraagt Chris.

Johan schrikt.

'Buddy Holly,' zegt hij dan. '"Rock Around the Clock". Een paar liedjes via de broer van een vriend, maar niet heel veel.'

'Maar je kent toch wel meer dan een paar liedjes?'

Johan voelt zijn wangen kleuren. 'Nou ja, ik kén wel meer muziek, maar daar heb je geen gitaar bij nodig.' Hij mompelt bijna: 'Meer dingen uit de kerk en zo.'

'Wat wil je leren spelen dan?'

'Nou ja... eerst het instrument maar leren kennen, denk ik. En dan de liedjes. Rock-'n-roll...' Wat zal Chris hem een sukkel vinden.

'Oké,' zegt Chris opgeruimd. Hij speelt een akkoord. 'Welke toon hoor je nu?'

Johan zingt een toon.

'En nu?' Ik ga toch geen zangles krijgen, denkt Johan.

'Je zingt steeds de grondtoon. Deze.' Chris trekt aan de laagste snaar van zijn gitaar. 'Dat is mooi. Je hoort het goed.' Hij kijkt naar zijn broer. 'Ik heb ooit met een hele goeie muzikant gespeeld. Die lette op toewijding. Hij zei: "Je kijkt goed en wilt graag. En je kunt luisteren." Hij leerde mij bas spelen. Ik denk dat wij jou dat ook kunnen leren: bas spelen. Dan kunnen we met z'n drieën spelen.'

Johan kijkt naar Chris. En dan naar Rob. Twee jongens die hem op dit vlak in alles de baas zijn. Gaat dat werken? Maar tegelijk voelt hij de opwinding. Muziek maken. Muziek maken met mensen die hem verder kunnen helpen. Blijkbaar zien ze iets in hem. 'Ik kan nog niks...'

'Je hoeft niet virtuoos te kunnen spelen,' zegt Chris.

'Dat doen wij wel.' Rob lacht.

'Maar ik heb helemaal geen bas,' zegt hij.

'Nee. Je hebt ook geen gitaar,' zegt Chris.

Rob heeft nog steeds een brede glimlach om zijn mond. 'Het is makkelijker om zelf een bas te maken dan een gitaar.'

Hij legt uit hoe je met een theekist, een stevige bezemsteel en een waslijn een bas kunt maken. Johan denkt aan zijn vader, die het zal verbieden als hij ziet dat Johan zo'n instrument probeert te maken.

'Zeg...' Hij zal de hulp van de broers nodig hebben. 'Mijn vader, eh... Zouden we zo'n ding ook bij jullie kunnen maken?'

'Ja. Leuk,' zegt Rob.

Johan kijkt naar Chris, die lang stil blijft. Hij frunnikt aan zijn gitaar, zonder dat er geluid uit komt.

'Wat is dat? Met jouw vader?' zegt hij uiteindelijk zonder op te kijken.

'Ach...' Johan schuift ongemakkelijk op zijn stoel. 'Hij... hij houdt niet zo van mijn muziek.'

Zal hij deze jongens ooit mee naar huis kunnen nemen? Gaat hij de confrontatie aan met zijn vader, of breidt hij zijn geheime muziekwereld uit van zijn eigen kamer, waar hij plaatjes draait, naar het huis van Chris en Rob? *Hoe wil jij dit verantwoorden als je straks voor de troon van de Eeuwige staat?* Hij hoort het zijn vader declameren. Kom op, Johan, je wéét wat je moet doen.

'Hij houdt niet van muziek,' zegt Chris.

'Niet van míjn muziek.'

'Is goed. Niet van jouw muziek...'

'Waar is jullie vader eigenlijk? Aan het werk?'

Chris kijkt even naar Rob en dan weer naar de grond.

'Wij hebben geen vader,' zegt Rob.

Johan schrikt, eigenlijk nog meer van zijn blunder dan van het feit dat de jongens blijkbaar geen vader hebben. Hij denkt terug aan de kleine vrouw die hij net in een kleurig gewaad in een rieten stoel zag zitten. Die moedige vrouw staat er dus alleen voor, met haar zoons. Aan de andere kant, zij zal vast niet moeilijk doen over rock-'n-roll. Kort maar scherp ziet Johan de lichte kant van een leven zonder strenge vader, maar voelt zich daar meteen schuldig over.

'Hij is dood. Ik heb hem amper gekend.' Rob krabt nonchalant zijn hoofdhuid onder zijn haar.

‘Maar hoe...?’

‘Soedah,’ zegt Chris. ‘Hij is overleden.’

‘En toen zijn jullie hierheen gekomen?’

‘Veel later. Eerst ik alleen.’ Chris richt zich op en kijkt voor het eerst naar Johan. ‘Ik heb de komst van mijn moeder, oma Beth en Rob voorbereid. Vorig jaar. En daarna heb ik dit huis gehuurd.’ Hij kijkt even de kamer rond.

Het valt stil.

‘Hoe komen we aan een theekist?’ zegt Rob dan.

17

Den Haag, 1959

'Hé Stephan!' Chris steekt nonchalant zijn hand op, maar is blij dat hij hem weer ziet.

'Chris! Gaat het goed?'

Chris antwoordt met een knikje. 'Is Jimmy er niet?'

Stephan schudt zijn hoofd. Chris houdt hem zijn pakje sigaretten voor, Stephan tikt bij wijze van dank met twee gestrekte vingers boven zijn oog.

'Jouw vader.' Chris knipt zijn aansteker aan en knikt naar Stephan. 'Gaat het weer goed?'

Stephan grinnikt terwijl hij zijn sigaret aansteekt met het vuurtje dat Chris hem voorhoudt. Gistermiddag had de beste man Chris en zijn zoon zonder pardon het huis uit gekegeld. Hij was loeichagrijnig thuisgekomen, er viel geen zinnig woord met hem te wisselen.

'Hij heeft een nieuwe baan,' zegt Stephan.

'Dat is toch mooi?'

'Op zich wel. Hij vindt het alleen een vreselijke baan. Iets in de productie van de gistfabriek in Delft.'

'Productie?'

'Lopende band.'

'Huh? Hij heeft toch een hoge opleiding?'

'Hij is technisch ingenieur. Je weet toch hoe het gaat? Hij komt er wel overheen, hoor.'

Chris kijkt even rond. 'Wij gaan een feestje organiseren. Een Indisch feestje thuis, met lekkere hapjes, een drankje en muziek. Een feestje zoals vroeger in Soerabaja. Volgende week zaterdag. Kom ook. Neem je ouders mee. Is goed voor ze.'

Stephan staart even voor zich uit en knikt dan naar twee meisjes. Chris ziet twee Hollandse meisjes tussen een groepje indojongens staan. Ze zien er goed uit. De jongens proberen de twee te imponeren, de meisjes kijken hen geamuseerd aan.

'Nodig je die ook uit?' vraagt Stephan.

Chris schudt lachend zijn hoofd. 'Alleen ooms en tantes.' Hij geeft Stephan een vriendschappelijke klap op zijn schouder.

De Plu is een klein Indisch eiland in Den Haag.

◆

De kamer is vol en staat blauw van de rook. Voor Chris' moeder is voor een avond het plezier terug van het goede leven in Indonesië. Ze heeft samen met oma Beth een paar dagen in de keuken gestaan en dribbelt druk heen en weer tussen de keuken en de woonkamer. Oma Beth zit op haar eigen stoel bij de kachel te stralen. Ze geniet van het gezelschap en de herkenbare uitdrukkingen die ze om zich heen hoort. Chris kijkt het tevreden aan. Het is lang geleden dat hij ze zo gelukkig zag. Stephan staat bij Rob, zijn ouders zitten op de bank. Er zijn wat ooms en tantes, neven en nichten en vrienden van de moeder van Chris en Rob die ook oom en tante worden genoemd. In de hoek staan Johan en Nel. Chris stelt ze aan zijn vriend Stephan voor. Johan wordt een steengoeie bassist, vertrouwt hij hem toe.

'Jongens, toe, gaan jullie even muziek maken?' vraagt oma Beth.

De vraag lijkt niet als een verrassing te komen. Twee vuurrode elektrische Egmond-gitaren staan al klaar. Tegen de muur staat een oude buizenradio. 'Die gebruiken we als versterker,' zegt Rob half verontschuldigend tegen de mensen die het dichtst bij het apparaat staan. 'Voor hier is dat prima.'

Johan loopt even de kamer uit en komt terug met een indrukwekkend bouwwerk: zijn theekistbas. Het werkt als een heel primitieve contrabas en is minstens zo groot. 'Zelfgemaakt,' zegt Chris tevreden tegen Stephan. 'Het ziet er niet uit, maar het werkt.'

De moeder van Chris en Rob klapt in haar handen. Het wordt iets rustiger in de kamer. Rob drukt een knop van de radio in, waarna die zich brommend warmloopt. Johan gaat met een verlegen lachje links naast de broers staan, een tante moet met haar stoel naar de andere kant van de kamer verhuizen om plaats te maken voor de theekist.

'"Ajoen Ajoen!"' roept een oom lachend.

'"Red River Rock",' zegt Chris. Hij kijkt naar Rob en Johan, knikt vier keer met zijn hoofd en de drie beginnen te spelen. Chris speelt de melodielijn, Rob de opgewonden akkoorden en Johan plaatst met een geconcentreerde blik de basnoten. Chris kijkt naar Rob. Het gaat aardig. Dit was een instrumentaal nummer, nu gaat hij zingen. '"See You Later Alligator",' zegt hij tegen Johan. Rob herkent het nummer wel als hij het inzet.

Een paar tantes beginnen meteen te dansen, één stoot een bijzettafeltje met sigaretten en twee glazen om. Stephan heeft een metalen prullenbak gevonden en klemt die omgekeerd tussen zijn knieën als hij op zijn hurken naast Johan gaat zitten. Met zijn handen drumt hij op de bodem van de bak mee. Chris kijkt knikkend opzij. Als de jongens klaar zijn, applaudisseren de feestgangers enthousiast. Oma zit stralend in haar stoel.

'Nog een liedje!' schreeuwt een oom.

'Blijf maar even,' zegt Rob tegen Stephan, 'want dat klinkt te gek.'

'Dit is "Blue Moon",' kondigt Chris aan. Hij speelt steeds makkelijker, alsof hij wordt opgetild door de reacties van de mensen in de kleine kamer. Als hij zijn ogen sluit ziet hij de cassavestruiken en de palmbomen die de grens van het land van meneer Van Alphen vormen, de zachte ogen van Linda en ruikt hij de zoete geur van kokos en amandel. Niet eerder voelde hij zich hier in Nederland zo goed.

De vingers van Stephan zijn rood, op sommige plekken bloeden ze. Hij veegt ze af aan zijn broek.

'Dat was mieters,' kraait Rob.

Twee ooms werken zich door de mensen naar de jongens toe. Zij zijn overenthousiast. 'Jullie moeten hiermee doorgaan,' zegt de een. 'Kom een keer mee naar de Embers Club, misschien kunnen jullie daar een keer spelen,' vult de ander aan.

'Graag,' zegt Chris. 'Stephan, kom je erbij?'

'Maar jullie hebben al een bassist.'

'Nee man, je moet drummen.'

Stephan schiet in de lach. 'Dat heb ik nog nooit gedaan.'

'Wat was dat net dan?' vraagt een van de ooms.

Stephan haalt zijn schouders op. 'Waarom ook niet. Ik heb alleen geen drumstel.'

'We gaan morgen naar Gerritsen,' zegt Rob. 'Die helpt ons wel.'

Chris zet zijn gitaar neer en kijkt de kamer in. Johans zus staat nog steeds in de hoek. Ze lacht wat ongemakkelijk. Chris loopt naar haar toe.

'Hoi,' zegt hij, en hij haalt wat hijgend adem, alsof hij zojuist een geweldige sportprestatie heeft geleverd. Het is overdreven, maar het lijkt hem indrukwekkend overkomen. 'Heb je het naar je zin?'

Nel haalt haar schouders op. 'Johanként in elk geval nog wat mensen hier.'

Hij ziet dat Johan staat te praten met Stephan en de ooms. Chris slaat een arm om haar schouder. Ze draait haar arm omhoog, alsof ze de hand zo weg wil halen, maar Chris laat hem liggen en vraagt: 'Wil je even naar buiten anders?'

Nel kijkt hem geschrokken aan, alsof ze wil zeggen: wat denk je wel, niks in je hoofd halen.

'Even. Dat is misschien wel lekker.' Ze slaat wat rook voor haar gezicht weg en hoest demonstratief.

'Gaat het altijd zo bij jullie?' vraagt ze buiten.

Moet hij zijn arm om haar schouder houden of iets anders verzinnen? 'Bij jullie?'

'Ja, nou ja, Johan en ik zijn de enige blanken hier...'

Chris laat haar schouder los en pakt een sigaret. Hij ziet Nel kijken en steekt de sigaret onaangestoken achter zijn oor.

'Ja,' zegt hij dan. 'In Indonesië deden we dit heel vaak. Een feestje bij iemand thuis...' Hij staart naar de huizen aan de overkant. Er staan wat ramen op een kier en er valt hier en daar een streepje licht langs de gesloten velours gordijnen.

'En dan maakten jullie muziek?'

'Vaak. Maar daar hadden we niet per se een feestje voor nodig. Rob en ik zaten ook vaak gewoon buiten, op het muurtje van onze tuin wat te spelen. En dan kwamen er vanzelf meer mensen...'

'En wie leerde je spelen?'

Chris ziet het lachende gezicht van zijn vader voor zich. Dat is beter dan hoe hij hem veel vaker in gedachten tegenkomt – meestal op de meest onverwachtse en ongelegen momenten. 'M'n vader...' Hij kijkt even opzij. 'De allereerste dingetjes op gitaar leerde ik van mijn vader. Die leeft niet meer.'

'O, wat erg... Sorry.' Nel drukt haar arm tegen Chris' rug en pakt zijn schouder stevig vast.

Vanuit het huis klinkt het gelach van twee ooms. Chris herkent Johans stem en hoort hoe iemand met kletterend geraas de prullenbak waar Stephan eerder op drumde omverloopt.

'Mis je Indië?' vraagt Nel zacht.

Chris ziet zijn vader gitaarspelen. Kijk, zo doe je dat. Hij hoort zijn zachte getokkel, een *koetilang* zingt, en hij ruikt de bloeiende papajaboom. Hij ziet de felle kleuren van de tropen en het intense blauw van de wolkeloze lucht. Hij voelt de behaaglijke warmte van de zon, het bijna ondraaglijke geluk van een vader, moeder en klein broertje in een groot huis met personeel.

'Nee...' zegt hij. Hij voelt de frisse avondlucht en de warmte van Nels arm. 'Het is goed hier.'

18

Den Haag, 1959

'Hé Johan.' Rob houdt de deur wijd open. 'Kom erin. Heb je al gegeten?'

Johan stapt weifelend de gang in. 'Huh? Gegeten?' Hij kijkt op zijn horloge. Het is vijf voor vier. Hij grinnikt inwendig. 'Ja joh.'

Onhandig manoeuvreert hij de kamer in. Chris zit met een gitaar op schoot en Stephan komt net met een paar pannen uit de keuken.

'Kijk,' zegt hij trots. 'Dit is 'm!'

De drie knikken goedkeurend en Chris houdt de bas even in zijn hand. Met een jaloersmakend gemak speelt hij een loopje voordat hij het instrument teruggeeft.

Elke avond, voordat hij gaat slapen, ligt Johan op zijn rug en geniet hij na van het optreden in de woonkamer van de familie Buisman. 'Een keerpunt in mijn leven,' zegt hij dan gewichtig tegen zichzelf. Dit zal hij altijd onthouden. Hij was euforisch en het voelt nu al als een verslaving. Hij wil meer.

Hij heeft wekenlang al zijn geld opzijgelegd en is gisteren naar Gerritsen gegaan. Daar kon hij een tweedehands contrabas kopen van een man die jarenlang in het Residentie Orkest heeft gespeeld. Het ding is beschadigd. Een musicus haalt zijn neus op voor een bas met een barst in de klankkast, voor Johan was het een buitenkansje. Hij heeft een mooie aanbetaling kunnen doen en kreeg hem op de pof mee. Johans vader vroeg wat hij met dat hondenhok op zijn kamer dacht te gaan doen. Zijn woedeaanvallen maken steeds vaker plaats voor gelaten cynisme. Die bas gaat naar de Buismannen, dat was meteen duidelijk voor Johan. De theekistbas kan naar zijn kamer, dan kan hij thuis nog wat oefenen. Zeker vier keer per week, na de lessen op de technische school, oefenen de jongens in het huis van Chris en Rob.

'We moeten een eigen nummer schrijven,' zegt Chris. Hij is meestal de zanger, soms zingt Rob, maar Chris is de onbetwiste leider van de band.

Stephan knikt.

'Ja, een nummer dat alléén wij spelen.'

Johan kijkt lachend op. 'Waarom niet?'

Hij is wel te porren voor zo'n uitdaging. Muziek maken met zijn nieuwe vrienden is een van de beste dingen die hem zijn overkomen. Bas spelen gaat hem steeds beter af, en daarbij: zo moeilijk is het niet. In feite levert hij maar een kleine bijdrage aan de groep, plukt wat losse noten, maar in het totale geluid klinkt het geweldig. Het is zo'n goed gevoel om op deze manier, puur op gevoel, deel uit te maken van een groter en beter geheel.

'Je doet het goed,' zei Chris een paar dagen geleden.

Johan lachte verlegen. 'Zoveel doe ik niet.'

'Wij sloven ons een beetje uit op die gitaren, maar jij moet goed begrijpen, de bassist bepaalt de kleur van een liedje. De manier waarop een liedje vooruitgaat. Of stilstaat. Danst of huppelt. Het is zo'n bepalend instrument!'

'Ik kan jullie nog niet laten huppelen,' antwoordde Johan. Hij dacht even na. Wel een mooie uitdaging. Niet alleen stuwen, maar swingen.

'Weet jij hoe dat moet,' vraagt Rob, 'een liedje schrijven?'

'Ik heb er nog niet over nagedacht,' zegt Chris, en hij haalt zijn schouders op. 'Maar zo moeilijk kan het niet zijn. Een stuk of drie akkoorden. Wat regels over de liefde...'

'O-oh where are you, where are you, my love?' zingt Stephan. Hij zet zijn beste Elvis-imitatiestem op en spreidt zijn handen als hij zingt.

'I ask, I ask the Lord above...' zingt Johan op dezelfde melodie. Hij schrikt er bijna zelf van.

'Jaaah. Zie je wel?' zegt Chris. Hij pakt zijn gitaar en speelt een nerveus rock-'n-rollschema.

'Nee, nee. Niet zo snel!' roept Johan. 'Dit is meer een ballade.'

Hij pakt zijn bas en speelt een rustige baslijn.

'Dat is de bas uit "Heartbreak Hotel".' Stephan grinnikt.

'Nou ja... zoiets,' mompelt Johan. Hij voelt dat zijn gezicht rood wordt.

'Nee, nee, dat is juist geweldig.'

'Niet die aflopende baslijn. Dat is toch veel te herkenbaar?'

'Herkenbaar is goed! Dat willen we toch?'

'Maar we gaan toch niet twee keer "Heartbreak Hotel" spelen?'

'Jongens,' zegt Chris. 'Net genoeg veranderen zodat het een eigen nummer is. Je mag best wat jatten natuurlijk.'

Het nieuwe nummer 'My Love' krijgt langzaam vorm. 'Die toeter uit, hoe heet dat nummer... "Shake, Rattle and Roll",' zegt Johan. 'Kun jij dat niet nadoen op je gitaar?' Hij kijkt naar Rob.

'Toeter?' vraagt die onnozel.

'Nou ja, wat is het. Een saxofoon?'

Hij prutst wat aan zijn rode gitaar. 'Zo?'

Johan schiet in de lach.

'Nee, wacht. Ik weet het al. Zoiets toch?' Rob speelt een korte melodie: *tjaaang ta-da-ta-da-da*. Eerst langzaam, dan steeds sneller.

'Ja, dat is 'm!' Johan grijpt zijn bas en gaat meespelen. Chris zoekt nog naar wat akkoorden en Stephan begint mee te tikken op zijn incomplete drumstel. Hij heeft een echte basdrum en een snare. Een paar oude pannen doen dienst als toms en twee deksels aan touwtjes op een stok zijn zijn cymbals. Elke maand probeert hij een echt onderdeel van zijn drumstel aan te schaffen, maar de eerste investering was fors.

Rob blijft zijn korte riff spelen. Iedereen heeft het schema te pakken en er komen kleine variaties. Steeds zekerder en hechter klinkt het collectief. Stephan slaat stevig door en de buizenradio waar Rob en Chris hun gitaar door versterken staat vol open. De gitaren klinken rafelig, het speakertje van de radio gaat volledig over zijn nek, maar het klinkt er alleen maar beter door.

Dan kijkt Johan naar Chris en knikt naar het raam dat uitzicht geeft op de straat. De buurman is zo te zien woedend. Hij bonst zo hard tegen het glas dat het een wonder is dat het niet bezwijkt onder zijn vuisten. Met wilde gebaren wenkt hij de jongens naar buiten. Daar heeft niemand zin in.

Chris staat op en opent het raam. 'Kan ik u helpen, meneer?'

Hij moet meteen een stap terug zetten om niet geraakt te worden door de rondmaaiende vuisten van de man.

'Stelletje vuile roetmoppen!' krijst hij.

Nu komt Rob ook naar het raam. Misschien denkt hij dat hij zijn broer moet helpen. Johan wil zich het liefst achter zijn bas verstoppen, maar staat ook op. Als de broers zijn hulp nodig hebben, moet hij er staan. Met z'n vieren moeten ze hem in bedwang kunnen houden.

'Dit is de jungle niet! Hou op met die oerwoudgeluiden. Ik zal de politie erbij halen!'

◆

Het is nog lekker buiten. De zon is al onder, maar op het strand zit een grote groep jonge mensen. Johan kijkt rond. Links van hem is de zee, rechts strandtent de Oase. Het is zo'n beetje de laatste voor de duinen bij Wassenaar. Hij woont zijn leven lang al in Den Haag, maar niet eerder was het strand in Scheveningen zo opwindend. Leeftijdgenoten zitten om een stapel afvalhout, waar Chris zojuist de fik in heeft gestoken. Chris en Rob hebben allebei een oude akoestische gitaar bij zich.

Verschillende aanwezigen hebben een grote fles goedkope wijn bij zich. Hij gaat van mond tot mond. Er zijn nog twee Indische jongens met een gitaar.

'Johan,' zegt Rob, 'wat zit je er stijf bij, man. Het is feest!'

Johan lacht onnozel. 'Feest? Zomaar, zonder dat er iets te vieren is? Vermaak zonder doel? Je zou m'n vader moeten horen.'

Rob haalt lachend zijn schouders op. 'Niks te vieren? We vieren het alles.' Hij knikt naar de lachende mensen. 'We vieren het leven!' Hij slaat Johan op zijn schouder.

Een feest. Om niets. Eerst bij Chris en Rob thuis en nu hier. Ze doen het blijkbaar graag. Johan haalt de frisse zeelucht en tegelijk de benauwde walmende rook binnen. Een feest dat feestelijker is dan alles wat hem tot nu toe als feest gepresenteerd is: met de familie in een kring op een verjaardag. Glaasjes met saaie zoute stengels of sigaretten en sherry op tafel. Oeverloze gesprekken over de kwaliteit van tweedpakken en de specifieke eigenschappen van organist Feike Asma. De prijs van een pond suiker en de kleur van de overgordijnen. Beleefd glimlachen tegen ooms en tantes die je met hun onfrisse adem vlak voor je gezicht gedag zeggen en je dan een kleffe zoen geven.

Of de Grote Feesten. Kerst en Pasen. Twee keer op de eerste en twee keer op de tweede feestdag naar de kerk. Het feestelijke karakter wordt benadrukt door diensten die nóg langer duren dan een gewone dienst. Familie of bekenden over de vloer voor wie een nabespreking van de dienst een gepaste vulling voor deze feestdag lijkt. Nu realiseert hij zich wat hij altijd miste bij de feesten die hij tot nu toe meemaakte: blijdschap.

'Hier, neem wat,' giechelt een meisje naast Johan. Ze drukt hem een literfles rode wijn in handen. Johan kijkt Rob onbeholpen aan. Die grinnikt terug. Neem een slok, zegt zijn blik. Daarna kijkt hij naar zijn broer en zet een volgend liedje in. Het meisje schuift wat dichter tegen Johan aan. Na een coupletje stopt Chris. 'Johan, pak deze even.' Hij geeft hem de gitaar van een van de anderen.

Ik kan toch geen gitaar spelen? zegt Johans verschrikte blik. Had hij zijn bas mee moeten nemen? Dat ding is toch veel te groot voor op het strand?

'De vier bovenste snaren zijn precies dezelfde als op je bas,' zegt Chris lachend.

Johan pakt de gitaar aan en speelt mee. Hij trekt zo hard mogelijk aan de lage snaren om iets van zijn baspartijen hoorbaar te maken. Stephan slaat met twee stokjes op een lege fles en een kapot olievat.

'Pssst. Johan!' Stephan schiet hem tussen twee liedjes aan. Hij praat zacht. 'Je moet gewoon doen alsof je nooit anders gedaan hebt.'

Johan kijkt hem vragend aan. De mensen rond het vuur joelen en klappen elke keer als er een liedje afgelopen is. Chris zet meteen het volgende in. Een langzaam nummer nu. Hij tokkelt en kijkt Johan bemoedigend aan. Kom maar op met je mooie baslijn. Johan pakt zijn gitaar wat steviger vast, graait in zijn broekzak en vindt een stuiver. Daarmee kan hij zijn snaren veel steviger raken. Stephan knikt. Precies. Zo doe je dat.

'*Where are you*,' zingt Chris, '*where are you my love. I ask, I ask the Lord above. Please send me, please send me my love. That's all I am thinking of...*' Johan kijkt naar Chris. Hoe doet hij dat toch? Alsof hij het al jaren zingt. Die overtuiging, die bluf, als hij daar toch iets meer van had. Hij voelt zijn eigen lijf meedeinen op het wat langzamere tempo van het lied, alsof de zee hem zacht meevoert op een onontkoombaar ritme van eindeloze golven. Kun je in vervoering raken van iets wat je zelf maakt? Of van iets waarvan je zelf scheppend onderdeel bent? Het is alsof de grond er niet is, alsof het strand een zacht wattig dek is dat hem met de zachtste hand die hij ooit voelde op zijn plek bij het vuur houdt.

Hij heeft beide handen nodig voor zijn gitaar, anders had hij zeker een arm om het meisje naast hem geslagen. Ze leunt steeds zwaarder tegen hem aan. Hij voelt haar zachte borst door haar dunne shirt warm tegen zijn schouder.

'*That is all, that is all I am thinking of*,' zingt Chris. Het liedje had eindeloos mogen doorgaan. Met een zucht speelt Johan zijn laatste noot. Iedereen klapt en juicht.

'Hé, blauwe!' roept een grote kerel met een halflege wijnfles in zijn hand. 'Wie zijn jullie? Hoe heten jullie eigenlijk?'

'Wij zijn de Blue Boys,' antwoordt Chris.

Johan kijkt verrast op.

'De Rocking Blue Boys.'

Een uur later lopen de vier jongens gezamenlijk van het strand.

'Heb je de film *Rebel Without a Cause* gezien?' vraagt Stephan.

Hij kijkt naar Johan, maar Rob geeft schreeuwend antwoord. 'Ja! Natuurlijk! Wat een film is dát! James Dean, man, dat is de man!'

Johan haalt zijn schouders op. Na *Rock Around the Clock* is hij nooit meer in een bioscoop geweest. Film is mooi en heeft hem op het spoor van de muziek gezet, maar hij kiest één front waar hij het conflict met zijn vader uitvecht. Dat front is de muziek.

'Die móét je zien,' zegt Stephan. 'Echt. ga kijken.'

'Waarom?'

'James Dean. Je moet gewoon naar James Dean kijken, en dan weet je hoe het werkt.'

'En Nathalie Wood. Vergeet Nathalie niet!' roept Rob.

'Hou nou even die grote mond van je,' zegt Stephan geïrriteerd. 'James Dean. Zoals die man staat. Hij doet niks, hij staat gewoon. Handen in zijn zakken, sigaret in zijn mond. Kijk.' Hij pakt de kraag van Johans jas. 'Dat bloesje van je, niet goed. Niksig crèmekleurig. Je moet een wit overhemd of een wit T-shirt dragen. En dan...' Hij heeft de punten van Johans kraag stevig beet. 'Dan zet je die kraag overeind.'

Johan is geneigd zijn twee armen via zijn borst omhoog te halen en ze krachtig uit elkaar te zwiepen, zodat Stephan zijn jas wel los moet laten, maar hij laat hem begaan. Rob kijkt goedkeurend toe.

'Jij bent net zo blond als James Dean,' zegt Chris. 'Kam je haar nou eens gewoon naar achter, net zoals wij.' Hij houdt zijn rechterhand boven zijn hoofd, alsof hij een kam vasthoudt, en zijn linkergespreid voor zijn borst. 'Een beetje show!'

Johan frunnikt aan zijn vlassige haar, dat meestal boven zijn rechteroog met een strakke scheiding in twee delen wordt gesplitst. De scheiding is er volledig uitgewaaid aan het strand.

'Bovenop wat langer laten groeien, een hand Brylcreem erin en naar achteren. Niet strak, maar een zo hoog mogelijke kuif maken.'

'Mijn vader ziet me al aankomen...' mompelt Johan.

'Ach man, houd toch 'ns op over je vader. Hoe oud ben je? Negentien? Kamt hij je haar elke ochtend?'

Johan haalt zijn hand door zijn haar. 'Zo belangrijk is dat toch niet?'

'Precies. Zo doe je dat,' zegt Stephan. 'En het is wél belangrijk. Dat bedoelde ik je net te zeggen. Het gaat niet alleen om wat je laat horen. Mijn oom zei: "Mensen luisteren met hun ogen." Je moet niet alleen iets laten horen, het is belangrijker wat je laat zien. Dan kan het echt wat worden met ons. Je zag toch dat het werkte, daarnet?'

Ze lopen het duin over.

'Trouwens,' zegt Stephan. 'De Rocking Blue Boys? Zei je nou echt Blue Boys?'

Chris haalt zijn schouders op. 'Ja. En?'

'Is de Rocking Boys alleen niet genoeg?'

Chris kijkt naar Rob. En dan naar Stephan. 'We zijn blauwen. Ik ben er trots op.'

'En hij dan?' Stephan knikt naar Johan.

Johan voelt zich rood worden.

'Hij hoort bij ons. Hij is een blonde blauwe,' zegt Chris.

Johan lacht schaapachtig. Hij vindt het mooi en verontrustend tegelijk. Hij hoort ergens bij. En het is nog leuk ook. Maar het is te midden van een gezelschap dat zijn vader in zijn ergste nachtmerries niet had kunnen vermoeden. En wat vindt hij er zelf van? Kan het? Mag het? Wat vindt hij nou eigenlijk zelf? Hij gelooft in God. Ja toch? Ja, hij gelooft in God. Misschien niet op de manier van zijn vader, maar hij gelooft. En kunnen God en muziek samengaan? En stel dat dat kan, stél je dat voor, dan nog vraagt diezelfde God je vader en moeder te eren. Dat doet hij op dit gebied niet. Verward loopt Johan met de anderen mee.

◆

De Embers Club is gevestigd in de dansschool aan de Koningin Emmakade in Den Haag. Voor de deur ligt een gracht. In een grote ruimte staan langs de muren lange banken zonder leuningen met daarop prachtige blonde meisjes, het haar in een paardenstaart bij elkaar gestrikt. Er zijn ook wat indomeisjes bij. De meeste dragen een roze, lichtblauw of wit bloesje, met om hun middel een wijd uitstaande petticoat en een strak aangesnoerde rok. Ze giechelen zenuwachtig. De jongens staan schijnbaar achteloos bij elkaar, het zijn bijna allemaal indo's. Zij hebben allemaal een strakke jeans of zwarte broek aan, een wit shirt en een zwartleren jasje met de kraag omhoog. Met een ernstig gezicht nemen ze diepe halen van hun sigaret.

Chris wrijft in zijn handen. 'Hier doen we het voor,' zegt hij zacht tegen Johan. 'Dit is te gek.'

Johan ziet een man met een grammofoonspeler in de hoek van de ruimte. Hij legt de eerste plaat op de draaischijf. 'La Bamba'. Hij heeft de nieuwste platen uit Amerika: 'Lucille', 'Good Golly Miss Molly' en 'Yakety Yak' klinken schetterend uit de kleine speaker die naast hem staat. De eersten zetten behoedzaam een paar danspassen. Chris loopt naar de tafel, de anderen lopen achter hem aan.

'Hallo. Chris Buisman.' Chris steekt zijn hand uit.

De man achter de tafel laat zijn ogen van Chris' kruin naar beneden zakken, tot ze op de hoogte van zijn knieën zijn aanbeland. 'Timmer,' zegt hij dan, en hij schudt Chris de hand.

Die ziet er wat nerveus uit. Rob staat een stap achter Chris en duwt zijn broer zacht in de rug.

'Dus jullie willen hier spelen,' zegt Timmer dan.

'Ja.'

'Wat spelen jullie?'

'Rock-'n-roll. Wat country. En als u wilt kunnen we ook wat krontjong.' Johan wil eigenlijk zeggen dat hij dat niet kan, maar Rob stoot hem aan. Niks zeggen.

'Hebben jullie al aan een talentenjacht meegedaan?'

'We hebben ons ingeschreven bij de Dierentuin, volgende maand is daar een talentenjacht.'

'Dan moeten jullie voorspelen. Als je morgenmiddag om vier uur komt, kunnen we kijken of jullie goed genoeg zijn. Wij hebben hier in de Embers Club geen orkest, maar je zou in het Avagebouw aan de Elandstraat kunnen spelen. Ken je dat?'

Chris knikt. Johan heeft geen idee wat het Avagebouw is.

'Goed. Morgen vier uur in het Avagebouw. Als het doorgaat, kun je daar volgende week vrijdagavond komen spelen.'

'Wat betaalt u een band?'

'Zeven gulden vijftig per avond.'

'Per persoon?'

Timmer schiet in de lach. 'Nee, per liedje, nou goed. Zeven gulden vijftig voor jullie samen. Met hoeveel zijn jullie?'

'Met vier personen. Twee gitaristen, een bassist en een drummer.'

'Ik zie jullie morgen,' zegt Timmer en hij draait zich om.

Johan weet niet of hij juichend moet opspringen of bibberend naar huis moet rennen. Zo probeer je wat muziek te maken met een stel nieuwe vrienden, en binnen de kortste keren sta je te onderhandelen over de prijs voor een optreden.

Chris kijkt het zaaltje rond. 'Kijk nou,' zegt hij tegen Johan. De beste dansers gooien hun meisjes ver boven zich omhoog. Ze komen naar beneden met hoog opwapperende rokjes. Anderen hangen slap achterover in de armen van hun partner en worden als een dweil over de vloer gesleept. Dit kent Johan alleen uit de film. De film waar hij zoveel problemen om kreeg thuis.

'Dit wordt leuk,' zegt Chris lachend.

Johan voelt alleen maar gerommel in zijn buik.

Buiten is het druk. Een vechtpartijtje op de kade. Het gebeurt wel vaker en Johan probeert altijd uit die schermutselingen te blijven. Hij wil zo snel mogelijk langs de kluwen mensen naar huis. Een Hollandse jongen wordt met een luide plons de gracht in gekiept. Er klinkt gelach en een stevige blonde kerel roept kwaad 'vuile visjesvreters!' en rent op de dader af. Maar dan komt er een indo met een fietsketting naast hem staan. De blonde jongen houdt in. Je ziet hem de afweging maken: vuisten, fietsketting, fietsketting, vuisten, misschien maar niet doen.

Uit zijn ooghoeken ziet Johan dat Chris net kan bukken voor een steen die door de lucht vliegt. Johan probeert hem tegen te houden, maar Chris lijkt een tijger die net ontsnapt is uit zijn kooi. Een stukje verderop staan wat Hollandse jongens. Ze lachen. Chris is snel bij hen en begint te slaan.

Johan voelt paniek. Ze moeten hier weg. Hij wenkt Rob en Stephan. Die laatste trekt Chris uit het groepje. 'Kom mee, man,' zegt hij.

'Die lui...' Chris lijkt meteen terug de kluwen in te willen, maar Rob houdt hem tegen.

'Soedah. Is goed. Kom, je neus bloedt.'

Chris voelt aan zijn neus en haalt zijn schouders op.

'Kom op, man, je ziet er niet uit zo,' zegt Stephan. 'We moeten morgen voorspelen.'

'Gaat het?' vraagt Johan bezorgd als ze naar huis lopen.

Chris grinnikt en kijkt opzij. 'Het is maar een bloedneus. Zie je morgen niks meer van.'

19

Den Haag, 1959

Het is druk in de Marathon. Niet op de rolschaatsbaan, maar in de kantine. De Rocking Blue Boys staan naast het podium. De groep heeft in het Avagebouw, La Gaité op de Grote Markt en in het Moors Paleis in de Dierentuin gespeeld en het verhaal gaat snel rond. Deze jongens spelen opwindende muziek.

Chris voelt de adrenaline door zijn lijf gieren. Hij is nerveus, maar op een prettige manier. Als een bokser die vlak voor de wedstrijd de ring in moet, springt hij zacht op zijn plaats op en neer. Was Linda maar hier vanavond. Hij moet haar nodig weer eens wat laten horen, dat is al te lang geleden, realiseert hij zich. Zou deze avond net zo mooi kunnen worden als die in de tuin van meneer van Alphen, zou die net zo hartstochtelijk kunnen eindigen als toen?

Rob verstoort zijn gedachten: 'Laten we "One Night" spelen.'

'Ik ken die tekst nog niet goed,' zegt Chris als door een bij gestoken. Die jongens hebben makkelijk praten. In feite komen de liedjes muzikaal op hetzelfde neer, maar hij moet behalve het schema ook steeds de tekst kennen. Hij heeft het nummer vaak gehoord en geprobeerd de tekst op te schrijven. Naald van het pick-upje omhoog als hij het niet meer kon bijhouden, zo snel mogelijk schrijven, naald een klein stukje terug en weer in de groef laten zakken. Het is een heidens werk, alleen het opschrijven al, en dan nog leren.

‘Kom op, Chris,’ zegt Rob. ‘Je kunt het. *One night with you, is all I’m hoping for.*’

‘Ja, dat weet ik ook wel. Maar dan?’

‘Gewoon hetzelfde nog een keer.’

Chris ziet Stephan geamuseerd toekijken. Johan zit helemaal in zijn eigen wereld.

‘We bluffen ons er gewoon door, man,’ zegt Rob.

Chris haalt diep adem. Het is een raar gevoel. Dit is wat hij wil, maar tegelijk voelt hij de spanning. Kan hij zoveel publiek aan? Hij moet ze laten zien wie hij is, de jongen die ze op straat naroepen, die ze voor heel veel baantjes niet willen hebben, maar die zijn mannetje staat. Hij zal laten zien dat hij bijzonder is. Dat Nederland blij mag zijn dat hij er is.

‘Dames en heren,’ zegt de gastheer van de avond. Hij heeft de zangmicrofoon in zijn hand. Vlak voor het podium gaan de tieners op de grond zitten. Ze zitten met hun benen wijd en schuiven steeds meer in elkaar. Net als het langzaam stiller wordt, zet het meisje achter de bar een rammelende krat limonadeflesjes op de betonnen ondergrond. Het klinkt alsof er een complete servieskast omvalt en ze kijkt met een verontschuldigende glimlach om zich heen. ‘Dames en heren, jongens en meisjes. De Marathon presenteert u vanavond trots de nieuwste rock-’n-rollsensatie uit Den Haag. Mag ik uw daverende applaus voor... de Rocking Blue Boys!’

‘We doen het gewoon,’ zegt Rob als ze het podium op lopen.

‘Boos kijken,’ zegt Chris.

De mensen klappen enthousiast, een paar jongens fluiten hard op hun vingers.

‘Dank je wel,’ zegt Chris als hij de zangmicrofoon, die al op de goede hoogte staat, wat lager en dan weer wat hoger afstelt. Hij kijkt over de hoofden van het publiek heen, trekt aan zijn lage e-snaar om zich ervan te vergewissen dat zijn gitaar nog geluid geeft en zegt dan: ‘*A-one, a-two, a-one two three.*’

Stephan slaat hard op zijn snare, nog een roffel en dan nog een.

De meisjes op de eerste rij deinzen verschrikt terug. Deze jongen slaat hard. Johan laat zijn bas een keer om zijn as draaien en speelt dan een aflopende lijn. *Pa-dum-dum-dum-dum-dum*. Dan zet Rob een soepele gitaarlick in. '*Yes my baby left me*,' zingt Chris, '*never said a word*.' De jongens joelen.

Nadat Rob de rockende versie van 'Ajoen Ajoen' heeft gezongen, kondigt hij aan: 'En dan nu ons nieuwe nummer!' Hij kijkt naar zijn broer.

Alsof wij zelf al die liedjes geschreven hebben, denkt Chris.

'Het heet "One Night".'

Chris schrikt. Die smeerlap, Rob zet hem gewoon voor het blok. Het publiek klapt alsof ze het lied al lang kennen.

Zing het voor iemand, denkt Chris. Misschien helpt dat. Verbeeld je dat Linda hier is. Hij sluit zijn ogen. Of Nel. Misschien is zij er wel. Haar broer staat tenslotte te bassen in een overvolle club. Hij slaat een vol E-akkoord en kijkt zoekend rond. Hij ziet haar niet. En als ze er was geweest, had hij het wel geweten.

Daar, vlak voor zijn neus, zit het meisje dat net nog achter de bar stond. Leuk koppie. Vrolijke meid. Beetje mollig, lekker. '*One night with you, is what I'm hoping for...*' Hij kijkt haar aan. Ze heeft een wit bloesje aan. Zo te zien heeft ze tussen het moment dat ze haar ouderlijk huis verliet en nu een extra knoopje opengedaan. Daaronder een rood, roze en wit gebloemde wijde rok en witte kniekousen. Ze lacht. '*The things that we could plan, would make my dream come true*.' Boos blijven kijken, Chris. Denk aan James Dean.

De tekst van de bridge komt zonder nadenken, daarna zingt Chris het begin nog een keer. Was dat bij het origineel ook zo? Hij weet het niet meer.

Het meisje gilt uitgelaten als het lied is afgelopen. Haar korte blonde haren steken alle kanten op. Ze plaatst beide handen met gespreide vingers in haar haar en gilt na elk liedje. Nu komt het erop aan stoer te blijven. Hij mag niet laten zien dat hij dit leuk vindt.

'Hé!'

Chris kijkt om. Hij staat buiten. Zijn versterker is opgeborgen, de gitaar zit in de koffer, het is tijd voor een sigaretje.

Het meisje zet een leeg kratje buiten neer. De flesjes rammelen en ze draalt bij de deur.

'Vond je het leuk?' vraagt Chris.

'Leuk?' herhaalt ze. Ze veegt haar handen af aan een theedoek die onder haar ceintuur geklemd zit. 'Het was meer dan leuk.' Ze lacht verlegen naar de grond.

'Ik ben Chris.' Hij steekt zijn rechterhand uit.

'Ik heet Klaartje.'

'Ben je bijna klaar met werken?'

'Ja. Nog vijf minuutjes.'

'Zal ik even op je wachten?'

Ze kijkt verbaasd op. 'Wil je dat?'

'Natuurlijk,' zegt Chris wat onhandig. Voelt hij zich nou nerveus of was dat rillinkje van de kou?

'Ik kom zo,' zegt ze terwijl ze naar binnen schiet.

Chris heeft zijn sigaret nog niet eens op als ze alweer naar buiten komt. Ze heeft een wit wollen vestje en een jas over haar bloesje getrokken.

'Het is eigenlijk wel klaar zo, daar,' zegt ze verontschuldigend met een knikje naar de deur waar ze zojuist uit kwam.

Chris slaat zijn arm om haar schouder. 'Zal ik even met je meelopen?'

' Het is koud,' zegt Klaartje en ze slaat haar arm om zijn middel en drukt zich tegen hem aan. Ze lopen het laatste stukje van de Savornin Lohmanlaan af, de duinen in.

'Dus jij werkt hier?' vraagt Chris terwijl hij een nieuwe sigaret aansteekt.

'Ja. Nou ja, het is vrijwilligerswerk. Ik heb een baantje in de huishouding voor vier ochtenden in de week, maar ik wil heel graag in de bediening werken. Ik wilde hier ervaring opdoen en kon hier makkelijk terecht omdat mijn broer hier ook gewerkt heeft. En het is natuurlijk geweldig om al die muziek te zien en te horen. Maandag tot en met donderdag schoonmaken en zo, vrijdag- en zaterdagavond hier.' Ze lacht.

Is zij ook nerveus of is ze gewoon vrolijk? Chris kijkt opzij en probeert haar in te schatten. 'Heb je een vriend?'

'Nee,' zegt ze zacht, alsof die directe vraag haar in verlegenheid brengt.

'Hoe kan dat nou?'

20

Soerabaja, 2005

'Goeiemorgen Arnold,' zegt Chris tegen de hoteleigenaar. Arnold is geboren in Soerabaja, heeft vijftien jaar in Breda gewoond, maar is teruggegaan. Hij biedt Chris een leeg tafeltje aan en schuift bij hem aan.

'Hoelang ben je hier niet geweest?'

'Zevenenveertig jaar.' Allemachtig, wat klinkt dat lang als je het hardop uitspreekt. Zijn vader heeft die leeftijd niet eens gehaald. Zevenenveertig jaar lang niet in zijn geboorteland geweest.

'Dus je bent na je vertrek met je familie nooit meer terug geweest?'

'Nee...' Chris schudt langzaam zijn hoofd.

Arnold knipt met zijn vingers. Hij gebaart naar een van de bedienden, die meteen met een pot koffie aan komt lopen.

'Durfde je niet?'

Chris twijfelt. De vraag is eigenlijk veel te direct voor iemand van hier, Arnold is duidelijk zijn Nederlandse streken niet verloren.

'Durven,' zegt hij dan, 'is niet het woord. In het begin ben je druk met je leven daar. Wij gingen vrij snel naar Duitsland, en dat was wéér anders dan in Nederland. Daar hadden we een beetje onze handen vol aan. Maar wat bedoel je eigenlijk met niet durven?'

'Nou, was je bang dat je hier aangehouden zou worden of dat het te confronterend zou zijn?'

Natuurlijk was het angst, denkt Chris. Bang dat je het Indië dat je zoekt en waar je het grootste deel van je leven naar verlangd hebt niet terug kunt vinden, omdat hier ook van alles veranderd is. Maar dat je ook opnieuw moet wennen in Nederland, omdat hier nou eenmaal een deel van je leven ligt. Of angst dat je het leven dat je in Nederland hebt opgebouwd in elkaar ziet storten, omdat je niet meer terug wilt naar dat koude land. Dat je erachter komt dat het een grote fout is geweest om niet eerder terug te gaan, omdat je je hier meer op je plek voelt en dat het nog steeds kan, weer de draad oppakken van het moois dat je hebt achtergelaten. Stel dat je de goeie mensen terugvindt hier...

'Nja,' zegt hij dan, 'het kwam er gewoon niet van. We moesten zo hard werken, en ik had een gezinnetje thuis, het kwam er gewoon niet van...'

'Ik werd gek in Nederland,' zegt Arnold. 'Zo plat, zo banaal, zo koud. Had jij dat niet?'

Chris schudt langzaam zijn hoofd. Al voelde het misschien ook zo, de weg terug was geen optie. Vooruit moest hij.

'Ik ging naar Bali,' zegt Arnold. 'Dat was zo relaxed. Het is een boeddhistisch eiland, dat geeft een andere sfeer. Ik had daar een goedlopend restaurant. Maar toen kwam drie jaar geleden die verdomde bomaanslag...'

Chris knikt.

'Na een negatief reisadvies voor Bali,' licht Arnold toe, 'kwam er geen hond meer en mijn restaurant ging failliet.'

'Je ging niet terug naar Nederland.'

'Nee. Dat is eigenlijk nooit een optie geweest. Ik ben hiernaartoe gekomen. Het gaat nu aardig, dit hotelletje. Maar Java is heel anders dan Bali. Het is wat straffer allemaal hè? Een islamitisch eiland.'

Chris knikt weer. Dat is inderdaad een groot verschil. De plaats die de islam inneemt is prominenter dan in zijn jonge jaren.

'Maar heb jij geen last gehad in de Bersiapperiode? En de jaren waarin de Indonesische regering de Nederlanders tot "ongewenste vreemdelingen" verklaarde?'

'Ik was nog niet geboren toen de Bersiap heerste. Maar dat was vooral hier in Soerabaja, hè? En die tweede helft van de jaren vijftig was ik een klein kind. Ik weet er niks van, maar mijn ouders hebben het altijd gered. Die zijn pas in de late jaren zestig naar Nederland gegaan. Ik ook. En ik ben in 1983 teruggekomen.'

'Hoe hebben die Nederlanders dat hier gered, in die late jaren vijftig? Hoe kan het dat er mensen in de luwte konden blijven? En hoe reageren de Indonesiërs op jou? Op het feit dat jij Nederlander bent?'

'Ach.' Arnold schenkt nog eens koffie bij. 'Daar zijn ze helemaal niet mee bezig. Ze kijken hier niet terug.'

Nee, denkt Chris, ze kijken niet terug. Maar ik wel. Daarom ben ik hier. Blijf uit de buurt van de Simpang Club en verder: ga maar lekker terug. Misschien vandaag even zijn oude school opzoeken.

'Weet jij of het gebouw van de Nederlandse hbs er nog staat?'

Arnold kijkt hem lachend aan. 'Wat wil je daar vinden? Maar dat gebouw is er nog, ja.'

'En de warenhuizen? Toko Nam, toko Piet, Aurora?'

'Geen idee. Volgens mij zijn die verdwenen...'

'Ja... Natuurlijk...' zegt Chris. Natuurlijk zijn die symbolen van de welvaart van de blanda's in Soerabaja weg, net als de tram. Hij kijkt naar Arnold. Zo had hij ook geleefd kunnen hebben. Een hotelletje of een winkeltje in Soerabaja. Muzikant. Een Indonesiër met Nederlandse roots. Wie weet was het dan wat geworden met Linda. Dat zou toch logisch zijn geweest, hij en Linda? Hij en de vrouw die hem precies aanvoelde. Wie weet was hij hier volkomen gelukkig en op zijn plaats geweest...

21

Den Haag, 1960

'Met wie?'

Chris houdt de hoorn van de telefoon van zijn oor en kijkt ernaar alsof hij dan kan zien wie hij aan de lijn heeft. Klaartje? Wie is Klaartje?

'Ah, Klaartje...' Het kwartje zal zo wel vallen. 'Leuk dat je belt.'

Klaartje belt niet voor de gezelligheid, dat is meteen duidelijk. Ze wil praten, ze moet Chris iets zeggen. Kan dat zo snel mogelijk?

Chris is alleen thuis, kom maar.

Snikkend komt ze aan en onhandig laat Chris haar binnen. Natuurlijk. Klaartje. Hij weet het weer. Ze is leuk. Maar wat ze te vertellen heeft, komt hard aan.

'Weet je het zeker?' Chris kijkt Klaartje verbijsterd aan.

Ze snikt. Ja. Ze weet het zeker. Ze zit tegenover Chris, die wat onhandig zijn hand op haar schouder legt. Alles voelt nu ongemakkelijk. Ze is bij de dokter geweest voor een test, ze weet het dus zeker.

Chris voelt zijn slapen kloppen. Dit kan niet. Dit kan niet. Het is alsof zijn stoel onder hem vandaan getrokken wordt en hij ergens in de lucht blijft zweven, te geschrokken om te vallen hangt hij daar. Zijn hart bonkt. Dit is een scenario waar hij nooit rekening mee heeft gehouden.

'Na één keer?'

Klaartje knikt.

'Weten je ouders het al?'

Ze knikt nog steeds. 'Mijn moeder is lief. Die wil me met alles helpen. Mijn vader schrok zich rot, en hij is nog niet echt hersteld.' Ze snuit haar neus. 'Hij riep eerst dat ik naar de nonnen moest. Dat we moeten verhuizen. Dat jij nooit een gezin kunt onderhouden...'

Chris voelt dat alle spieren in zijn lijf zich aanspannen.

'Au,' zegt Klaartje, en ze draait haar schouder onder zijn hand uit.

'Sorry,' mompelt hij en hij komt naast haar zitten.

'Maar hij zegt maar wat. Hij is lief, hoor, maar hij maakt zich zorgen. Om mij, om zijn fietsenhandel... Hij is bezorgd dat mensen zullen gaan kletsen, dat ze hem niet meer vertrouwen. Hij weet niet wat hij tegen meneer pastoor moet zeggen...'

'En je broer?' De mening van Klaartjes broer lijkt hem totaal niet relevant op dit moment, maar hij heeft ook geen idee wat hij moet zeggen.

'Jeroen? Die weet het, maar die zegt niks en die doet niks. Typisch Jeroen. Als er een handgranaat naast z'n bed zou ontploffen zou hij nog niet opstaan. Ik snap echt helemaal niks van die jongen.'

Ze praat gehaast, als een klaterende waterval. Chris vindt het best, dan hoeft hij tenminste niet zoveel te zeggen. Het is alsof ze zichzelf uit de put kan praten. Chris kijkt opzij. Ze is even stil. Dan kijkt ze naar hem.

'En jij?' vraagt ze dan met een dun stemmetje.

Hij zucht. Klaartje drukt zich tegen hem aan, alsof hij met de zucht afstand van haar zou willen nemen. Het kan niet. Hij moet nog van alles. Misschien gaat hij leven van de band. Nu nog niet, dus hij moet een baan vinden. Eerst die zeevaartschool afmaken. Hij zit er nog maar een halfjaartje op. Zijn vader zou dat zeker van hem geëist hebben. Zijn vader had hem hier misschien wel voor gewaarschuwd en had hem nu kostbare raad kunnen geven. Zijn vader had een goeie baan toen hij hem kreeg. Die had het voor elkaar... Hoe kan hij zelf nou vader zijn? Hij heeft geen idee. Wat doet een vader?

Alle gedachten die Chris nog aan Linda had willen wijden, of misschien aan Nel, zijn overbodig geworden. Of kan hij hier nog onderuit? Ogen dicht en wegrennen? De rommelige dromen en fantasieën, het uitstellen van een definitieve keuze, hij wist nog niet eens met wie hij verder wilde, laat staan dat hij over kinderen heeft nagedacht.

'Soedah.' Waarom zegt hij nou soedah? Hij denkt even. 'Het is goed,' zegt hij dan. 'We moeten er maar het beste van maken.'

Klaartje slaat twee armen om zijn schouders en drukt haar hoofd tegen zijn borst. 'Ik zal echt heel goed voor je zijn. En goed voor de baby zorgen. Echt.'

Chris legt zijn hand op haar hoofd. Zeg dat alsjeblieft niet, denkt hij. We gaan het proberen. Ik heb geen keus.

'Ik wilde nog zo graag iets leren,' zegt ze dan. 'Mijn vader wilde dat niet, die vindt dat ik thuis hoor. Maar ik kan goed leren. En ik lees graag. Maar ja, ik ben een meisje hè. Jeroen mag alles. Ik wil de fietsenzaak van mijn vader overnemen, maar dat kan nou natuurlijk niet meer. En mijn vader wil dat mijn broer het over gaat nemen, maar die wil dat niet. Die wil niet eens naar school. Hij moet wel, maar die jongen is alleen maar lui, er komt echt niks uit zijn handen. Ik moet thuis allerlei klusjes doen, in de huishouding, maar haalde altijd betere cijfers dan hij op school. Maar goed. Leren... Of een baan, dat gaat nou niet. Ik denk dat mijn moeder me gaat helpen, hoor.' Ze is even stil. 'Wat nu?'

Een kind om voor te zorgen. En een vrouw. Wat zal zijn moeder daarvan zeggen? Ze heeft het wel een keer glimlachend gevraagd: moet je nog geen meisje? Een serieuze verloofde? Ze hoopt op een Hollands meisje natuurlijk. Ze denkt dat het dan iets makkelijker wordt voor Chris. Opwitten, noemt ze dat. Iemand van buiten je eigen kring trouwen en je omhoogwerken in de Nederlandse maatschappij. Maar op deze manier, dat bedoelde ze vast niet. Ze wil niet dat er over haar welopgevoede zoons geroddeld wordt. Ze wil dat hij zijn opleiding aan de zeevaartschool afmaakt. Hij zal misschien het eerste jaar nog af kunnen maken, maar daarna meteen een baan moeten vinden. Ja, wat nu?

'Trouwen,' zegt hij dan. Er zit niks anders op. Een vrouw die moeder wordt heeft een man nodig, Een kind heeft een vader nodig. Bovendien staat zijn eer op het spel. Die van hem, zijn familie en van al die nieuwkomers hier in Nederland.

Klaartje huilt tegen zijn borst.

◆

Den Haag, februari 1960

Beste Hans,

Dank je voor je laatste brief. Dus je bent naar Bandoeng verhuisd? Wat trok je daar? Of misschien moet ik vragen: wat trok je ouders daar?
Ik ben zo benieuwd hoe de situatie nu is. Ben je veilig daar?

Ik denk nog vaak aan Soerabaja en de tijd die we daar hebben gehad. Ik mis zoveel van wat daar gewoon was: het fijne weer, het eten, het buitenleven, de geluiden en de geuren, het bij elkaar zijn, samen eten en muziek maken.

Hier in Nederland wordt heel weinig muziek gemaakt. Opvallend weinig. Wij doen het natuurlijk wel, en je bent hier dan al snel bijzonder. Rob en ik hebben een band opgericht met een andere indo, over wie ik je al eerder schreef, en een totok. We heten de Rocking Blue Boys. Het gaat verbazingwekkend goed. We verdienen een aardig centje met de optredens.

Ik heb een jaar scheepsbouwkunde aan de hts gedaan. Maar het gaat te goed met de band. Ik kan de opleiding niet afmaken. We oefenen veel, hebben ook optredens en ik verdien wat geld bij met een baantje bij de posterijen. Ik heb hier ook een meisje ontmoet, een echt blonde Hollandse. Ze heet Klaartje en we trouwen over een maand. Ze is een fijne, toegewijde vrouw. We zijn een huisje aan het zoeken en kunnen waarschijnlijk iets krijgen dicht bij het grote Zuiderpark.

Kom ook naar Den Haag, Hans. Er zijn genoeg perspectieven voor jonge mensen zoals jij. De opleidingen zijn uitstekend. Maar het zou natuurlijk nóg leuker zijn als je je bij onze band zou aansluiten. Weet jij trouwens hoe het met Ruud de Konink is? Ik zal nooit vergeten hoe wij daar op de feesten van school stonden te spelen.

Ik hoop weer van je te horen.

Beste groet,
Chris

◆

Bandoeng, 1960

Beste Chris,

Dank je voor je brief. Inderdaad, mijn vader werkt nu in Bandoeng, en dan ga je als studerende jongere gewoon mee, toch? Bandoeng mag dan misschien niet meer het 'Parijs van Java' zijn, het is nog altijd een prachtige, groene, ruime stad. Het is goed toeven hier, hoor. Ik geniet van de klapperbomen en de orchideeën, van het geroep van de *tjelepoek* en de tokeh.

Ik houd van dit land. Van het prachtige landschap, van het zonnige weer, van de weelderige natuur en ja, ook van de mensen. Ondanks wat er gebeurd is. We kunnen er niet voor weglopen. Dit is het land waar ik geboren ben, het land dat ik denk te begrijpen en het land waar ik mijn energie in wil steken.

Het is, aan de andere kant, fijn dat jij je draai in Nederland hebt gevonden. Je hebt al trouwplannen. Met een totok nog wel! Die wil je natuurlijk meteen vastleggen... En begrijp ik het goed dat je van je muziek kunt leven nu? Dat had je je toch ook nooit kunnen voorstellen toen we zaten te tokkelen in Soerabaja? Heb je plannen na verloop van tijd je opleiding nog af te maken?

Die van mij liggen niet in de technische richting. Ik zou graag een baan in de politiek of in het burgerlijk bestuur willen. Indonesië is een jonge republiek, er is nog veel werk te verzetten. Soekarno gedraagt zich niet als een goed democratisch leider. Ik weet niet hoe, maar ik wil graag dit land op weg helpen.

Je vraagt naar Ruud. Die ben ik uit het oog verloren sinds ik uit Soerabaja weg ben. We zagen elkaar onregelmatig, hebben nog wel een vage afspraak staan. Hij doet de technische school, maar ik geloof dat het niet goed met zijn vader gaat.

Het allerbeste, en natuurlijk gefeliciteerd met je voorgenomen huwelijk.
Hans

22

Den Haag, 1960

'Ach jongen...' Johan ziet zijn vader weerspiegeld in het glazen ruitje van het kabinet waarin zijn moeder de mooie glazen en Engelse koffiekopjes opbergt. Hij schudt zijn hoofd, alsof hij de boosheid voorbij is, en klinkt mat en vermoeid. 'Volgend jaar heb je de leeftijd van een volwassene. Maar...' Hij zucht diep, schudt nog eens zijn hoofd en staat op. Er rammelt wat kleingeld in zijn broekzak. 'Blijkbaar maakt het bij jou geen indruk als ik je iets verbied. Blijkbaar trek je liever op met een stel *soekaboemies* dan dat je deugdelijke vrienden zoekt in de kerk. Daar zijn toch goeie jongens? Stop er toch mee.'

De ogen van zijn vader zijn op hem gericht. Johan haat het als hij het heeft over soekaboemies. Hij proeft de minachting, maar tegelijk voelt hij zich nog niet helemaal op zijn gemak als hij bij de jongens van de band is. Komt dat doordat hij de afkeurende blik van zijn vader ook voelt als hij bij hen is? Is het omdat hij hun zelfverzekerdheid als intimiderend ervaart? Of omdat het bij de familie Buisman anders ruikt, meestal drukker is, de klok niet het ritme van hun dag bepaalt maar de ontmoetingen die zij op een dag hebben? Het is allemaal anders, maar hartelijk. Onwennig, maar minder benauwd dan de wereld die hij kent.

'Soekaboemies,' zegt Johan langzaam. Hoe kan hij zijn vader uitleggen dat deze jongens misschien wel nooit zijn allerbeste vrienden zullen worden, maar dat ze zijn deur naar de muziek zijn? Hoe kan hij zijn vader laten weten dat als hij zijn horizon wil verbreden hij juist ruggensteun vanuit huis wil voelen? 'Waarom zegt u steeds soekaboemies?'

'Jongen,' verzucht zijn vader, 'het zijn andere mensen. Je gaat nooit een van hen worden. En dat wil je ook niet.'

Nu gaat hij natuurlijk iets over Chris zeggen, die moet trouwen, denkt Johan. Hij was zelf geschrokken van dat bericht, maar meer omdat hij verwacht dat zijn vader het bevestigt in het idee dat Chris slecht gezelschap is dan dat Johan zelf een mening over de zaak heeft. Hij hoopt vooral dat ze muziek kunnen blijven maken. Hij wilde het voor zich houden, maar heeft het toch aan tafel verteld. Zoiets komt hoe dan ook uit. Zijn vader keek even veelbetekenend naar zijn moeder, haalde diep adem, maar zei niks. De stilte was zo ongemakkelijk, dat Nel na een tijdje begon te kwebbelen over school. Ook nu blijft zijn vader stil. Johan realiseert zich dat zijn vader natuurlijk ook weet dat dit soort dingen ook in de kerk gebeurt. Dus zwijgt hij beschuldigend en Johan voelt zijn oordeel dat niet uitgesproken wordt.

Johan doet zijn ogen dicht. Zijn vader gaat niet verder in op zijn vraag over soekaboemies. Johan wil duizend dingen zeggen, maar zwijgt. Waarom stelt zijn vader hem elke keer voor de keuze: luister naar mij of luister naar je muziek? Hij wil dat het gezellig is thuis, hij verlangt naar een ouderwetse zondagmorgen, dat zijn vader, moeder, zijn stille broer Karel en zus Nel in de voorkamer zitten, dat hij een gezang speelt en dat zijn vader tevreden naar hem knikt. Dat zijn vader ontspannen is omdat hij niet aan werk hoeft te denken en het net goed heeft gehad in de kerk. Dat zijn moeder lekkere mergpijpjes of jodenkoeken bij de koffie heeft. Dat hij met Karel gaat sjoelen en dat ze niet tegen elkaar spelen, maar om beurten aan de beurt zijn en tien beurten optellen en samen strijden voor een verbetering van hun totaalscore. Dat Nel giechelt met een vriendin. Of dat ze met z'n allen op stap gaan. Dat ze genieten van de gebouwen in een vreemde stad, en dat zijn vader daar enthousiast over vertelt.

Maar hij kan niet zonder muziek. Het is alsof hij steeds de zwart-wit pagina's in de reisboekjes van zijn vader heeft doorgebladerd, als herinnering aan hun tripjes, maar dat hij ineens een reismagazine met kleurenfoto's heeft gezien. Hoe kan hij terug naar de smoezelige grijsheid, als hij de heldere kleuren heeft gezien? Hoe kan hij niet meer willen horen en ervaren wat hij heeft gevoeld? Hoe zou hij de klanken die in zijn hoofd rondzweven kunnen uitzetten?

'Pap...' zegt hij uiteindelijk. Zijn vader zit twee meter bij hem vandaan en kijkt op. Als ze allebei iets voorover zouden buigen en hun hand zouden uitstrekken, konden ze elkaar aanraken. Hij wilde een krachtig begin van een nieuwe zin maken, maar zijn 'pap' klinkt week. Machteloos. *Kunnen we ergens een paar stappen terugdoen en een gezamenlijk pad vinden?* Zijn vader kijkt hem afwachtend aan. Verwacht hij dat Johan zal zeggen dat hij gelijk heeft, dat hij zijn bas aan de wilgen hangt en zijn nieuwe vrienden niet meer zal zien? Johan haalt licht zijn linkerschouder op. Hij zou nu kunnen zeggen: 'maar ik houd wel van u', of: 'maar u zou me ook een beetje meer kunnen vertrouwen'. Hij zegt alleen maar: 'Ja...'

Zijn vader doet alsof hij hem begrijpt. Ja. Zijn vader zegt ook heel vaak alleen maar ja. Het is een rare ja. Het duidelijkste positieve woord als totaal verwarrende onzekerheid uitspreken. Johan kijkt naar de lichtbruine vloerbedekking. Hij ziet een donkere vlek onder zijn voeten. Die heeft hij zelf veroorzaakt, toen hij door het kolengruis was gelopen en zonder zijn voeten te vegen naar binnen was gestapt. De granieten vloer in de keuken en gang kon hij makkelijk schoonboenen. De vlekken in de vloerbedekking werden alleen maar iets lichter. En iets groter.

'Ja...' zegt zijn vader.

23

Den Haag, 1960

Het is druk bij de bakker. Dat is het altijd op zaterdagmorgen. Chris schat dat er vijftien mensen binnen staan. 'Ga jij maar even.' Hij steekt buiten een sigaret aan. Klaartje loopt naar binnen. Als hij net de eerste diepe haal van zijn sigaret heeft genomen, hoort hij de deur met een knal dichtslaan. Zijn kersverse vrouw komt woedend naar buiten.

'Kom mee,' bitst ze tegen Chris en ze loopt zonder op hem te wachten door. De winkelbel klingelt nog na als hij langs de winkelruit loopt en een stuk of vijftien klanten, de bakkersvrouw en haar hulpje hem met grote ogen nakijken.

'Wat was dat?' vraagt hij als hij Klaartje heeft ingehaald.

'Niks,' zegt ze. 'Het is een rotbakker. We moeten een andere zoeken.'

Chris pakt Klaartjes arm en vraagt nogmaals wat er is.

Ze kijkt hem aan. 'Stomme mensen.' En ze trekt haar arm los. De kracht en duidelijkheid van zijn vrouw brengen hem soms van zijn stuk.

Hij kent de verhalen. Er wordt over hen gepraat. Over hun bruiloft. Een moetje voor de dochter van de fietsenmaker. Met een pinda. Een zeevaartschool-studentje. Die ook nog eens geen baan heeft. De kerk waar de familie van Klaartje komt, was niet bepaald ruimhartig geweest. Er kon onder geen beding in de kerk getrouwd worden. Dat vond Klaartjes familie moeilijker dan die van Chris. Die zijn niet zo van de kerk. En Klaartjes vader had een maand lang elke avond geklaagd, vertelde ze, maar zag tot zijn eigen verbazing de klandizie in zijn zaak eerder aantrekken dan afvlakken. Mensen willen op de hoogte blijven van 'de toestand'.

De bruid droeg een bescheiden lichtblauwe jurk. De moeder van Chris en oma Beth hielden het niet droog toen ze Klaartje in het zachtblauw zagen stralen. Chris zelf vond het prachtig, maar had binnensmonds keihard gevloekt toen hij hoorde dat wit voor een vrouw in Klaartjes positie ongepast was. Hij zelf droeg een strak donkerbruin pak met nauwe broekspijpen, een parelwit overhemd en een dunne, zwarte stropdas. Zijn zwarte kuif was nog wat langer geweest dan normaal, Klaartje mocht daar haar hand pas door halen toen het feest al over het hoogtepunt heen was.

Vanuit het stadhuis trok de stoet naar de Marathon. Omdat Klaartje daar als vrijwilligster werkte, konden zij er voor een habbekrats een feest geven. Chris' moeder, oma Beth en een paar tantes hadden de ruimte zo uitbundig gedecoreerd dat Klaartjes broer Jeroen zich afvroeg waarom het feest in een bloemenkraam gegeven moest worden. De vrouwen hadden ook dagen in de keuken gestaan om een geweldige maaltijd te verzorgen. Klaartjes vader haalde zijn neus op voor het Indische eten en hield demonstratief zijn bord leeg. Totdat de bruid hem met een sateetje wist te verleiden.

Klaartjes moeder had samen met haar oudste zoon, Gerard, een alfabetspel gedicht. Gerard droeg de kaartjes voor: 'A is van appelmoes, dat eet jij zo graag, B is van boter, ligt zwaar op de maag,' en moeder bracht het betreffende product naar het bruidspaar. Bij de E van eierkoek keek Chris met draaiende ogen naar zijn broer, bij de K van kippensoep (uit blik!) stond hij buiten te roken. Rob had hem vóór de N weer naar binnen gepraat.

Halverwege de avond had de bruidegom zijn gitaar gepakt en samen met Rob wat krontjongliedjes en een paar oude standards gespeeld. Zelfs Klaartjes vader kon het optreden waarderen. Dat had overigens net zoveel met de door hem genuttigde hoeveelheid jonge klare te maken als met de kwaliteit van het gebodene. Klaartjes moeder was allang blij dat manlief zich vermaakte. De sfeer werd echt feestelijk, zeker toen Stephan en Johan zich bij de muzikanten voegden.

Chris zag zijn vrouw glimmen van trots. Zíjn vrouw. En hij zag dat zijn moeder tevreden keek. Deze dag was goed, haar zoon trouwde een echte Hollandse.

Chris kijkt nog een keer om naar de bakkerij en slaat zijn arm om Klaartjes schouder. Ze drukt zich dicht tegen hem aan. Ze lopen terug naar hun eigen huurhuis, een diaconiehuisje bij de Zuidwal.

'Die mensen daar zijn gewoon jaloers,' zegt ze zacht. ' Ik ga bewijzen dat het kan, dat wij het goed gaan hebben. En ze zullen nog weleens zien wie ze afwijzen.'

Chris zegt niks, maar knikt voorzichtig. Hij zal ze laten zien dat hij iets kan wat veel Hollanders niet kunnen. Hij kan zichzelf verliezen in muziek en er nog geld mee verdienen ook. School lukt niet meer, hij vult de inkomsten uit de optredens met de band aan met werk als invalpostbode. Hij trekt zijn schouders naar achter. Hoe meer van dit soort praatjes over hen, hoe meer vastbesloten hij is het tegendeel te bewijzen.

Ze haalt haar hand door zijn haar. 'Mijn sultan. Mijn knappe mysterieuze sultan.'

24

Den Haag, 1960

‘Waarom beginnen jullie steeds te vechten?’ vraagt Johan. Hij is nog aan het bijkomen van de schrik. Chris is zó explosief en durft zó brutaal te zijn.

‘Ze vragen er toch zelf om?’ antwoordt Chris. ‘Moet je zien hoe ze kijken!’

‘Ja, ze kijken. Jongen, ik snap niet dat jij daar zo opgefokt van raakt.’

‘Je kijkt niet zomaar iemand aan. Dan bedoel je dat je wilt vechten.’

‘Dus ik mag niet naar jou kijken?’

‘Wat klets je nou?’

Johan kijkt opzij, naar Chris. Die staart strak voor zich uit. Zijn kuif staat fier overeind en zijn haar lijkt in de augustusmiddagzon intens zwart met een blauwe gloed. Zijn wangen zijn niet bol, zoals die van veel Hollanders, het zijn deukjes tussen zijn gespannen kaken en uitstekende jukbenen. Hij weet niet of hij moet lachen om deze onbegrijpelijke reactie, of dat hij zich zorgen moet maken. Soms is Chris zo impulsief en jongensachtig dat Johan zich niet kan voorstellen dat hij vader wordt.

‘Jij praat maar en praat maar,’ zegt Chris, meer tegen zichzelf dan tegen Johan. De twee lopen zwijgend de Prinsegracht af. ‘Die gast stond me gewoon keihard uit te lachen.’

'Ze zijn hier niet gewend dat je sambal bij je gehaktballetje bestelt.'

'Je lacht een klant niet in zijn gezicht uit.'

'Je smeet een gloeiendhete bal in z'n gezicht!'

Chris lacht even en herstelt zich. 'Hij mag blij zijn dat hij geen bowlingballen verkoopt. *Brengsek*!' Hij schudt langzaam zijn hoofd. 'Maar jij weet niet hoe het is als je steeds weer uitgelachen wordt, of uitgescholden, of uitgedaagd. Jij hebt echt geen idee...'

Johan mompelt 'sorry' en zwijgend lopen ze verder. Van de Houtweg naar rechts, de Koningskade overstekend en tussen de bomen door naar het Moors Paleis, de grote zaal van de voormalige Haagse Dierentuin. Vanavond zullen de Rocking Blue Boys daar optreden. Het wordt het grootste optreden van de band tot nu toe.

'Mijn vader vertelde altijd hoe mooi de Dierentuin was,' zegt Johan om de stilte te doorbreken. 'Hij is er als kind vaak geweest.' Dan schiet hij in de lach. 'Dat was zo'n beetje de enige culturele activiteit die hem was toegestaan.' Hij kijkt om zich heen. De grote zaal is een van de weinige gebouwen die na de oorlog is blijven staan. De Duitsers trokken hun Atlantikwall dwars door de Dierentuin, sloopten de meeste van de prachtige gebouwen en maakten de dieren af. 'Ik ben nooit in de Dierentuin geweest, ik ken het alleen als braakliggend terrein.'

'Ik ben hier vorig jaar nog naar de pasar malam geweest,' zegt Chris. Hij lacht ook. 'Ons belangrijkste culturele evenement op dezelfde plek als dat van je vader. Wie had dat gedacht?'

Vol adrenaline stapt Johan van het podium af. Hij ziet met een vleugje jaloezie toe hoe Chris en Rob elkaar om de hals vliegen en geeft Stephan een klap op zijn rechterschouder. Hij glundert.

Achter het podium staat een man in een lange jas. 'Meneer Buisman?' vraagt hij, en hij kijkt Chris aan.

'Ja?' zegt Rob.

De man lijkt even in de war en kijkt dan weer naar Chris.

'Mijn naam is Zuidwijk,' zegt de man, 'Charles Zuidwijk.' Hij steekt zijn hand uit. 'Mag ik u complimenteren met uw show van vanavond?'

'Dank u.' Chris knikt zijn hoofd opzij. 'Dat deden we met elkaar.'

Zuidwijk glimlacht. 'Natuurlijk, inderdaad. U ook mijn complimenten.' Zijn blik blijft even op Johan rusten. Die voelt zich rood worden.

'Enfin,' zegt Zuidwijk. 'Stel dat ik jullie als band zou willen boeken. Hoeveel verdient u hier, als ik vragen mag?'

'Vijftien gulden per persoon,' zegt Chris. Johan kan zijn glimlach maar net onderdrukken. Het is tien, voor de hele band, maar hij kent Chris inmiddels lang genoeg om te weten dat hij graag opschept en vindt dat die man de precieze bedragen niet hoeft te weten.

'Weet u dat u in Duitsland véél meer kunt verdienen? U moet dan denken aan vijftig gulden per persoon.'

'Voor één optreden?'

'Driehonderd gulden per persoon, voor een week spelen in een kroeg.'

Chris kijkt naar Johan. Die probeert zijn enthousiasme te verbergen, zijn gezicht in de plooi te houden.

'Hoe weet u dat allemaal?' hoort hij Chris vragen.

'O,' zegt Zuidwijk luchtig, 'ik boek de bands voor Duitsland. Er zijn veel Amerikaanse en Engelse militairen in Duitsland, maar ook de Duitsers houden van rock-'n-roll. Maar niemand speelt het. Ik heb zojuist de eerste band naar Heidelberg gebracht, ik zoek er nog een voor Frankfurt. Ik heb u al een keer zien spelen in de Marathon, ik denk dat u het aankunt. U zult er hard moeten werken, maar er wordt goed voor u gezorgd.'

'Ik zal het er met de jongens over hebben,' zegt Chris dan. Hij wil naar binnen lopen.

'Hier heeft u mijn kaartje,' voegt Zuidwijk er nog snel aan toe. 'Wilt u mij morgen bellen?'

'Ik denk het wel,' zegt Chris en hij stapt naar binnen. Johan en de andere twee volgen hem en slaan elkaar op de schouders.

'Zóveel geld?!' zegt Rob als Zuidwijk buiten gehoorsafstand is.

'Zijn wij zó goed?' vraagt Johan. Hij kan het amper geloven.

'Ja man!' Stephan danst om de andere drie heen. 'We gaan naar Duitsland!'

Als in een vertraagde film ziet Johan Stephan dansen. Als een dikke klodder stroop valt het besef langzaam van de lepel. Dit gaat zijn vader nooit goedvinden. En Chris? Heeft die niet een hoogzwangere vrouw thuiszitten?'

'Chris!' zegt hij. 'Je wordt vader! Dat kan toch niet? Naar het buitenland?'

Chris kijkt hem aan alsof hij zojuist een glas bier over hem heeft leeggegoten. 'Driehonderd gulden, man, ben jij gek? Natuurlijk gaan we dat doen. Klaartje kan echt wel een weekje zonder mij, hoor. Ik moet straks drie monden voeden.'

◆

Johan schraapt nerveus zijn keel. Zijn moeder rommelt met koffiekopjes in de keuken, zijn vader zit tegenover hem aan tafel. Die kijkt hem nieuwsgierig aan, maar Johan wacht tot zijn moeder ook aan tafel zit. Het is vast beter als zij erbij is, en zij lijkt het spannend te vinden dat Johan zo nadrukkelijk op haar wacht. Dit wordt een lastig gesprek, over zijn eigen toekomst en over die van zijn band. Na twee jaar technische school de studie vlak voor het begin van het nieuwe schooljaar onderbreken, wordt een heikel punt. Om muziek te maken die zijn vader absoluut afkeurt.

'We kunnen met onze band naar Duitsland. Voor een week,' zegt hij dan.

'Naar Duitsland?' Voor zijn vader klinkt Duitsland als 'oorlog', 'rekening te vereffenen' en 'nooit naartoe gaan'.

'Tijdens de herfstvakantie?' vraagt zijn moeder.

Dat is mooi, denkt Johan. We hebben het meteen al niet over de vraag óf ik ga, maar wanneer. 'Nee. Over drie weken.'

Johan praat thuis niet veel over de band. Hij heeft geen idee hoe hij zijn vader en moeder moet uitleggen dat hij door muziek te maken een gevoel ervaart dat hij op geen enkele andere manier kan krijgen. Zijn ouders zien hem nerveus, wat geprikkeld op de dag van een optreden, maar ze zien hem ook opgetogen de dag daarna. 'Ging het goed gisteren?' vroeg zijn moeder na het succes in het Moors Paleis. 'Ma, het is zo gaaf...' begon hij. Hij had nog veel meer willen vertellen, maar zij knikte 'fijn' en liep naar de keuken. Hij haalde zijn schouders op, want hoe leg je de euforie uit – van de aanvankelijke zenuwen die overgaan in focus en plezier – aan iemand die nooit een grotere groep dan haar eigen gezin heeft toegesproken? Hoe kun je je enthousiasme delen met iemand die principieel moeite heeft met wát je doet? Hij voelt zich gelukkig als hij een paar honderd uitgelaten gezichten voor zich heeft, het publiek aan het dansen krijgt. Hoe kun je dat uitleggen aan mensen die dansen op religieuze gronden ongepast vinden en ervan overtuigd zijn dat vreugde niet in dans geuit dient te worden?

Hij kan zelf nog amper bevatten hoe snel het allemaal gaat. Je hebt er gevoel voor, zei Chris al verschillende keren tegen hem. En in iets wat je zo graag doet, steek je vanzelf veel tijd. De Rocking Blue Boys kunnen inmiddels moeiteloos een avond vullen en blijkbaar is er behoefte aan wat de band doet. Hoe kan hij van zijn ouders verwachten dat ze hem in dit avontuur volgen?

Hij ziet het net niet witte overhemd van zijn vader onder zijn bruine corduroy colbertje, zijn weerbarstige donkerblonde haar naar achteren gekamd, zijn grijsblauwe ogen die onrustig van Johan naar zijn moeder heen en weer gaan. Hij ziet zijn moeder met haar gebloemde overtrekschort over haar zachtgroene jurk, haar haar net uit de krulspelden en haar donkere ogen op haar handen gericht.

'Maar je school dan?' vraagt ze.

‘Geen denken aan,’ zegt zijn vader, terwijl hij driftig in zijn kopje roert. ‘Tsjuh! Duitsland.’ Hij spuugt het woord bijna uit.

‘We kunnen in één week driehonderd gulden verdienen. Per persoon.’

Zijn vader wil net een slok koffie nemen. Zijn kopje stokt ter hoogte van de knoop van zijn stropdas. Hij kijkt naar Johans moeder en staart dan uit het raam. ‘Daar moet ik meer dan twee weken voor werken,’ zegt hij zacht. ‘Ik, met al mijn ervaring, alle verantwoordelijkheid...’

‘Dat is toch een enorme kans?’

Zijn moeder duwt zacht de hand van zijn vader met het kopje terug naar de tafel en laat haar hand op de zijne rusten.

De klok tikt irritant hard.

‘Even los van je opleiding,’ zegt Johans vader uiteindelijk. Hij kijkt hem strak aan. ‘Wat vind je nou zelf van de weg die je wilt kiezen? Je bent bijna twintig. Hoe zie jij jouw eigen toekomst?’

Johan staart naar de klok. De toekomst. Hij kan amper het heden bijhouden. Het is alsof je van een steile heuvel afdaalt. Je kunt niet anders dan blijven lopen, anders val je om. De vragen waar hij nooit een antwoord op kon formuleren, zijn boven aan de heuvel blijven liggen. Kan hij de keuzes die hij nu maakt ooit aan God verantwoorden?

‘Ik wil dit. Wij kunnen dit, het is een enorme kans en ik zie niet in waarom ik dit niet zou doen,’ zegt hij. Hij durft zijn vader niet aan te kijken.

‘Dus dit is geen gesprek, je wil ons een mededeling doen.’

Johan kijkt naar zijn moeder, maar die houdt haar mond angstvallig dicht en ontwijkt zijn blik.

‘Ik hoopte dat we erover konden praten,’ zegt Johan.

‘Maar je weet al wat je gaat doen.’

Zijn vader spreekt zacht, niet boos. Hij klinkt berustend. Had hij iets kunnen zeggen wat Johan op andere gedachten had gebracht? Waarom doet hij helemaal geen poging? Zijn de argumenten op?

‘Maar ik kan niet anders dan consequenties aan een dergelijke stap van jou verbinden,’ zegt zijn vader dan.

Johan kijkt op. Zijn vader kijkt hem recht in de ogen aan.

‘Onze wegen gaan zich scheiden.’

‘Jan...’ zegt zijn moeder, alsof ze bedoelt: geen doldrieste uitspraken nu.

‘Je zet stappen waar ik niet achter kan staan. Ik zal waken over de zuiverheid van dit huis.’

Zijn vader heeft nog steeds geen slok van zijn koffie genomen. Hij staat op en loopt de kamer uit. Johan voelt een vreemde vorm van medelijden met hem.

25
Frankfurt am Main, 1960

Het is donderdag als meneer Zuidwijk de Rocking Blue Boys uit Den Haag ophaalt. Stephan zit al in de Opel Kapitän als de auto voor de deur van Johan stopt. Zijn moeder omhelst hem en veegt met haar schort net onder haar linkeroog. 'Wees voorzichtig, lieverd,' zegt ze. 'Laat je ons weten als je veilig bent aangekomen? Of hoelang je precies gaat blijven?'

'Tuurlijk.' Johan knikt.

'En doe alsjeblieft geen gekke dingen.'

Nel komt aanrennen en omhelst hem precies zoals haar moeder net deed.

'Goed spelen hè,' zegt ze lachend. 'Ik zou zomaar een keer kunnen komen kijken.'

Haar moeder kijkt Nel verstoord aan, Johan helpt ondertussen meneer Zuidwijk zijn in karton en dekens ingepakte bas op het dak van de auto te binden. Hij kijkt nog een keer goed om zich heen. Geen spoor van zijn vader.

Het grote avontuur gaat beginnen. In feite wordt hij met ingang van vandaag fulltime professioneel muzikant. Ongelooflijk. Maar hij vertrekt zonder dat hij afscheid kon nemen van zijn vader. Hij voelt zich opgelaten en weemoedig tegelijk. Het komt vast weer goed, zei zijn moeder vanmorgen en ze aaide hem over zijn hoofd alsof hij zeven was. Johan kruipt naast Stephan op de achterbank van de auto. Chris gaat voorin, dat is voor iedereen vanzelfsprekend.

Rob is naar het huisje van Chris gekomen. De jongens staan al klaar op de stoep als de Opel de straat indraait. Klaartje staat zich groot te houden en knuffelt haar man innig. Chris wrijft lief over haar bolle buik voordat hij naast meneer Zuidwijk gaat zitten. 'Ik ben op tijd terug, lieverdje. Daar zorgen we met elkaar voor.'

Rob joelt alsof hij op schoolreisje gaat. Johan knikt nadenkend. 'Hoelang moet je nog?' vraagt hij door de open deur aan Klaartje, terwijl hij twee gitaren over zijn schoot geschoven krijgt. Die passen onmogelijk nog in de kofferbak. Ze steekt glimlachend een hand met gestrekte vingers op. 'Vijf weken.'

Die avond rijdt de Opel rond acht uur het centrum van Frankfurt binnen.

'Hou je tong binnen!' roept Rob naar Chris. De roodverlichte vensters, posters van half ontklede dames en SEKS in knipperende neonletters zuigen de ogen van Johan naar de gevels. Stephan, tussen Rob en Johan in, stoot hem lachend aan. Johans hart klopt in zijn keel. Als een op hol geslagen pendule zwenken zijn gedachten van euforie naar bezorgdheid en terug.

Weindorf is een club midden in de rosse buurt van Frankfurt, op de hoek van de Kaiserstraße, die recht naar het grote station van Frankfurt voert, en de Elbestraße. Zuidwijk draait zich grijnzend om.

'Hier staan jullie in elk geval deze week, vanaf morgen. Kom mee naar binnen, dan zal ik jullie aan de eigenaar voorstellen.' Hij parkeert de auto pal voor de deur alsof hij daar een gereserveerde plek heeft.

Het is rustig in de club. Het podium is onbemand, een jukebox laat net de slottonen van 'Johnny B. Goode' horen en achter de bar staat een man bierglazen met een theedoek op te poetsen. Hij herkent Zuidwijk en grijnst.

'Ah, *die Schaukapelle ist da!*' Hij komt achter de bar vandaan en wijst met zijn duim over zijn schouder naar de jukebox. '"Johnny B. Goode", *könnt ihr das spielen? Das ist wichtig, nah?*'

'O deksels ja, da's waar ook. We moeten natuurlijk Duits spreken hier,' zegt Chris.

Stephan geeft hem een klap op zijn rug. '*Natuurlich. Das geht*,' antwoordt hij lachend. 'Die tekst ken jij toch wel, Chris?'

Chris negeert hem. '*Haben sie noch meer versoechnummers?*' vraagt hij de man.

Die kijkt Chris onderzoekend aan. '*Versoechnummers...? Ah...*' Dan schiet hij in de lach. '*Solange das Publikum sich amüsiert...*' Hij kijkt even rond. '*Oder, solange euer Publikum anzieht.*' Hij steekt zijn hand uit. 'Gross. Sepp Gross.'

Chris fluit zacht tussen zijn tanden als Zuidwijk hen afzet bij een groot, historisch hoekpand een paar straten verderop.

'Dit is jullie hotel. Ik heb twee tweepersoonskamers gereserveerd op jullie naam.'

Hotel Victoria is een statig negentiende-eeuws hotel met grote zwarte en witte plavuizen in de hal, een ronde incheckbalie en een bar aan de andere kant van de hal.

'Jongens,' zegt Chris gedempt in de hal. 'We moeten morgenochtend een platenwinkel vinden en "Johnny B. Goode" kopen.'

Johan staat met open mond te kijken. Net als de keren dat hij met zijn vader een kerk bezocht, kijkt hij omhoog, ziet de fraai afgewerkte plafonds en draait langzaam om zijn eigen as.

'En waar wil je dat plaatje dan op afspelen?' vraagt Rob.

'Ik heb mijn koffergrammofoon meegenomen,' zegt Stephan. Hij zet zijn koffer neer en kijkt triomfantelijk naar de anderen. 'Zoveel kleding heb ik niet, hij paste er makkelijk bij.'

Johan slaapt bij Stephan op de kamer. Hij zet zijn koffer aan het voeteneind van zijn bed en kijkt onwennig om zich heen. De kleine zeepjes, de hagelwitte handdoeken in de badkamer – het is een ongekende luxe.

'Ga jij in bad?' vraagt Stephan vanuit de kamer.

'Nee, ik kijk even wat rond.'

'Goed. Dan ga ik.' Stephan komt de badkamer binnen en zet de hete kraan aan.

In het begin kon hij Chris, Rob en Stephan nauwelijks uit elkaar houden. Nu kan hij zich dat niet meer voorstellen. Stephan is wat kleiner, hij kijkt iets wakkerder, wat minder dromerig uit zijn ogen en zijn jukbenen staan nóg meer naar voren dan die van Chris en Rob.

Met beide vlakke handen gaat Johan over de sprei op zijn bed. Zacht. Heerlijk. Luxe. Kijk hem zitten. De bassist die de kamer deelt met de drummer, die zich bij hem blijkbaar vertrouwd genoeg voelt om de badkamerdeur open te laten als hij in bad stapt. Niets lijkt op het leven met zijn vader, moeder, broer en zus aan de Ellekomstraat in Den Haag. Niemand bemoeit zich met hem, hij hoeft zich niet 's ochtends te verantwoorden voor wat hij de avond daarvoor deed. Hij voelt ineens de neiging om, zoals hij vroeger deed, bij de rand van zijn bed te knielen en 'ik ga slapen ik ben moe, doe mijn beide oogjes toe' te zingen. Hij trekt het laatje van zijn nachtkastje open en ziet daar een eenzaam, donkerrood boek liggen met gouden letters erop. Hij slaat het willekeurig ergens in het midden open en laat zijn wijsvinger langs de teksten naar beneden glijden. '*Weinen hat seine Zeit, lachen hat seine Zeit*,' leest hij. '*Klagen hat seine Zeit, tanzen hat seine Zeit...*'

'Hé Johan,' roept Stephan vanuit de badkamer. 'Zo even een biertje halen? Misschien wordt er wel ergens gedanst hier op donderdagavond.'

De volgende ochtend zitten Chris en Rob bij Johan en Stephan op de kamer. Chris heeft een elpee bij zich. Voor op de hoes staat een glazen coupe met ijs en wat aardbeien en in blauwe letters: *Chuck Berry Is on Top*.

'Kon nergens de single vinden,' moppert Chris.

'Misschien staan er wel meer goeie nummers op,' zegt Stephan, terwijl hij zijn pick-up klaarzet.

'Eerst deze,' zegt Chris terwijl hij op zijn hurken het plastic armpje naar het laatste nummer op kant a tilt. '"Johnny B. Goode".' De gitaar van Chuck snerpt schel uit de kleine speaker.

'Doe nog 'ns.' Rob heeft zijn gitaar op schoot en probeert de openingslick te spelen. *Ta-da-da-dadadadada*. 'Dat gaat snel, zeg.'

'Gewoon een a spelen,' zegt Chris geprikkeld. 'Ik moet eerst die tekst ontcijferen.'

'Nee wacht. Die lick is eerst, die moet jij spelen, daarna komt een solo. Hoor dan.'

'Hou je bek nou even, man. Het is veel tekst.' Hij haalt de naald weer terug naar het begin. 'Johan, schrijf jij even op: "*Deep down Louisiana...*"' Hij mompelt wat en zegt dan: '... *New Orleans*.'

'Ja, wat met New Orleans?'

'Nou ja, gewoon wat hij zingt. Klote New Orleans, zoiets.'

Stephan schiet in de lach. 'Rob, hou nou even op met die gitaar, man, we kunnen het niet verstaan zo.'

'Zou het "*close to New Orleans*" kunnen zijn?' probeert Johan.

'Is goed, maakt niet uit. Je hoeft het niet precies op te schrijven, als ik maar wat kan zingen.'

Johan weet dat Chris het per se wil spelen, vanavond, tijdens hun eerste avond in Weindorf. Dat optreden op zich is al eng genoeg. Als je zoveel betaald krijgt, moet je goed presteren. En dan ga je niet experimenteren.

De band moet om acht uur beginnen, elke dag, zeven dagen op rij. Het is nog angstig stil in de Weindorf als de Rocking Blue Boys voor het eerst het podium op stappen. Midden in de club zit een vrouw met zo hoog getoupeerd haar dat Johan bang is dat ze kortsluiting zal veroorzaken als ze in de buurt van de lampen aan het plafond komt. Ze kijkt lusteloos voor zich uit en lijkt zich niks van de band aan te trekken. Langs de wand staan een paar mannen, Sepp staat achter de bar.

'Dis iest oenze letste hit,' bluft Chris door zijn zangmicrofoon. Het is hem op de een of andere manier gelukt de openingslick van 'Johnny B. Goode' redelijk onder de knie te krijgen. Na het eerste couplet knikt hij grijnzend naar Rob. Kom maar op met je solo. Johan schiet in een nerveuze lach. Had hij maar íéts van de branie van Chris. Stephan wenkt hem en buigt over zijn drumstel. 'Kom op, man! Je hebt voor een paar honderd man gespeeld. Je laat je toch niet kisten door twee hoeren en vijf soldaten?'

De band speelt absoluut niet de meest gelikte versie van 'Johnny B. Goode'. Johan schaamt zich er eigenlijk voor, een paar keer zat hij er flink naast en Chris zong drie keer het eerste couplet, maar Sepp klapt hard in zijn handen.

'Gut gemacht! Gut gemacht!' roept hij.

De vrouw met het haar houdt demonstratief haar handen tegen de oren. *'Nicht so laut! Spiel doch etwas ruhig.'*

Chris laat zich niet door haar uit het veld slaan en zet meteen een tergend langzame versie van 'Black Eyes' in. Hij croont als Elvis, als Nat King Cole en als Johnny Mathis.

Doe nog maar een solo, knikt Chris naar Rob. Johan ploegt zich door de steeds repeterende baslijn. Langzaam maar zeker gaat hij zich beter voelen. En langzaam maar zeker vult de club zich met mensen.

'Jailhouse Rock' hebben ze vlak voor hun vertrek naar Duitsland ingestudeerd. Wat ze spelen klopt lang niet altijd, had Chris lachend geconstateerd, maar zolang ze alle vier dezelfde fouten maken, lijkt het nog ergens op. Teksten zijn ook lastig te ontcijferen. *'One two a party in de country jeel,'* zingt Chris. Geen idee wat het moet zijn of zou moeten betekenen, maar de mensen verstaan hem sowieso niet. Het refrein lukt wel: *'Let's rock, everybody let's rock!'* De gebaren die hij erbij maakt, de gitaar die hij dicht langs de grond heen en weer laat zweven en zijn lange haren, die hij met een ferme zwaai van zijn hoofd naar achter gooit, brengen het publiek bijna in extase.

Om tien uur is het gezellig. Niet verschrikkelijk druk, maar overal waar Johan kijkt, ziet hij mensen. Er zijn vooral vrouwen bij gekomen.

'Die komen voor ons,' constateert Stephan tevreden als ze pauzeren. Ze spelen steeds vijftig minuten en mogen dan tien minuten pauze houden. Net als ze weer beginnen laat de vrouw met het haar een luide boer en klettert als een zak aardappelen van haar stoel. Johan legt midden onder 'Red River Rock' zijn bas neer en rent naar haar toe. Onhandig sjort hij haar overeind, maar als ze eenmaal op de grond zit, zakt ze meteen weer onderuit als hij haar loslaat. Sepp en een andere man, een stevige kerel, pakken haar van hem over en sleuren haar naar een zijwand van de club.

'*Zurück!*' commandeert Sepp. '*Zum Podium. Verlasse niemals die Bühne. Das hier ist nicht deine Sache.*'

Met een rood hoofd stapt hij terug het podium op. Als hij zijn bas oppakt en meteen weer meespeelt krijgt hij een flauw applausje van een deel van de aanwezigen.

'Zwaar zeker?' Stephan zegt het met een stalen gezicht.

Johan mist gelijk drie maten. 'Ze had je helemaal onder kunnen kotsen, man,' zegt Stephan.

'*Hier ist oenze letste hit*,' zegt Chris als een elpee die automatisch opnieuw begint.

Pa-datsj doet Stephan op zijn snare en crashbekken.

'Idioot!' roept Chris naar achter.

Alles wat ze min of meer fatsoenlijk kunnen spelen is nu wel uitgevoerd. En dan kwamen daar ook nog wat lange solo's bij. Dan kun je niet anders dan opnieuw beginnen. Misschien moeten ze hun repertoire toch verder uitbreiden, bedenkt Johan.

Om drie uur mag de band stoppen met spelen, een klein uur later gaat de club dicht. De vloer is kletsnat: stoel- en tafelpoten worden omgeven door bier, sekt en niet nader te benoemen vloeistoffen. Johan voelt zich goed als hij zijn bas neerlegt. Dat hebben ze toch maar mooi geflikt met z'n vieren. Sommige liedjes zijn wel drie keer gespeeld, maar de mensen lijken tevreden. Het publiek van Weindorf bestaat uit vrouwen en Amerikaanse militairen. Hij slaakt een oerkreet, springt van het podium en belandt midden tussen de andere drie.

Later, in bed, staart Johan naar het donkere plafond. Stephan snurkt zacht. Het licht van de maan valt door een brede kier in het gordijn. In zijn gedachten vraagt zijn vader of ze goed waren. Nee, het was niet hun beste optreden, maar ze waren niet slecht. Dus je bent trots op de band? Ja. Hij is trots en opgewonden dat hij hier is, dat ze zich staande hielden op zo'n hectische, eerste avond. En is hij trots op zichzelf? Het is alsof hij zijn vader kan zien, in het blauwe schemerlicht van de kamer. Is dit de plek waar je wilt zijn? Is dit het doel in je leven?

'Ach!' Hij draait zich abrupt op zijn zij. 'Ja. Hier wil ik nu zijn,' snauwt hij hardop.

'Huh?' snurkt Stephan. Hij komt half overeind, maar valt meteen weer in slaap op zijn andere zijde.

De tweede avond loopt Chris in een korte pauze naar een van de vrouwen toe. '*Schatz, komm doch hier!*' had ze hem toegeroepen. Johan ziet hoe ze hem gebaarde meteen een gin-fizz via de bar mee te nemen. Daar gaan de eerste dertien Duitse marken van zijn nog niet verdiende geld van vanavond.

De vrouw kruipt meteen bij Chris op schoot en kriebelt in zijn haar. Chris kijkt even naar Johan en de anderen, lacht, maakt zijn borst breed en draait zich dan van hen af.

'Was het gezellig?' vraagt Rob als hij terug op het podium komt.

'We spelen eerst "Black Eyes",' zegt Chris en hij hangt onverstoord zijn gitaar om zijn schouder.

Laat op de avond ziet Johan een Amerikaanse militair woedend weglopen van het tafeltje met vrouwen waar Chris eerder bij zat.'

'*You dirty cheats!*' schreeuwt hij. Na een paar passen draait hij zich om. Hij lijkt een van de vrouwen aan te willen vliegen, maar er duikt meteen een stevige kerel tussen de twee. Daarna gaat het snel. Johan heeft in Den Haag weleens bij een vechtpartijtje gestaan, maar vergeleken met dit zijn de Haagse opstootjes kleuterwerk. Mannen worden over tafels geslagen alsof het halfvolle zandzakken zijn. Glas knalt tegen hoofden of muren kapot. Het laatste halfuurtje van het optreden is het voor de Rocking Blue Boys vooral zaak hun apparatuur te beschermen. Het maakt amper uit wat je speelt, de bezoekers horen het niet meer.

'Geef niet, als maar geef geluid,' zegt Rob later lachend. Hoe langer hij in Europa zit, hoe liever hij praat als zijn oude Indische ooms en tantes.

'Allemachtig,' zegt Johan als ze terug naar het hotel lopen. Zijn benen trillen nog steeds. 'Wat gebeurde daar nou?'

'Sepp heeft mij wat bijgepraat,' zegt Stephan grinnikend. Ze kijken hem alle drie nieuwsgierig aan. 'Ik vertel het jullie nog weleens.'

Chris en Rob pakken hem tegelijk bij zijn jas beet.

'Oké, oké, al goed.'

Chris geeft hem een vriendschappelijke, maar iets te harde pets tegen zijn hoofd.

'Die dames, dat zijn animeermeisjes.'

'Animeermeisjes?' herhaalt Johan onnozel.

Stephan schiet in de lach. 'Ze vermaken je. Doen heel aardig. Komen soms bij je op schoot zitten, maar het zijn in principe geen hoeren.'

Johan mompelt 'Geen hoeren...'

'Nee. Geen hoeren. Maar ze zullen best weleens met iemand meegaan, hoor. Maar wat ik wil zeggen: zij krijgen zes mark voor die laffe cocktail met die knalrode kers, hun baas zeven.' Hij kijkt lachend naar Chris. 'Ze verdienen zich een slag in de rondte. Weet je dat ze dat drankje vaak onder de stoel smijten? Ze doen alsof ze starnakel dronken zijn en taaien net voor het sluiten van de bar af. Al die kerels zitten daar dan, dronken, hitsig en alleen. En dan wordt er wel 'ns een kwaad.' Hij kijkt weer naar Chris. 'Dus wat hebben we de eerste twee avonden nu geleerd, Chris?'

Chris zegt niks. Hij schopt een steentje hard voor zich uit. Het stuitert opeens op en ketst met een tik tegen een auto die langs de stoep geparkeerd staat.

'En wat doen we ook niet meer, Johan?' zegt Stephan dan.

Gelukkig kunnen de anderen zijn kleur niet zien. 'Nooit van het podium af als je speelt,' antwoordt hij gedwee.

'Precies. Niet voor omvallende dames. En ook niet voor animeermeisjes.'

Na vijf dagen houdt Sepp drie biljetten van honderd Duitse marken voor Chris' neus. '*Noch eine Woche?*' vraagt hij.

'*Moes ich mit die anderen uberlegen.*'

Rob stoot Chris stiekem aan. Natuurlijk willen we dat.

Sepp doet er nog een twintigje bij. '*Vielleicht hilft das,*' zegt hij.

'*Drei tzwanzig fur alle. Oké,*' zegt Chris.

'*Schön.*' Sepp schudt hem de hand.

'Daar gaan we wat op drinken,' zegt Chris als ze naar buiten lopen. Johan schudt zacht zijn hoofd. Wát een krankzinnig avontuur is dit. Hij moet eraan denken morgenochtend een briefje naar zijn moeder te schrijven, om hun te vertellen dat hij langer weg zal blijven.

'Laat je wel aan Klaartje weten dat we nog een week blijven?' vraagt hij aan Chris.

Die kijkt verstoord opzij. 'Natuurlijk. Wat dacht jij?'

De stemming in het nachtcafé is uitgelaten. De jongens voelen zich stinkend rijk en de rondjes volgen elkaar in razend tempo op. Chris heeft veel belangstelling voor een bruinharig meisje dat zich opzichtig met de feestende jongens bemoeit. Uitgelaten jongens die genoeg geld lijken te hebben werken als een magneet op het vrouwelijk publiek. Als Johan uiteindelijk meldt dat hij teruggaat naar het hotel, komen de andere drie ook met hem mee. Het meisje hangt aan Chris' arm en lijkt niet van plan die los te gaan laten. 'Ach wat, kom maar mee ook,' zegt hij en hij probeert verontschuldigend naar de andere drie te kijken.

'Ik boek even een kamer voor mezelf,' zegt hij tegen Rob. Die draait met zijn ogen, Johan kijkt in shock om zich heen. Chris haalt zijn schouders op en wandelt zonder iets te zeggen samen met het meisje voor de anderen uit.

'Die meiden hier zijn geweldig!' roept Chris de volgende dag.

'Vertel!' Stephan is direct geïnteresseerd.

'Ze hebben nooit bruine mensen gezien. Ze vinden het spannend. En ze geloven alles.'

'Alles?'

'Alles. Ik ben een sultan en rij op leeuwen.'

'Je kletst.'

'Nee!' Chris lacht hard. 'Ik ben sultan. Zij is ervan overtuigd. Sultan uit de *Duizend-en-een-nacht*.'

Johan wil er niks over horen en loopt demonstratief naar buiten. Moet hij iets zeggen tegen Klaartje als ze terug zijn? Moet hij er met Chris over praten?

◆

Uiteindelijk blijven de Rocking Blue Boys vier weken in Frankfurt am Main. Op de laatste avond slenteren de vier door de bijna verlaten nachtelijke straten terug naar hun hotel.

'Ik zou wel wat meer eigen liedjes willen hebben,' zegt Johan.

'Ach jong, doe niet zo moeilijk.' Chris heeft vlak voor vertrek nog een stevige scheut rum zo uit de fles in zijn keel gegoten en articuleert niet meer zo helder. 'Je hoort toch dat ons eigen nummer helemaal niet succesvol is? De grote hits hebben zich al bewezen, die werken.'

'We hebben het er morgen nog wel over,' zegt Johan. Hij maakt zich zorgen om het gedrag van Chris.

Ze proberen met z'n vieren tegelijk door de voordeur van het hotel te glippen. Het is een soort ritueel geworden, het gevecht bij de voordeur. Dit keer is Chris als eerste binnen. '*Herr* Buisman,' zegt de nachtportier. '*Es gibt ein Telegramm für Sie.*'

Stephan rolt als laatste luidruchtig de hotellobby in, maar is meteen stil als hij ziet dat de anderen gespannen naar Chris kijken. Die grist zonder een woord te zeggen het papier uit de hand van de portier.

'Je bent vader geworden van Rogier STOP Kun je naar huis komen STOP Lieve groet Klaartje.'

26

Den Haag, 1960

‘Volgende week weer!’ roept Stephan naar Rob en de twee springen tegelijk op en botsen met de borstkassen tegen elkaar. Johan slaat Chris op de schouder. ‘Geniet lekker thuis, man. Zin in het volgende optreden.’

De jongens zijn uitgelaten en rennen onhandig met koffers en spullen de straat uit. ‘We komen morgen naar die kleine spruit van je kijken!’ roept Rob over zijn schouder. ‘Heb het eerst maar even leuk met z’n drieën.’

Chris zet zijn eigen koffer en gitaar op de stoep. Met z’n drieën... Hij is vader en heeft een gezin. Zou je aan het ventje kunnen zien dat hij zijn zoon is? Hij ziet een vrouw met een wit schort voor door zijn kamer lopen. Dat moet de kraamhulp zijn. Nog twee trekken van zijn sigaret en dan stapt hij naar binnen.

‘Meneer Buisman?’ vraagt de kraamhulp bij de deur.

Chris knikt.

‘Uw vrouw wacht boven op u.’

Met twee treden tegelijk neemt hij de trap. Hij is razend benieuwd naar zijn zoon en hoe dichter ze bij Den Haag kwamen, hoe meer zin hij kreeg om Klaartje te zien en in zijn armen te sluiten. Zijn vrouw zit als een prinses half overeind in het bed. Ze ziet er prachtig uit. Ernaast staat een wieg. De kamer is er eigenlijk te klein voor, ze kan alleen via het voeteneind of aan de andere kant het bed uit.

Ze legt haar vinger op haar lippen. 'Sst. Hij slaapt nét.' Behoedzaam komt ze half overeind en strekt haar armen naar hem uit. 'Lieverd! Ik heb je zó gemist!' Ze omhelst Chris terwijl ze op haar knieën op het bed zit. Chris moet daarvoor onhandig ver naar voren leunen en lachend vallen ze samen op het bed. 'Kijk dan,' zegt ze, 'kijk dan! Ons ventje. Daar is Rogier!'

Ze gluren allebei op hun buik liggend voorzichtig over de rand van de wieg. Chris ziet alleen maar wat zwart haar dat boven de spierwitte lakens uitsteekt. Dan draait hij zijn hoofd naar zijn vrouw. Klaartje kijkt net zo verliefd naar de kleine Rogier als ze een maand of negen daarvoor naar Chris had gekeken. Dat kan ze heel goed, verliefd kijken.

'Schat,' zegt ze, 'waar was je nou?'

'Ik, eh...' Chris staart naar het zwarte plukje haar. 'Ik verdien geld voor ons, goed geld. Ik kan op deze manier het beste voor je zorgen.'

'Ja natuurlijk,' zegt ze, 'dat weet ik toch. Maar het was zo bijzonder. Dat moment dat ik Rogier voor het eerst mocht vasthouden. En hij leek zo op jou! Toen hij net geboren was het meest.'

Chris kijkt naar zijn vrouw. Er klinkt geen spoor van verwijt in haar verhaal. Hij gelooft dat ze het vraagt omdat ze het hem gunde erbij te zijn geweest.

'Pak 'm eens,' zegt hij.

Klaartje bijt glimlachend op haar onderlip. Wat ziet ze er prachtig en gelukkig uit. 'Niet tegen Irene zeggen, hè?'

'Wie is Irene?'

'Onze kraamhulp, gekkie! Heeft ze dat niet gezegd?'

Ze trekt haar knieën naar voren en leunt over de wieg. Voorzichtig tilt ze er een wit bundeltje met een zwart plukje aan een van de twee uiteinden uit. Ze drukt het even tegen zich aan en houdt het dan voor Chris. 'Hier.'

Hij pakt het pakketje aan en houdt het tegen zijn borstkas. Goed vasthouden zodat het niet valt, niet te hard knijpen anders heeft het pijn. Het hoofdje kukelt meteen helemaal opzij. Voorzichtig, dat moet ondersteund. Dan houdt hij het wat verder van zich af om het te kunnen bekijken, alle bewegingen lijken in slow motion te gaan. Zijn zoon. Hij is vader.

'Mag die lap er even af?'

'Dat is een dekentje!' Klaartje lacht. Ze pakt het kleine pakketje over met haar ene hand en wikkelt het dekentje los met haar andere, alsof ze nooit anders gedaan heeft. Dan geeft ze hem terug.

Rogiertje blijft slapen als een os, zijn benen hangen net zo slap naar beneden als de armen van de dronken Amerikanen in de Weindorf. De huid van het ventje ziet er iets lichter uit dan die van Chris, maar niet veel. Zijn buik krimpt ineen en zijn ogen branden door deze ontroerende kleine perfectie: het neusje, de dunne rode lipjes, de bolle wangetjes. Chris haalt hard zijn neus op en streelt met zijn wang die van Rogier. Zo zacht. Dit is het kleine nieuwe leven waar hij voor moet gaan zorgen. Avond na avond als hij weer eens moeilijk de slaap kon vatten heeft hij hierover nagedacht. Het even prachtige als beangstigende idee van het vaderschap. Wat doe je als vader? Je leert je kind gitaar spelen. Je zorgt dat hij te eten krijgt. Je leert hem niet te huilen en op te komen voor zichzelf. Je leert hem op eigen benen te staan... Maar hoe doe je dat in godsnaam?

'Ach lieverd,' fluistert Klaartje. Ze veegt de linkerwang van Chris droog en geeft er een kus op. 'Kijk dan, die handjes!' Zijn verkreukelde vingertjes krommen in een reflex om haar hand.

'Ja,' zegt Chris schor. Het is prachtig, het werkt allemaal. Een godswonder, uit hem en Klaartje geboren als een schitterend ongelukje.

'Kom even zitten hier,' zegt ze dan. 'Hoe heb jij het gehad? Is het gelukt in Frankfurt?'

Chris glimlacht. 'Jazeker, dat is het zeker.' Dan bevriest zijn lach. 'We speelden bijna zeven uur per dag. En daarvoor repeteerden we nieuwe nummers.'

'Wat zullen jullie goed zijn geworden,' zegt Klaartje en ze kruipt dicht tegen hem aan.

'Ach...' Hij sluit zijn ogen. Ja, ze zijn goed aan het worden. Hij ziet in waarom Sepp de band langer wilde houden. Het werd steeds drukker in de club. De band steeds strakker en tegelijk vrijer. Johan wordt echt heel goed... Hoe kan hij Klaartje uitleggen hoe het daar was? Hoe de wereld er één dag reizen met de auto, een gevoelsjaar verder uitziet? Hij kan voor zichzelf niet eens onder woorden brengen hoe het is om de energie en adrenaline te voelen die je krijgt van spelen in een ander land voor een uitzinnig publiek.

Klaartje aait hem over zijn hoofd. 'Je zult wel moe zijn.'

Chris slaat zijn arm om haar heen, zakt verder onderuit en valt als een blok in slaap.

'Waar denk je aan?' vraagt Klaartje. Rogier ligt in haar armen in slaap te vallen.

Mooi gezicht, denkt Chris, moeder en kind zo op de bank.

De Rocking Blue Boys hebben een paar optredens in Den Haag staan. La Gaité, het café op de Grote Markt, wil de groep een week lang elke avond hebben. De onderhandelingen verliepen vrij moeizaam. Stephan en Chris regelen de zaken voor de band, maar zij zijn geen van beiden gelukkig met die rol. Chris wil het liefst Stephan benoemen als manager en zich er zelf niet meer mee bemoeien. Dat levert ongetwijfeld een flinke ruzie op, en een ongemakkelijke week, maar dat moet dan maar.

'Wat? O niks.'

'Morgen komt m'n broer.'

'Jeroen?'

Klaartje knikt.

'Dus Jeroen komt... 's Middags hoop ik?'

'Ja, 's middags. Volgens mijn moeder gaat het niet goed met hem. Hij wordt steeds somberder, komt z'n bed amper uit en wil absoluut niet bij mijn vader in de zaak werken.' Ze aait zacht over het hoofd van Rogier.

Jeroen zit op zijn onderrug. Chris is verbaasd dat hij niet van de bank glijdt. Hij heeft Rogiertje even vastgehouden en teruggegeven aan zijn zus. Die gaat alweer, denkt Chris. Hij draait met zijn ogen naar Klaartje alsof hij wil zeggen: pfff, wat moet je met zo'n gast.

'Die band van jullie. Gaat dat goed?' vraagt Jeroen dan. Hij klinkt levendiger dan daarnet.

'Ja. Gaat prima.'

'Veel mensen in Duitsland? En hoe doen jullie dat dan, spreken jullie Duits?'

'O, dat leer je vrij snel, hoor. En het is niet zo heel erg anders dan het Nederlands.'

Wat spelen jullie, hoelang moet je spelen, verdient het goed? Jeroen lijkt oprecht geïnteresseerd.

'Speel je zelf ook een instrument?' vraagt Chris.

Jeroen schiet in de lach. 'Ik kan echt niks met muziek. Als ik "Lang zal ze leven" zing vliegt onze kat de gordijnen in. Nee, ik zal tot in de eeuwigheid tot de cijfertjes veroordeeld zijn. Dodelijk saai.' Hij zucht. 'Maar ik vind het zo fascinerend dat jullie kunnen leven van iets wat voor de meeste mensen een hobby is.'

Chris staat op om koffie in te schenken. Dan staat hij ineens stil. 'Cijfertjes zeg je? Ben je daar goed in?'

'Dat is het enige wat ik kan, ja.'

'Maar kun jij dan niet onze cijfers doen?'

'Hoe bedoel je?'

'Nou, onze afspraken maken. Een goeie prijs voor de band vragen. Onderhandelen. Zorgen dat de boel geregeld is. Dat we weten wanneer we waar moeten zijn. Misschien kun je extra optredens regelen. Zou dat niks voor je zijn?'

Klaartje bemoeit zich nu ook met het gesprek. 'Als hij bij mijn vader moest helpen in de zaak wilde hij alleen maar werk achter de kassa doen.'

Jeroen grijnst.

Klaartje wijst naar hem. 'Hij heeft nog nooit een steeksleutel of een schroevendraaier in een fiets gezet.'

'Wat vind je?' vraagt Chris.

'Hm. Misschien is dat wat,' zegt Jeroen. 'Voor een percentage van jullie gage...'

'Als die gage hoog genoeg is, is dat prima natuurlijk,' zegt Chris. Hij loopt naar de keuken, schenkt drie bekers koffie in en steekt een sigaret op.

27

Den Haag, 1960

Johan zet zijn koffer op de stoep, haalt diep adem, pakt hem op en zet hem weer neer. Achterom? Netjes aanbellen bij de voordeur? Wachten tot zijn moeder of iemand anders hem ziet? Uiteindelijk belt hij aan.

Nel schrikt als ze Johan ziet staan en zet een stapje terug in de gang. Dan herstelt ze zich en slaat haar armen om zijn nek. 'Johan!' Ze stapt opzij en laat hem binnen. Nerveus blijft ze in de gang drentelen.

'Ik zet even m'n koffer boven.'

Wat bedoelt zij nou te zeggen, denkt Johan als hij de trap op loopt.

Nel komt meteen achter hem aan. Net als hij de deur van zijn kamer wil opendoen, zegt ze: 'Johan...'

Hij kijkt om en dan zijn kamer in. Er ligt een jurkje over de stoel. Witte en lichtgele sokjes slingeren over de vloer. Op het bed een zachtgroene sprei en een rozerood kussentje. Aan de muur hangt een poster van een jong zeehondje en een andere met twee kleine ijsberen.

Nel heeft een knalrood gezicht. 'Sorry, Johan, heeft hij niks gezegd?'

'Wie heeft niks gezegd?'

'Dit is mijn kamer geworden.' Ze doet een stap terug en zwaait de deur van haar voormalige kamer open. Er staat een oude keukentafel met een stapeltje kleding erop en een naaimachine. 'Moeder heeft dit kamertje gekregen...'

Johan leunt tegen de deurpost van wat eens zijn kamer was. 'En mijn spullen?'

'Die, eh...' Nel begint te huilen. 'Die staan in de schuur.'

Johan kijkt om zich heen. Zijn vader zal waken over de zuiverheid van zijn huis. En de man van de onzuiverheid wordt het huis uit geknikkerd. Toen zijn vader zei dat hun wegen gingen scheiden, had Johan dat overdrachtelijk opgevat. We maken verschillende keuzes. Niet zo letterlijk als dit. Hij drukt zijn zusje tegen zijn borst.

'Geeft niks, Nel. Ik begrijp heus wel dat dit niet jouw schuld is.'

Nel schudt hard haar hoofd.

Johan wil weg. Er zal vast nog contact zijn met zijn vader, maar hij wil hem nu niet tegen het lijf lopen. Zijn moeder ook niet.

'Sorry Nel, maar dan ga ik maar,' mompelt hij. Hij is te verbijsterd om te voelen of hij nou boos, teleurgesteld of verdrietig is. Het is de keuze tussen een huis waar zijn familie woont, waar dagelijks uit de Bijbel wordt gelezen en gebeden, en de clubs waar rock-'n-roll wordt gespeeld en waar hoeren verveeld over een tafeltje hangen.

Johan kan op de logeerkamer van een oom en tante in Scheveningen terecht, maar vindt al snel een eigen kamer aan de Van Speijkstraat. In het huis is één keuken en op de benedenverdieping woont Bertus uit Zalk. Overdag draait hij worsten bij Zandvliet Vleeswaren, 's avonds luistert hij naar zijn radio die altijd te hard staat en rookt hij sigaretten waarvan de rook in het hele huis doordringt. Johans kamer van drie bij vier is net boven de trap, naast hem woont de Brabantse studente Anna, die iets in de zorg wil gaan doen, en boven hem huist een stille man van wie hij alleen maar de achterkant van zijn jas de trap op ziet gaan. Hij stampt op de vloer als Johan te laat nog bas speelt.

Op zijn kamer staan een tafeltje, twee stoelen, een bed en er is een inbouwkast, zijn bas past er net bij. Overdag is hij meestal met een of meer jongens van de band. Soms eet hij heerlijke gadogado bij de moeder van Chris en Rob, een andere keer haalt hij een patatje of een slaatje bij de snackbar in de Prins Hendrikstraat, achter zijn huis. Dan slentert hij terug naar zijn kamer en kijkt hij binnen bij de huizen waar gezinnen aan tafel gaan voor de avondmaaltijd. Elke avond loopt hij een rondje om het Vredespaleis en schrijft hij brieven aan zijn vader. Hij heeft er nog niet een verstuurd, omdat hij steeds twijfelt aan de toon van de brief. Mag het boos, mag het opstandig, moet hij excuses aanbieden of moet hij geduldig proberen uit te leggen dat hij oprecht de goede weg zoekt maar dat hij zelf ook nog niet weet waar die precies heen leidt. Alleen de aanhef al. Moet het 'lieve papa' zijn? Zo voelt het niet, maar geen 'lieve' schrijven is een statement. 'Geachte vader', veel te afstandelijk. Na een week doet hij er een op de bus.

Vader!

Ik schrijf u in de hoop dat het u goed gaat. Ik heb eraan gedacht u te bellen, of bij u langs te gaan, maar misschien werkt dit het beste voor ons. Een brief.

Onze wegen zijn gescheiden. Misschien is het inderdaad beter dat we niet onder één dak wonen. Maar het zou jammer zijn als we elkaar niet meer spreken. Ik wil u graag vertellen dat we hard gewerkt hebben in Duitsland, en veel geld hebben verdiend. In die zin is het geen probleem om voor mezelf te zorgen.

Ik wil u ook graag zeggen dat ik als het gaat om mijn geloof in God niet bedoel mijn leven om te gooien. En dat ik de afgelopen dagen veel heb nagedacht over de ontstane situatie. Het is niet, nooit, mijn bedoeling geweest om het contact met u en ons gezin te verbreken. Als dat de consequentie is van mijn huidige keuze, zal ik dat – hoe erg ik dat ook zou vinden – moeten accepteren. Maar ik wil graag dat u weet dat dat nooit mijn bedoeling is. Ik hoop dat we een weg kunnen vinden.

Het gaat mij verder goed, ik hoop dat u zich geen ernstige zorgen over mij maakt.

Uw zoon,
Johan

Twee dagen later heeft hij antwoord.

Zoon,

Ik vond het fijn van je te horen. Ja, ik maak mij zorgen. Niet over je financiën, op dat gebied zul je het wel redden. Ik maak mij ernstige zorgen om jouw geestelijke welzijn. En ik vond dat ik de daad moest stellen om jou dat zo duidelijk mogelijk te maken. Ook omdat ik een verantwoording heb tegenover jouw broer en zusje. Ik moet hen, en ons, beschermen tegen invloeden die niet van de Heere God zijn.

Wij, je moeder en ik, willen beslist niet het contact met jou verbreken. Jij bent en blijft onze zoon. We bidden elke avond voor jou, we smeken God of Hij je wil laten inzien terug te keren op je schreden en je aan Zijn gezag te onderwerpen.

Dat is ons gebed.

Kom tot inkeer en zoek Hem,

je vader

Johan leest de brief twee keer. In eerste instantie valt hij door de straffe toon tegen en voelt hij schrik. Na tweede lezing ziet hij vooral de opening. Het is in elk geval niet zo dat zijn vader niks meer met hem te maken wil hebben. Ze zullen moeten leren omgaan met hun verschillen. De behoefte om naar het ouderlijk huis te gaan, voelt hij niet. Wel nodigt hij Nel uit voor een kop koffie.

'Mocht je wel komen?' vraagt hij als ze in een koffiehuis aan de Laan van Meerdervoort zitten.

Nel schiet in de lach. 'Waarom zou dat niet mogen?'

'Omdat ik een slechte invloed op je kan hebben.'

Nel lacht nog steeds.

'Heb je zin om een keer naar een optreden te komen? We spelen deze week elke avond in La Gaité.'

Nels ogen glinsteren. 'Zit je nou een slechte invloed op me te hebben?'

Johan lacht. 'Zeker!'

'Ik zou dat graag doen. Een keer. Ik denk alleen dat het niet slim is om dat nu te doen.' Ze haalt haar hand door Johans haar. 'Later.' Ze kijkt vertwijfeld naar buiten. 'Ik zou er niet om willen liegen, ik mag niet in m'n eentje de stad in. Vader zou een hartaanval krijgen als ik zoiets zou doen.'

'Zou je het willen?'

'Ik denk niet dat ik zo gefascineerd door die muziek zou raken als jij. Ik zou het alleen doen omdat ik benieuwd ben hoe je bent als je op een podium staat. Ik kan me daar niks bij voorstellen...' Ze lacht alweer.

'Oké. Dan moet ik nog wel even in de band blijven. Minstens zo lang dat jij een keer komt kijken.'

'Afgesproken.' Dan kijkt ze hem wat ernstiger aan. 'En je moet een keer thuiskomen, koffiedrinken met moeder. Ze mist je.'

28

Frankfurt am Main, 1961

'Hey, du!'

Johan had haar al lang in de smiezen. Mooi meisje, lange blonde haren, goed figuur en een tikje gewaagd gekleed. Maar vooral: een meisje dat oogcontact zoekt tijdens een optreden, dat valt op. En Johan vindt het altijd weer lastig om er niet van onder de indruk te zijn, zeker als ze zo prachtig zijn als dit meisje.

Ze zit alleen aan een tafeltje. Het optreden is afgelopen, de meeste meisjes zijn al naar huis en de kroeg gaat dicht. Neem nog even zo'n gin-fizz mee, gebaart ze. Ik ken jullie praktijken toch, geeft hij met een knikje van zijn hoofd te kennen. Ze lacht. Natuurlijk ken je die, maar doe het toch maar.

Hij slentert zo nonchalant mogelijk naar haar tafel. Die drankjes gaan ze hier niet opdrinken. Elke plek is beter dan een kroeg waar het tl-licht wordt aangeknipt en de stoelen op tafel worden gezet. Hij wil gaan zitten, maar zij staat op. Kom mee, ik weet een betere plek.

Hij voelt zijn lijf juichen, hoort zijn hoofd protesteren en houdt zijn gezicht in de nonchalante plooi.

'Ik ben Andrea,' hoort hij haar zeggen. 'Jij bent toch Johan?'

Ze lopen de Elbestraße uit en slaan dan rechts af de Gutleutstraße in. Johan stelt zich altijd weer voor dat zijn vader hem kan zien als hij in deze wijk loopt. Een groot spandoek met een getekende dame in piepkleine lingerie boven de letters EROTIC NIGHT CLUB trekt steeds meer zijn aandacht dan hij zou willen. Andrea lijkt niets te zien en slentert ontspannen door.

'Ja, ik ben Johan.' Het klinkt wat onnozel, zo laat na de vraag. Andrea steekt haar arm achter Johans elleboog door.

'Ik woon hier vlakbij,' zegt ze dan. 'Loop je even mee?'

Een paar GI's zwalken over het midden van de straat. Johan drukt zijn elleboog wat dichter tegen zijn zij, alsof hij Andrea daarmee beschermt tegen dronken soldaten. 'Ben je nooit bang?' vraagt hij

'Ik vind het fijner om hier met jou te lopen dan alleen,' antwoordt ze. Fijn, denkt Johan. En tegelijk voelt hij zijn hart bonzen. Zou zij dat ook voelen, via haar arm? Wat zou ze willen? Zij is natuurlijk een meisje dat haar geld in deze buurt verdient, en dat doet ze niet met schoonmaken. Zou hij haar nu moeten betalen? Wat wil ze van hem?

'Kom, we lopen nog even naar de Main.' Ze trekt hem mee een zijstraatje in. 'Ik heb jullie al vaak gezien,' zegt ze dan. 'Jij bent anders dan de anderen.'

Johan lacht. 'Bleker bedoel je?' Hij moet soms nog zoeken naar de goede Duitse woorden, maar de taal gaat hem steeds beter af.

Ze neemt de laatste slok van haar drankje, zet het lege glas in een vensterbank en slaat haar arm om zijn middel. 'Ja,' zegt ze dan geheimzinnig. 'Bleker. Maar vooral: mysterieuzer.'

Mysterieuzer. Zo kun je verlegenheid ook noemen, denkt Johan. Nog altijd beweegt hij zich niet zo makkelijk op het podium als de gebroeders Buisman en Stephan. Hij mist de flair waarmee zij hun instrument bespelen, het lef waarmee ze het publiek om hun vinger winden en de overtuiging van eigen kunnen. Maar het werkt. Hij voelt zich steeds meer op z'n gemak en de plek aan de zijkant van het podium bevalt hem. Zelfs Stephan steelt op zijn drumkrukje meer de show dan Johan, maar de rol van de stille, solide bassist past hem blijkbaar het best.

'Hoe kom je eigenlijk bij die Indonesische jongens?'

‘Indisch,’ zegt Johan. ‘Ik ben ze gewoon in Den Haag tegengekomen.’

‘Ah. Den Haag. Is dat een mooie stad?’

‘Ja. Of nou ja, ik woon er m’n hele leven al. Ik vind het een fijne stad. Ben jij in Frankfurt geboren?’

‘Een klein plaatsje hier vlakbij. Mijn ouders wonen daar nog. Ik ging naar Frankfurt om in het ziekenhuis te gaan werken.’

‘Maar...?’

Johan voelt dat ze haar schouders ophaalt. ‘Ik ben er begonnen. Het ging niet slecht, maar ik kreeg een vriend. We gingen vaak de stad in, ik ontmoette verkeerde mensen, kwam te laat terug in het ziekenhuis, gedoe, en nu doe ik wat ik doe.’

‘Wat doe je dan?’

Andrea kijkt opzij, drukt haar arm steviger tegen Johan en loopt zwijgend door. ‘Kijk, de rivier.’ Ze lopen over de grasstrook langs het water en houden vlak voor de waterkant stil. De zwarte silhouetten van de bouwkranen aan de overkant lijken robotachtige mannen, die voorovergebogen over het water leunen. De rivier ligt doodstil voor hen. ‘Op een dag neem ik zo’n boot,’ zegt Andrea. Ze wijst naar een houten passagiersscheepje dat langs de kade ligt. ‘En dan ga ik de Main af, en via de Rijn naar de zee. En dan verder, de oceaan over, naar Amerika. Naar Mexico.’

‘En dan?’

‘Dan ben ik hier weg. Dan is het altijd lekker weer. Dan ga ik in een ziekenhuis werken.’ Ze staart zwijgend naar de plek waar de zwarte rivier de donkere lucht raakt. ‘En jij?’

‘Ik?’

‘Ja, wat wil jij?’

Johan haalt diep adem. Wat wil hij? Nu wil hij haar een zoen geven. Maar dat kan niet. Dat bedoelt ze niet. Hij wil een leuke vrouw, een eigen huis en een goede baan. Hij heeft een goede baan, hij kan prima leven van de muziek, maar een echte baan. De technische school afmaken en een betrekking vinden waar hij wat zekerheid heeft. Maar hij wil vooral van dat vervloekte schuldgevoel af, dat hij keer op keer ervaart. Schuld als hij de muziek speelt waarvan zijn vader zegt dat het heidens is. Schuld als hij in de Kaiserstraße loopt omdat er stripclubs zitten. Schuld als hij op zondag speelt. Schuld als hij dat tegen zijn vader ontkent. 'Nee, pa, ik werk zes dagen, niet op zondag.' Schuld alleen al om de opwinding die de aanraking van een meisje dat hij niet echt kent hem geeft.

'Ik wil een goede opleiding gaan volgen,' zegt hij dan. 'Dat is er niet van gekomen door de band.'

Ze kijkt hem kort aan en trekt dan aan zijn arm. 'Kom, we gaan.'

Door het smalle parkje langs het water, schuin over de Untermainkai wandelen ze een smalle straat in.

'Ik woon daar.' Andrea knikt recht vooruit. Dan draait ze haar gezicht naar Johan. Hij voelt haar koele hand in zijn nek en haar zachte lippen op de zijne. Hij voelt zich verstijven van de spanning, maar geeft snel toe. Eerst voorzichtig, dan hartstochtelijk. Koortsachtig dwalen zijn handen, over haar rug, op haar heupen, naar haar zij, onder haar bloesje. Met gesloten ogen ziet hij alle kleuren van de regenboog, maar zijn hoofd raaskalt iets over verboden en schande. Met een ruk recht hij zijn rug en haalt zijn handen terug.

'Andrea.' Hij probeert zijn adem te reguleren en zijn stem lager te laten klinken. Andrea laat haar hand in zijn nek rusten. Die moet daar eigenlijk weg, denkt Johan, maar hij doet er niks aan. 'Andrea... Ik, eh... Ik ben niet zo.'

'Niet hoe?'

Niet zoals Chris, denkt hij. 'Niet zo. Nou ja. Ik wil je niet zomaar, eh...' Als een schooljongen tuurt hij naar de stoeprand. 'Nou ja, ik duik niet zomaar met iemand in bed of zo.'

Andrea haalt een sleutel uit haar jaszak. Ze lacht lief. Met haar rechterhand draait ze een sleutel om en duwt ze de blauwe deur open, haar linkerhand nog steeds in Johans nek. 'Ik ook niet,' zegt ze dan. 'Zo ben ik ook niet.' En ze trekt Johan zacht maar beslist naar binnen.

◆

'Wij mogen dan misschien de enige rock-'n-rollband met een depressieve manager zijn,' zegt Rob grinnikend, 'maar die gast kan het wel, zeg!' Hij ploft in een zachte stoel op zijn hotelkamer.

Jeroen heeft het geregeld: een beter contract, een beter hotel en hij kan zelf ook meekomen, als hij wil. 'Ik kom over twee weken wel even kijken hoe het gaat,' had hij gezegd voordat de band in het Volkswagenbusje Den Haag uit reed. Het acht jaar oude busje is door Jeroen aangeschaft van geld dat hij van de gage van wat Nederlandse optredens had ingehouden. Het busje rijdt niet hard, ze hebben er bijna een hele dag over gedaan om in Hanau, net voorbij Frankfurt, te komen. Na twee weken Frankfurt is de band een week terug geweest in Den Haag. Nu gaat hun verblijf in Duitsland langer duren: in elk geval twee maanden, misschien wel vijf. Klaartje had het busje huilend uitgezwaaid.

'Wat natuurlijk helemaal geniaal is,' merkt Chris op, 'is dat hij ons opdraagt om volgende maand nieuwe instrumenten te kopen.'

Stephan stoot hem hard aan. 'En jij denkt dat een zoon van een fietsenmaker daar verstand van heeft?'

'Ik vind het héél goed van hem. Investeren. En beter worden. Dat gaat zich allemaal terugverdienen.'

'Wow.' Stephan lacht. 'Jij begint ook al als zo'n geldbaasje te praten. Net als Jeroen. We moeten ons inhouden met de consumptieve uitgaven.'

Rob stoot Johan aan. 'Consumptieve uitgaven!' Hij lacht zo hard dat hij bijna omvalt. 'En dan die bloedserieuze, gewichtige toon van hem!'

Johan voelt een vreemd soort medelijden met hun nieuwe manager.

'Hebben jullie het stadje al gezien?' vraagt hij.

'Hoezo?' vraagt Chris. 'We zijn nu toch in het stadje?' Hij kijkt demonstratief om zich heen. De kamer is licht en ruim, over het tweepersoonsbed ligt een lichtblauwe sprei en boven het bed hangt een ingelijste zwart-witfoto van een vakwerkgebouw. 'Prima, wat mij betreft.'

Rob en Stephan lachen opnieuw. Gisteravond zijn ze aangekomen. Ze hebben wat gedronken in de bar van het hotel en zijn allemaal naar hun eigen kamer gegaan. Johan was vroeg wakker en heeft een wandelingetje door Hanau gemaakt.

Het valt meteen op dat er veel gebouwd wordt in deze plaats. Zo te zien heeft de stad enorm te lijden gehad onder de oorlog. Net buiten het centrum ligt de enorme Pioneer-Kaserne, waar lange barakken in een waaier om de appelplaats liggen. Hanau is een garnizoensplaats met overal Amerikaanse militairen. Hoe klein de stad ook is, er is een hoeveelheid clubs waar een grote stad ruimschoots mee uit de voeten zou kunnen. Johan zag Club Studio Luxemburg, de City Bar, de Moonlight Bar, de drukke Krämerstraße City en ook de Jolly-Bar, waar de band de komende twee weken zal optreden. Er hangt naast de deur al een poster waarop de komst van de Rocking Blue Boys wordt aangekondigd. De bandnaam staat met zwierige letters groot boven een donkere zwart-witfoto, zo te zien in Frankfurt genomen. Daaronder staat: INDONESISCHE SCHAUKAPELLE AUS DEM TULPENLAND.

Die avond kijkt Johan wat onwennig om zich heen. De menging van pure opwinding, maar ook van angst en ontzag voor een vreemde plek maakt hem bijna misselijk. Hij zet zijn bas nog eens goed neer, met het puntje in een klein kuiltje in de houten vloer van het kleine podium. Als je van tevoren bedenkt dat je weer in Duitsland gaat spelen, zie je in gedachten de Weindorf voor je, maar de Jolly-Bar is heel anders. De sfeer is er wat grimmiger en het podium is niet diep, de bandleden moeten naast elkaar staan. Gek genoeg heeft een andere opstelling invloed op Johans podiumgevoel. Het liefst staat hij een stukje achter Chris en Rob. Na twee nummers glijdt de onbestemdheid van Johan af. Net als in Frankfurt kan de band rustig opstarten, er zijn nog niet veel mensen.

Het spelen gaat Johan steeds makkelijker af. Als Rob en Chris tijdens de langzamere nummers lang soleren, kunnen zijn gedachten zelfs wat van de muziek wegdrijven. Stel je voor dat zijn oude Haagse vrienden Marinus en Ronald hem hier zouden zien staan. Het is lang geleden dat hij ze zag. Zou zijn zusje Nel gaan dansen? Zou ze tegen haar vrienden opscheppen over haar broer? Grinnikend stelt hij zich zijn moeder voor die verschrikt de handen voor haar oren zou slaan. Waarschijnlijk zou ze direct de tafeltjes gaan boenen...

De vierde avond begint als de eerste drie, maar op een gegeven moment slaat de sfeer om. Het is alsof de bar het bezoekersaantal niet kan bijhouden. Glazen vallen kapot en halverwege de avond ontstaat er midden in de club een opstootje. Vrouwen rennen gillend naar de zijwanden of de deur. Een Amerikaanse militair neemt een collega in een heupworp, zo overtuigend uitgevoerd dat Stephan hard 'ippon' roept. Een vriend van het slachtoffer hoort dat en wil het podium op om de drummer te grazen te nemen, maar wordt tegengehouden door anderen. De band last meteen een pauze in, in deze chaos kun je beter geen opzwepende muziek spelen.

Een paar minuten later grijpt een politieman de zangmicrofoon: '*Closed, closed!*' Het klinkt meer als 'closet'. Met de wapenstok vegen een stuk of tien agenten de zaak leeg. Johan loopt naar de bar, waar de andere bandleden ook staan.

De uitbater van de Jolly-Bar schudt zijn hoofd. 'Het is de laatste dag van de maand.'

Johan kijkt hem vragend aan.

'*Payday*,' zegt de man. 'Ze hebben weer geld. Elke maand hetzelfde liedje. Ze kunnen zich niet beheersen met een paar tientjes op zak.' Hij veegt wat glassplinters van de bar en gooit een stoel waar twee poten van missen naar de voorkant van de zaak. 'Het is wel vaker knokken, hoor, maar op payday is het altijd het ergst.' Hij haalt zijn schouders op. 'Als ik er niet laconiek op reageer, kan ik beter een andere baan zoeken. Je doet er niks aan. Gelukkig grijpt de militaire politie altijd efficiënt in.' Hij lacht en geeft Johan een klap op zijn schouder. 'Je kijkt alsof je geschrokken bent. Blijf jij maar lekker spelen. Veel erger dan een kapotte stoel, een bloedneus en een verstuikte enkel wordt het niet.'

'Hanau is een bijzondere stad,' schrijft de vader van Johan. Als de band er anderhalve week vertoeft krijgt Chris de tweede ansichtkaart met het strand bij Scheveningen van Klaartje, en Johan een ansichtkaart van Andrea en een brief van zijn vader. Zijn moeder stuurde hem al wel wat korte briefjes, maar dit is de eerste brief die hij van zijn vader in Duitsland krijgt. Hij heeft hem al die tijd ook niet gezien en begint nerveus te lezen: 'Er is een Waals-Nederlandse kerk uit het begin van de zeventiende eeuw, waar protestanten uit Frankrijk en Nederland (toen onder Spaans bewind, we zitten midden in de Tachtigjarige Oorlog) naartoe konden vluchten. Ik lees zelfs dat de Walen en Nederlanders verantwoordelijk zijn voor de groei van de stad in die tijd. De Waalse kerk is in de Tweede Wereldoorlog verwoest, de kleinere Nederlandse ook, maar die is herbouwd, tegen de ruïne van die Waalse aan. Je kunt daar gereformeerde kerkdiensten bijwonen en ik verwacht dat je dat ook doet.'

Johan glimlacht. Zijn vader doet zijn best, dat is wat hij vooral leest. Hij reist aan de hand van zijn boekjes met hem mee. Het lijkt zelfs alsof hij zijn walging van Duitsland overwint nu hij weet dat zijn zoon daar rondloopt. Johan leest het als een handreiking, als een poging de betrekkingen te normaliseren. Maar dan verandert de toon van de brief: 'Je moeder en ik maken ons ernstig zorgen om jou.' Dat is op zich geen nieuws. Zijn vader heeft een nieuw punt van zorg geformuleerd. Of hij 'zich niet wilde inlaten' met 'lieden van de andere kunne'. Het was er volgens zijn vader nooit van gekomen deze zaak goed met zijn zoon te bespreken, maar de valkuilen in de omgang met hen – het leek alsof hij het woord 'vrouw' koste wat kost wilde vermijden – zijn talrijk en diep. 'Houd je lichaam rein, het is tenslotte de tempel van de Heilige Geest en zondig niet tegen de Geest.'

Maar nog steeds is de muziek het grootste probleem. Gerommel met meisjes staat zó ver van de in zijn huis heersende moraal dat hij zich niet kan voorstellen dat zijn zoon zich daar schuldig aan zal maken. Johan weet precies hoe zijn vader denkt. En hij heeft een nieuw argument gevonden om Johans muziek te veroordelen. 'Ik heb er een indringend gesprek met dominee De Zoet over gehad,' schrijft hij. 'Hij waarschuwde met name voor de heidense, tribale trom, die in deze muziek wordt gebruikt. In Afrika wordt deze trom gebruikt om boze geesten op te roepen en we hebben geen reden te veronderstellen dat de trom in Europa een ander doel dient dan wel een andere uitwerking zal hebben.'

Aan het eind van de brief wordt Johan er door zijn vader nog eens op gewezen 'de dag des Heeren op recht christelijke wijze te eren' en absoluut niet op zondag te werken en ook niet te repeteren. Het liefst zou zijn vader wekelijks een brief van zijn zoon ontvangen waarin hij hem op de hoogte zou houden van de bevindingen en ervaringen en waarin hij verslag zou doen van de preek die hij ongetwijfeld die zondag had gehoord in een Duitse kerk.

Johan heeft na het lezen van de brief een draaierig gevoel in zijn maag, een vreemde mengeling van verontwaardiging, schuld en verdriet. Schuldig waarover, dat kan hij niet meteen duiden, maar het gevoel is zo bekend dat Johan zich lang niet altijd afvraagt waarover hij zich precies schuldig moet voelen. Misschien over Andrea in Frankfurt, aan wie hij veel vaker denkt dan hem lief is. Hij kan niet wachten haar weer te zien, en Andrea ook niet om hem weer te zien. Dat schreef ze in elk geval wel op de kaart die hij kreeg. Maar zijn omgang met een meisje dat niet van de kerk is, dat voor haar beroep drankjes ronselt en bij mannen op schoot zit, en bij wie hij 's nachts zo haar huis in loopt, dat is iets wat hij nooit aan zijn vader zal kunnen vertellen.

Chris en de andere jongens van de band snappen helemaal niks van het conflict dat hij met zijn vader over muziek heeft.

Die avond vertelt Johan – met een paar biertjes op – over de brief. Chris moet lachen en Johan ziet een mengeling van spot en medelijden in zijn harde lach. Stephan, de geesten oproepende drummer, zegt alleen maar: '*Selamat ruh*!' – goede geest.

Na Hanau heeft de band een paar weken in Heidelberg opgetreden en nu zijn de jongens terug in Frankfurt. Hotel Frankfurter Hof is nóg chiquer dan het Victoria Hotel. In Heidelberg hebben ze vier dezelfde pakken aangeschaft. Het zijn mooie lichtgrijze kostuums met zwarte revers. 'Zilveren pakken,' aldus Chris. Het wordt tijd om nieuwe instrumenten te kopen. De Egmond-gitaren trekken al krom in de folder, zegt Chris.

Op nummer 43 van de Taunusstraße huist, naast dansclub Maxim, Musikhaus Hummel. Bij hun vorige verblijf stonden Chris en Rob al met hun neuzen tegen de etalageruit gedrukt, nu lopen ze naar binnen met de zelfverzekerdheid van een stel vaste klanten. De verkoper komt meteen naar hen toe. Hij houdt zonder iets te zeggen zijn hoofd vragend schuin.

'Wij willen twee Gibson-gitaren,' zegt Chris met een vanzelfsprekendheid alsof hij een bloemkool bij de groenteboer vraagt. 'Zwarte. Les Paul.' Hij knikt naar de gitaarwand achter in de winkel. De man trekt zijn wenkbrauwen op. Als Chris een dikke portefeuille uit zijn binnenzak haalt, loopt de man naar achter.

'Ik weet niet zeker of we er wel twee op voorraad hebben,' mompelt hij.'

'Heeft u ook een zwarte contrabas?' vraagt Chris.

De man staat stil, denkt zichtbaar na. 'Ik denk niet dat die bestaat.' En hij draait zich weer om naar de gitaren.

'Dan moeten we jouw bas zwart spuiten,' zegt Chris.

Rot op, denkt Johan, ga je eigen spullen zwart spuiten. 'Waarom?'

'Er komen hier steeds meer livebands in Frankfurt. We moeten ze voor blijven. Alles moet strak. Ons spel, maar ook onze podiumpresentatie. Zilveren pakken, zwarte revers en zwarte instrumenten. Stephan, jouw drumstel moet ook vervangen worden.'

Die avond ziet Johan Andrea weer in de club. Ze doet haar werk, versiert drankjes en aait mannen vriendelijk over hun wang. Hij kan zijn ogen moeilijk van haar afhouden en deze verleidingstafereIen zijn lastig om te zien. Ze willen allemaal iets van haar, denkt hij dan, maar ze neemt er maar één mee straks. Dan zuigt hij zijn longen vol en trekt hij zijn schouders naar achteren. Rechtop staan, zorg ervoor dat je er zo goed mogelijk uitziet op dat podium.

Wanneer hij met haar door de stad dwaalt, zijn arm geklemd om haar schouder, haar arm stijf om zijn middel, vertelt Johan over zijn vader. Andrea corrigeert lachend zijn Duits en zoent hem als hij even verlegen stilvalt. Met bonzend hart loopt hij met haar mee naar huis. Hij slaat zijn arm om haar heen als ze samen op haar bank zitten. Andrea kruipt dicht tegen hem aan.

'Ik ben graag bij je,' fluistert ze.

De nachtelijke geluiden van de stad dringen door tot in haar woonkamer, verder is het stil. 'Waarom eigenlijk?'

'Jij bent zacht.'

Zacht? Is dat goed? Voor een man? Voor een rock-'n-rollbassist? Ze bedoelt waarschijnlijk bleu. Of onervaren.

Andrea voelt zijn verwarring. 'Mannen kunnen zo lomp zijn,' zegt ze. 'Soms kun je je zo niet gezien voelen. Of, nou ja, ze zien wel je buitenkant, maar kijken nooit verder.'

Johan trekt haar dichter tegen zich aan en sluit zijn ogen. Hoe oprecht is hij met Andrea? Is het niet zo dat het hem ook vooral om het beminnen gaat? Hij kan niet zo makkelijk omgaan met meisjes als Chris en de anderen. Die lijken hun veroveringen bijna als een trofee te zien. Hij praat er liever niet over, ontwijkt vragen en weet dat hij er thuis al helemaal niks over zal zeggen.

Op de een of andere manier lijkt de 'zonde van het vlees' het ergste kwaad. Seks voordat je getrouwd bent is al fout, laat staan seks met een meisje van wie je niet eens zeker weet of je met haar verder wilt. Johan heeft wel meegemaakt dat een jong stel 'schuld beleed' tijdens een kerkdienst. Ze waren met elkaar naar bed geweest – dat hoef je niet op te biechten, maar wel als het meisje zwanger raakt. Met vuurrode hoofden stonden ze voor in de kerk, terwijl de dominee hun zonden bekendmaakte. Johan vond het verschrikkelijk, zijn vader verklaarde dat dit de enige manier was om hun huwelijk nog kerkelijk te kunnen inzegenen. 'Een zwangerschap vóór het huwelijk is een openbare zonde,' zei zijn vader, 'dat moet je dan ook openbaar belijden.' Later begon zijn vader er opnieuw over: zoals God zorgt voor Zijn volk, en Zijn volk zich toewijdt aan hem, zo is het ook in een huwelijk. Je bent trouw aan elkaar, als een soort spiegel van de relatie die God met de gelovigen heeft. Dat maakt de zonde van het vlees, zoals zijn vader seks voor het huwelijk consequent noemt, zo groot.

Dit zijn de beelden die op de meest ongemakkelijke momenten als vanzelf bij Johan opkomen. Natuurlijk twijfelt hij aan zijn vaders straffe versie van het verhaal. Hij heeft een eigen, afgezwakte zienswijze. Als je met een meisje naar bed gaat, is de vrijblijvendheid weg en moet je op z'n minst serieus zijn in die relatie. En hoe leuk hij Andrea ook vindt, en hoe vertrouwd haar aanwezigheid ook voelt, hij is er niet van overtuigd dat zij de vrouw van zijn leven is.

'Ik voel me door jou veel serieuzer genomen,' zegt Andrea lief.

Hij ziet zich al thuiskomen. Hallo vader, dag moeder, dit is Andrea. Ze is Duits. Van welke kerk zij is? Wat voor werk zij doet? Johan sluit zijn ogen. O man, kun je voor één keer denken wat je zélf vindt?

Ze geeft hem een zoen in zijn nek. Probeer nou eens te voelen en niet te denken, te genieten en niet te piekeren. Ruik je die heerlijke geur van haar haar? Voel je die zachte aanraking van haar wang?

'Dat is fijn,' zegt hij.

Ze kronkelt als een slangenmens om hem heen. Ze zoent. Zonder dat hij het doorheeft ontknoopt ze zijn shirt. Ze streelt zijn borstkas. 'Neem me,' fluistert ze. 'Neem me.'

Johan ziet ronddraaiende kleuren als hij zijn ogen dichtdoet. Hij voelt haar zachtheid. Steeds zachter klinkt de oordelende stem van zijn vader: 'Laat je niet in met hen van de andere kunne...' 'Je lichaam is een tempel van de Heilige Geest.' Hij voelt haar lippen in zijn nek terwijl ze fluistert: 'Ja, goed zo'. Onherroepelijk wordt hij meegetrokken in de draaikolk van het genot.

29

Den Haag / Bussum, 1961

‘Lief, ben je daar eindelijk?’

Chris weet dat ze lief lacht, maar ziet niks in het donker.

‘Het is zo ongezellig als je er niet bent. Weet je al wanneer jullie weer weg moeten? Je bent véél te lang weggeweest.’ Haar handen strelen zacht over zijn rug. Ze voelt zalig, maar hoe is het mogelijk dat ze blijft kletsen als ze de liefde bedrijven? Het is naast muziek de enige activiteit waar hij zich helemaal in kan verliezen, waarbij hij zijn hoofd kan uitzetten en alleen maar voelt. Geen zorgen, geen angsten, geen logica, alleen gevoel en genot.

‘Ik stuur toch genoeg geld voor jou en Rogier?’ zegt hij als hij uitgehijgd is. Hij rolt over zijn rechterelleboog naar de rand van het bed.

‘Gekkerd! Ik ben toch niet met je getrouwd om elke week geld van je toegestuurd te krijgen.’ Klaartje lacht. Ze geeft hem een klapje tegen zijn buik. ‘Ik wil meer van je.’ Ze schuift tegen hem aan. ‘Veel meer.’

‘Meer wat?’

Het is even stil. ‘Ik wil nóg zo’n kleintje,’ zegt ze dan.

Chris zit met een ruk rechtop. ‘Nog een kind?!’

‘Nou ja, zeg. Schrik je daar zo van?’

‘Eh... Nou ja... Ik vind het best zwaar, een kind.’

‘Stel je niet aan. Je doet er niks aan, je zou nog geen luier kunnen verschonen en je bent het grootste gedeelte van het jaar niet eens thuis!'

'Ja. Nee. Nou ja. Het is toch een verantwoordelijkheid.'

'Voor mij ja. En ik wil er nog een.'

'O.'

'Maar dat gaat niet vanzelf.'

'Met Rogier ging het anders vrij gemakkelijk.'

'Ja. Maar nu niet. En die paar keer per jaar dat wij elkaar zien, helpen ook niet.'

'Nee...'

'Chris...' Ze slaat haar arm om zijn borstkas. 'Móét je echt steeds zo lang weg?'

Chris zucht diep. Begrijpt ze niet hoe klein en kleindenkend Nederland is? Dat ze hier door de dames en heren bij de televisie en in de gemeenteraden als een stel bavianen worden gezien? En denkt ze echt dat hij hele dagen bij haar en die kleine thuis kan zijn? Hoe zou ze het ooit kunnen begrijpen? Hoe kan ze ooit dicht bij hem zijn, als ze niet weet wat hij ziet, wat hij voelt, wat hij heeft meegemaakt?

'Ja,' zegt hij dan, terwijl hij zijn rug naar haar toe draait. 'Dat moet.'

'Chris!' Klaartje zit rechtop in bed nu. Ze slaat zacht met haar hand op zijn hoofd. 'Waar zit je toch de hele tijd?'

Hij heeft geen zin om te praten.

'Je bent zo afwezig. Zelfs als we samen in bed zijn.'

Hij draait zich zuchtend om.

'Ik moet steeds wennen. Wennen als ik weg ben. En dan weer wennen als ik weer thuiskom. Het zijn zulke verschillende werelden waarin ik leef...'

'Als je in Duitsland bent, dan mis ik je. En dat kan ik aan. Maar als je thuis bent, mis ik je vaak ook. En dat vind ik moeilijk.'

'Klaartje, lieverd...' Hij heeft geen idee hoe hij deze zin af moet maken. Het idee gemist te worden, het is ontroerend en bedreigend tegelijk. Elkaar missen, dat doe je als echtpaar, of misschien doet in elk geval de vrouw dat... Hij omhelst Klaartje onhandig.

'Ik ben hier,' zegt Klaartje. 'Ik ben je thuis.' Ze drukt een zoen op zijn schouder.

De nacht is warm en de kamer benauwd. Pemuda's rennen hem achterna, hij is klein, probeert zich te verstoppen bij zijn moeder, maar hij ziet haar niet. Misschien zit ze in de legertruck? Hij klimt hijgend achterop, er liggen brandende autobanden op de weg, hij hoort schoten, geen moeder hier, hij springt van de laadruimte van een legertruck en valt de peilloze diepte in.

'Stil maar, lieverd.' Klaartje aait hem over zijn hoofd alsof hij Rogiertje is.

◆

'Jongens,' zegt Jeroen met een uitdrukking op zijn gezicht alsof er zojuist een bom op Den Haag is gevallen. 'Ik moet even wat overleggen.' Nou heeft Jeroen meestal een gezicht alsof er net een ramp heeft plaatsgevonden, maar dit keer lijkt hij serieus slecht nieuws te moeten brengen. Stephan legt zijn drumstokjes op de snare en Johan legt zijn bas neer. Het wordt stil in de oefenruimte.

'Jullie moeten op de televisie,' zegt Jeroen zuchtend.

'Wow!' juicht Stephan. Hij geeft een harde roffel op zijn floortom.

De ogen van Rob worden groot: 'Serieus?'

'Ja. Het lijkt me goed om te doen. Op die manier zien heel veel mensen jullie en willen ze ook naar een concert van de Rocking Blue Boys.'

Chris schiet in de lach. Wat is het toch een rare snuiter, die zwager van hem. 'Op televisie,' zegt hij met een vrolijk ongeloof in zijn stem. 'Hoe heb je dat nou weer voor elkaar gekregen?'

'Ik belde een tijdje geleden met een producer. Dat het best gek is dat televisie niks doet met zo'n groot fenomeen als jullie rock-'n-roll. Dat dat toch een mooi onderwerp voor een televisieprogramma was. Hij heeft jullie toen gezien in La Gaité. Ik weet niet of hij het mooi vond, maar hij was het wel met me eens dat jullie een zeker publiek trekken.' Jeroen glimlacht zowaar even. 'En daarom moeten we nu naar de televisie.'

'Fantastisch.' Chris grijnst. Als je op de televisie komt, dan ben je belangrijk. Hij kijkt even naar Johan en ziet de vertwijfeling op zijn gezicht.

Op de grote dag rijden de vier mét Jeroen naar Bussum, waar in een kerkje een studio is gebouwd.

'Wat heerlijk voor je, Johan. Kom je toch nog in de kerk vandaag,' zegt Stephan als ze hun spullen naar binnen sjouwen. Johan geeft hem lachend een stomp in zijn zij. De voormalige kerk heeft een toren die hoger is dan bij de rest van het gebouw past. Aan één zijkant zit er bovenin een gat in de muur, daarachter twee ronde straalzenders. Binnen doet weinig aan een kerk denken, op de geblindeerde ramen na die naar boven in een punt lopen. Houten, felgeschilderde schotten markeren de achterkant van de open ruimte. Onder het plafond hangen buizen en leidingen, en lampen met klepjes eraan die ogenschijnlijk willekeurig aan een frame zijn gehangen.

'Kijk nou,' zegt Stephan. Hij komt grinnikend door een deur achter in de ruimte. Hij houdt een rood-wit geruit kledingstuk omhoog. 'Hier hangen de kleren van Pipo de Clown!'

Chris lacht. 'Mooi zo, doe jij die maar aan.'

'Wie is Pipo de Clown?' vraagt Johan.

Chris kijkt opzij en ziet dat hij het werkelijk niet weet. Heeft natuurlijk niemand met tv in de familie.

'Meneer, wilt u die spullen laten hangen waar ze hingen!' Een man in een licht kostuum en met een sigaret tussen zijn vingers klinkt wat paniekerig, alsof hij bang is dat de vingers van Stephan lichtbruin zullen afgeven. 'U kunt uw trommels hier op deze verhoging zetten.'

Stephan kijkt naar het groene blok waar de man naar wijst. Daar past zijn drumstel nét op, schat Chris.

'U met die gitaar kunt hier op dit blok, meneer met de contrabas kan op dat blok daar en u bent de zanger?' Hij kijkt naar Rob.

'Nee, dat is hij,' zegt Rob met een knikje naar Chris.

'O, pardon. U kunt op dit blok hier.'

De blokken zijn nog geen meter lang, breed en hoog.

'Zijn ze bang dat we gaan dansen of zo?' zegt Rob.

Ze kunnen geen enkele beweging maken of ze kletteren van hun minipodia.

'Die zwartjes hebben vast nog nooit zoveel mooie techniek bij elkaar gezien,' hoort Chris de man in een hoek van de studio tegen Johan zeggen. Chris' blik kruist kort die van Johan. Alsof hij zich betrapt voelt draait Johan zijn hoofd naar de regieruimte.

'Ik denk het niet,' zegt Johan, iets te luid. 'In het oerwoud wordt weinig televisie gemaakt...'

Snapt die man dat Johan hem in de zeik staat te nemen? Chris betwijfelt het.

Er komt een man in driedelig pak de studio in. Een jaar of vijftig. Zijn donkere, opgeschoren haar zit in een onberispelijke kaarsrechte scheiding, in de buurt van zijn slapen is hij grijs. Hij rookt het laatste stompje van zijn sigaar.

'Kom mee, dan stel ik jullie voor,' zegt de man in het lichte pak. 'Dat is meneer Schipper, de presentator van dit programma.'

Schipper neemt niet eens de moeite zijn sigaar uit zijn mond te nemen. 'Keurig,' zegt hij als hij de vier bandleden keurend van boven naar beneden opneemt. 'Een keurig pak, dat doet me deugd.' De man lijkt het niet nodig te vinden hun namen te horen. 'Ik hoop dat jullie een mooi en rustig optreden zullen geven,' zegt hij, en hij wandelt dan naar de regieruimte.

Na een korte soundcheck door de muzikanten komt hij terug. 'We kunnen beginnen. Stilte op de vloer!' roept de man in het lichte pak. Twee camera's staan op de blokken gericht en de Rocking Blue Boys nemen hun posities in.

Rustig aan, knikt Chris naar Johan.

'Dames en heren,' zegt Schouten met zijn gezicht naar een van de twee camera's. Schuin boven zijn hoofd hangt een microfoon aan een lange arm, die door een geluidsman dicht bij zijn gezicht maar net uit beeld wordt gehouden. 'Zet u gerust uw televisietoestel wat zachter, want wij gaan nu getuige zijn van een luidruchtig optreden van vier muzikanten die hun kunsten leerden in het oerwoud. Hier zijn de Rocking Blue Boys.'

Chris hoeft geen enkele moeite te doen alsof hij boos kijkt om zo zijn reputatie hoog te houden. Hij pakt de zwarte revers van zijn zilverkleurige colbert met beide handen beet en zet zijn kraag overeind. Bij het intro van 'Jailhouse Rock' staat Schouten demonstratief met zijn handen tegen zijn oren.

'Wind je niet zo op,' zegt Rob tegen Chris als ze teruglopen naar hun busje. 'We speelden duidelijk niet voor de mensen hier in Bussum.'

'Kakdorp!' spuugt Chris. De spullen zijn al ingepakt en hij stapt voor in het busje, naast de bestuurdersstoel. 'Kakdorp. Schijttelevisie.'

'Hier heb je iets om het leed te verzachten.' Jeroen schuift Chris honderdvijftig gulden toe. De anderen krijgen hetzelfde, zelf steekt hij vijftig gulden in de binnenzak van zijn jas. 'Dat was dat. Wie zegt dat je altijd zin in je werk moet hebben?'

30

Soerabaja, 2005

Chris schrikt wakker. Verdomme, hij sliep net. Of heeft hij al geslapen? Hij voelt dat er iemand in zijn hotelkamer is. Snel gaat hij rechtop zitten met opgetrokken knieën op zijn hoofdkussen, de rug tegen de muur.

'Chris.' Dat is een bekende stem. Van wie ook alweer? Zijn hart bonst in zijn keel. Waar komt die stem vandaan? Het streepje licht dat zich langs het bamboerolgordijn wurmt, valt precies op de spiegel tegenover de deur. Chris ziet duidelijk een man in een donkere jas. Ergens in de dertig, jonger dan Chris' zoon Rogier, maar met diezelfde stevige bouw, wat kleiner, lichtbruin getint en zwart haar. 'Chris,' zegt hij zacht, 'wees niet bang. Het gaat je lukken. Ik ben trots op je.'

Ineens is daar de kalmte. Hij laat zijn benen van zijn bed glijden. Hij moet naar hem toe. Maar hij ziet niemand meer. Koortsachtig zoekt hij met zijn hand naast zijn bed. Hier zat toch een lichtschakelaar? Als het licht aan is, ziet hij zijn koffer naast de kast. Er liggen wat losse kleren op. Er staan twee schoenen op de grond. De deur is dicht, alles ziet er vredig uit en er is niemand. 'Papa?' fluistert Chris.

Hij is opgelucht als het buiten licht wordt. Het ontbijt smaakt hem niet, de koffie ook niet. Hij scharrelt wat op zijn kamer en vertrekt dan naar de Raya Darmo. Hij steekt de drukke straat over bij de Jalan Dr. Soetomo, loopt die uit en dwaalt dan door de smalle straatjes van de kampong naar de gemeentelijke begraafplaats Kembang Kuning. Brommers crossen er af en aan, een paar auto's rijden de begraafplaats op, mensen zoeken de schaduw van de bomen of zitten met de rug tegen een grafzerk. Bij de kleine rotonde midden op het terrein slaat Chris links af en loopt tussen de grauwe en wat plompe graven door. In de verte ziet hij de torenflats van Soerabaja.

Steeds langzamer loopt hij. De graven hebben vrijwel allemaal een christelijk kruis. Hardop leest hij de namen op de zerken: Tantini. Irawati. Latiep. Soetanto. Vermeulen. Dan stuit hij op het hek. EREVELD KEMBANG KUNING, staat er met koperen letters op de tralies. Hier liggen vijfduizend militairen en burgers die in de Tweede Wereldoorlog en de gewelddadige periode daarna omkwamen. Alsof hij eerst aan de plek wil wennen, wandelt Chris eerst naar het opvallende monument in het midden van het veld. Opgericht ter ere van Karel Doorman, die met zijn vloot in 1942 probeerde de jappen tegen te houden op de Javazee. De slag werd kansloos verloren, Doorman en bijna duizend marinemannen kwamen om. De jappen namen vervolgens Java in, de slachtoffers kregen een marinegraf. Chris ziet op de koperen plaquette de namen van negenhonderdvijftien zeelieden. Hij schudt zijn hoofd. Voor hen is er hier een monument, maar hoeveel liggen er op de bodem van de Kali Mas? Hoeveel lieten het leven in die verschrikkelijke Bersiapperiode? Vijfendertighonderd? Tienduizend? Twintigduizend? Niemand weet het. Geen gedenksteen voor hen. Wel een graf op het ereveld voor wie geïdentificeerd kon worden. En daar was zijn vader er een van.

Chris haalt diep adem. Het is warm, de vogels zingen en het gras ruikt fris. Vijfduizend witte kruizen staan in strak gelid opgesteld. Alsof de chaos van de oorlog en de Bersiap gecompenseerd kan worden met de strakke orde van dit veld vol doden. Onder een afdakje liggen een paar boeken waarin de namen van alle mensen die op dit veld begraven zijn staan vermeld. Met zijn vinger glijdt hij langs de namen. Daar. J.A. Buisman. Vak CCC nummer 33. Zijn moeder heeft Chris nooit meegenomen naar deze plek, ze heeft hem er nooit over verteld en hij heeft nooit geweten dat zij erheen ging. Soedah, het is allemaal geweest, je verandert niks aan de geschiedenis door deze plek op te zoeken. Is dat haar gedachte geweest, of zou ze hem hebben willen sparen?

Op de een of andere manier weet de Nederlandse organisatie voor erevelden het gras hier frisgroen te houden. Veel sproeien natuurlijk. De lucht is strakblauw en de kruizen zijn spierwit. Hij loopt over het stevige, kortgemaaide gras. Dertig, nog drie opzij. Hij weet dat hij hier ligt en toch schrikt hij van de naam die daar staat; het is confronterend die in strakke zwarte letters op de witte dwarsligger van het kruis te zien staan. J.A. BUISMAN. Op de poot een sterretje met zijn geboortedatum, 12-3-1912, daaronder een kruisje en de dag dat hij stierf, 15-10-1945. Hier ligt hij dan. Zijn vader op een ereveld.

Chris heeft van tevoren veel nagedacht en geprobeerd zich voor te stellen hoe hij zou reageren als hij bij dit graf zou staan. Of hij zou moeten huilen. Of hij alle woede eruit zou gooien – schoppen tegen een paal of een hek, met zijn vuisten op de grond beuken en schreeuwen. Of hij zou willen vluchten van de onheilsplek. Maar hij was niet voorbereid op de totale leegte die hij nu voelt. Alsof hij een fantoomlijf heeft. Hij is zichtbaar, omdat hij kleding draagt. Maar daaronder zit niks. Leegte. Als verdriet hem verscheurt, zou hij hooguit een kapot overhemd oplopen. Als pijn een messteek in zijn hart is, zou de schade nu alleen een gaatje in zijn shirt zijn.

31

Den Haag / Frankfurt, 1961

'Zo heerlijk,' verzucht Klaartje. Ze schopt haar schoenen uit en loopt op haar blote voeten verder het strand op. Chris loopt iets achter haar. Hij heeft de kleine Rogier op zijn arm. Een kinderwagen door het zand werkt niet.

De zon staat hoog aan de hemel. Chris steekt zijn neus in het zwarte haar van zijn zoontje. De geur van kleine kinderen is zo lekker. Een stukje verderop zit een groep jongeren in het zand. Twee jongens hebben een gitaar. Chris kijkt naar ze en probeert te ontcijferen welke liedjes ze spelen. Hij zou graag aanschuiven. Maar dat doen vaders niet.

'Heb je nooit heimwee naar het strand?' vraagt Klaartje. Ze kijkt hem lachend aan. Laat hij zijn gedachten zo makkelijk lezen? 'Tenminste... in Duitsland zit je toch nooit bij een strand?'

Chris glimlacht opgelucht. 'Ik ben er nu toch? Ik heb het beste van alle werelden.' Met zijn vrije arm trekt hij Klaartje in één beweging naar zich toe. Ze laten zich lachend in het zand vallen, Rogier kruipt krijsend van plezier van zijn vader naar zijn moeder en terug.

Klaartje is mooi als ze lacht, het is goed hier, zo met z'n drieën. Chris kijkt naar het ventje. Bijna één jaar is hij nu. Zou zijn vader ooit met hem en zijn moeder op Pantai Kenjeran, het enige strand in de buurt van Soerabaja, hebben gezeten? Was zijn vader blij met hem? Wat zou hij zeggen als hij hem nu zag zitten hier, met zijn Hollandse vrouw en prachtige zoon? Zou hij trots zijn? Of boos omdat hij nog zo jong is?

'Zo mooi blauw is het hier niet vaak. Zo helder diepblauw. Lijkt dit een beetje op de lucht in Soerabaja?' vraagt Klaartje.

Ze liggen allebei op hun rug, naast elkaar. Hij voelt haar hand op zijn borst. Chris kijkt recht omhoog. Ja. Waarschijnlijk was de lucht in Soerabaja net zo blauw. Hij weet het niet zeker.

'In Soerabaja ging je niet in de zon zitten. Die is daar véél te heet.'

Klaartje zucht. 'Dat kan ik me bijna niet voorstellen. Wij zijn in Nederland zo blij als het een keer echt zonnig is. Kijk dan. Geen wolkje aan de lucht. Niks zo mooi als het blauw van de zomer. Toch?'

Chris geeft haar een kus. In Soerabaja leef je niet met de seizoenen. In Nederland kijk je uit naar de zomer. Als de zon schijnt en de temperatuur oploopt, verdwijnt het krankzinnige dagelijkse tempo een beetje uit de Hollanders. Dan blijken ze te kunnen slenteren, dan zien ze elkaar en lijkt er tijd om even neer te ploffen met een drankje. Klaartje vist een thermosfles met koude limonade uit haar tas. 'Nee,' zegt Chris, 'niks zo mooi.' Zuinig op zijn, denkt hij. Onthoud dit, fijn met elkaar op het strand. Denk hieraan als je in Duitsland bent.

◆

'*Guten Abend!*' Chris duwt met zijn hand langs zijn slapen zijn kuif wat verder omhoog en speelt een snel riffje op zijn gitaar. Hij grijnst en geeft zijn broer een knikje. Kom maar op, het slome deel van de avond is voorbij, de club is vol en de band kan voluit gaan. Johan beukt op zijn bas. Wat is die kerel goed en betrouwbaar geworden. Hij is de stille kracht van de band. Chris heeft al zijn overredingskracht moeten gebruiken om hem bij een paar nummers mee te laten doen met de stapjes die Rob en hij doen: rechtervoet achter de linker- langs. Linkervoet weer naast de rechter- zetten. Linkervoet achter de rechter- langs. Rechts er weer bij. Stap naar voren, stap terug en zo door. 'Links achterlangs,' brulde Chris regelmatig als Johan weer stond te stumperen en op het podium twee voeten in een knoop leek te leggen. 'Aan danspassen denken en tegelijk de goede partijen spelen is moeilijk,' zei Johan dan steeds verontschuldigend, maar inmiddels kan hij het. Het moet er allemaal gelikt uitzien, vindt Chris. Wat mensen zien is minstens zo belangrijk als wat ze horen.

Stephan heeft lang geoefend op een nieuw trucje. Hij gooit zijn stokjes een voor een hoog op en vangt ze als een volleerde jongleur precies op tijd op om er elke maat op de twee een harde klap mee op de snare te geven. Heerlijk is dit. Deze band draait als een geoliede machine en de bezoekers dragen hen op handen. De Duitsers en de Amerikanen hier houden van bruine mensen, zei hij gisteren lachend tegen Johan. Die corrigeerde hem: van blauwe, bedoel je.

Op dit podium voelt Chris zich meer thuis dan in Den Haag. Niet per se dit podium, elk podium in Duitsland. Met de gitaar om de hals is hij onoverwinnelijk. Hij ziet de meisjes vooraan, vlak bij het podium, zoals hij ooit Klaartje zag. Nog altijd is boos kijken het devies. En zoals hij ooit Klaartje direct vanaf het podium veroverde, zo kan hij ze hier vooraan allemaal versieren. Hij zuigt zijn longen vol. '*One night of sin, that's what I want from you...*' De band speelt het begin in het oorspronkelijke, wat langzame tempo. Na het eerste couplet geeft Stephan een paar ferme tikken op zijn snare en speelt hij in dubbel tempo verder. Chris knikt kort naar Rob – ik speel een extra solo, bedoelt hij.

De meisjes voor zijn neus gillen als het tempo omhooggaat. Sommige zijn van zijn leeftijd, of iets jonger, maar er zitten ook vrouwen van een jaar of tien ouder bij. De meesten van hen verdienen hun geld hier, maar er zijn er ook – zeker onder de jongere meisjes – die gewoon wat opwinding en avontuur zoeken. Zie dan hoe ze naar hem kijken. Die brunette iets rechts van hem is het leukst. Lijkt ze op Klaartje? Een iets slankere Klaartje...?

Dat gelukkige gevoel van het strand is alweer ver weg. Vanmorgen kreeg hij nog een ansichtkaart. Dit keer geen zwart-witkaart, maar een felgekleurde foto van het Kurhaus met een knalrood autotje ervoor en een strakblauwe lucht erboven. 'Kijk hoe mooi blauw,' schreef Klaartje op de achterkant. 'Ik heb heimwee naar jou en het blauw op het strand. Kus kus kus.' Chris schudt zijn hoofd snel, alsof hij zijn gedachten zo kan resetten. We zijn in Duitsland, niet thuis. Dit is een andere werkelijkheid, alsof hij twee levens naast elkaar kan leven. En van die twee is dit het meest overzichtelijke. Thuis in Den Haag is hij de afwezige vader. De man die het allemaal best vindt en zo nu en dan echt gelukkig kan zijn met zijn gezin en leven daar, maar die minstens zo vaak badend in het zweet wakker wordt, nachtmerries heeft, geen idee heeft hoe hij vader moet zijn als hij met zijn zoon op zijn arm loopt, en die naar zijn vrouw kan kijken alsof hij naast een totale vreemde zit. Hier in Duitsland is hij de gevierde muzikant en voelt hij geen andere verplichting dan zijn stinkende best te doen op het podium. Hier wordt hij geloofd en gezien. Hij knipoogt naar het meisje rechts van hem. Die gaat straks mee naar het hotel. Rob schudt zijn hoofd, minimaal, maar hij ziet het, zoals Rob alle kleine bewegingen en signalen van Chris ziet. Hij weet dat Rob hem een eikel vindt, maar hij is nou eenmaal de moraalridder van de twee. Rob heeft natuurlijk ook een punt, maar dit is onschuldig. Een verzetje, meer niet. De spanning moet uit zijn lijf, dat zal iedereen begrijpen...

32
Frankfurt am Main, 1961

'Inselaffe!'

Johan kijkt geschrokken naar de deur achter in de kelder. Een grote kerel komt wankelend en schreeuwend binnen. Hij schreeuwt net zo hard als Chris' gitaar. De man heeft besloten de kortste weg naar het podium te nemen. De mensen die hij onderweg tegenkomt wijken vanzelf, tafels worden door hem omvergelopen.

'Du, Indonesischer Schweinhund!' Glazen spatten uit elkaar op de grond, vrouwen proberen zich te verschuilen achter de dichtstbijzijnde man, sommige schreeuwen hysterisch. 'Je moet met je bruine poephanden van mijn meisje afblijven!' tiert de man.

Chris doet een stap naar achter als de man bij het podium aankomt. Stephan drumt onverstoorbaar door, Johan mist een paar noten, maar blijft ook spelen. Rob doet een stap in de richting van zijn broer. Net als de man op het kleine podium wil klimmen, trapt Chris hard naar voren. Hij raakt de man vol in zijn gezicht, hij valt achterover. Twee meegekomen vrienden pakken hem op. De man bloedt uit zijn neus en mond en is door het dolle heen. Briesend probeert hij het podium weer op te klimmen, met zijn vrienden achter hem aan. Chris raakt er twee vol met de hals van zijn gitaar en rent dan langs de drums aan de achterkant via het gordijn het podium af. De mannen willen hem volgen, maar struikelen over de snoeren en een standaard van het drumstel. Stephans kit valt met donderend geraas om, de mannen liggen schuimbekkend tussen de verchroomde stokken en toms. Johan ziet hoe Rob en Stephan ze hardhandig van het podium werken. Eigenlijk is hij te laat om ze te helpen, hij geeft de laatste een laffe duw. Die pakt een rumfles en kegelt er een serie glazen mee van de bar.

Op handen en knieën komt de baas achter de bar vandaan. 'Wat was dat?' schreeuwt hij hysterisch. 'Wat gaat dat allemaal kosten? Wie waren die idioten? Vrienden van jullie?'

Stephan zet zijn drumstel weer overeind. Zijn floortom kan hij niet meer gebruiken, het vel is aan flarden gescheurd. Chris staat alweer op zijn plek op het podium. Hij haalt zijn schouders op. Geen idee. Voordat de baas zijn tirade kan afmaken, tikt Stephan het volgende nummer af. De gitaar van Chris is totaal ontstemd, Rob mist zijn hoge e-snaar en Johan zijn inzet, maar er wordt weer geluid geproduceerd vanaf het podium. Dat is het belangrijkst, lijkt de baas te denken. Hij draait zich om en pakt een bezem.

'Hé, sukkel,' zegt Rob tegen Chris als ze teruglopen naar het hotel.

'Houd je bek!' briest Chris terug.

'Meneer de sultan brokkenpiloot.'

'Houd je bek!'

'Dat jij hier zo rotzooit, dat moet jij weten, maar misschien kun je voortaan wel wat beter uitkijken wie je meeneemt. Tjongejonge, wat maak jij er een zooitje van!'

'Nee, alsof jij altijd precies weet wie je meeneemt!'

'Ik heb in elk geval nog nooit een woeste verloofde op bezoek gehad tijdens een optreden...'

'Geluk, jongen, dat is alleen maar dom geluk!'

'Dat zal wel, maar het is jou al drie keer overkomen.'

Chris kookt, Johan ziet het, maar hij houdt zich in.

'Bovendien heb ik geen vrouw en kind in Nederland.'

Als een tijger bespringt hij zijn broertje van opzij. Die heeft de eerste klappen al te pakken voordat hij zich lijkt te realiseren wat er gebeurt.

'Kappen!' schreeuwt Stephan. 'Kappen! Nu!' Hij stort zich op de broers. Johan ziet een kluwen wild ronddraaiende armen en benen. Stelletje idioten. Hij wandelt rustig door naar het hotel en wordt al snel ingehaald door de anderen. Ze zien er alle drie verfomfaaid uit, er zit bloed naast Robs neus, maar doen alsof er niks gebeurd is.

Johan haalt diep adem. Leven voor de muziek, hij kan het nog steeds nauwelijks geloven. De hele dag niets anders doen dan repeteren en muziek maken en daar nog goed geld mee verdienen ook, dat is mooier dan hij een paar jaar geleden had durven dromen. De hele dag optrekken met deze heetgebakerde jongens is lastig. De vlam slaat snel in de pan. 'Jij wordt nooit een van hen,' hoort hij zijn vader zeggen. Hij hoeft niet een van hen te worden, hij kan er inmiddels mee omgaan. Laat maar gebeuren. De storm waait altijd wel over.

Een halfuurtje nadat de jongens het hotel in zijn gelopen, slentert Johan weer naar buiten, in de richting van de de Main, daarna een smal straatje in. Bij een donkerblauwe voordeur staat hij stil. Hij kijkt rustig om zich heen, maar voelt zijn hart in zijn keel kloppen. Dan geeft hij drie korte klopjes op de deur. Het duurt niet lang voordat de deur langzaam opengaat.

'Johan!' klinkt het enthousiast uit het halletje.

'Andrea...' zegt Johan zacht en hij stapt naar binnen.

◆

Even een ommetje, Johan en Chris doen het vaker en er wordt zelden gesproken. Vandaag zou Johan veel willen zeggen, maar weet niet hoe te beginnen. Hij denkt aan Andrea. Hij gaat met haar naar bed. Voor de collega's uit de band lijkt zoiets een dingetje om bij het ontbijt luidruchtig over op te scheppen. Voor Johan knaagt het aan hem dat hij voor het huwelijk vrijt, het hoort niet, het mag niet. Maar vindt hij zelf dat het niet mag, of vindt zijn vader dat vooral?

Gisteravond dacht hij ineens: als het geloof in God het allermooiste is wat de mens zou kunnen ervaren, dan snapt hij misschien iets van het boek Hooglied. Want waar zou je het allerfijnste gevoel beter mee kunnen vergelijken dan opgaan in de zachtheid van een vrouw, wat is er mooier dan de samensmelting van twee geliefden? Vannacht lag hij op een hemelse plek, tussen de borsten van zijn geliefde, een goddelijke ervaring. Tegelijk ervaart hij dat hij met een vrome gedachte de onrust in zijn lijf niet kan sussen.

Hij heeft de anderen nog niks over Andrea gezegd. Chris kan in elke plaats waar ze zijn een ander meisje krijgen, geen van hen weet dat hij getrouwd is. Zijn trouwring bewaart hij zorgvuldig bij zijn paspoort en andere waardevolle spullen in een hotelkluisje. Niemand zou raar opkijken als Johan over zijn vriendinnetje vertelde. Toch schaamt hij zich ervoor. Hij houdt zijn mond bij het ontbijt. Is Andrea zijn vriendin? Zelfs daarover twijfelt hij. Hij is vooral bang dat zijn familie in Den Haag erachter zal komen.

Hoe doet Chris dat? Hij voelt evenveel bewondering als afschuw over het schijnbare gemak waarmee Chris rotzooit. Zit hijzelf gevangen in de straffe moraal die hij van thuis meekreeg of moet hij het als een zegen zien?

'Chris?'

'Hmm...'

Johan kijkt even opzij. Ze steken de straat over. Hij voelt zijn hart in zijn keel bonzen.

'Jij en Klaartje hè. Houd je van haar?'

'Ze is toch mijn vrouw?'

'Ja...' Dat is geen antwoord natuurlijk. Is het impertinent om door te vragen? 'Praten jullie?' Stomme vraag, het floepte er zomaar uit. Is met elkaar praten een teken van liefde?

Chris lijkt even na te denken. 'Neuh,' zegt hij dan. 'We kletsen. Zij kletst vooral.'

'Praten is goed, toch?'

'Ja,' zegt Chris. Hij staat even stil en steekt een sigaret aan. 'Waarom eigenlijk?'

Johan breekt een takje van een boom die over het trottoir hangt. 'Nou ja,' zegt hij dan. 'Om een beetje op dezelfde koers te blijven...'

Chris inhaleert diep. 'Praten... Dat helpt toch niet? Het maakt dingen juist kapot. Het is te simpel. Je moet voelen.'

'Te simpel?' Johan blijft even staan.

'Je moet voelen. Net als met muziek. Woorden zijn... Alsof je een koektrommel hebt, waar je vervolgens een mooie natuurspons in doet. Past wel, maar het doet de spons geen recht.'

'Maar...' Dit gaat in tegen alles waarmee hij is opgevoed. Zijn opvoeding bestond vooral uit gesprekken met, nee, gesproken aanwijzingen van zijn vader en moeder. In de kerk gaat het om het woord. In den beginne was het woord. Niet het gevoel. 'Als je op je gevoel afgaat,' zei zijn vader hem eens, 'dan zwalk je als een dronkenman door het leven. Je hebt de standvastigheid van het woord nodig.' Het woord gebruikt zijn vader meestal in de zin van 'de Bijbel', het Woord van God. Tegelijk herkent hij de moeite van het woord. Een gesprek met zijn vader vlot zelden. En daar raakt Chris een gevoelig punt: vaak vindt hij de woorden niet. Gewoon, omdat ze te banaal zijn, omdat een woord verkeerd opgevat kan worden, omdat hij soms duizend woorden zou willen gebruiken om de nuance van een situatie of een standpunt te willen benaderen, maar hij verstrikt raakt of halverwege afgeleid wordt.

Chris loopt rustig naast hem, alsof hij alle geduld heeft om Johan zijn warrige gedachten af te laten maken.

'Als ik erover nadenk... In de wereld waar ik vandaan kom, moeten dingen kloppen. Je kunt alles uitleggen met woorden.' Hij krabt in zijn haar, alsof hij zo zuurstof bij zijn hersens kan laten om de boel beter te begrijpen. 'Dus als je iets niet voelt wat je wel zou moeten voelen, liefde voor God of iemand als je ouders bijvoorbeeld, of je partner, dan gooi je er wat grote woorden tegenaan en dan klopt het weer.' Want de woorden zijn God. Het woord was bij God en het woord was God, staat er in de Bijbel. Dus, kun je door ergens woorden aan te geven de werkelijkheid beïnvloeden?

Hij kijkt opzij, naar Chris, die amper reageert. 'Zeg je dan ook nooit bijvoorbeeld "ik houd van je"?' Hij kan zich niet voorstellen dat Chris een goed huwelijk heeft als hij zo vrij leeft als hij hier in Duitsland doet. En hij is nieuwsgierig. Als hij wél een goed huwelijk heeft terwijl hij het niet nauw neemt met de traditionele wetten van monogamie, dan zet dat het klassieke verbod op seks voor het huwelijk op losse schroeven...

Chris schiet in de lach. 'O ja.' Zijn lach is snel weg.

Wat betekende die?

'Je houdt van je kat. Je houdt van nasi. Je houdt van je moeder. En je houdt van je vrouw. En het is allemaal verschillend.' Hij gooit zijn sigaret op de grond en trapt hem uit. 'Of toch niet,' zegt hij dan nonchalant.

En je houdt van je vader, denkt Johan. En wat is het gevoel daarbij dan? Het gevoel waarvan hij leerde dat het niet belangrijk is, omdat het niet standvastig is? 'Maar vind je je vrouw ook léúk?'

'Leuk?' Chris zegt het alsof het een absurde vraag is.

Als hij die avond op bed ligt, staart Johan in het donker naar het plafond. Sinds hij zijn kamertje aan de Van Speijkstraat heeft, zijn de spanningen tussen hem en zijn vader een stuk minder geworden. Hij gaat geregeld even langs zijn ouderlijk huis, maar de meeste keren als zijn vader aan het werk is. Als ze elkaar zien, is de sfeer goed, maar heikele gespreksonderwerpen worden zorgvuldig gemeden. Brieven worden er niet meer geschreven. En zo is zijn vader vooral een innerlijke stem uit het verleden geworden.

Hij draait zich op zijn zij. Praten is te simpel, het maakt dingen kapot...

◆

'Dat kun jíj beter?' Chris lacht. Nou ja, hij duwt een stoot lucht door zijn neus. 'Blijf jij nou maar lekker tweede gitaar spelen,' zegt hij dan. De band maakt zich in de ruimte achter het podium klaar voor het optreden.

Rob blijft rustig op zijn luie stoel zitten. 'Ik kan dat echt beter zingen. Man, jij kreunt als een ouwe vent. Laat mij dat nummer zingen, je zult zien, dat wordt een succes.'

'Ik kreun als een ouwe vent? Nee, die twee liedjes die jij zingt, dat zijn de hoogtepunten van onze show zeker.' Chris strikt zijn stropdas veel zorgvuldiger dan normaal en pakt een biertje uit het krat dat naast de aftandse bank staat.

'Omdat het niet de beste liedjes zijn. Als ik "Hound Dog" zou zingen, dan zou het meteen het beste nummer van onze set zijn.'

'Dat is het al.'

'Niet. Jij verkloot het juist,' zegt Rob.

Chris staat als door een wesp gestoken dreigend voor zijn broer. 'Donder op!'

Rob kijkt laconiek omhoog. 'Je weet dat ik je nu makkelijk een harde trap tegen je ballen kan geven, hè?' Het klinkt als een grap, maar ook als een bedreiging. 'En dan moeten we straks alles vijf noten omhoog transponeren.'

'Donder op,' zegt Chris. 'Ik meen het. Ik wil je er niet meer bij hebben. Ga maar naar het hotel. Nee. Ga maar naar Den Haag. Ik ben je spuugzat.'

'Relax, Chris,' zegt Stephan. 'We moeten zo op.'

Chris draait zich naar Stephan. 'Hij gaat nu weg of ik ga het podium niet op.'

Johan ziet het tafereel met verbazing aan. Het vuur is zó snel ontbrand. Maar dit keer vallen er geen klappen. Als in een stomme film staan de drie met de koppen vooruitgestoken hevig gesticulerend tegenover elkaar. En waar komt die uitbarsting bij Chris vandaan? Zitten de broers elkaar te dicht op de huid? Vindt Chris het bedreigend dat Rob álles ziet wat er gebeurt, op en rond het podium?

Uiteindelijk draait Rob zich resoluut om en beent de kleedkamer uit.

‘Hoe... Eh, wat gaan we nu doen?’ vraagt Johan.

‘Gewoon. Spelen,’ bijt Chris hem toe. ‘Speel maar wat meer noten.’

‘Maar we hebben een contract, wij vieren. Meneer Schlagmann pikt dit nooit, man!’ Johan voelt een lichte paniek opkomen. Hij musiceert het minst makkelijk van de vier. Hij hoort het, hij voelt het, maar improviseren is niet iets wat hij graag doet.

‘Meneer Schlagmann wil dat wij geluid maken en dat de mensen kunnen dansen. En dat zal hij krijgen. Kom, we gaan.’ Hij kijkt Johan aan en moet het enorme vraagteken boven zijn hoofd zien. Geneigd om altijd de kant van de underdog te kiezen zou die het liefst achter Rob aan lopen.

‘Kom op, Johan, zo erg is het niet allemaal. Gewoon spelen zoals je altijd doet. En laat je nou gewoon eens gaan. Er hoeft geen rem op vanavond.’

Hoort Chris nou niet hoe hij zichzelf tegenspreekt? Spelen zoals je altijd doet én je eens laten gaan? Chris geeft hem een klap op zijn schouder. ‘Vanavond moet je vóélen. Ik weet zeker dat je het kunt. Gun jezelf een fout en gooi je er zonder remmen in. Dat is wat rock-’n-roll in wezen is, man, de rem eraf. Heel goed voor je.’ Dan duwt hij het gordijn opzij en stapt het podium op.

Stephan tikt ‘Keep A-Knockin’’ af. Johan kijkt de zaal niet in, sluit zich helemaal af voor het geluid en zijn bas. Vier rake noten, boem boem boem boem, en dan gaat het nummer los. Hij trekt en sleurt aan zijn dikke snaren en hoort dan dat Stephan en hij de enigen zijn die spelen. Chris heeft zijn gitaar nog altijd los voor zijn buik hangen. Hij klapt op de maat in zijn handen en kijkt lachend naar Johan. Spelen, man, denkt Johan. Pak die gitaar en speel! We missen er al een, je moet spelen als een duivel om de partijen van je broer te compenseren. Hij doet het niet. Chris maakt niet de minste aanstalten om te beginnen. Klap niet zo stom, speel! Geconcentreerd plaatst hij de noten. Ze klinken kaal. En de bas klinkt zwaar, zo zonder die twinkelende gitaren. Als Chris niet doet wat er afgesproken is, moet hij misschien ook van de routine afwijken. Zijn vingers klimmen verder op de hals, naar de hogere regionen. Meer zingen, minder bonken. Redden wat er te redden valt. Een octaaf hoger, wacht, hier passen deze noten ook nog tussen. Extra loopjes, en dan twee keer zo snel, dat moet passen. Hij houdt het maar even vol. Terug naar de bonken. Chris doet nog steeds niks, maar het publiek begint met hem mee te klappen. Ze klappen op zijn dansende, bonkende noten. Hij voelt een vreemde sensatie, een zweverig hoofd en een kriebelende buik. Zijn benen voelen licht, alsof hij dagenlang zou kunnen blijven spelen. Dan pakt Chris eindelijk de hals van zijn gitaar. Hij maakt het geluid van een laag overvliegende straaljager met het plectrum, dat hij haaks op zijn lage e-snaar van boven naar beneden laat krassen. Dan sluit hij zich aan bij het schema van het lied. *'Keep a-knockin' but you can't come in,'* zingt hij. De mensen klappen. Chris kijkt weer naar Johan. Zie je nou wel. *'Keep a-knockin' but you can't come in. Come back tomorrow night and try it again.'*

'Dat bedoelde ik dus,' zegt Chris 's nachts als ze de instrumenten van het podium halen. Johan schudt zijn hoofd. Het hele optreden is als een roes voorbijgegaan. Hij heeft gespeeld alsof alle jaloerse verloofden van Chris' scharrels hem op de hielen zaten. Hoe hij het heeft gedaan, dat weet hij niet, maar het klonk blijkbaar prima.

'Ik wist allang dat je het kon. Je moet gewoon meer durven.'

Johan haalt zijn schouders op.

'Ik zal het je sterker vertellen: je hebt vanavond voor het eerst echt muziek gemaakt. En geloof me, dat is beter dan goeie seks.'

◆

'Muziek is vrijheid,' zegt Chris als ze naar het hotel lopen. 'Vrijheid! Niemand kan jou iets maken zolang je dat instrument in je handen hebt. Jij mag doen wat jij wilt. Je moet doen wat je voelt. Hoofd uit, hart en buik aan.'

Johan loopt zwijgend naast hem. Dit is een verwarrende avond. Rob die ineens weg is. Zit hij nou niet meer in de band? Chris die daar absoluut niet mee lijkt te zitten. Hij lijkt eerder uitgelaten dan dat hij zich schuldig voelt over wat hij zijn jongere broer aandeed.

En tegelijk had hij een euforische avond op het podium. Hij voelde de muziek zoals hij die nooit eerder voelde. 'Mezelf laten gaan is niet mijn sterkste kant,' zegt hij uiteindelijk.

'Toch is dat precies waar het om gaat.'

'Denk jij verder nergens over na als we spelen?'

'Nee.'

'Dacht jij vanavond dan niet aan Rob?'

'Nee.' Chris is even stil, en zegt dan: 'Niet aan iets anders denken en niet vooruit willen denken. Het moment voelen, beleven. Dat is hoe je een goeie muzikant kunt zijn.'

Ze zijn al bij het hotel. Chris pakt een sigaret. 'Nog een rondje lopen?'

'Ik haak af,' zegt Stephan en hij gaat naar binnen.

'Ik denk dat ik Harry op tweede gitaar vraag,' zegt Chris. 'Hij zit in die band die aan de overkant speelt. Waardeloze band, maar hij kan wel wat.'

'Maar Rob dan?'

'Die vindt wel weer wat.'

Johan voelt zijn maag draaien. Hij zou het liefst Rob kunnen zeggen dat hij morgen weer meespeelt. Kan hij zelf wel bij de band blijven? Of maakt hij zich dan mede schuldig aan het redeloze wegsturen van een uitstekende gitarist? En als hij solidair met Rob uit de band stapt? Dan breekt hij zijn afspraak met de band, met de jongens, dan breekt hij zijn contract.

'Voel jij je niet schuldig dan?' vraagt hij aan Chris. Altijd die vervloekte schuld.

Johan weet het nog goed. Voor het feestje voor zijn twaalfde verjaardag – limonade drinken, een plak ontbijtkoek eten en verstoppertje spelen in de tuin – vergat hij een klasgenootje uit te nodigen dat hem twee maanden daarvoor wel op zijn verjaardag had gevraagd. Hij durfde op school een maand niet over verjaardagen te praten en klaagde aan tafel dat hij daar last van had. Hij hoopte op wat relativerende en troostende woorden van zijn moeder, maar zijn vader had hem gecorrigeerd. 'Het is geen schuldgevoel, Johan, het is schuldbeséf.' Het zijn dat soort onnozele incidenten die als zwart aanbaksel vastkoeken aan de binnenkant van je schedel. Die dingen waarvan je een uur later denkt dat je ze wel zult vergeten. Maar ze blijven daar maar zitten, je leven lang, als een virus dat al je gedachten en inzichten kleurt.

'Waarover dan?' vraagt Chris.

'Tegenover Rob?'

'Nee. Jij wel?'

'Ik heb hem niet weggestuurd...'

'Nou dan.'

'Ach, het is... het is mijn opvoeding. Iets met in zonde ontvangen en geboren. Het is vanaf het begin al mis.'

'Dat is wel heel straf.' Chris klinkt geïrriteerd. 'Is dit wat je geleerd hebt of wat je zelf vindt?'

'Het is gewoon zo.'

'Oké. Je bent schuldig. Aan wat dan ook.' Hij zwijgt even. 'Ik ook. Maar daar moet je niet in blijven hangen. Jij hoeft je nu toch niet schuldig te voelen? Doe je dat omdat je zo bent opgevoed?'

Johan kijkt zwijgend voor zich uit. Soms denk je drie dingen tegelijk, en wil je alle gedachten afmaken voordat je wat zegt. Meestal zwijgt Chris iets te lang tijdens een gesprek, zou hij dan ook verschillende gedachten tegelijk hebben?

'Ik heb het altijd zo geleerd. Het zit erin geramd. Ik kan je nu niet ter plekke zeggen of ik dat echt vind...' Dit is het ene draadje van zijn gedachten. Zijn vader en dominee De Zoet zijn in zijn hoofd niet te stoppen. De andere gedachte deelt hij ook: 'Als ik dat niet zou vinden, haal ik misschien wel de hele grondslag onder het christelijke geloof vandaan zoals ik dat ken. Schuld, bekering en vergeving, verlossing, dat zijn de centrale thema's. Als ik niet meer in de aangeboren schuld geloof, waarvan heb ik dan verlossing nodig?'

'Halleluja!' roept Chris lachend. 'Het licht breekt door!'

De derde gedachte kan Johan niet goed onder woorden brengen. Het heeft te maken met je comfortabel voelen onder die eeuwige schuld. Hoe beklemmend ook, het neemt tegelijkertijd verantwoordelijkheid weg. Het maakt niet uit wat je doet, je maakt altijd wel een fout en je bent sowieso schuldig als je straks daarboven voor de troon staat. Het maakt niet uit wat je denkt, echt rein is het nooit. Die gedachte klopt niet, want je moet je zo goed mogelijk aan de tien geboden houden, maar dat ingebakken falen geeft op een vreemde manier ook rust. Hij lacht schaapachtig: 'Ik ervaar eerder een ondergaande zon op dit moment.'

'Indah!' Chris lacht. 'Indah. Mooi. Een ondergaande zon is ook mooi.'

33

Hanau / Hamburg, 1961

Harry Dijkman, negentien jaar pas, twee jaar jonger dan de andere leden van de band, speelt nu acht dagen met de Rocking Blue Boys mee. Al in 1955 verhuisde hij naar Nederland, maar hij heeft nog altijd een fijne Indische aanslag. Zijn sound is lastig te definiëren, het is zeker rock-'n-roll, maar het is alsof de krontjong nooit ver weg is. Een fijne muzikant, maar toch werkt het niet met hem in de band. Johan gaat fouten maken, Stephan wordt zenuwachtig van Harry's spel en Chris maakt voortdurend ruzie met hem. Hij heeft erover nagedacht en is tot de conclusie dat Harry niet begrijpt dat hij, Chris Buisman, de lijnen uitzet en de solo's aan een andere muzikant gunt. Harry neemt ze. Hij duikt in elk muzikaal gaatje dat hij hoort.

'Ik zet hem morgen uit de band.' Chris' besluit staat vast. Harry logeert in een ander hotel, hij heeft de anderen net goedenacht gewenst en is al weg. 'Ik haal Rob terug.'

'En die komt dan met jou mee?' vraagt Stephan spottend.

Chris kijkt hem verbaasd aan. 'Natuurlijk,' zegt hij dan en hij schiet in de lach. 'Let jij maar eens op.'

De volgende dag rijdt Chris naar Keulen. Rob zit op een hotelkamer met twee leden van zijn nieuwe band. 'Rob!' zegt Chris als hij de kamer binnenloopt. Hij negeert de andere aanwezigen volkomen. 'Meekomen.'

Rob lacht schaapachtig naar de anderen. Hij lijkt te twijfelen, maar pakt dan zijn spullen. Ze rijden zwijgend naar Hanau, waar ze net op tijd aankomen. Harry is zojuist binnengekomen in de club.

'We hebben jou niet meer nodig.' Chris knikt met zijn hoofd naar achter. 'Rob is terug.'

'Je kunt me niet zomaar wegsturen,' antwoordt Harry. Hij kijkt naar Stephan en Johan. Chris gaat snel voor Johan staan. 'Ga terug naar de overkant. Met ons werkt het toch niet?'

'Ik heb daarginds nog een goed liedje geleerd,' zegt Rob als hij zijn gitaar omhangt. 'Volgens mij heet het "I Go Ape".'

'Doe 'ns,' zegt Chris.

Rob zet een ballade in. '*The moon is bright above, oh what a night for love...*'

'Da's mooi,' zegt Chris. Hij meent er niks van. 'Maar we hebben geen behoefte aan een andere ballade.'

'Nee, wacht nou even.' Rob croont nog twee regels. 'Als jij het zingt, doen wij "ooh",' zegt hij snel midden in de gezongen zin.

Dat verandert de zaak voor Chris. Rob slaat een staccato serie G-akkoorden en speelt op dubbele snelheid verder. '*I go ape every time I see you smile*,' zingt hij. 'En zo gaat het verder. Vanaf hier is het alleen snel. Het rockt als een dolle. Die opbouw werkt echt geweldig, je zult het zien.'

'Hm,' mompelt Chris. Dit is interessant. 'We repeteren het morgen wel.'

'En nog iets,' zegt Rob. 'We moeten andere gitaren.'

'Andere gitaren? Hoezo?'

'We hebben Fenders nodig. Die zijn om te beginnen lichter. En ze hebben een schuine kop. Daar kun je iets fantastisch mee doen.'

'Morgen. We moeten op. En overmorgen gaan we trouwens naar Hamburg, kunnen we even bij Musikhaus Rotthoff langs.'

◆

De Kaiserkeller in Hamburg is rumoerig. Chris draait zuchtend met zijn rechtervoet een peuk op de tegelvloer uit en steekt meteen een nieuwe sigaret aan. Hij heeft daarnet met de band gekeken in een andere club, de Top Ten. Chris was niet onder de indruk van wat hij zag. 'Als ze dit soort bagger in deze stad zetten, mogen ze ons wel extra gaan betalen.'

'Ach,' zegt Stephan schouderophalend, 'met zulke concurrentie komen wij in elk geval goed uit de verf.'

'Hoe heten die lui?'

'Iets met Beat. De Beat Boys, Beat Brothers, zoiets,' zegt Rob. 'Ik geloof dat ze normaal met een andere zanger werken, ene Tony. Ik vind ze niet slecht, hoor.' Hij prutst wat met zijn gitaar. 'Het was heel eh... apart.'

'Apart?' hoest Chris. 'Laten ze eerst die verdomde volumeknop eens leren beheersen. Ze hebben alles op tien staan!' Hij staat op en loopt naar voren. 'En het swingt niet,' zegt hij met een geheven wijsvinger. 'Geen enkele swing.' Hij zwaait zijn hand heen en weer. 'Het bonkt.' Dan draait hij zich om. 'Waar komen die lui eigenlijk vandaan?'

'Niet uit Den Haag,' zegt Stephan, terwijl hij een borstel door zijn haar haalt. 'Ik dacht Engeland. Ze hebben niet eens een hotel, slapen onder het podium of zo.'

'Rare jongens, die Engelsen.'

'Ik speel niet zo graag in het noordwesten,' mompelt Johan.

'Het noordwesten?' Chris stoot hem plagend in zijn zij.

'Ja. De Britse sector. Vind je ook niet dat de sfeer hier heel anders is? Ruiger ofzo.'

Chris haalt zijn schouders op en loopt als eerste het podium op. 'Guten Abend.' Hij spreekt niet hard, maar houdt zijn lippen tegen de zangmicrofoon. '*Dis ist meine neue Single.* "I Go Ape".'

Stephan grinnikt. Hij tikt langzaam af. Rob speelt zijn volle, gedragen akkoorden. Hij is allang blij dat het nummer op de setlist is gekomen. Chris kijkt tevreden de club rond. Vrijwel alle tafeltjes zitten vol. Hij zal ze eens een poepie laten ruiken hier. '*The moon is bright above...*'

Het publiek reageert enthousiast. Chris ziet de mensen juichen, alsof ze in slow motion bewegen. Op het podium is het alsof de tijd langzamer, intenser verstrijkt. Alsof hij twee keer zoveel ziet, ruikt en hoort als ieder ander. Alsof hij een paar gedachten parallel kan hebben. Focus op de tekst. Geniet van het succes. Kijk die mensen: hun handen gaan naar boven. Hoor ze schreeuwen. Hun handen worden vuisten. Kaarsen op de tafels worden fakkels. Zing door, zing of de duivel je op de hielen zit. Ze zullen je lynchen. '*Rocking from a coconut tree,*' zingt hij. '*Can't you see you bring out the monkey business in me?*' Zijn vingers razen over de snaren. Sneller, sneller. Stephans klappen op de snare klinken als pistoolschoten. *Ranga tanga ring ting tong.* Verjaag ze met de rimshots. Chris' vingers bloeden. Focus. Dat zijn geen bandana's, die mannen dragen een pet. Focus op de muziek!

Van wie Rob het heeft gejat, wil hij niet zeggen, maar het idee was geweldig. Chris keek met bewondering toe hoe hij met een hete spijker vier extra gaten maakte op de schuine kop van de hals van een Fender. Op de brug en de kam vijlde hij met een nagelvijl extra gleufjes en maakte zo plaats voor vier extra snaren. Hij plaatste naast de vier hoogstgestemde snaren dunne mandolinesnaren. Achter op de kop bevestigde hij vier extra stemschroeven. Het resultaat is spectaculair. Zijn solo's klinken twinkelend en helder. De vraag wie de sologitaar speelt, een eeuwige strijd tussen Rob en Chris, lijkt met deze ingreep voorlopig in Robs voordeel beslecht, dat begrijpt Chris meteen. Rob moet zijn gitaar een hele toon lager stemmen en zijn akkoorden transponeren, omdat anders de druk op de hals te groot wordt. Bijna brak de hals van zijn nagelnieuwe Fender Jazzmaster toen hij de extra snaren voor het eerst stemde.

Voor Chris' Jazzmaster vroeg hij de dikste snaren die Hummel in huis had. 'Speel vooral de lage snaren,' zegt hij tegen Chris. Die is niet gewend instructies van zijn jongere broer te krijgen, maar hij begrijpt meteen dat het een goed idee is. Het veel stuwender gitaarspel van Chris en de sprankelende solo's van Rob geven de Rocking Blue Boys een fantastisch geluid.

Johan moet een elektrische bas. De drie anderen zijn het daar roerend over eens. Johan zelf eigenlijk ook wel, maar hij kijkt als een angstig konijn als Rob het hem zegt. 'Ik weet niet of ik dat kan.' Typisch Johan.

'Probeer het,' zegt Rob. 'Het speelt makkelijker. Lichter. Ik denk dat je er heel blij van wordt. En ons bandgeluid wordt er veel krachtiger van.'

Johan koopt uiteindelijk een Fender Jazzmaster-bas. De Fenders zijn allemaal donkerrood gelakt.

'Stephan,' zegt Chris, 'jij moet een nieuw drumstel.'

'Een donkerrood drumstel, gok ik?' Zijn antwoord klinkt laconiek.

Maar Chris gaat onverstoorbaar verder. 'En we hebben nieuwe pakken nodig. Ik zal morgen die kleermaker langs laten komen.'

'Jongens,' zegt Johan ietwat geïrriteerd. 'Deze pakken zijn nog prima. Zullen we eerst alles afbetalen voordat we nieuwe kopen?'

Ze moeten vooruit, volgens Chris. Nieuwe sound, frisse look, afscheid van de oude Rocking Blue Boys. Maar hij heeft geen zin in nog meer discussie. Hij trekt zijn colbertje uit en scheurt onhandig de voering los. 'Dit is kapot. Ik kan toch niet spelen zo?'

34
Frankfurt am Main, 1962

Frankfurt voelt als de tweede thuisstad voor Johan. Allereerst omdat het de stad van Andrea is, maar ook de clubs vormen een soort thuishonk. Soms spelen de Rocking Blue Boys in Weindorf, dan weer een paar weken in de Top Ten Club, om de hoek. Rustig in het begin van de avond, steeds drukker na elven. Elf uur is *Polizeistunde*. Regelmatig komt de politie dan binnen, controleert de persoonsbewijzen en de ongelukkige die nog geen achttien is gaat onverbiddelijk mee in de *Grüne Minna*, het legergroene vw-politiebusje. Tussen acht en elf is het eigenlijk tijdrekken: lange, uitgesponnen versies van langzame nummers, veel solo's en soms roept Rob ineens 'tango' of 'wals'. In de vroege avond leert Johan op technisch gebied veel bij, aan het eind van de avond groeit zijn zelfvertrouwen telkens wat meer.

Ook al is er niemand in de club, de band móét spelen. Herr Grossman is daar zeer uitgesproken over. En hij betaalt er goed voor. De clubs met een Joodse eigenaar betalen grof geld, maar die kunnen het ook makkelijker missen. Joden hoeven bij wijze van wiedergutmachung in Duitsland geen belasting te betalen. Het is nog lang geen elf uur en er zijn niet veel mensen binnen. Als de Rocking Blue Boys net aan het tangodeel van 'Black Eyes' zijn begonnen, ziet Johan een busje voor de deur stoppen. Geen groen, maar een blauw busje met de letters MUSIKHAUS HUMMEL op de zijkant geschilderd. De eigenaar zelf, meneer Hahn, stapt uit en loopt in een kaarsrechte lijn naar Chris toe. Zijn gezicht staat niet vrolijk.

'*Tut mir leid*,' zegt hij en hij pakt de gitaar uit de handen van de zanger.

Johan schiet in de lach. Wat heeft dit te betekenen? Kom op Chris, pak 'm terug. Zo groot is Hahn niet.

'Hij pakt zomaar mijn gitaar!' roept Chris verbouwereerd uit tegen Rob.

Hahn loopt met de Fender in zijn hand door de lege club terug naar de deur. 'Dit was de afspraak. Als jullie niet afbetalen, haal ik de boel terug.'

'Maar wij moeten spelen!' zegt Chris.

'Wacht!' roept Johan. Hij springt van het podium, loopt naar de muziekhandelaar toe en snauwt 'Haal Grossman' naar het podium.

Stephan rent naar de bar en verdwijnt door de deur naast de drankkast.

'Wacht, meneer Hahn. Hoeveel krijgt u precies?'

Grossman telt vloekend een stapel bankbiljetten op de bar uit. Hahn telt nauwkeurig mee en tikt de zijkanten van de biljetten op de bar zodat hij een keurig stapeltje in zijn binnenzak kan steken.

'Jullie zijn weer bij,' zegt hij tegen Johan, en hij verlaat de club.

'Dat was jullie salaris van deze week,' briest Grossman. 'Ik heb nu vijf dagen te vroeg betaald, ik verwacht stipte inzet, anders is jullie contract vroegtijdig ontbonden.'

'Wat gaan we de rest van de week eten?' vraagt Chris.

'Jij houdt je bek,' sist Rob.

Johan loopt terug naar het podium. Ongelooflijk. Alsof ze geen enkel benul hebben van het geld dat ze verdienen en uitgeven. Geen van drieën, maar vooral Chris niet.

Het wordt uiteindelijk een avond als vele andere. De Top Ten Club loopt helemaal vol, er wordt flink gedronken, glazen sneuvelen en sommige gasten brullen '*Kanake*' of 'Inselaffe' naar de bandleden.

Johan weet vaak niet of het baldadigheid, irritatie of plat racisme is. Hij ziet Chris vaak reageren: hij doet alsof hij het weglacht, maar speelt meteen een tandje scherper. Alsof de boosheid na zo'n opmerking er via de gitaar uit kan.

Twee vrouwen lijken het op Chris te hebben voorzien. Ze brengen drankjes naar het podium en een legt zelfs een ingepakt cadeautje voor Chris op het podiumpje. Tegen halfvier lopen de bandleden naar de *Kneipe* om de hoek. Er lopen een paar dames mee onder wie de twee; zij zullen de drankjes betalen, gebaart Chris. Johan ziet gebeuren hoe Chris ladderzat wordt gevoerd.

'Hier, neem dit,' fluistert hij Johan toe. In zijn hand ligt een pilletje.

'Wat is het?' vraagt Johan.

'Neem nou maar, blijf je lekker wakker van.'

Chris met zijn Captagon, denkt Johan. 'Nee, hoeft niet.'

'Jo...' Chris pakt hem met twee handen beet. 'Doe nou. Is goed.'

Johan slaat met een vies gezicht de handen van zijn revers. Chris valt terug in zijn stoel. De meiden giechelen. 'Ik ga,' zegt Johan en hij staat op.

Hij ploft neer op de stoel in zijn hotelkamer. Het is onrustig op straat en ook op de gang van het hotel. Hij hoort geschreeuw, mensen de trap op stommelen. Gegiechel en gemorrel. Dat zal Chris zijn met de twee. Johan merkt dat hij zijn hoofd langzaam schudt terwijl hij naar het gestommel luistert. Als hij nu in een spiegel zou kijken, zou hij vooral de afkeurende blik van zijn vader herkennen...

Wanneer het rustiger wordt, heeft Johan geen enkele zin om zijn bed in te stappen. Hij mijmert over Den Haag. Het wordt hoog tijd zijn moeder een teken van leven te geven. Een belletje of een briefje. En hij zou weleens een echt huisje kunnen huren, in plaats van die kleine kamer.

Dan hoort hij haastige voetstappen en opgewonden gefluister. Johan doet zijn kamerdeur open en kijkt de gang op. Hij ziet de twee meisjes struikelend weglopen. Eén kijkt om en wijst naar Chris' kamer. *'Er hat... Es geht nicht gut. Ihr Freund, er trauert...'* stottert ze, en ze snelt de trap af.

De deur van Chris' kamer staat op een kier. Johan duwt hem open en ziet Chris op zijn bed liggen. Een laken ligt slordig over zijn naakte lichaam heen, zijn schouders schokken, zijn handen bedekken zijn gezicht.

'Hé,' zegt Johan zacht.

Een gierende uithaal volgt. Chris huilt hard en onbedaarlijk. 'Papaaa!' roept hij. Hij trekt zijn knieën op.

Johan staat aan de rand van het bed. Wat moet hij doen? Een hand op zijn hoofd?

'Wat is er?' vraagt hij onbeholpen.

'Papaaaa!' giert Chris nog een keer snikkend. Hij pakt zonder op te kijken de arm van Johan en trekt die tegen zich aan. Na een paar minuten kalmeert hij. Johan ondergaat het, schikt het laken en ook een deken over Chris, die als een blok in slaap valt. Zijn haar ligt als een wilde zwarte aura om zijn hoofd. Hij snurkt luid. Morgen weet hij hier waarschijnlijk niks meer van, denkt Johan. Hij wringt voorzichtig zijn arm los en sluipt de kamer uit.

Op zijn eigen kamer neemt hij een paar slokken water, trekt een schoon shirt aan en glipt dan het hotel uit. De ochtend begint al te gloren, er zingt een merel. Hij zou het wandelingetje inmiddels met zijn ogen dicht kunnen maken. Hij verlangt naar haar en vannacht zeker... Hij kijkt op de stationsklok en constateert dat zijn horloge vijf minuten voorloopt. Links, rechts, schuin oversteken, het smalle straatje in. Dan staat hij ineens stil. Voorzichtig schuift hij half in een portiekje aan de overkant van de weg. Er staat een man met een zwarte baard en een donkerblauw petje op zijn hoofd voor de deur. Die gaat open en in het ganglicht ziet Johan het mooie gezicht van Andrea. *'Hallo Liebe,'* kwijlt de man. Andrea legt haar hand op zijn schouder en begeleidt hem naar binnen. Net voordat ze de deur dichtdoet kijkt ze rond, alsof ze de boel niet vertrouwt, en ziet dan Johan staan. Ze kijken elkaar kort aan, dan draait hij zich met een ruk om. 'Johan?' hoort hij. Of verbeeldt hij zich dat? Hij rent terug de stad in. Het station voorbij. De club voorbij.

Wat dacht je dan? beukt er steeds door zijn hoofd. Waar heb je haar gevonden? Wat dacht je dan?

DEEL 3

35

Bandoeng / Den Haag, 1964

Bandoeng, 2 oktober 1964

Beste Chris,

Dank voor je brief. Het was alweer even geleden, en het was goed om uit het land van onze voorvaders te horen. Het is mooi, bijna ontroerend te lezen hoe je me elke keer weer op een andere manier vraagt om ook naar Nederland te komen. Ik heb er weleens over gedacht.

Ik ben niet zo heel goed in tussen de regels door lezen, maar heb jij het wel zo goed in Nederland? Ik hoor weleens wat: over scheld- en vechtpartijen. Ik hoor dat je op z'n minst een fietsketting bij je moet dragen om veilig over straat te gaan. Ik gun je echt al het goede, mijn beste Chris, maar soms denk ik evengoed: wat moet jij in dat koude, onvriendelijke, vijandige Nederland? Wat heb je aan geld als je het meteen opmaakt? Wat heb je aan welvaart als je ongelukkig bent? Heb jij jouw werkelijke thuis al gevonden?

Ik ben hier geboren, mijn vader is hier geboren, mijn grootvader komt uit Holland. Ik vraag me steeds af wat ik aan die Nederlandse opvoeding heb gehad. Dat belerende van die Hollanders, dat neerbuigende, ik verafschuw het. Ik denk nog steeds dat mijn toekomst hier ligt.

Ik ken de verhalen van de mislukte ethische politiek van Nederland. Maar hoe goedbedoeld ook, die is neerbuigend. Luister maar naar ons, jullie zwartjes, dan zullen wij jullie wat beschaving en welvaart bijbrengen. Zij, wij, we zijn er een tijdlang ingetrapt. Wij hebben het niet makkelijk, met onze lichte tint en onze Hollandse namen, maar ik zie steeds duidelijker de reden. Ik zie steeds beter hoe Nederland Indonesië niet als gelijke ziet. Wat hier werkelijk nodig was, en is, is kameraadschap. Elkaar in de ogen kijken en samen verder komen, als elkaars gelijken. Geen hulp, maar samenwerking.

Er moet nog veel gebeuren, het is spannend en ook veelbelovend. Er is in elk geval al een belangrijke stap gezet in het verbeteren van de relaties tussen Nederland en Indonesië nu Nederland afstand heeft gedaan van Nieuw-Guinea. Ik denk en hoop dat het geweld hier zal afnemen. Dat het deze jonge, nieuwe democratie gaat lukken. Ik heb vrienden bij de PKI, de communistische partij. Daar ligt mijn sympathie ook: uitgaand van gelijkheid.

Stel je voor, Chris: Indonesië een land waarin iedereen gelijk is. Wat een paradijs zal dat zijn! Zou dat niet het land zijn waar jij ook zou willen wonen?

Ik zal je informeren.
Ondertussen verblijf ik met kameraadschappelijke groet,
Hans

◆

Het miezert. Chris zit onder het afdakje bij zijn schuurtje en kijkt via het achterraam zijn Haagse huisje binnen. Klaartje loopt heen en weer. Rob, Stephan en Johan zitten aan tafel. Zijn moeder en oma zitten op de bank. Tante Juul en de ouders van Stephan zitten ook in de voorkamer. Hij ziet hoe zijn moeder opstaat. Klaartje legt haar arm vertrouwd over de schouder van haar schoonmoeder, die een halve kop kleiner is. Ze lachen. De kleine Rogier moet ergens tussen hen in op de grond zitten. Hij wordt vandaag vier. Waarschijnlijk speelt hij met de grote houten kiepwagen die Chris voor hem heeft meegenomen uit Duitsland. 'Dat is toch veel te groot en te duur,' had Klaartje met de hand voor haar mond gezegd. 'Niks is te duur voor mijn zoon,' antwoordde Chris lachend.

Klaartje komt naar buiten. 'Zit je hier?' vraagt ze bezorgd. 'Kom je niet gezellig binnen?'

'Ik kom zo. Even een frisse neus.'

'Een frisse neus? Jij hebt het altijd koud!' Ze geeft hem lachend een zoen op zijn voorhoofd.

Hij steekt een nieuwe sigaret op.

'Allemachtig, Chris!' hoort hij achter zich. Peter staat lachend met zijn vrouw, Hetty, bij het tuinhekje. Het zijn zijn buren. 'Ik zie dat de hele band er is.'

'Hoezo?'

'Vier dikke Mercedessen in de straat. Vier! Lopen is er niet meer bij als je beroemd bent, hè?' Hij geeft Chris een harde klap op zijn schouder. 'Gefeliciteerd met je ventje, man.'

Chris haalt schaapachtig zijn schouders op en ziet dat Johan naar buiten komt. Hij kluift net het laatste stukje vlees van zijn satéstokje en geeft een ander, onaangeroerd stokje aan Chris. 'Die vrouw van jou, die kan het, hoor,' zegt hij vrolijk. 'Of staat jouw moeder hier in de keuken?'

'Ik denk allebei,' zegt Chris. 'Ken je mijn buren?'

Johan, Peter en Hetty lopen naar binnen. Chris voelt de waterdruppels van het berkje dat achter hun tuin staat op zijn knie vallen. Hij herinnert zich de djamboe bol in hun achtertuin in Soerabaja. De boom heeft enorme bladeren en een vrucht met een grote pit, een beetje als een lychee. Zulke prachtige bladeren zie je niet in Den Haag. Langs de Lange Poten in het centrum staan Japanse sierkersbomen, eind april zijn die prachtig roze. Dat is bijna net zo mooi, maar na een paar dagen is de bloesem weg en zijn de bomen weer evenzo onopvallend als alle andere in Nederland.

Hij kluift een stukje vlees van zijn stokje. Heerlijk. De keuken van je moederland kun je meenemen, de warmte, de geuren en de geluiden niet.

Hij zet de kraag van zijn jas overeind tegen het briesje dat hij nu voelt. 'Lieverd, wil jij even wat glazen afwassen?' Klaartje vraagt het vanuit de deuropening.

'Ik? Maarre...'

'Je mag ook Rogier naar bed brengen. Zeg het maar.' Ze staat uitdagend voor hem.

'Oké. Ik spoel wel even wat glazen om.'

Rogier strekt zijn armen uit en laat zich hoog optillen door zijn vader. 'Welterusten papa,' zegt hij met dat lieve stemmetje van hem. Johan drukt hem tegen zich aan en geeft hem een zoen in zijn nek. 'Slaap lekker, boef!'

Even later komt zijn moeder de keuken binnen en pakt de afwaskwast uit Chris' hand. 'Dat kun jij toch helemaal niet,' zegt ze en ze neemt de glazen van hem over.

'Gaan jullie wat spelen zo?' vraagt Klaartje. 'Dat is zó gezellig.'

'Is goed,' zegt Chris. Jammer dat Rogier al op bed ligt. Hij had hem graag op schoot gezet, tussen zijn eigen buik en zijn akoestische gitaar in. Misschien had hij hem al kunnen uitleggen: kijk Rogier, dit is een E. Dan hadden ze samen een liedje kunnen spelen. Rogier met zijn vingertjes langs de snaren, terwijl hij met zijn linkerhand hem helpt om de juiste snaren in te drukken. Dan had hij de zachte Soerabajase wind kunnen horen ruisen door hun kamer en dan zou de *mugimaki* met hen meezingen.

36

Soerabaja, 2005

'Laten we elkaar bij de haven ontmoeten,' zegt de stem door de telefoon. Dit moet Ruud zijn, denkt Chris. Er klinkt iets vaag bekends, maar kun je een stem zevenenveertig jaar lang onthouden?

'Ik kan ook naar jouw huis komen,' antwoordt Chris.

'Ach, ik ben morgen in de buurt van jouw hotel. Ik zal er om tien uur zijn.'

'Ook goed. Tien uur. Tot dan, Ruud.'

'Ridwan.'

'Wat zeg je?'

'Ridwan. Ik ben geen Ruud meer, ik heet Ridwan.'

'O sorry, Ridwan.'

'Salam.'

Chris steekt zijn mobieltje terug in zijn borstzak. Waarom niet bij hem thuis? Dat wilde hij duidelijk niet. Via familie heeft Chris hem gevonden. Ruud de Konink laat zich tegenwoordig Ridwan noemen. Hij veegt het zweet van zijn voorhoofd. Hoe dan ook, hij ziet hem morgen. Kan hij meteen vragen of Ruud weet waar Hans Jozefs is gebleven. Die kan hij nergens terugvinden. Zou die tegenwoordig ook een andere naam hebben?

Een man loopt licht gebogen de lobby van het hotel in. Zijn kleding is ronduit sjofel, een verbleekt geruit overhemd en een iets te ruim vallende kakikleurige broek. Zijn lange haar valt wild op zijn schouders. Chris had hem zeker niet herkend, maar wie komt er anders zo weifelend een hotel binnen?

'Ruud,' zegt hij, en hij steekt zijn hand op. 'Sorry. Ridwan.'

Ruud loopt naar hem toe. Ze begroeten elkaar onhandig. Een hand. Twee bovenlijven neigen even elkaars kant op, maar dan slaat Chris hem met zijn linkerhand op de schouder.

Ze lopen zwijgend de bar van het hotel in.

'Koffie?' vraagt Chris.

'Thee,' zegt Ruud.

'Wat goed je weer te zien. Hoe is het nou?'

Ruud haalt zijn schouders op. 'Jaaaa...' zegt hij schaapachtig.

Als je iemand zo lang niet gezien hebt, versteent in je hoofd het beeld van die persoon, in dit geval van de zeventienjarige jongen die hij goed gekend heeft.

'Ik wil het allemaal weten,' zegt Chris dan opgetogen. 'Hoe het je vergaan is, wat je doet, waar je woont. Allemachtig, bijna vijftig jaar geleden, man!'

Ruud is het eerste levende contact met zijn verleden in Soerabaja.

Zijn oude vriend haalt de schouders op.

'Wat doe je tegenwoordig?'

'Overleven...'

De verbleekte herinnering krijgt weer wat kleur. Ruud was nooit de aanjager van het stel.

Ze gaan zitten aan een rond tafeltje en Ruud steekt zijn hand uit om zijn theekop aan te nemen. '*Tarima gassi*.'

Zonder Chris aan te kijken vraagt hij: 'En wat brengt jou hier, na al die jaren?'

'Ik wilde het land waar ik geboren ben nog eens zien.' Hij twijfelt.

'Je hebt ook amper afscheid kunnen nemen. Je was ineens weg...'

Klinkt daar verwijt?

'Ja. Dat moest. Ik werd bedreigd.'

'Ze hebben je weggejaagd. Dat is genadig...'

'Wat bedoel je?' Chris probeert Ruud aan te kijken. Het is ongemakkelijk stil. 'Misschien wil ik proberen uit te vinden wat er van me geworden was als ik was gebleven.'

Ruud spreidt zijn armen. 'Zoiets als dit.' Hij lacht schor en Chris ziet een zwart gat waar ooit zijn linkervoortand zat. 'En wat doe je in het koude land?'

'Muziek maken.'

Ruud knikt flauw. 'Natuurlijk. Jij was altijd al bezig met muziek.'

'Ik heb een band. Weet je nog dat we bij meneer... Hoe heet hij ook alweer...?'

'Meneer Van Alphen.'

'Meneer Van Alphen! Dat we in zijn tuin speelden? Dat was een geweldige avond, toch?'

Ruud glimlacht. Het lijkt zijn eerste oprechte lach tijdens deze ontmoeting. 'Ja. Dat was mooi.'

'Met Rob. Die zit ook in mijn band. En Hans was er ook bij. Hoe is het met Hans? Zie je die nog weleens? Ik ben het contact verloren.'

Ruud schrikt. 'Hans Jozefs?'

'Ja,' zegt Chris, 'Hans de basman!'

'Hans...' Ruud draait zijn gezicht weg. Het is druk op straat. Het is alsof hij een specifieke auto of brommer zoekt. Dan kijkt hij Chris aan. 'Hans is dood.' Zijn gezichtsuitdrukking verandert geen spier.

'Dood...?' Chris zoekt steun aan de rand van de tafel. Het is alsof iemand uit het niets opdook en hem een rechtse hoek heeft gegeven.

'Hij werd communist. Dat was niet slim,' zegt Ruud. Hij frunnikt met zijn theelepeltje en gooit nog een schep suiker in zijn glas.

'Maar daar ga je toch niet dood aan?' vraagt Chris.

'In Indonesië wel. In 1965 wel.'

'Eh...' Chris probeert zijn gedachten te ordenen. 'Was er toen niet een coup?'

'Precies. De generaalscoup. Dat moet bij jullie toch ook in de krant gestaan hebben!'

Chris denkt na. Die coup, daar hebben ze het wel over gehad indertijd. Maar de krant heeft hij in de jaren zestig niet veel gelezen. Hij was veel te druk met zijn muziek. Politiek was voor de mensen met een vaste baan, die niks anders hadden om zich druk over te maken. En voor de kikkers, die overal een mening over moesten hebben. Chris hoefde niet overal een mening over te hebben, hoefde niet alles te weten, als hij maar wist welke liedjes het goed deden voor een zaal danslustige feestvierders.

'Ik denk het wel,' zegt hij dan. 'Hoe zat het ook alweer?'

'In 1965 was er een crisis in dit land. Nou ja, die staatsgreep dus eigenlijk.' Ruud roert veel te lang in zijn thee. 'Tot de dag van vandaag weten we niet precies wat er gebeurd is, maar er zijn zes generaals vermoord en het leek erop dat de communisten de macht wilden grijpen. Zij vonden Soekarno verschrikkelijk. Corrupt. Onbetrouwbaar. Toen de kruitdampen optrokken, belandde Soekarno op een zijspoor en bleek ineens generaal Soeharto de grote man. Alle PKI-mensen werden gearresteerd.'

'PKI?' Chris leunt met zijn ellebogen op het tafeltje.

'De Partai Komunis Indonesia. Ze werden gearresteerd en uiteindelijk over de kling gejaagd.' Ruud beweegt zijn vlakke rechterhand snel voor zijn keel heen en weer.

'Ga je me nu vertellen dat Hans met die coup te maken had?'

'Neehee.' Ruud lacht schor. 'Ze pakken de zaken hier grondig aan, hoor. Er zijn er veel opgepakt, maar Soeharto speelde de bevolking tegen elkaar uit en er ontstond een heksenjacht op communisten. Het was beangstigend.' Hij schudt langzaam zijn hoofd. 'Er zijn er wel een half miljoen afgemaakt...'

Chris zit met zijn koffie in zijn handen. Hij heeft nog geen slok genomen. 'Maar dat was in 1965, zeg jij. Ik heb halverwege de jaren zestig de laatste brief van hem gehad.' Hij kijkt naar het plafond en ziet de ventilator trage rondjes draaien. Hij wilde dat Hans naar

Nederland kwam, Hans wilde dat Chris naar Indonesië kwam. Na zijn laatste brief heeft hij nachten gedroomd over de zwoele tuin achter hun huis, een drankje onder de papaja, slenteren langs de Kali Mas met oude schoolvrienden, kletsen onder de grote tamarinde, 's avonds een saté van de straatverkoper, hij hoorde in zijn dromen de tokeh en de damalijster. Een hele tijd na die brief wonnen de idyllische beelden het van de verschrikkelijke. Terwijl Hans ondertussen in een nachtmerrie leefde. 'Dit is... Wat is dat onthutsend, zeg.'

'Hij is in oktober, november 1965 gedood. Samen met zijn vader, heb ik begrepen. Maar hij woonde niet meer in Soerabaja. In Bandoeng, daar zat hij. Ik hoorde het pas een paar weken later. We hadden nog wel contact, maar niet zo heel intensief meer.'

'Al dat geweld... Zóveel mensen omgebracht...'

'Chris, er is altijd veel geweld in dit land geweest. Dat weet je toch.'

'Ja. Natuurlijk...' Hij sluit zijn ogen. Woeste pemuda's rennen het huis in. Hij is doodsbang. 'Dat weet ik...' Chris kijkt om zich heen. 'Maar in de jaren zestig? Je maakt toch niet zomaar een half miljoen mensen af? Dat is je reinste genocide.'

'In de jaren vijftig en zestig was het westen doodsbang voor het communisme. Dat was niet alleen hier. Dit kon gebeuren omdat Amerika en het westen een oogje dichtknepen.' Ruud zit nu op het puntje van zijn stoel. Dit is een stokpaardje, dat zie je aan zijn hele lijf. Eindelijk ziet Chris iets terug van de energieke jongen die hij kende. 'Wat zeg ik, de Amerikanen hielpen. Het westen is altijd zó selectief in de verontwaardiging. In de journalistieke aandacht. Wat lees jij over Indonesië in Nederland? Even het grootste en belangrijkste deel van de communisten afmaken. Dat scheelt een tweede Vietnamoorlog, begrijp je wat ik bedoel?'

'Absurd...' stamelt Chris. Hij kijkt rond, wil weg uit de publieke ruimte van het hotel. Hij zou wat graag op een veranda zitten. Achter een huis. Misschien een kokkie tegen het lijf lopen. 'Kunnen we niet naar jouw huis, Ridwan?'

Ruud schudt zijn hoofd. 'Beter van niet...'
Chris staat op. 'Ik wil het echt graag.'
Ruud zucht. 'Goed. Kom dan maar mee.'

37

Heemstede / Stuttgart, 1964

'Jullie bestaan vijf jaar,' zegt Jeroen met een zucht.

Chris schiet in de lach. Hij kan de meest feestelijke dingen melden met de ernst van een dominee die een uitvaartdienst leidt.

Jeroen kijkt hem vragend aan en gaat onverstoorbaar verder: 'Dat lijkt mij een goed moment om een elpee op te nemen.'

Hij heeft gevraagd of Chris en Johan bij hem langs willen komen, omdat hij iets wilde bespreken. 'Iets' is dus een plaatopname. Chris is de onbetwiste leider van de band, maar Jeroen wil altijd dat Johan erbij is als er iets belangrijks besproken moet worden.

Chris zucht nu bijna net zo hard als Jeroen daarnet. 'We hebben al wat singles opgenomen,' zegt hij dan. 'Dat was bepaald geen succes.'

'Omdat dat in een krakkemikkige studio in Duitsland gebeurde,' kaatst Jeroen.

'Maar waarom zouden we het nu doen dan?' vraagt Chris.

'Omdat het niet altijd zo door zal blijven gaan. Omdat het goed is vast te leggen wat jullie kunnen en bereikt hebben.'

'Wat hebben we bereikt dan?'

'Dat weet je zelf ook wel,' zegt Jeroen, maar hij geeft toch antwoord. 'Jullie zijn van een vriendengroepje dat aardig muziek kan maken uitgegroeid tot een belangrijke band die ruim kan leven van de muziek. Jullie hebben alles wat je hartje begeert. Jullie zijn een voorbeeld voor veel andere, jongere muzikanten. Heb je de Engelse groepen niet zien kijken naar hoe jullie het doen? En de jonge jongens in Den Haag?'

Het klopt wat Jeroen zegt. Chris kijkt naar Johan. Dat hebben ze toch maar mooi voor elkaar gekregen. Na al die jaren zijn ze nog steeds bij elkaar.

'Wat denk jij?'

Johan haalt zijn schouders op. 'We zijn er denk ik goed genoeg voor.'

Ze zijn steengoed. Als je zoveel uren met elkaar maakt op een podium, dan kan dat ook niet anders. En ze hebben bakken met geld verdiend. Zoals ze het ook met bakken uitgeven. Drank, een rondje, een rondje voor veel mensen, nieuwe instrumenten, nieuwe kleding, auto's, betere auto's...

'We hebben veel bereikt,' zegt Johan. 'En ik denk dat Jeroen gelijk heeft dat het niet altijd zo door zal gaan. De muziek is aan het veranderen.'

'Wij niet,' zegt Chris. Dan kijkt hij naar Johan. 'Wat is er aan het veranderen?'

'Misschien worden de Engelse bands wel belangrijker...' probeert hij voorzichtig.

'Je bedoelt die bandjes die bij ons komen kijken hoe het moet?'

'Ze kwámen kijken ja...'

'Het gaat er niet om hoeveel lawaai je kunt maken.' Chris snuift. 'Het gaat om wat je kúnt. Ik zie eigenlijk geen bands die beter spelen dan wij.'

'Enfin,' concludeert Jeroen. 'Prima reden dat eens op de zwarte schijf vast te leggen.'

◆

Jeroen loopt als een oude man: zijn schouders hangen naar beneden, zijn hoofd steekt een beetje naar voren.

'Hier is de studio.' Hij wijst.

Achter de heg staat een hypermodern gebouw met een gevel van glas en wit pleisterwerk. Ter hoogte van de eerste etage zijn een f-sleutel, een g-sleutel en een notenbalk verwerkt. De ronde vorm boven de deur doet aan een elpee denken. Johan fluit zacht tussen zijn tanden als hij het gebouw in zich opneemt en volgt dan Jeroen en de rest naar binnen.

De technicus helpt de jongens met het opstellen van de instrumenten. Het is een lange, stille man die secuur werkt. Hij zet de microfoons neer en vraagt de Rocking Blue Boys wat te spelen. '"I Go Ape",' roept Chris en de band zet meteen in. Dit is een geoliede livemachine. Na een keer of vier is de technicus eruit. 'We kunnen beginnen met de opname,' zegt hij. 'Op mijn teken.'

Stephan tikt meteen af.

'Op mijn teken zei ik,' zegt de man streng door het speakertje vanuit de controlekamer. Stephan lacht verontschuldigend.

'Stop maar,' zegt Chris halverwege het nummer. 'Rob. Jouw tape-echo klinkt raar.'

Rob geeft een klap op het apparaat. 'De veer, hij is beetje *rusak*.'

'Ga maar door,' zegt de technicus.

Bij de volgende take vergeet Rob de solo in te zetten. Hij haalt verontschuldigend zijn schouders op.

'Opnieuw!' roept Chris.

De poging daarna speelt Johan het refrein als er nog een coupletje moet komen. Stephan laat kletterend een drumstokje uit zijn handen vallen. Chris vergeet een tekstregel. 'Dat doe ik zo vaak. Op het podium brabbel ik dan maar wat, maar dat gaat nu niet.'

'Pfff. Dit wordt een lange dag,' verzucht Rob. Na negen keer staat het nummer er eindelijk compleet op.

Het is avond als er twaalf liedjes zijn opgenomen. De elf succesvolste uit de Rocking Blue Boys-shows en hun eigen ballade. Rob en Stephan zijn één keer op de vuist gegaan omdat Rob Stephan te ongeconcentreerd vond en Stephan Rob hysterisch.

‘Levert dit eigenlijk nog wat op?’ vraagt Stephan als de mannen het studiogebouw verlaten.

‘Nog niet,’ zegt Jeroen.

‘Hoezo nóg niet?’

‘Als die plaat uitkomt en we verkopen er genoeg, wordt het leuk. Maar je moet het ook zien als een soort staalkaart van wat jullie kunnen.’

‘Man, wat hadden we kunnen verdienen als dit een gewone gig was geweest,’ zegt Chris. Tijdverspilling, zo ziet hij het.

Johan kijkt hem verbaasd aan. ‘Maar dit is toch een mooie, nuttige ervaring?’

Chris schudt zijn hoofd. Een betere muzikale ervaring dan live spelen in een volle club bestaat er niet. ‘Hoe zit het met die klus in Stuttgart, Jeroen?’

Jeroen kijkt Chris even aan. ‘Reken er maar op dat die doorgaat.’

‘Hebben ze gehapt op die dertienduizend die je vroeg?’ vraagt Chris verbaasd.

‘Uiteindelijk wel ja. Gisteren. Na een week pas. Toen heb ik gezegd dat dertienduizend de prijs van vorige week was.’

‘Wat?!?’

‘Het is nu veertienduizend mark,’ zegt Jeroen met een strak gezicht.

‘Sukkel! Je verpest onze carrière nog ’ns op die manier!’ roept Stephan geschrokken.

‘Dus dat is het nu geworden,’ gaat Jeroen onverstoorbaar verder. ‘Jullie zijn geboekt voor zes maanden.’ Hij knoopt zijn jas dicht en loopt naar het busje.

◆

‘Daar zitten we weer,’ zegt Rob. Hij ploft neer op een afgeragde leunstoel in een ruimte achter het podium.

‘Gek eigenlijk toch,’ zegt Johan, ‘zo’n leven waar vrijwel niemand in Nederland weet van heeft. Hoe onze dag eruitziet, welk uitzicht we hebben vanaf zo'n Duits podium...'

'Eh,' zegt Rob, 'een enkele verdwaalde Duitse jongere', hij telt op zijn vingers, 'animeermeisjes, hoeren en soldaten. Heel veel soldaten.'

'Hoelang blijven die Amerikaanse soldaten hier trouwens zitten?' vraagt Johan.

'Hoe kom je daar nou ineens bij,' vraagt Rob lachend.

'Nou. Soms is het net alsof we in de mess van een kazerne staan te spelen.'

'Wees blij. Daarom spelen we hier, slimmerik!' zegt Chris. 'Die houden van rock-'n-roll. Daarom zijn wij het meest in het zuiden van Duitsland, in de Amerikaanse sector.'

'Ja, weet ik ook wel. Maar dat zijn toch een beetje de babysitters, de lui die hier in Duitsland de boel een beetje in de gaten moeten houden. Die oorlog is al vijftien jaar geleden afgelopen.'

'Ik hoop dat ze nog heel lang blijven,' zegt Rob. 'Dat is goed voor de business.'

'Dat zal mijn vader met je eens zijn. Maar dan om een héél andere reden.'

'De oorlog...' bromt Chris.

'Ja. Die is hem niet in de koude kleren gaan zitten. Dat was erg hoor, in Nederland.'

'Veel erger dan in Indië toch?' zegt Stephan. Zou Johan het cynisme horen?

'Wat deed jouw vader eigenlijk in de oorlog?' vraagt Chris dan ineens geïnteresseerd.

'Mijn vader werkt bij de spoorwegen. Toen ook al.' Johan twijfelt.

'En?' zegt Chris ongeduldig.

'Nou ja, de spoorwegen bleven functioneren in die tijd. Mijn vader heeft er wel wat, maar nooit veel over willen vertellen. Ik was te klein. Maar goed, als je de treinen laat rijden, ben je dus een soort medeverantwoordelijk voor allerlei vreselijke transporten.'

Het is even stil, dan gaat Johan verder. 'En toen kwam er een grote spoorwegstaking, eind 1944. Dat was om de Duitsers dwars te zitten bij hun troepenverplaatsingen en zo, toen gingen de Duitsers jacht maken op alle spoorwegmensen.'

'Maar ze hebben jouw vader dus niet te pakken gekregen?'

'Hij dook onder. We hebben hem zeven maanden niet gezien. En omdat de treinen niet reden, en de winter vreselijk koud was, was er al snel een tekort aan alles. Dat is mijn voornaamste herinnering aan de oorlog: kou en honger. En dat mijn vader zo lang weg was.'

'Hij heeft jullie dus een tijd gemist,' zegt Chris. Hij blaast een dikke wolk sigarettenrook uit. 'Is dat de reden dat hij zo overbezorgd is over jou en jouw muziek?'

Johan haalt zijn schouders op.

'Jullie ouders hebben geen problemen met Duitsland?' Hij kijkt naar Chris. 'Of... Sorry, je moeder bedoel ik natuurlijk.' Dan kijkt hij naar Stephan.

'Bij ons ging het meer om jappen dan om Duitsers,' zegt Chris. Hij negeert Johans excuus. 'Maar nu je het zo zegt: ik denk dat er weinig indo's vrijwillig naar Japan zullen trekken.'

'Hoe was het bij jullie dan?' Johan kijkt nu Chris aan.

'Soedah,' zegt Chris. Niet alles weer oprakelen.

'Onze vader heeft toch ondergedoken gezeten?' Rob zoekt bevestiging bij zijn broer. Chris knikt zacht. Ja. Hun vader dook onder.

'Volgens mij,' zegt Rob en hij denkt diep na, 'zijn wij buiten de kampen gebleven. Ja toch?' Hij kijkt naar Chris, maar die laat hem maar vertellen.

'Wat ik weet,' probeert Rob dan, 'is dat mijn vader bij de Braat-machinefabriek werkte. Die fabriek hebben de jappen onbeschadigd in handen gekregen en toen moest mijn vader daar blijven werken. Maar die jappen maakten er natuurlijk oorlogstuig, dus de fabriek is op een gegeven moment gebombardeerd. En bij dat bombardement is mijn opa omgekomen. Die heb ik eigenlijk nooit echt gekend. En nadat die fabriek was gebombardeerd is mijn vader gevlucht en ondergedoken, toch? Anders was hij in een kamp terechtgekomen.' Hij kijkt naar Chris. 'Zo is het toch gegaan?' Hij haalt zijn schouders op naar Johan. 'Mijn moeder wil er eigenlijk nooit over praten...'

Chris haalt zijn handen door zijn lange haar en houdt het als een staart bij zijn nek bij elkaar. Wat weet die jongen ervan... Hun moeder heeft het peutertje Rob zo veel mogelijk ontzien en hij is gelukkig veel vergeten. Hij weet niet meer hoe hartverscheurend hij heeft gehuild, van de honger. Of omdat hij zijn vader miste. Hoe ze met angst in hun ogen gebukt zaten om zich te verstoppen, niet alleen voor jappen, maar ook voor Indonesiërs die het op Indische Nederlanders hadden voorzien.

Wat weet hij nog van de paar keer dat zijn vader stiekem in het donker langskwam? Rob weet niet dat Chris dan bij zijn vader op schoot zat, tussen zijn uitgemergelde lijf en de gitaar op zijn knieën in. Hoe zijn vader dan even troost zocht in zijn muziek en zijn moeder met haar ene arm om zijn middel en de andere om Rob op haar schoot zat. Kijk Chris, zet je vingers maar hier, en hier, en hier. Dat is een E-akkoord. Zachtjes hè.

'Precies,' zegt Chris. 'Zo is het gegaan.'

38

Frankfurt am Main / Den Haag, 1964

'"Twist And Shout". Ik vind het helemaal niks.' Stephan geeft mopperend een roffel op zijn floortom. Johan kijkt geamuseerd naar de drummer, hij is het met hem eens. Ze leerden het liedje van The Beatles en spelen het alsof ze ook uit Engeland komen.

Chris drukt zijn sigaret uit. 'Als je werk wilt houden, dan spelen we dit.' Er is nooit gesproken over een koerswijziging. Het is gewoon gebeurd.

'Maar we kunnen het toch op onze eigen manier spelen?'

'En wat is onze manier dan?'

Stephan krabt even in zijn haar. 'Tsja, eh...' Hij tikt zacht op zijn bekkens. 'Wat minder luid in elk geval.'

Chris negeert zijn antwoord. 'Rob, we hebben VOX-versterkers nodig.'

Rob knikt en glimlacht. 'Raggen.'

Stephan schudt zijn hoofd. 'Kikkers,' zegt hij.

Chris kijkt verward naar Stephan. 'Wat zeg je nou?'

'O, niks. Kikkers.'

'Kikkers?! Ik verstond nikkers.'

'Doe normaal. Kikkers.' Hij houdt zijn handen hoog, alsof hij een verhoogd brommerstuur vastheeft, en draait met zijn rechterhand de denkbeeldige gashendel open.

Stephan is van hen het best thuis in de Haagse jeugdgroepen.

De liefhebbers van rock-'n-roll – waarbij vrijwel alle indojongeren horen – worden daar 'bullen' genoemd. Ze rijden Zündapp-brommers; de jongens hebben een kuif en dragen een strakke broek en een bomberjack, de meiden een petticoat. De 'kikkers' houden van de nieuwe Britse beatmuziek, dragen wijde kleding, zoals een PTT-cape en rijden een Puch met een zo hoog mogelijk stuur. Johan ontwijkt ze het liefst. Als twee groepen elkaar tegenkomen, is het steevast knokken.

De Top Ten Club is nog leeg. Over een halfuurtje gaat hij open. 'Zullen we "Please Please Me" eens proberen?' vraagt Rob. Vanmorgen hebben ze eindeloos geprobeerd het liedje goed te krijgen door te luisteren, de akkoorden te zoeken op een akoestische gitaar, nog eens te luisteren, de tekst proberen te ontcijferen.

'We hebben nog geen harmonica,' zegt Stephan.

'Luister.' Chris staat met zijn gitaar achter de zangmicrofoon. 'Ik doe dat gitaarlickje. Johan, jij doet dat *poi-doe-doe-doe-doe-doe*-basje. Snel. Stuwend. En Rob, jij speelt de melodie van de mondharmonica op je gitaar.'

'Is "Love Me Do" niet makkelijker om te proberen?' vraagt Johan.

'Die is té makkelijk, Johan.' Chris neemt niet eens de moeite zijn kant op te kijken. 'We zouden "She Loves You" kunnen doen, maar ik ken de tekst nog niet goed genoeg.' Hij lijkt hoe dan ook zijn zinnen op een Beatles-liedje gezet te hebben.

Johan pakt zijn bas en Stephan telt af. Het gaat niet slecht, denkt Johan. Hij staat lekker swingend te spelen als Chris met een paar harde dissonante akkoorden het liedje stillegt. 'Stop. Stop even!' Hij beweegt zijn vlakke rechterhand snel heen en weer. 'Johan. Je speelt het veel te swingend. Hou je vingers op dezelfde positie. *Doe-doe-doe-doe-doe*, allemaal dezelfde noten. Niet omhooggaan. Niet gaan wandelen!'

Vijf jaar geleden had Johan dit een fijne aanwijzing gevonden. Nu niet. Het heeft iets saais. Is dit de kant die de muziek op gaat? Hij heeft Engelse bands gezien, platen gehoord, in zijn ogen is het een stap terug. Simpeler, basaler, minder technisch en dat allemaal gecompenseerd met meer volume.

'Allemaal dezelfde noten,' zegt hij. 'Het wordt er niet spannender op, hè?'

'Wat loop je nou te zeiken?' snauwt Chris.

'Vind jij dit leuk?'

'Wat bedoel je?'

'Nou. Dit. Zo spelen? We ontwikkelen ons achteruit.'

Chris zucht. 'Zei de grote manager niet: wie zegt dat je plezier in je werk moet hebben?'

Dat weet Johan ook wel. Spelen in een band is nog altijd leuker dan wissels bedienen in seinhuis Post 1 bij Hollands Spoor.

'We verdienen toch prima?' zegt Rob.

Johan knikt. 'Maar wat heb je aan veel geld als je het meteen weer uitgeeft aan apparatuur, aan een dure auto, aan een uit de hand gelopen avond in de kroeg naast de club... En wat bouw je op als bassist? Je wordt een steeds betere bassist. Maar sta je als vijftigjarige nog steeds te bassen in clubs met hoeren en zeemannen, met baldadige vechtersbazen en flirtende suikerspinnen?'

Chris en Rob kijken elkaar aan.

'Ik zou je geen vijftig geven, hoor,' zegt Stephan.

De lach doorbreekt de spanning.

'Ik dacht dat jij wél inzag dat die Engelse bandjes de toekomst hebben?' Chris slaat hard een G-akkoord aan.

'Maar is dat de toekomst die wij ook willen?' zegt Johan. Is het de toekomst die híj wil? Waarom zou je muziek maken waar je niet gek van bent? Je wilt je ontwikkelen als muzikant, maar dit voelt als een omgekeerde ontwikkeling. 'Allemaal dezelfde noten...' Hij staat klaar voor de volgende poging.

'Rob,' zegt Chris, 'we hebben andere versterkers nodig. We moeten die vox-dingen hebben.'

◆

Johan ligt op zijn rug op het bed in de kamer aan de Van Speijkstraat. Het is vier uur in de nacht, zijn onzichtbare bovenbuurman is ook wakker. Als hij loopt trilt Johans deur in de sponning en daarna hoort hij een plens water door de afvoer langs zijn kamer naar beneden vallen. Het wordt tijd voor een echt huis, denkt hij.

Hij is net terug van een lange avond met Stephan in La Gaité. Daar is het altijd feest op zaterdag. Het bandje was aardig, Nederlandse jongens van wie Johan nog nooit gehoord heeft. Stephan had Johan verteld dat ze regelmatig op de Nederlandse radiostations te horen zijn. Na het optreden waren de zanger en bassist bij Johan en Stephan gekomen. 'Jullie zijn toch van de Rocking Blue Boys?' Ze hadden Johan en Stephan meteen herkend. Johan had een vreemde mengeling van trots en terughoudendheid gevoeld.

'Wij hebben als snotneuzen naar jullie staan kijken,' zei de bassist.

'Klopt,' knikte de zanger. 'Die show in de het Moors Paleis zal ik nooit vergeten.'

Stephan keek tevreden. 'Dank je.'

'We hadden nog nooit elektrische gitaren in het echt gehoord,' zei de bassist lachend. 'Die avond zat zo geweldig in elkaar.'

'Toen ik dat had gezien,' zei de zanger, 'wist ik wat ik wilde. Een bandje. Muziek maken.' Hij zwaaide zijn armen in het rond. 'Maar ik heb jullie daarna ook nog vaak gezien, hoor. Jullie spelen echt véél beter dan wij. En jullie hebben de shów!'

'Ja.' Stephan glimlachte. 'Wij hebben de show. Maar jullie zijn op de radio...'

Johan trekt zijn laken over zijn kin. Eén album opgenomen, met één eigen liedje. Een paar singletjes. Waarom zou de radio de Rocking Blue Boys draaien, als je ook de Amerikaanse originelen kunt laten horen? Waarom zouden jonge mensen naar zijn band luisteren, die Britse bands imiteert, als je ook in het Kurhaus naar The Rolling Stones kunt gaan?

In het halfduister van zijn kamer ziet hij zijn pick-upje op tafel staan. Het is nog steeds zijn eerste en hij denkt terug aan zijn tienerkamer, waar hij zijn eerste rock-'n-rollmuziek verstopte. Hoe hij 's nachts op zijn bed fantaseerde over een kamer, een huis of een leven waarin hij ongestoord naar muziek kon luisteren. Hier kan hij luisteren zo lang hij wil. Zijn leven is vol muziek, of hij nu platen beluistert, een bandje gaat kijken in een kroeg of zelf op een podium staat, het overtreft zijn stoutste dromen. Het overtreft ze flink. En op bed fantaseerde hij om dicht bij een mooi meisje te zijn. Zijn leven in Duitsland, waar hij de meisjes letterlijk voor het uitkiezen heeft, overtreft zijn wildste dromen. Er kwam geen nieuwe Andrea, maar een heel enkele keer ging er wel een van die meisjes mee naar zijn kamer.

Morgenochtend gaat hij naar de kerk van zijn ouders. Als hij op zondag in Nederland is, gaat hij meestal naar de kerk, vaak daarna nog even mee met zijn ouders om daar koffie te drinken. Soms laat hij een paar diensten schieten en doet hij alsof hij nog in Duitsland is. De koffie van zijn moeder op zondagmorgen na de kerk is de beste manier om zijn familie even te spreken. Iedereen is er ontspannen en zijn vader heeft het overhoren van de preek al lang geleden opgegeven. Johan kan vertellen over Hamburg, over de restanten van de kapotgebombardeerde Sankt Nicolaikirche, over het prachtige Rathaus of het havenkwartier, de Speicherstadt, maar niet over de Reeperbahn, de Top Ten Club en de Kaiserkeller.

Zijn vader heeft geen idee hoe het er in Duitsland aan toegaat. En Johan gaat het hem niet vertellen. Niemand in zijn ouderlijk huis heeft ooit geweten van Andrea. Niemand weet hoe Johan zijn zondagen buitenshuis doorbrengt. Jammer, want het zou zo leuk zijn om onbevangen te kunnen vertellen over het succes, over het harde werken, over de twijfel. Als je gewoon kon praten over meisjes. Johan is er bedreven in geraakt de heikele punten te mijden in de gesprekjes thuis. Ja, het gaat goed. Ja, ze werken hard. Kerk? Ja hoor, daar komt hij regelmatig. Onbevangen praten over het succes, over de twijfel, over meisjes, dat gaat niet. Wat de strakke regels en hoge verwachtingen van zijn vader hem hebben geleerd, is keihard liegen, realiseert hij zich. Hij staart naar het donkere plafond. Maar het ligt niet alleen aan zijn vader, denkt hij. Het is ook zijn eigen lafheid de confrontatie niet aan te gaan...

Dan valt hij in een onrustige slaap. Hij droomt dat zijn vader in de Top Ten Club staat. Hij ziet Johan, zegt iets tegen hem, maar hij hoort niks. 'Wat zegt u?' vraagt hij zijn vader, maar die reageert op geen enkele manier op wat Johan zegt of doet. Johan wil een stap dichter naar zijn vader toe doen, maar valt van het podium, in een peilloze diepte. Dan schrikt hij wakker. Tien voor negen. Snel, dan kan hij nog op tijd in de kerk zijn.

Tijdens de dienst gaan de ogen van Johan rond. Er is inmiddels een dominee Fenninga, die wat jonger is dan zijn voorganger De Zoet, maar er beslist geen progressievere ideeën op nahoudt. Dus zoekt Johan afleiding. Wie herkent hij nog? Daar zit de familie Vermeulen. Meneer is geen spat veranderd. Sommige mannen zien er op hun vijfendertigste al uit zoals ze er de rest van hun leven uit zullen zien. Strakke scheiding in het dunne haar, iets te ruim zittend donker pak en een verbeten trekje om de mond. En dat meisje naast meneer Vermeulen? Ziet er goed uit, constateert Johan. Het lijkt of zij hem op deze gedachte betrapt, ineens kijkt ze zijn richting uit. Johan schuift nonchalant zijn blik íéts op. Zij buigt haar hoofd, alsof haar schoenen al haar aandacht nodig hebben.

Regelmatig dwalen zijn ogen af naar het meisje. 'Is dat Eva Vermeulen?' fluistert hij naar Nel, die naast hem zit.

Nel glimlacht. 'Ja. Die is goed opgedroogd, hè?'

'Ken je haar?'

'Ja. Ze is van mijn leeftijd, ik heb met haar op catechisatie gezeten.'

Nel laat er geen gras over groeien. Ze heeft iets gezien en bijt zich vast in het project 'Johan en Eva'. De eerstvolgende keer dat Johan meegaat naar de kerk laat ze hem strategisch voorgaan als ze de bank in schuiven, zodat hij beter zicht heeft op Eva. En de keer daarop heeft zij toevallig net haar oude vriendin Eva op de koffie uitgenodigd.

Johan laat het geamuseerd gebeuren. In hoeveel clubs heeft hij gespeeld, hoeveel aantrekkelijke vrouwen heeft hij ontmoet, hoeveel heeft hij er omarmd? Hij is vierentwintig nu, het wordt tijd voor een serieuze relatie. Het heeft iets comfortabels om met een meisje uit de kerk thuis te komen. Het zal een heleboel ingewikkelde gesprekken schelen en het voelt op een vreemde manier vertrouwd.

39

Den Haag / Frankfurt, 1965

George de Fretes speelt met zijn Royal Hawaiian Minstrels in Den Haag. Chris is toevallig in de stad, dus hij moet erheen. Zoveel live muziek zie je niet als je zelf in een band speelt. Hij verwacht een afgeladen Moors Paleis, maar de zaal is lang niet vol als De Fretes het podium op loopt.

De bandleden dragen kleurige hawaïshirts, die Chris doen denken aan het fleurige beeld dat hij van Soerabaja heeft. George speelt zijn steelguitar vloeiend en zwierig, zoals de bladeren van de palmbomen langs de Kali Mas heen en weer wiegden in de wind. De zangeres van de band zingt de melodieën die zijn moeder vroeger neuriede als ze op het terras achter het huis aan de Speelmanstraat zat. Hij hoort de ruisende tamarindeboom en ruikt de karretjes die saté en soto ajam verkopen.

'*Selamat malam*,' zegt Chris als hij De Fretes na het optreden backstage opzoekt. Goedenavond. De muzikant glimlacht en geeft Chris zwijgend een hand. Hij is inmiddels vierenveertig jaar oud, weet Chris, bijna twintig jaar ouder dan hijzelf. 'Ik heb met u gespeeld in De Kruisberg,' verduidelijkt hij.

'Ach, ja,' zegt De Fretes vriendelijk. Chris vraagt zich af of hij het zich echt herinnert.

'Ik speel nu met een band, de Rocking Blue Boys.'

Nu reageert George helderder. 'Ik heb van jullie gehoord. Het gaat goed, nietwaar?'

'Heel goed. En met u?'

'Het is niet meer wat het was,' zegt George bedachtzaam. 'Hawaïmuziek is niet meer zo populair als vroeger.'

'Maar willen de mensen dan geen kwaliteit meer? U speelt zó geweldig!'

'Ik zou nieuwe stappen moeten zetten.' Hij gaat zitten. 'Maar dat is lastig hoor, als je met de Royal Hawaiian Minstrels speelt.' Hij glimlacht. 'Ik ben denk ik te oud om weer opnieuw te beginnen, een nieuwe band op te richten...'

Chris twijfelt even. 'Waarom komt u niet bij ons spelen?' vraagt hij dan. 'Wij gaan weer naar Duitsland.'

De Fretes staart nadenkend naar het plafond. 'Ik moet nog twee shows spelen met deze groep. Daarna heb ik tijd. Laten we eens kijken hoe het uitpakt.'

Chris balt onzichtbaar zijn vuist van plezier. Zijn held in zijn band.

De volgende ochtend vertrekt Chris naar Frankfurt. De andere leden van de band reageerden wat afwachtend op de aangekondigde komst van De Fretes, maar Chris is ervan overtuigd dat het de band nieuwe energie zal geven.

'Klaartje. Klaartje! Waar zijn mijn rode overhemden?' Chris stormt de trap op.

Klaartje zit op de rand van het bed. 'Die liggen schoon en gestreken naast je koffer, schat.'

'O.' Chris kijkt verstrooid om zich heen. 'Waar dan?'

'Beneden. In de hal.' Klaartje kijkt hem lief aan.

'Wat doe je?' Hij ziet haar tussen stapeltjes kleding. Ze vouwt katoenen luiers netjes in vierkantjes en legt ze op een stapeltje plastic broeken.

'Beetje opruimen...' Ze pakt wat kleine jongensbroekjes van een slordige stapel. Chris gokt dat het kleding is die Rogier een jaar of drie geleden droeg. Ze strijkt de pijpen glad.

‘Ja. Ik zie het. Oud. Gooi maar lekker weg.’

Klaartje staart naar buiten. ‘Zou kunnen...’ Ze vouwt de kleren geroutineerd op, ze hoeft er niet eens naar te kijken. ‘Ja. Nou ja.’ Ze pakt het stapeltje broeken en legt het twintig centimeter verder weer op het bed. ‘Ik doe ze nog even terug in de kast.’

Chris kijkt ernaar, zet dan een stap naar Klaartje en geeft haar een zoen. ‘Nou, dan ga ik maar.’ Ze staat op, loopt met hem mee naar beneden en tilt Rogier op, die net naar boven wilde komen.

‘Papa!’ jammert het kereltje en hij steekt huilend zijn armen naar zijn vader uit.

‘Niet huilen,’ zegt Chris en hij aait hem over zijn bol. Hij kijkt wat onbeholpen naar zijn vrouw.

‘Niet weggaan,’ snikt Rogier.

‘Geef hem maar een knuffel,’ zegt ze. ‘Hij huilt altijd als je weggaat. Gaat wel over.’

◆

Het is in de Weindorf niet meer zo druk als het een jaar of drie geleden zou zijn, maar de club is nog altijd behoorlijk vol als de Rocking Blue Boys er spelen. Chris kijkt tevreden naar rechts. Tussen Rob en hem staat George. Hij heeft een bloemrijk hawaïshirt aan, dat opvalt tussen de donkerrode pakken van de rest van de band. ’s Middags hebben ze kort samen gespeeld, maar echt repeteren vond meneer De Fretes niet nodig. De andere jongens waren absoluut onder de indruk van zijn onnavolgbare gitaarspel en muzikaliteit. ‘Sweet Little Sixteen’ wil hij niet spelen. ‘O nee,’ zei hij en zijn ogen werden groot. ‘Geen s. De s is van sétan, de boze geest, die spelen wij niet.’ George speelt het liefst ballades en geeft Chris en Rob ondertussen zangles. ‘De ene keer gééf je...’ Hij spreidt zijn handen en buigt steeds luider zingend naar voren. ‘De andere keer néém je.’ Hij beweegt terug en zingt zacht. Dynamiek in zang is nooit Chris’ sterkste kant geweest. Hij vindt het prachtig in Georges aanwezigheid te zijn, maar tegelijk lastig om zijn lessen toe te passen op de uptempo liedjes. 'Gééf!' zegt George. 'Ja, gééf. En nu...' Hij stopt met spelen. 'Nu néém.'

Precies, denkt Chris. Zo komen we verder. De band bestaat al zes jaar, maar hij heeft nog nooit les gehad. Deze man weet hoe het werkt.

Het publiek vindt de aanwezigheid van George de Fretes minder spectaculair dan Chris. Het applaus is lauw, er wordt weinig gedanst en zo nu en dan roept iemand '*Rock und Roll!*' of '*Spiel mal etwas schnelles!*' Horen ze dan niet hoe bijzonder dit is, denkt Chris. Dan plaatst hij zijn rechterbeen wat verder naar voren en zet met een razende lick 'Johnny B. Goode' in. Lachend kijkt hij opzij. Rob speelt strak zijn riffjes en George zijn zwierige versieringen. Prachtig, denkt Chris, maar eigenlijk haalt hij zo ook de energie uit het nummer.

◆

'Waar ben jij geweest?' Chris is net wakker en zit met een sigaret in zijn ene en een kop zwarte koffie in zijn andere hand in de ontbijtzaal van het hotel. Johan komt met rode wangen binnenlopen.

'O,' zegt hij, 'de kerk.'

Is het koud buiten of bloost hij een beetje? Gisteren was een uitbundiger avond dan de eerdere, dus dat zal inderdaad zaterdagavond geweest zijn, denkt Chris.

'Aha. Je vader kan weer tevreden zijn.'

Johan kijkt wat gepikeerd. 'Niet als hij weet naar welke kerk ik was,' zegt hij dan zacht en hij schenkt koffie in. 'Ik zat in de katholieke kerk.'

'En daar zou je vader niet tevreden mee zijn?'

Johan lacht cynisch. 'Tuurlijk niet. De paapse mis is vervloekte afgoderij.'

'Paaps?'

'Rooms. Van de paus, de paap.'

Chris schudt zijn hoofd. Klaartje is katholiek gedoopt, haar ouders gaan trouw naar de katholieke kerk, maar zijn vader was hervormd. Toch beschouwt Chris zichzelf als katholiek, vooral omdat dat de omgang met zijn schoonfamilie een stuk makkelijker maakt. 'Is het een ander geloof dan het protestantse?'

'Dat ligt aan wie je het vraagt.' Johan roert in zijn koffie. 'Maar mijn vader vindt van wel.'

'Maar jij niet?'

'Ik denk het niet, nee. Was jij niet officieel rooms?'

Chris grinnikt. 'Officieel wel, ja.'

'Ik weet er eigenlijk niet zoveel van, maar in een roomse dienst bidden ze volgens mij tot dezelfde God, je hoort hetzelfde Onzevader en dezelfde geloofsbelijdenis...'

'Maar er zijn hier toch ook *reformierte Kirchen*? Daar kun je ook heen.'

'Ben ik weleens geweest. Maar zo'n preek in het Duits, dat valt niet mee, hoor.' Johan staat op en schenkt zijn koffie bij. 'Jij?' Dan gaat hij weer zitten. 'Weet je wat zo gek is? Het gaat om precies hetzelfde, maar het voelt compleet anders. Elke protestantse kerkdienst bestaat voor het grootste gedeelte uit een lange preek. Alles draait om wat de dominee te zeggen heeft. Wat hij uit de Bijbel leest, wat hij ons laat zingen, zelfs het gebed is vaak een samenvatting van wat hij in zijn preek zegt. Bij de mis in de katholieke kerk is dat heel anders. De pastoor heeft wel wat te zeggen, maar is met vijf minuten klaar. Ik ging erheen omdat het voor mij makkelijker te volgen is, maar ik ontdek dat ik het ook mooier vind.'

Chris drukt zijn sigaret uit. 'Mooier,' herhaalt hij dan. 'Dan is het toch duidelijk?'

Johan kijkt lang naar zijn koffiekop. 'Misschien wel,' zegt hij. 'Maar daarachter ligt de vraag: is geloof een zaak van je hoofd en hoort daar die rationele benadering bij, of is het een zaak van je hart, en hoort daar een viering bij?'

'Je hart,' zegt Chris. 'Altijd je hart volgen.' Als het alleen om je hoofd ging, zou er toch geen mens geloven?

Johan wrijft met zijn vlakke hand over zijn gezicht. 'Maar ik moest altijd m'n vader volgen.'

Chris hoort niet of hij het meent of dat hij het als een vertwijfelde grap zegt. 'Die vaders van jou.' Hij heeft er een te weinig, Johan een te veel. 'En je lijkt met beide een complexe verhouding te hebben,' zegt Chris hoofdschuddend.

Johan schiet wat onhandig in de lach.

'Vertel eens over die van jou?'

'Dat komt nog weleens,' antwoordt Chris.

◆

'Hé,' zegt Stephan als ze het podium op lopen. 'Waar is George?'

'Die is weer weg,' antwoordt Chris. 'Te veel ballads. Hij vond het zelf ook niet zo'n succes.' Hij dacht dat hij met een grote naam de band nieuwe energie kon geven, maar het werkte niet. George kan geweldig spelen, maar hij is oud nieuws. Dit is niet meer waar jonge muziekliefhebbers voor gaan. Er moet iets gebeuren om de band naar een volgend level te brengen, maar Chris weet niet wat. En opgeven is geen optie. Deze band is zijn leven, de plek op het podium is waar hij zich gezien en geliefd voelt. Hij geeft Stephan een klap op de schouder. 'Wij kunnen het beter met z'n vieren,' zegt hij. 'We zetten er gewoon een tandje bij.'

'Moeten we niet wat meer energie steken in eigen liedjes?' vraagt Johan. 'Dat we niet doen wat iedereen doet, maar een uniek repertoire hebben?'

Chris hangt zijn gitaar om. 'Waarom zo ingewikkeld? De nummers die wij spelen hebben zich bewezen. Die kennen de mensen. We kunnen toch niet de hele avond onbekende dingen gaan spelen?' Hij knikt naar Rob. Spelen. Kom op. Dit moet werken.

'*Spiel die* Rolling Stones!' schreeuwt een man. '*Nein*. Beatles!' lacht een ander hard.

Chris grijpt de hals van zijn gitaar nóg steviger beet. '*Dis ist unsere neue Hit,*' zegt hij. Boos kijken is geen enkel probleem nu. 'The Last Time'. Zo heet die laatste hit van The Rolling Stones toch? Zo moeilijk kan het niet zijn. Rob kijkt Chris vragend aan en Johan kijkt alleen maar naar zijn bas.

Chris zet vol overtuiging in. De a op de D-snaar. Twee fretten omhoog naar de b. Nee, niet goed. Of toch wel. Er sluipt twijfel in zijn spel. Het publiek joelt. Is het enthousiasme of lachen ze hem uit. Kom op. Kan niet anders dan dat het in A, D en E staat. Maar die verdomde riff, die moet anders. Waar blijft Rob? Die moet nu inzetten. Johan pakt een c. Dat kan, maar speel 'm niet in C, F en G, oké? Hij gaat naar een f. '*Well, I told you once and I told you twice,*' zingt Chris. Dat is het toch? Wat nu? Rob is er inmiddels bij, maar Johan speelt nog steeds in een heel andere toonsoort. Chris mist de tweede regel. Het publiek joelt nu echt hard. Stephan maakt met een paar harde klappen op de snare een zeer voortijdig einde aan het nummer. Het zweet breekt hem uit. Totaal mislukt. '*Witz, nur ein Witz, leute,*' roept hij lachend.

'Dis ist "Hound Dog",' roept Rob in zijn zangmicrofoon. '*You ain't nothing but a hound dog,*' blaft hij er meteen achteraan. Chris volgt met een sierlijke rock-'n-rolllick. Morgen nieuwe nummers instuderen.

Terug in het hotel krijgt Chris als hij zijn sleutel ophaalt twee enveloppen mee. Het eerste bericht is van Jeroen. Chris leest het hardop voor aan de anderen: 'Voor over twee weken een goede deal gemaakt. Jullie kunnen de beroemde Everly Brothers begeleiden. Zij komen voor een tour door heel Duitsland, vijftien optredens. Details volgen. Materiaal niet moeilijk, spelen jullie zo. Jullie mogen eerst zelf een uur op.'

'The Everly Brothers. Die zijn echt héél beroemd,' zegt Stephan.

'Spannend,' zegt Rob.

'O,' zegt Johan.

De andere envelop laat hij nog even dicht. Die komt van Klaartje, dat ziet Chris meteen aan het ronde, meisjesachtige handschrift waarmee zijn naam en het adres van het hotel is geschreven. 'Gaan jullie nog mee wat drinken?' vraagt hij.

'Ik zie je zo,' zegt Johan.

Rob haakt ook aan.

Stephan schudt zijn hoofd. 'Te moe.'

'Neem deze,' zegt Chris en geeft iedereen een pilletje. Johan bedankt. Hij neemt er zelf twee. Op zijn kamer maakt hij het envelopje open.

Lieve Chris,

We hopen dat je het goed maakt in Frankfurt. Ik heb me vaak afgevraagd waarom je zo onrustig slaapt. Vanmiddag hoorde ik een gesprek op de radio over de omstandigheden van Nederlanders in Indonesië direct na de oorlog. Je vertelt er nooit over, ik heb het weleens aan je moeder gevraagd hoe dat was, maar ook zij zwijgt daarover. Ik wist niet dat het zo erg was. En ik weet nog steeds niet wat er precies met je vader is gebeurd, maar ik ben geschrokken. Ik wou dat je hier was. Dan kon ik je even vasthouden en een kus geven.

Liefs van Rogier en mij!
Kus kus kus, Klaartje

Chris staart naar het briefje. Hoe lief ook, het is altijd lastig om iets van Klaartje te krijgen als hij in Duitsland is. Het is of ineens het schot tussen zijn twee werelden lekt. Alsof er op het pallet een druppel rode verf in het kloddertje geel valt. Hij vouwt het briefje klein op, stopt het in zijn portemonnee en loopt naar beneden.

Zijn eerste Weinbrand valt niet zo goed. Chris ziet Johan en Rob lachen alsof ze in een vertraagd afgespeelde stomme film figureren. De wand van de kroeg lijkt te bewegen. Nog één drankje. Hij knijpt zijn ogen tot spleetjes als hij het glas in één teug leegt. Hij voelt het zweet over zijn rug lopen. Dan ziet hij uit zijn ooghoeken hoe de vlammen van de haard hoger worden. Tergend langzaam ziet hij de kop van de djaga uit de vuurzee opdoemen. De python slingert zich sissend tussen de stoelpoten zijn kant op. De slang die zijn vader haalde, komt nu voor hem. 'Kijk uit!' Iedereen is in gevaar, maar hijzelf het meest, de python komt voor hem. Hij wil wijzen, maar zijn arm beweegt niet. Het vuur uit de haard breidt zich uit, ze moeten weg uit deze helse plek. Hij wil opstaan, maar zijn benen doen het niet. 'Kijk uit! De djaga!'

Dan voelt hij stevige handen aan beide zijkanten van zijn ribben. De greep van een bassist. 'Chris. Chris!'

Chris probeert zijn ogen open te doen.

'Er is geen slang. Kijk. Geen slang. Zie je wel? Geen sétan, geen djaga! Alleen jij en ik.'

Johan, denkt hij, wat een held. Hij heeft de slang verjaagd. Die stille kracht heeft de slang overwonnen. Hij draait zijn gezicht langzaam naar zijn vriend. 'Dank je,' zegt hij zwak.

40

Stuttgart, 1965

'Hoorde je ze daarnet?' Johan knikt naar de achterdeur.

'Nee. Wie?' Chris haalt zijn schouders op.

'Die Amerikanen. Staan daar een potje meerstemmig te zingen, idioot goed.'

Chris neemt een laatste slok uit zijn bierflesje. 'Wat bedoel je nou? Moeten wij alle vier met elkaar gaan zingen? De Rocking Blue Boys zijn The Four Seasons niet.'

Nee. We zijn een begeleidingsband geworden, denkt Johan. We touren met Amerikaanse sterren, The Everly Brothers, die wél een eigen repertoire hebben, die op de radio worden gedraaid en de hitparades halen. Zoals hij ook in Nederland ziet dat de eerste beatbandjes hits scoren met zelfgeschreven liedjes.

Deze maand in Duitsland openen de Rocking Blue Boys de avond. De zaal is maximaal halfvol. Na een klein uurtje komt de hoofdact. Dan stapt Chris terug van de zangmicrofoon en speelt de band een reeks liedjes als 'The Price of Love', 'Wake Up Little Suzie' en de grootste hit 'Bye Bye Love'.

In de Engelse sector valt de set van de Rocking Blue Boys nooit echt goed. Dat moet Chris ook zijn opgevallen.

'Weet je hoe die Engelsen onze muziek noemen?' vraagt Johan.

Chris haalt zijn schouders op.

'*Clicky clacky music*. Dan zingen ze wat dreinerig *Ta-da rak tak tak, ta-da rak tak tak*.'

'We moeten hier ook meer Beatles-liedjes spelen. En The Who.' Chris staat op. 'En ik zal je nog wat zeggen.' Hij wijst naar Johan. 'Onze show redt ons.'

De show van de groep blijft goed. Maar toch is er, zonder dat er al te veel woorden aan zijn vuilgemaakt, aardig wat veranderd in de laatste maanden. Ooit haalden ze hun neus op voor de Beat Brothers. Nu zetten The Beatles de hele muziekwereld op zijn kop. En de Rocking Blue Boys lopen er als kippen zonder kop achteraan.

Het was even puzzelen voor Chris en Rob, maar ze hebben dat luide, kapotte geluid dat de Engelse muziek karakteriseert, inmiddels helemaal te pakken. En ze gaan er net zo makkelijk in op. Chris zet zijn plectrum weer dwars op zijn lage E-snaar. Zijn beroemde straaljagergeluid. De straaljager die te veel risico neemt, te laag gaat en met een klap je huis binnenvliegt. Sta je net lekker je brommertje te poetsen, hoor je dit en het volgende moment ben je dood. Het is een indringend geluid en het klinkt over de VOX-versterkers *distorted* en snoeihard. Sinds Chris en Rob die versterkers gebruiken, vindt Johan het een angstaanjagend geluid.

'Na de show zitten de jongens alle vier met een biertje in de kroeg schuin tegenover de club. 'Gaat het, Johan?' vraagt Stephan.

'Hoezo?'

'Je bent stil. Veel stiller dan anders.'

Johan haalt zijn schouders op.

'Ja man,' valt Rob hem bij. 'Wat is er met jou?'

'Ik weet het niet.'

'Je hebt er toch nog wel zin in, hè,' zegt Chris. 'Je speelde mat vanavond. Het heilige vuur leek weg.'

Het heilige vuur. Johan kijkt stil voor zich uit.

'En dat terwijl jij,' gaat Chris door, 'er zóveel voor over hebt gehad om dit te doen. Van ons alle vier was jij de meest onwaarschijnlijke muzikant.' Hij schudt zijn hoofd. 'Ik snap het gewoon niet.'

'Dat is het niet,' zegt Johan langzaam.

'Ben je dan gewoon conservatief?' vraagt Chris.

'Chri-his...' Stephan spreekt het uit alsof hij Chris' moeder is.

'Is toch zo? Misschien trekt hij de veranderingen niet?'

'Doe normaal,' bijt Johan terug. 'Ja, ik heb van thuis een berg conservatisme meegekregen, maar ik vind niet dat ik conservatief ben.' Hij drinkt de laatste helft van zijn bier in één teug leeg. 'Maar niet alle veranderingen zijn verbeteringen. Ik ben gék op muziek. Soms wilde ik dat dat niet zo was. Het zou mijn leven makkelijker en overzichtelijker maken. Alleen geloof ik dat ik niet zonder kan.'

Stephan geeft hem een bemoedigende en iets te harde pets op zijn schouder. 'Goed zo.' Hij lijkt al aanstalten te maken op te stappen.

'Maar juist omdat ik er zoveel van hou,' vervolgt Johan, 'ben ik kritisch op wat we doen. Ik denk dat dat het is. We zijn vanzelf Engelse muziek gaan spelen, we zijn geleidelijk minder de headliner geworden en begeleiden steeds meer. En ik weet niet zeker of ik dat zo graag wil.'

'Laten we sowieso aan Jeroen vragen of hij ons niet meer boekt in de Engelse sector,' zegt Rob. 'Niks aan. Die mensen kunnen niet dansen. Ik heb gehoord dat er in Scandinavië veel vraag naar onze muziek is.'

Hij staat op en pakt Johan bij zijn schouder. Stephan volgt en de twee lopen de kroeg uit.

Chris bestelt nog twee biertjes.

'Er is nog zoveel meer dan die Engelsen,' zegt Johan. 'Die nieuwe jongen, Bob Dylan. Die vind ik interessant.'

'Dat swingt niet,' zegt Chris.

'Nee. Maar het heeft wat. En hij zingt teksten die ik kan verstaan. Het gaat ergens over. Het lijkt belangrijk. Of Sam Cooke. Heb je daar weleens wat van gehoord? Geweldige liedjes, en als hij een ballade zingt, man... Dat gaat door merg en been.'

'We kunnen wel wat van hem gaan doen...'

'Oké...' zegt Johan weifelend. Hij kijkt om zich heen. Hij pikt de professionals er zo uit: collega-muzikanten uit de clubs in de buurt, de animeermeisjes die klaar zijn met de werkdag, de hoeren die geen werk meer gaan vinden deze nacht.

'Ik zou ook wel wat vaker bij Eva willen zijn,' zegt hij dan en hij voelt dat zijn gezicht rood wordt. Hij wil niet dat Chris twijfelt aan zijn inzet. 'Ik weet niet hoe jij dat ervaart met Klaartje, maar ik vind het niet meer leuk om steeds zo lang weg te zijn.'

Chris negeert de Klaartje-opmerking. 'Dus het is serieus met Eva?'

'Jazeker. Als we over twee weken weer in Nederland zijn gaan we ons verloven en ik wil dan meteen een trouwdatum plannen.'

'Je laat er geen gras over groeien.'

'Nee. Deed jij toch ook niet?'

'Ik had mijn reden...' Chris steekt een sigaret aan.

Johan mompelt een sorry. Chris wuift die weg.

'Ik ben al vijfentwintig. Het wordt weleens tijd.'

'Is dat de reden?' Chris speelt nonchalant met zijn sigaret.

Johan zwijgt.

'Misschien moeten we wat shows in Nederland gaan doen. Fris in een nieuwe omgeving. Daar kunnen we die grote band zijn, die jarenlang in Duitsland speelde. En dan kunnen we spelen wat we willen. We zullen ze 'ns laten zien hoe goed onze show is.'

41

Stuttgart, 1965

'Wat heb jij gedaan?' vraagt Chris als Johan binnenkomt. Hij heeft hem de hele dag niet gezien en ze moeten zo spelen. De band zit in de provisorische kleedkamer. Er staan een lederen bank, twee identieke fauteuils en een oude salontafel. De voeten van Chris liggen op een bierkratje.

'O,' zegt Johan luchtig. 'Ik heb een wandeling gemaakt.'

'Hier? In Stuttgart?'

'Ja. Ik had gehoord dat hier een Trümmerberg is.'

'Een wat? Heeft je vader je weer een brief geschreven?'

Stephan schiet in de lach.

Johan wordt een beetje rood. 'Een Trümmerberg is een puinberg.' Hij ploft neer op de hoek van de bank. 'Deze halve stad is platgegooid in de oorlog. Na de oorlog hebben ze al dat puin op een grote berg gegooid. De Birkenkopf. Er is er geloof ik nog een. Bizar gezicht. Echt een enorme berg. Je ziet er gewoon stukken van muren en zo liggen...'

Hij kijkt op en ziet dat de andere drie geamuseerd naar hem kijken. Johan kijkt ze een voor een aan. 'Wat is er nou?' Hij staat op om zijn pak aan te trekken. 'Dat vinden jullie misschien gek, maar ik vind het fijn om iets van mijn vader te horen over iets wat met de oorlog te maken heeft. Ik bedoel, ik weet wat er toen ongeveer gebeurd is, maar hij zegt er niet graag iets over.'

Chris voelt dat hij naar hem kijkt, maar hij heeft geen zin om om te kijken.

'Hoe zat dat bij jullie?' vraagt Johan dan. 'Hoorden jullie van je moeder wel iets over de oorlog?'

Chris haalt diep adem. 'Wij mochten er thuis niet over praten,' zegt hij uiteindelijk, terwijl hij zijn sigaret tegen de zijkant van zijn stoel uitdrukt.

Rob schudt zijn hoofd. 'Ik heb het ook nooit geprobeerd.'

'Je zult het je amper kunnen herinneren... Jij was vier, ik net zes.'

Rob haalt zijn schouders op.

Johan weet niks van wat er gebeurd is, Chris is zich dat bewust. Hier in Nederland leren ze op school niks over de dagen na de oorlog. 'Wanneer is de oorlog afgelopen?' vraagt hij aan Johan.

'5 mei natuurlijk,' antwoordt die.

'15 augustus,' zegt Stephan. Hij klinkt kortaf en voelt waarschijnlijk op dit moment dezelfde irritatie als Chris. Johan kijkt Stephan vragend aan.

'Op 15 augustus capituleerden de jappen. Toen was voor ons de oorlog pas afgelopen.'

Johan mompelt bijna onverstaanbaar 'sorry' en begint zijn knoopjes dicht te doen. 'Dus toen begon bij jullie pas het bevrijdingsfeest?' Hij staat even rechtop en staart met een gelukzalige glimlach voor zich uit. 'Dat weet ik nog goed...'

'Het is maar wat je feest noemt,' zegt Stephan. Hij kijkt naar Chris. 'Jullie zaten ook in Soerabaja toch, toen?'

Chris knikt. Johan kijkt verstoord op.

'Het was verschrikkelijk,' zegt Stephan. 'De jappen hadden zich overgegeven en toen moesten de Nederlanders eraan geloven. Die pemuda's...' Hij zoekt naar woorden.

'Pemuda's?' vraagt Johan.

'Jonge rebellen. Ze pakten alles waar ze je mee konden doden. Geweren, messen, bamboesperen... Ze hebben er zo veel afgemaakt.'

'Is je vader toen overleden?' vraagt Johan aan Chris.

Chris kijkt naar hem, door hem heen. Hij zegt niks.

'Wij hebben het overleefd omdat we in een kamp werden opgesloten,' zegt Stephan. 'De oorlog voorbij, maar in een kamp.'

'Wij toch ook, Chris?' zegt Rob. 'Ik weet er niks meer van, hoor.'

'Klopt,' zegt Chris. 'Het was te gevaarlijk, maar uiteindelijk was ook het kamp niet veilig. Toen zijn we naar de haven gebracht.' Hij neemt een slok van zijn bier. Misschien is het goed als Rob ook eens hoort hoe het zat. 'Ik weet nog dat we heel snel in vrachtwagens moesten klimmen. We hadden onze strozakken bij ons. Op een gegeven moment was er geschreeuw en moest onze auto ineens stoppen. Een paar mensen zijn in paniek de vrachtwagen uit gerend, die hebben we nooit teruggezien.'

Hij steekt een nieuwe sigaret aan. De woedende boze mannen met ontblote bovenlijven, ingesmeerd met olie, gewapend met speren, messen en kromzwaarden rennen nog regelmatig 's nachts op hem af. Als hij zijn hoofd in zijn kussen drukt, is het alsof hij weer wegduikt bij zijn moeder, te bang om te kijken.

'Net op tijd ging onze legertruck weer rijden. Weet jij er helemaal niks meer van, Rob?'

Rob schudt langzaam zijn hoofd. 'Ik herinner me vuur. Iets stond in brand. Ik weet niet wat.'

Chris lacht schor. 'Jij hebt denk ik de hele rit met je hoofd onder moeders rok gezeten. We kwamen op een gegeven moment bij de haven en zijn met een boot weggegaan. Naar een andere stad. Semarang of zo. En later naar Jakarta.'

Johan kijkt met grote ogen naar Chris. 'Ik dacht dat het in Nederland erg was geweest... Tijdens de oorlog dan. Maar dit...'

Chris knikt naar Johan. 'Je hebt je overhemd scheef dichtgeknoopt.'

Johan frunnikt aan zijn knoopjes. 'En in Jakarta waren jullie veilig?'

'Ja. Een jaar later zijn we teruggegaan en konden we na een tijdje in Soerabaja weer naar school.' Hij kijkt naar Stephan. Jij ook zoiets?

'Ook naar Jakarta,' vult Stephan aan. 'En daarna pakte iedereen z'n leventje weer op. En er werd weer gedanst in de Simpang Club...'

'Precies,' zegt Chris. 'We moeten muziek maken.' Muziek maken helpt je vergeten.

Hij staat op en loopt naar het toilet. Even alleen. Als hij zit sluit hij zijn ogen. Het is warm. Zijn moeder huilt. Hij rent achter een truck aan. Hij moet hem inhalen. Maar wat hoort hij? Schoten? Of zijn het ontploffingen? 'Papa!' schreeuwt de kleine Chris. 'Papaaa!'

Er wordt hard op de deur gebonsd.

'Chris! Chris!' Rob beukt met zijn vuist op de toiletdeur en trekt aan de klink. 'Chris, doe open verdomme!'

42

Den Haag, 1965

Het is fijn om weer in Nederland te zijn. Johan loopt samen met Chris naar de stad. Morgenavond geeft de band een concert in Den Haag. Dat zou vroeger een reeks shows geweest zijn, alles wordt anders.

'Komt jouw vader eigenlijk ook kijken?' vraagt Chris.

'Huh? Nee joh!'

'Mijn moeder komt wel. Klaartje ook.'

'Mijn vader zal echt nooit naar een rock-'n-rollconcert gaan. Dat is ondenkbaar.'

'Ook niet om te kijken wat zijn zoon nou kan, waar hij al dat geld mee verdient?'

Johan schudt zijn hoofd. Hoeveel vaders zouden er zijn die niets van het werk van hun zonen willen weten?

'Maar heeft hij je dan, eh...' Chris steekt zijn sigaret aan. 'Heeft hij je dan verstoten of zo?'

'Nee...' Als je nergens meer over spreekt wat je écht bezig houdt, als je niet meer kunt vertellen wat je echt beroert, wat ben je dan eigenlijk van elkaar? 'Niet verstoten, nee.' Maar er is toch wel affectie of zoiets? En dan zegt hij veel beslister: 'Nee.' Wat zou je moeten doen om verstoten te worden, dat je vader je niet meer wil kennen? 'Zou jij je dat kunnen voorstellen? Dat je Rogier ooit verstoot? Dat je zegt: bekijk het maar, ik wil niks meer met je te maken hebben? Dat kan toch niet?'

'Nee. Je kind blijft altijd je kind. Dat is een natuurwet die niet te veranderen is.'

'Precies. Het heeft jouw DNA. Wat zou een kind kunnen doen om niet meer je kind te zijn?'

Johan heeft er de laatste tijd wel vaker aan gedacht. Je kunt als ouder niet zeggen: jij bent mijn kind niet meer. Je kunt als kind niet zeggen: jij bent mijn vader niet meer. Of mijn moeder. Je kunt het niet uitmaken met je vader, zoals je je verkering kunt beëindigen. Rogier zal niet kunnen zeggen: je was er wel heel weinig, pa, ik neem een andere. Je kunt ervoor kiezen amper een betekenisvolle relatie met je vader te hebben. Of dat kan je overkomen. Maar die man die liever met treintjes op zolder fantaseert over de grote buitenwereld dan dat hij erin stapt, die man is en blijft je vader.

God is groter en ruimhartiger dan mensen. Hij is de liefde zelf. Dus wat moet een kind van God, de modelvader, doen zodat Hij zegt: ja, ho eens even, nou ben ik jouw vader niet meer, hoor. Soms moet je de woorden uitspreken om de gedachte echt te laten zijn. Alsof sommige dingen pas bestaan als ze gezegd zijn. Of in elk geval pas consequenties krijgen als ze gezegd zijn. Liefde bijvoorbeeld. Zo wil hij nu voor zichzelf woorden geven aan de gedachte dat God misschien wel minder streng en rücksichtslos is dan zijn eigen vader en de dominee hem steeds inprenten: de God die goddeloosheid en ongehoorzaamheid straft met een eeuwigdurende brandende hel. Hoe kan een genadige Vader genadeloos afstraffen? Het is alsof de knipperende gloeilamp in Johans hoofd ineens aangedraaid wordt en helder licht geeft. De enorm bevrijdende gedachte dat het allemaal goed komt.

'Nee,' zegt Johan, 'hij verstoot me niet. Maar hij zal er ook niet zijn. Mijn moeder ook niet. Nel misschien, ik denk dat Nel en Eva komen.'

◆

De rij voor de deur is lang. De hoek om, langs het grote, vervallen Hotel des Galeries, de Gevers Deynootweg over en dan de hoek om. Johan zet zijn Mercedes pal voor de deur. Hij schudt zijn hoofd. Oké, het is maar voor één avond en zo'n lange rij mensen voor de Rocking Blue Boys zie je alleen nog in Den Haag, maar het blijft bijzonder. Sheherazade zal mooi vol zijn vanavond. Jeroen heeft er zijn handen vol aan gehad. Hij heeft een vorstelijke vergoeding losgepeuterd, maar hij heeft veel werk moeten steken in de publiciteit. De stad hangt vol posters. 'Net terug van buitenlandse tournee' is de wervende tekst die hij erop liet zetten. Johan had Chris aangestoten toen hij de poster zag. Chris was tevreden, Johan wat minder. Hij staat op de foto met zijn benen wijd, zijn Fender-bas op zijn heup naar boven gericht. Chris staat schuin voor hem, zijn benen nog wijder, de hals van zijn gitaar vlak boven de grond. De foto is drie jaar oud, ouderwets, vindt Johan.

Hoe opwindend de gedachte van een optreden voor thuispubliek ook is, Johan is er niet gerust op. Gehaast wringt hij zich door de deur, hij knikt kort naar de dame bij de kassa, neemt het trapje naar beneden met twee treden tegelijk en loopt meteen door naar de kleedkamer. Eva komt, die gaat hem voor het eerst zien spelen. Nel ook. Maar stel je voor dat het ondenkbare gebeurt, dat zijn vader komt. Hij schiet in een zenuwachtige lach bij die gedachte: zijn vader in een donker pak met uitgestreken gezicht tussen de opgewonden, jonge gezichten die hij meestal ziet vanaf het podium, de gedachte is even beangstigend als komisch.

'Moet je poepen of zo?' vraagt Stephan.

'Nee man. Hoezo dat?'

'Je loopt de hele tijd heen en weer. Ga even zitten.'

Johan haalt zijn schouders op en gaat zitten. Een moment overweegt hij Stephan in vertrouwen te nemen. Dan staat hij weer op. 'Ik ga even mijn bas stemmen.'

Johan tuurt stiekem van achter het podium de zaal in. De mensen kijken verwachtingsvol, lachend naar het podium. Hij ziet zo snel niemand die hij kent. Ze zouden waarschijnlijk helemaal achterin staan. Eva. Hoe zou zij het vinden? En zijn vader. Hij zou niet alleen een donker pak aanhebben, maar ook een hoed dragen. Zo weinig mogelijk van zichzelf laten zien in deze poel des verderfs... Het gaat niet gebeuren, hij komt echt niet, waarom voelt hij zich zo ongemakkelijk? Alsof zijn vader fungeert als de extra ogen van de Heere. Alsof de Almachtige niks kan zien in Duitsland, maar hier een nauwlettend oogje in het zeil zal houden.

Als de band opkomt, volgt een hartelijk applaus en vrolijk gejuich. Bij het derde nummer beweegt Rob zich al spelend langzaam naar Johan. Chris heeft hem al een paar keer aangekeken, maar Rob wil echt contact. 'Kom op, man,' zegt hij net hard genoeg. Hij neemt precies dezelfde houding aan als Johan. Zij aan zij staan ze, Rob zakt iets door zijn knieën, Johan volgt hem vanzelf. Rob speelt zijn vlammende licks en knikt zijn hoofd steeds op de tweede tel naar voren, Johan doet hetzelfde. 'Kom op,' zegt Rob. 'Geniet!'

Als het nummer is afgelopen, kijkt Johan nog eens goed de zaal in. Buiten liggen jongens voor de getraliede ramen. Ze kunnen zo gratis meekijken en -luisteren, maar hun plek is niet benijdenswaardig. De lucht van het bier zal onaangenaam zijn, en er walmt zoveel sigarettenrook naar buiten, dat hun gezichten van binnenuit mistige geestverschijningen lijken.

Rob zet het volgende nummer in. Chris legt er strak zijn pulserende akkoorden onder. Dit is 'Black Eyes'. Stephan en Johan moeten zo invallen, dan gaat het nummer helemaal los. Johan kijkt naar de drummer. Die kijkt met een stralende lach terug. Zo ziet genieten eruit. Hij maakt niet de minste aanstalten zo in te vallen. Johan doet het ook niet. Chris kijkt om en lacht. Nog een keer die riff. Alsof er nóg meer energie in zit deze keer. Het publiek voelt de muzikale spanning en joelt. Stephan houdt zijn drumsticks in de lucht.

Johan houdt de hals van zijn bas omhoog. Stephan slaat twee keer op zijn snare. De klappen klinken precies als het zendingsbusje dat Johan jarenlang op zaterdag op en neer schudde als de voordeur van een van de kerkleden openging. En daar is de ritmetandem. Halverwege weer die opwinding als de ballade overgaat in een dubbel tempo. Sheherazade ontploft, het publiek krijst en klapt en Johan doet zijn ogen even dicht. Je mee laten voeren door de muziek, het is het fijnste wat er is. Soms kost spelen geen enkele moeite, soms vinden de vingers vanzelf de goede plek op de hals, slaat of plukt de rechterhand precies op het goede moment de snaren. Net íéts te laat, een beetje hangend zonder de boel te vertragen. Je kunt het niet uitleggen, je kunt het alleen voelen. Je kunt er niet naar op zoek, het is er of het lukt niet. Dit is het opperste geluk. Als je erover na gaat denken is het raar: hoe kun je zo genieten van muziek, het zó mooi vinden terwijl je het zelf staat te spelen?

Het applaus is overweldigend. Johan richt zijn hoofd op en kijkt ineens in een wit spotlicht. Dit is goed, denkt hij. Echt goed. Niet zomaar goed gespeeld, of een goede avond, nee, dit is het! Hij voelt het warme licht op zijn gezicht. Alsof iemand een steen door de vervuilde ruit gooide. Je denkt steeds dat het licht door dat venster valt, maar nu er een gat in zit, zie je pas hoe smerig en ondoorzichtig dat was. Er is ineens een klein stukje lucht zo helder blauw als het blauw op het Buddy Holly-album, en een frisse, lichte zonnestraal van inzicht valt door het gat. Hoe kan iets wat je een fysieke ervaring van geluk geeft, iets waardoor je je bijna letterlijk opgetild voelt, in de aard niet goed zijn? Hoe kun je geloven in een Maker van alles, maar een van zijn mooiste vindingen in het rijk van de grote verleider, de slang, indelen?

Johan zwabbert zijn rechtervoet over het podium, alsof hij met één haal een slang voor zijn voeten wegveegt. Hij recht zijn schouder en kijkt lachend naar Rob. Goed zo, knikt die. Vanavond klopt het: muziek, God en zijn lief. Het is schitterend. Er ontbreekt er één voor de perfectie.

43

Soerabaja, 2005

'Hier is de kampong,' zegt Ruud, en hij sloft rechts de weg af. Hij wacht niet op Chris en loopt gewoon door. De huisjes zijn klein, de wegen onverhard. Er scharrelen honden op straat, kinderen zitten te spelen bij een vuilnisbak. Ruud loopt zwijgend door met Chris naast hem. Dit moet een korte route zijn.

Dan stopt Ruud bij een klein huisje. Aan de voorkant zijn geen ramen, alleen een deur. Hij staat op een kier. Ruud zucht en duwt de deur open. Er fladdert een kip op. 'Welkom in mijn huis,' zegt hij dan. Het klinkt bijna cynisch.

'Maar...' Chris twijfelt. 'Je bedoelt dat je hier woont?'

Hij kijkt naar binnen. Het hele huis is niet groter dan vier bij vier meter. Er staat een bed in de ene hoek, een gietijzeren fornuisje in de andere. Aan de zijkant is één raam. Het is eigenlijk meer een gat in de muur. Er staan twee stoelen en op een kistje tegen de muur staat een bolle tv. In het midden van de ruimte hangt een peertje. Ruud knipt een knopje naast de deur om. Het ziet er levensgevaarlijk uit. De kans dat de elektriciteit via je arm je lichaam in stroomt lijkt even groot als de kans dat die voor de kronkelige weg naar het gloeilampje kiest. Er gebeurt niks. Ruud knipt nog twee keer. 'Verdomme,' mompelt hij. Hij haalt verontschuldigend zijn schouders op naar Chris. 'Stroom is hier meer een gelukje dan een recht.' Hij duwt de deur wijd open, zodat er wat meer licht binnenvalt. Hij rommelt wat met blikken potten bij het fornuis en vindt een ketel. 'Wil je thee?'

Chris staat bij de deur. Dit is geen plek om het koude biertje waar hij nu zin in heeft te bestellen. 'Graag,' zegt hij.

Ruud knikt naar de minst gammele van de twee stoelen.

Hij doet een stap naar binnen. 'Ridwan...' zegt hij dan.

'Wat is er met jou gebeurd?' vult die aan.

Chris staart zijn oude vriend aan en knikt langzaam. Wat is er tussen die zwoele tropische tuin, een huis met een kokkie en een baboe en deze hut gebeurd?

'Jij bent precies op tijd weggegaan.' Ruud heeft zijn fornuis aan gekregen en vult de ketel met water uit een emmer. 'Precies op tijd.' Hij blijft bij het fornuis staan. 'Mijn vader had niet zo'n goeie baan als de jouwe.'

'Maar... Maar dat was vér voordat wij weggingen.'

'Dat weet ik. Maar de fabriek zorgde voor jullie. Mijn vader was een ambtenaartje. Iets administratiefs. 's Morgens was er nog niks aan de hand, 's middags kon hij naar huis en hoefde nooit meer terug te komen. Zijn laatste salaris heeft hij ook nooit meer gehad.' Hij zucht. 'Nou ja. Ze moesten de blanda's niet. Dat weet je.'

'Waarom zijn jullie gebleven?'

'Mijn vader was een warga negara. Hij had de Indonesische nationaliteit aangenomen, omdat hij dacht dat we dan wél geaccepteerd zouden worden. Maar zo werkte het niet.' Ruud klinkt geïrriteerd. 'En omdat mijn moeder volbloed inlands was, werd het een ingewikkeld verhaal.'

Chris voelt de irritatie, maar wil weten hoe het zit. 'Jullie konden niet als spijtoptanten?'

Ruud zucht nog maar eens diep. 'Nee.' Hij giet het water in een theepot. 'Nee. Dat ging niet. Mijn vader werd in 1960 ziek. Een jaar later was hij dood. Mijn geboortebewijs en wat andere belangrijke papieren, de trouwakte van mijn ouders bijvoorbeeld, bleken in de Bersiapperiode verloren gegaan.'

'Verloren?'

'Ik heb weleens gehoord dat ze verbrand zijn. In die tijd werd er nog weleens wat in de fik gestoken, dat weet je toch?'

Chris denkt na. Kon hij dat weten? Die hele periode, kort na de oorlog, hij denkt er nooit aan. Waarom zou hij daaraan terugdenken? Het was vreselijk. Hij ziet alleen maar woeste pemuda's met bamboesperen en kapmessen. Brandende auto's. Verminkte lichamen in de Kali Mas. Maar het is geen verhaal. Het zijn afschuwelijke schrikbeelden, maar er is geen context. 'En je kon niet duidelijk maken dat je oorspronkelijk Nederlands bent?'

'Voor de Indonesiërs hoefde ik dat nooit duidelijk te maken,' schampert Ruud. 'Maar de Nederlanders, die wilden het niet geloven. Mijn moeder is Indisch. Ik ben "oosters georiënteerd". Kansloos. Ik had gewoon de benen moeten nemen.'

Chris biedt hem een sigaret aan.

'Dank je.' Hij steekt hem aan het fornuis aan en inhaleert diep. 'Ik had 'm moeten smeren.'

'Met je moeder...'

'Dat was het probleem natuurlijk. Mijn moeder. Die was ook al niet gezond, maar zij was echt van hier. In het begin konden we het bij haar familie nog redden. Maar zij overleed niet lang na mijn vader en een volwassen kerel kan niet op de zak van zijn opa en oma leven. Ik ben bij hen weggegaan, terug naar Soerabaja. Ik dacht dat ik daar wel iets op zou kunnen bouwen. Ik nam een Indonesische naam aan, om ze hier te laten zien dat ik een van hen ben. Maar het was niet te doen. Ik heb keurig mijn school afgemaakt, verdomme. Niks lieten ze me doen. Helemaal niks.'

De mannen roken zwijgend hun sigaretten op. Ze roeren aandachtig in hun thee. Chris kijkt door het gat in de muur naar buiten.

'En nu?' vraagt hij.

'Nu?' Ruud schraapt zijn keel. Of misschien was het wel een lach. 'Nu niks. Ik heb me amper in leven kunnen houden. Ik werk twee dagen per week op de vuilnisbelt. Daar heb je me gebeld. Ik moet blijven werken zolang ik op m'n benen kan staan. En voor de rest is er de kerk voor me.'

'De kerk?'

'Ja, godzijdank zorgt die een beetje voor me.' Hij drinkt z'n laatste slok thee. 'Mag ik nog een sigaret?'

'Natuurlijk. Hier, pak maar.'

Ruud vist er zorgvuldig een uit Chris' pakje. Hij legt hem naast zich neer. 'Voor straks.'

'Hier. Pak aan. Neem dat hele pakje maar.'

'Dank je.' Hij steekt de losse sigaret aan en legt het pakje naast zich neer. 'Weet je,' zegt hij als hij terugloopt van het fornuis, 'ik heb ergens nog mazzel gehad.'

'Mazzel?'

'Hans had het voor elkaar. Zijn vader kon blijven werken. Hoe hij dat flikte, is mij altijd een raadsel gebleven, maar hij had werk. En Hans kon altijd bij hem terecht. Altijd. Heeft zijn opleiding keurig afgemaakt. En kijk nou wie er nog is?' Hij spreidt zijn handen. Chris ziet dat het derde knoopje boven aan zijn overhemd ontbreekt. Hij heeft twee vrienden gehad die het voor elkaar hadden. Er bestaat geen gerechtigheid. Achter Ruud springt een witte haan fladderend omhoog en blijft in het gat in de muur zitten.

Ruud alias Ridwan. Hans. Er is er nog één die hij moet vinden.

De Nederlandse ambassade in Jakarta kan Chris uiteindelijk helpen. Met kloppend hart belde hij. En nog een keer. En nog een keer. Elk telefoontje lijkt een daad van verraad aan Klaartje. Maar hij moet het weten. '*I think we have found her,*' zegt de vriendelijke dame van de ambassade tijdens het laatste telefoontje. Ze mag geen privégegevens doorgeven, maar Linda heeft een hostel in Bandoeng. Ze runt het samen met haar man, Eddy Merkelbach.

Linda Merkelbach. Chris legt de hoorn van de telefoon wel vijf keer terug op de haak van het toestel in zijn Soerabajase hotelkamer. Uiteindelijk durft hij het nummer in te toetsen. '*No sorry, Miss Merkelbach is not in at the moment*,' zegt een aardige stem aan de andere kant. Een uur lang rookt Chris onafgebroken. Hoe laat is het in Nederland? Moet hij Klaartje bellen? Nee. Wat heeft zij eraan als ze weet dat hij wellicht zijn eerste grote liefde gaat ontmoeten? Ja. Natuurlijk moet hij Klaartje bellen. Zij moet weten welk onheil er boven haar hoofd hangt. Arme Klaartje, waar heeft ze dit aan verdiend? Even overweegt hij niet terug te bellen naar Bandoeng. Hij doet het toch.

'Linda?' zegt hij als zij zich aan de telefoon meldt.

'*Hello?... Hello?*'

'Met Chris...'

'Chris?'

'Van lang geleden...'

'Chris Buisman!'

Het is even stil als hij zegt dat hij op Java zit. Het is ook even stil als hij voorstelt elkaar te zien.

44

Den Haag, 1965

'We spelen "Black Eyes", dat soort liedjes. Langzaam, en als je wilt alleen instrumentaal.' Chris pakt zijn gitaar en tokkelt zacht voor zich uit. Het is een rommeltje in het repetitiehok van de band. 'Hoe kun je nou een feest geven zónder livemuziek? Man, je zou blij moeten zijn. We zijn véél te duur voor een bruiloft!'

'We wáren te duur,' zegt Rob. Hij schuift een stapel dozen opzij zodat hij iedereen beter kan zien. Chris negeert hem.

Johan loopt het draaiboek nog eens af: 13.30 uur trouwen in het raadhuis. 14.15 uur: foto's maken bij de Hofvijver. 15.15 uur: koffie en taart met de familie. Daarna het diner. 19.00 uur: kerkdienst. 20.30 uur: receptie. 22.00 uur: feest. 00.00 uur: einde.

'Wat is het verschil tussen de receptie en het feest?' vraagt Chris.

'De receptie is voor iedereen die wil feliciteren. Het feest is alleen voor genodigden: vrienden en familie.' Johan kan de verwondering van Chris' gezicht aflezen.

'Dan spelen we op het feest.'

Een feest zonder gedoe, zonder conflict, zonder ingewikkelde gesprekken. Daar gaat Johan voor. En daar past een rock-'n-rollband niet echt bij. Zijn vader zou een hartverzakking krijgen.

'Er is geen tijd voor een heel optreden. Iemand doet een alfabetspel, iemand wil een gedicht voorlezen, een ander wil een verhaal vertellen. Je weet toch hoe zo'n bruiloft gaat?'

'Ja-aa,' zegt Chris op een zangerige toon.

Wat Johan betreft is de kous daarmee af.

Op de grote dag rijdt Stephan om precies 12.00 uur zijn grote Mercedes voor het huis van Johans ouders. Johan heeft een strak, donkerblauw pak aan. De aprillucht is stralend blauw en het enorme boeket dat hij voor Eva bij zich heeft is wit en zachtroze. Stephan rijdt Johan beheerst naar het huis van de ouders van Eva.

Zijn bruid ziet er spectaculair uit. Johan ziet haar in de hal van de trapgang komen. Een prachtige combinatie, trots en onzekerheid, denkt Johan. In het stadhuis houdt de ambtenaar van dienst een onsamenhangend verhaal over hoe het al in de sterren geschreven staat dat Johan, de schorpioen, geweldig goed past bij Eva, de kreeft. Eva pakt lief Johans hand. Johans vader zit met een knalrood hoofd in zijn handen nee-schuddend op de eerste rij. Hij vermijdt opzichtig elk oogcontact met de ambtenaar. Johan kijkt gegeneerd opzij. Had hij toch meer werk moeten maken van het gesprek bij de ondertrouw. Voor zijn hele familie is de horoscoop een afschuwelijk kwaad waar je ver van moet blijven. En de sukkel heeft voor hem ook nog eens het verkeerde sterrenbeeld besproken. Johan is een weegschaal. Hoe helder en overtuigd de ja-woorden ook klinken, voor zijn vader lijkt de dag al verpest.

Johan kust zijn vrouw hartstochtelijk na het ja-woord. Zij legt haar ranke armen om zijn nek. 'Je bent van mij!' giechelt ze zacht. Samen lopen ze tussen de mensen door naar buiten. De directe familie sluit het eerst aan.

'Hoe kan er ooit een zegen op dit huwelijk rusten?' sist Johans vader terwijl ze de trouwzaal verlaten. Johan heeft tijdens het verhaal van de ambtenaar al lopen broeden op een weerwoord.

'Johan. Laat maar even,' fluistert Eva.

Hij draait zich om en laat kort de arm van zijn vrouw los. 'Zonder astrologie hadden de wijzen uit het oosten het kindeke Jezus nooit gevonden, pa.'

'Heidense vorsten, jongen, dat waren heidense vorsten.'

'Ach pa, laat nou. Die zegen vragen we in de kerk.' Johan pakt Eva's arm weer en drukt die stijf tegen zijn zij.

De foto's, de bruidstaart, het diner, Johan ondergaat het. Zijn moeder draagt een lang gedicht voor tussen de juliennesoep en de reepjes ossenhaas met pommes duchesse en doperwtjes. Ze weidt uit over luiers, eerste pasjes, kleuterschooljaren en de eerste klassen van de basisschool. Chris, die met Klaartje, Rob en Stephan aan het eind van de tafel zit, knipt opzichtig een sigaret aan. Dit gaat nog wel even duren, lijkt hij te willen zeggen. Maar na de tweede klas schiet moeder ineens door naar de bruiloft. Alle puberstreken en zijn volledige carrière als muzikant worden overgeslagen. Prima, denkt Johan, en hij kust zijn snikkende moeder lief op haar voorhoofd.

De dominee komt met een pittige preek over het drievoudige snoer dat niet snel verbroken wordt en geeft een indringende waarschuwing tegen de verleidingen van de brede weg. Wat er langs die weg te vinden is, veronderstelt hij bekend. Als hij met zijn rechtervinger de huid onder zijn rechteroog even naar beneden had getrokken, was het grappig geweest, denkt Johan. Helaas doet hij dat niet. Johans vader is sinds hij het stadhuis heeft verlaten een stuk opgeknapt en kijkt verschillende keren knikkend opzij naar zijn zoon.

Als de receptie halverwege is en er nog een lange rij staat om het bruidspaar te feliciteren, hoort Johan ineens het onmiskenbare geluid van de gitaar van Chris. Achter de mensen, tegen de korte kant van het zaaltje, staan Chris, Rob en Stephan opgesteld. Er staan twee zangmicrofoons, die Chris alleen gebruikt om luid mee te delen dat de collega's van Johan het bruidspaar een rustig, instrumentaal optreden van de band aanbieden. Johan schrikt, maar niemand rent gillend de zaal uit, dus hij stort zich weer op het in ontvangst nemen van felicitaties en cadeaus. De muzikanten houden zich keurig in. De zwierige muziek klinkt aangenaam door de ruimte. Johan weet dat ze dat kunnen. Ze hebben als band eerder voor enorme bedragen de keurige feestjes van de Duitse jetset begeleid. En Chris, Rob en Stephan zien er keurig uit, zo strak in het pak. Hier zullen zijn ouders zich nooit aan kunnen ergeren.

Dan ziet Johan hoe Marinus en Ronald grinnikend naar Chris lopen. Ze staan even te kletsen en... geeft Marinus Chris nou geld?!

'Ronald!' Johan wenkt zijn vriend. De rij is bijna weggewerkt en Johan stapt even weg van de zijde van Eva. 'Wat staan jullie daar te doen?'

'Geintje man, we hebben even een liedje aangevraagd bij de band.'

'Wat? Hoe... Welk dan?' Johan pakt Ronald bij zijn arm.

'Johan, kom je even?' Eva wenkt driftig. 'Dit zijn mijn ome Arie en tante Marie. Ze komen helemaal uit Sneek!'

Als de laatste mensen – een stel uit de kerk, Johan kent hun namen niet eens – klaarstaan om het stel te feliciteren, hoort Johan ineens de stem van Chris luid en duidelijk door de zangmicrofoon klinken. 'Op verzoek van twee oude vrienden van Johan spelen we een oud liedje dat belangrijk is geweest voor de bruidegom.' Hij kijkt Johan even lachend aan en draait dan aan zijn versterker. 'Vriend. Deze is voor jou.'

Stephan heeft zijn zachte percussie-instrumenten opzijgelegd en zit achter zijn drumstel. Hij slaat hard. *Pa-tak!* Een paar mensen deinzen geschrokken terug, alsof een terrorist zijn wapen leegschiet. '*One two three o'clock rock*,' zingt Chris. Hard. De glaasjes met sigaretten rammelen op de statafels, de augurkjes met ham eromheen rollen van de schalen en de man die met een dienblad rondloopt, laat twee lege glazen op de grond kapotvallen. 'Dit is rock-'n-roll, brother,' hoort Johan een meisje in zijn hoofd zeggen. Hij veert op. Het gevoel verdwijnt nooit, dat gevoel dat hij had na die eerste keer 'Rock Around the Clock' in filmhuis Thalia in de

Boekhorststraat. Het zal allemaal wel niet kunnen en mogen hier, maar wat is dit lekker! Hij zoent Eva op haar wang en rent naar de band. De bas staat al klaar. Natuurlijk, die puls is nodig in dit nummer. Johan hangt 'm om zijn onberispelijk donkerblauwe colbert en speelt meteen mee. Hij hoeft niet na te denken, hij hoeft niet naar zijn instrument te kijken, hij hoeft alleen maar zijn vingers te laten gaan. Muziek als de opgewonden hartslag van een pasgetrouwde man. Dit nummer past precies bij dit moment, dit liedje dat de totale omkeer in zijn leven inluidde.

Als het lied is afgelopen kijkt Johan naar de aanwezigen. Het is lang geleden dat hij voor zo weinig mensen speelde. Hij hoort gejuich en gejoel. Eva heeft rode wangen. Is het opwinding of ergernis? Hij werpt haar een hartelijke kushand toe. Helemaal achter in het zaaltje staat zijn vader. Zijn gezicht staat op een week onweer. Zijn moeder staat bij de ouders van Eva. Ze staan druk te praten.

'Dit is onze laatste hit,' hoort hij Chris zeggen. Hij zet 'Ain't She Sweet' in. Johan grinnikt en speelt zijn intro: drie keer de b op de lage E-snaar. *Bam bam bam. 'Ain't she sweet,'* zingt Chris. *'See her walking down the street...'* Johan pakt brutaal de zangmicrofoon over, kijkt Eva aan en zingt: *'Well I ask you very confidentially, ain't she sweet?' 'Yes she is!'* roept Chris terwijl hij zijn gitaarloopje speelt. De jongens in de zaal juichen, Eva lacht bescheiden. Marinus en Ronald duwen haar naar voren terwijl de band het liedje uitspeelt. Johan ziet het en geniet. Kijk nou, zijn vrouw. Zijn vader haat dit, maar het is zíjn feest. Ze zijn toch keurig in de kerk geweest? Het stadhuis en het diner, allemaal vlekkeloos verlopen? Nu mag het wel even losgaan. Hij speelt zijn bas, voelt zich als een vis in het water, maar het voelt tegelijk ook alsof hij boven het tafereel uitstijgt. Als een beukende stoomtrein razen Stephan en Johan op drums en bas, de twinkelende accenten van gitarist Rob geven het geluid van de band een frivool tegenwicht en Chris staat als soeverein vorst achter de zangmicrofoon. Alles klopt. Alles. Alsof dit feest vier jaar eerder werd gevierd, toen deze muziek hip was. En alsof het in een kroeg of een club gebeurde, en niet in het feestzaaltje achter de kerk. Kijk dan, hoe Klaartje danst, hoe de ruime helft van de aanwezigen liedje voor liedje de schroom van zich af gooit en steeds uitbundiger gaat bewegen.

Na drie nummers zet Johan zijn bas weer neer. Dat was fantastisch. Hij omhelst Chris en geeft de andere twee een klap op de schouder en gaat terug naar Eva. Er wachten nog mensen met gedichten en wie weet wat voor verrassende stukjes er gedaan moeten worden. Karel, deze avond ceremoniemeester, loopt meteen nerveus naar voren. Hij heeft een tijdschema en dat is nu al naar de knoppen. Net als hij het woord wil nemen, zingt Chris '*I went to a party in the country jail...*' en knalt er een vlammende 'Jailhouse Rock' uit. Rob en Stephan volgen besmuikt lachend. Sommige gasten schrikken zichtbaar, een paar jongens staan de band juichend aan te moedigen en de band speelt, zonder bas, nóg feller en luider dan daarnet. Johan probeert Chris met vlakke handgebaren duidelijk te maken dat hij moet stoppen. Dit is niet grappig meer. Kappen nou, Chris! Moet hij een scène gaan maken hier en hem zijn gitaar afpakken? Hij snapt er niks van, hoor zijn stem, hoger dan normaal, kijk zijn wilde ogen, die heeft zeker een pilletje genomen. Of twee. Alsjeblieft, Chris, stop nou!

◆

'Johan.' Zijn vader gaat iets belangrijks zeggen, dat hoort iedereen. Hij zit op het puntje van de oude leunstoel die in de kleine woonkamer van het huis van Johan en Eva staat. Eva staat naast de bank en heeft een blad met daarop drie net gevulde kopjes koffie nog in haar hand. Ze zet het op de niervormige teakhouten salontafel en maakt aanstalten de kamer te verlaten, maar Johan steekt zijn hand naar haar uit als uitnodiging om naast hem op de bank te komen zitten. Dat doet ze, na een korte twijfeling.

Johans vader lijkt even van zijn à propos, hij had dit vast liever onder vier ogen gezegd. Hij schraapt zijn keel en kijkt naar Eva. 'Wat jullie bruiloft betreft,' zegt hij dan. Hij staart naar de vloer.

'Ja,' zegt Eva. Ze slaat haar armen om Johans schouders. Zij is dolgelukkig met haar man en hun eigen huisje. Johan geeft haar een zoen op haar wang. Zijn vader komt hier niet voor een vrolijke evaluatie van het feest, dat weet hij zeker. Zijn vader kijkt om zich heen. Hij zoekt woorden, Johan krijgt bijna medelijden. Dit is zijn huis, zijn vader is hier te gast. Dat lijkt hij te beseffen. Maar tegelijk ziet Johan de goede bedoeling. Hij hoeft hier niet te zijn, hij zou zijn schouders op kunnen halen.

'Nou kijk,' zegt zijn vader dan. 'Er waren natuurlijk allerlei mensen van de kerk...'

Johan weet dat er twee momenten zijn waar zijn vader zich diep ongelukkig over zal voelen. De toespraak van de ambtenaar en natuurlijk zijn band. Nu een gesprek over zijn band en zijn muziek voeren, daar heeft hij echt geen zin in. Het is gênant naar Eva toe. Zijn vader zal niet verder komen dan de veroordeling van zijn muziek en hij zal nooit echt kunnen begrijpen hoe hij zijn muziek een plaats in zijn eigen leven heeft kunnen geven. Ze zijn veel te ver uit elkaar gegroeid, het heeft geen zin. 'Die ambtenaar...' zegt hij dan.

Zijn vader schudt zijn hoofd. 'Hadden jullie geen gesprek met de ambtenaar gehad?'

Eva kijkt van haar man naar zijn vader en terug. Johan legt zijn hand op haar knie. In feite zijn ze nu al uitgepraat over dit onderwerp. Hoe kan hij voorkomen dat zijn vader doorstapt naar het tweede?

'O, jawel,' zegt Eva. Ze kijkt naar Johan.

'Hij wist dat wij in de kerk gingen trouwen,' zegt die.

'Ongelooflijk,' zegt zijn vader. 'Het is toch een vlek op je huwelijksdag.'

'Een vlek?' Johan kijkt Eva aan. De schoonmaakmiddelen zijn nooit ver bij haar vandaan. Ze lijkt te gruwen bij de gedachte van een eeuwig zichtbare koffievlek in een licht kleed, maar ze houdt haar mond.

Zijn vader kijkt naar Eva. 'Of vind jij die...' Hij aarzelt het woord uit te spreken, alsof alleen dat al hem kan besmetten. '... horoscopen wel...?'

'Eh... Nou, meneer Berkenbosch...' Eva vindt het nog steeds moeilijk om hem 'vader' te noemen. Hij heeft het haar ook nog nooit voorgesteld dat te doen. 'Ik heb geleerd dat die niet Bijbels zijn.'

Hij knikt gerustgesteld. 'Heel goed,' zegt hij en hij roert aandachtig in zijn koffie.

Dit is het moment waarop hij kan overstappen op de band, denkt Johan. Het moment dat hij kan gaan praten over 'helse geluiden' en 'de poel des verderfs'. Hij kijkt naar zijn vrouw, die zojuist de horoscooptest keurig heeft doorstaan. Zo is Eva, principieel en standvastig. Zo hebben ze samen keurig gewacht. Met bijna bovenmenselijke zelfbeheersing heeft hij zich gehouden aan de mores van de kerk, aan de manier waarop Eva het blijkbaar ook wilde: geen seks voor het huwelijk. Zij wilde het op de romantische manier, trouwen vanuit huis. Hij heeft haar sprookje niet willen verknallen en niets gezegd over Andrea. Zij weet dat hij eerder verkering heeft gehad, maar niet hoe het er in Duitsland aan toeging en wat ze daar allemaal uitgehaald hebben. Het knaagt aan hem, maar waarom zou hij het zeggen? Niemand heeft er wat aan.

Hij denkt aan Weindorf in Frankfurt, aan het huis van Andrea, aan de Top Ten in Hamburg. Aan Chris en al zijn scharrels en angsten. Aan die arme Klaartje. Aan de kleine Rogier.

Zijn vader schraapt nog eens zijn keel. Hij draait ongemakkelijk op zijn stoel. Een bromvlieg zoemt tegen het raam tussen de woonkamer en de tuin.

'Ik zit er trouwens aan te denken,' zegt Johan dan, 'om te stoppen met de band.'

Eva kijkt hem met grote ogen aan. 'Echt?' Hij hoort niet of ze verbaasd, blij of teleurgesteld is.

Zijn vader laat zijn schouders zakken, alsof hij zojuist een zak met een mud kolen op de grond heeft laten vallen.

DEEL 4

45

Den Haag, 1992

Jeroen Schonebeek is dood. Overleden aan het leven, zegt zijn zus Klaartje. Zo opgeruimd als zij is, zo somber is Jeroen altijd geweest. De kamer waar hij gevonden werd schijnt een behoorlijke bende geweest te zijn. De dood is altijd dichtbij, maar als je hem echt in je leven wilt laten, kan dat nog knap ingewikkeld zijn. Chris heeft Klaartje nooit verteld wat hij weet over Jeroens dood. Totoks kunnen zo weekhartig zijn, en Klaartje al helemaal. Nu zitten ze in de troosteloze kapel van de begraafplaats.

Een vrouw staat zuchtend op. Ze strijkt de plooien van haar behoorlijk lange rok glad. Te lang voor een gewone rok, te kort voor een lange rok, het is een vreemde rok. Misschien wel zo'n broekrok, maar dat kan Chris niet goed zien. Met een wijde boog zet zij de dwarsfluit aan haar lippen. Ze blaast een lange, klaaglijke toon. Een toon als een lichte stoomfluit in de verte, als de kleine fluit van de Sibajak. En dan haalt ze het instrument van haar mond. Ze kijkt alsof er uitwerpselen aan het mondstuk zitten. Is dat alles? denkt Chris. Dan komt een vrijwel identieke vrouw naar voren. Haar lange, sluike haar wordt op een rommelige manier bij elkaar gehouden door een grote haar-wasknijper boven op haar hoofd. Ze zet een brilletje op en vouwt een minuscuul klein opgevouwen papiertje uit. Het blijkt een complete A4 te zijn. Ze zucht net zo hard als de andere vrouw, alleen doet zij het door de microfoon die pal voor haar staat. De zucht klinkt als een grommende donderslag door de speakers.

'Ik ben heel boos op je, Jeroen,' leest de vrouw van haar briefje.

Het klinkt een beetje alsof ze een kleuterklas voorleest uit *Pinkeltje*.

Haar volgende diepe zucht heeft de impact van een lichte handgranaat.

Het kind voor Chris begint hard te huilen. Geschrokken van het lawaai natuurlijk. De moeder schuift met een rood hoofd de bank uit en loopt met grote passen de aula uit. Chris is jaloers op haar.

Hij buigt naar Klaartje. 'Wie zijn dit?' Hij dacht dat hij het héél zacht fluisterde, maar de dames zijn toevallig net even stil. Tot vijf rijen voor hem draaien mensen zich om. Sommige geamuseerd, andere geïrriteerd. Klaartje kijkt met een rood hoofd recht voor zich uit, alsof zij alles wat de dames voorin doen aandachtig absorbeert.

Eigenlijk had zij op de voorste rij moeten zitten. Naast haar ouders. 'Moeten die arme schatten dan alleen zitten?' vroeg ze met een bibberend stemmetje. Maar Chris wilde echt niet. Er zijn genoeg ooms en tantes daar. Begrafenissen zijn vreselijk, daar ga je nooit op de eerste rij zitten. Publiek rouwen is vreselijk. Die dames zijn vreselijk. Ze willen iets mooi doen wat nooit mooi te krijgen is en daardoor alleen maar lelijker wordt.

Na de dames strompelt Chris' schoonvader naar het katheder. Hij heeft een zwart pak aan en de vouwen van de verpakking zitten nog in zijn overhemd. De fietsenmaker in een pak, Chris kijkt naar zijn handen en ziet daar voor het eerst van zijn leven schone nagels aan. Rouwranden zouden nu wel gepast zijn, denkt hij. Zijn schoonvader legt een papier voor zich neer en zegt: 'Dag lieve jongen van me.' Dan stort hij in en wordt door zijn jongere broer naar zijn stoel begeleid.

Na Jeroens vader komt de pastoor. Jeroen had zich uit laten schrijven van de kerk, een kerkelijke begrafenis kon dit nooit worden. Maar er was niemand anders die iets samenhangends over de arme Jeroen kon zeggen en zijn ouders hadden het heel fijn gevonden als meneer pastoor wat wilde zeggen. Hij stipt een paar spaarzame hoogtepunten in Jeroens leven aan en noemt zelfs 'de muziekgroep van zijn zwager en vrienden, waar hij zich met hart en ziel voor inzette'. Na de summiere levensbeschrijving spreekt hij over 'verstikkende eenzaamheid' en 'verantwoordelijk omzien naar elkander' en zegt dan: 'Laten wij niet oordelen over een wanhoopsdaad van deze man. Mogen wij vrede hebben met zijn eigen keuze zoals wij hopen dat hij ook zijn eeuwige rust en vrede heeft gevonden.' Hij vouwt nadrukkelijk zijn handen en knikt langzaam naar de kist. Dan staat Chris op en loopt naar buiten. Eenzaamheid kan verstikkend zijn, zeker, maar een groepsbijeenkomst met een vlaag van religiositeit en lege vormen zijn minstens zo verstikkend. Iedereen zit hier eenzaam in zijn eigen angst voor zijn of haar eigen einde. Die angst is het enige wat hen hier bindt. Hij steekt een sigaret aan en inhaleert diep.

Hij hoort zijn naam als ze bij het nieuw gedolven graf staan. De kist is zojuist naar beneden gegaan, Klaartje huilt zacht tegen Chris' schouder en de meeste mensen zijn op weg naar de koffie met het onvermijdelijke plakje cake. Hij kijkt op en ziet de jongen die ooit met rommelig vlasblond haar voor zijn neus stond en sorry mompelde. De jongen die wegliep bij zijn vrienden, die vroeg of hij gitaarles kon krijgen, die aarzelend steeds meer zijn eigen keuzes maakte. De buitenstaander in hun groep. Vijfentwintig jaar niet gezien, maar hij herkent hem meteen. Zijn stem klinkt schuchter en zacht, zo te zien stond hij helemaal achter aan het groepje mensen dat rond het open graf stond. De vogels zingen een voorzichtig najaarslied, de zon staat laag aan de oktoberhemel, de lucht is zo blauw als op de hoes van The Chirpin' Crickets.

'Johan. Tijd geleden.' Hij kijkt even rond. 'Je bent alleen?'

'Gecondoleerd,' zegt Johan. 'Jij natuurlijk ook, Klaartje.' Hij haalt onhandig zijn schouders op.

Chris pakt een sigaret en laat Klaartje los. 'Wie moet nou onze zaken regelen?' Hij is met vier langzame passen bij zijn oude vriend. Hij zou hem willen omhelzen, maar hij doet het niet. Misschien vindt Johan dat te vrijpostig, misschien voelt hij niet wat Chris ineens wel voelt: dat hij hem heeft gemist.

'Chris,' zegt Klaartje snotterend, 'we moeten naar de aula. Mensen verwachten ons daar. Ze willen ons condoleren.'

'Ga maar vast, ik kom zo,' antwoordt hij zonder om te kijken.

'Je moet met haar mee, man,' zegt Johan zacht en hij knikt naar Chris' vrouw. Die bezorgdheid over hun relatie is hij in elk geval niet kwijtgeraakt...

Chris steekt zijn sigaret aan met een grote benzineaansteker en klapt die met een luide knal dicht. Twee meesjes vliegen kwetterend op. 'Gaan we elkaar nu alleen nog bij begrafenissen zien?'

'Dat hoeft niet,' zegt Johan, zijn schouders ophalend.

Chris ziet dat het blonde gemillimeterde haar boven op het hoofd van zijn oud-bassist dun is, bijna kaal.

'Ach...' zegt hij dan. 'De begrafenissen zijn nu onze feestjes.'

'Dat hoeft niet,' zegt Johan weer.

Chris lacht cynisch. 'Zeg. Speel je nog weleens bas?'

'Te weinig. Jij?'

'Ik speel heel weinig bas, nee.'

'Grappig.'

'Nou ja, ik heb nog weleens een gitaar in m'n handen. Je leert het niet af, het is net fietsen. Je wordt alleen wat langzamer, maar dat geldt voor alles.'

'Kom op, man, je bent tweeënvijftig. Toch? Je bent nog geen bejaarde.'

'Drieënvijftig. Ik zou al opa kunnen zijn. Als die jongen van mij net zo snel was als z'n vader was ik allang opa.' Hij rookt rustig zijn sigaret op. Grappig, een lange stilte met Johan voelt nog steeds niet ongemakkelijk. 'Weet je wat,' zegt hij dan, 'ik kom deze week wel even bij je langs. Ik bel je.'

46

Den Haag, 1992

'Nou. Ik ga maar weer eens.' Johan kijkt wat onhandig om zich heen. De meeste mensen zijn inmiddels vertrokken. Klaartje staat met een restje koffie in haar hand en veegt wat cakekruimels van de statafel.

'Gek hè?' zegt ze. 'Zo'n trieste gebeurtenis, een begrafenis, maar aan het eind is het altijd toch een beetje gezellig. Ik voel me bijna schuldig.'

Johan knikt. 'Ach ja...' Hij geeft Klaartje op beide wangen een zoen. 'Heel veel sterkte, die akelige kale dagen na de begrafenis.'

'Het was goed je weer even te zien, Johan. Ik ben blij dat je Chris weer gezien hebt.'

'We spreken elkaar snel weer. Ik kijk ernaar uit.'

'Ik ook,' zegt Klaartje. Ze glimlacht. 'Het zal hem goed doen. Het is echt goed voor hem.'

Johan kijkt haar onderzoekend aan.

Ze haalt haar schouders een klein eindje op en kijkt even om zich heen. 'Die band was zijn alles. Hij heeft dat zo gemist.'

'Hij is toch gewoon muziek blijven maken?'

'Jawel... Maar weet je wat het was? Hij was echt dé man van de Rocking Blue Boys. Daarna werd hij ergens tweede gitarist. Of leadgitarist, maar zette de zanger de lijnen uit van de band. Hij kan geweldig gitaarspelen, maar hij kon eerlijk gezegd de muzikale trends niet helemaal bijhouden. Hij was al snel oud nieuws.'

'Een soort George de Fretes...'

Klaartje schiet in de lach. 'Ja. Zoiets. Maar die man zegt daar dan helemaal niks over, hè. Nooit vertellen hoe het gaat, hoe hij zich eronder voelt. Ik moet het altijd maar een beetje raden.'

Johan kijkt haar aan. 'Maar hebben jullie het nog wel goed met z'n tweeën?'

'Ja hoor. Het is eigenaardig, maar ik hou zoveel van die man. Hij heeft heel veel ruimte voor zichzelf nodig. Veel vrijheid. Een huwelijk met Chris is één lange oefening in loslaten.'

Zou ze weten hoeveel vrijheid hij nam in Duitsland? Zou hij zijn wilde haren kwijt zijn?

'Maar het is een goeie vent, hoor,' zegt Klaartje. Ze houdt even haar hand op Johans onderarm. 'En hij heeft veel meegemaakt.'

'Ja. Maar hij is ook niet scheutig met de verhalen uit zijn jeugd, hè?'

'Hij zegt helemaal niks. Ja, dat het daar mooi weer is, dat het een prachtig land is. Alle prachtige planten en dieren, het lekkere eten. Ik weet dat er verschrikkelijke dingen zijn gebeurd, maar daar zegt hij helemaal niks over. En ondertussen de ene na de andere nachtmerrie, hij ligt soms schreeuwend en kletsnat van het zweet naast me...'

'Hij heeft weleens flarden verteld.'

'Ik denk echt dat jij hem het beste kent, Johan.'

Johan kijkt langs Klaartje. Chris staat voor de voordeur te roken. 'En die kleine Rogier moet nu een volwassen kerel zijn.'

Klaartje draait met haar ogen. 'Hou op. Dat is me er ook een, hoor. Gaat totaal zijn eigen weg. Ik zie hem zelden, maar Chris... Het lijkt wel of ze elkaar vermijden.'

Johan ziet dat Chris naar hen toe komt lopen.

'Sta jij mijn vrouw nou te versieren?' Hij slaat lachend een arm om Klaartje heen. 'Zullen we gaan?'

◆

Johan laat Chris binnen alsof hij wekelijks langskomt. De deur zwaait open en hij loopt meteen terug naar de keuken, waar hij net koffie staat te zetten. 'Leuk dat je er bent!' roept hij vanuit de keuken. Even later loopt hij met twee mokken koffie de kamer binnen. Chris kijkt rond in zijn woonkamer.

'Mooi huisje, meneer,' zegt hij. 'En dat in Voorburg.'

Johan grinnikt. 'Keurig onderwijzerswoninkje hè?'

'O ja. Technische school was het toch?'

'Ja. Het was alleen de lts, maar ik geef nu soms ook les op de mts. Wat doe jij eigenlijk nu?'

Chris lacht en gaat op de bank zitten. 'Ik rommel lekker door. Ik werk nu bij een overslagbedrijf in de haven. Ik werk zo weinig mogelijk, maar je moet ergens van leven...'

'Geen muziek meer?'

'Soms.' Chris lacht schor. 'Soms voor de lol, heel enkel keertje nog een betaald klusje. We hadden Gerard na jou. Hij speelde zó goed.'

Johan kijkt bijna verontschuldigend op. 'Je bedoelt: hadden we die maar eerder gehad?'

'Nee man. Juist niet. Het werkte voor geen meter. Die gast gooide alles vol. Als een metselaar, de boel werd helemaal dichtgemetseld en strak afgevoegd. Als ik een solo wilde spelen, werd ik gek van die dansende bas. Alle lucht was eruit geperst.' Hij kijkt even naar Johan. 'Nee. Ik was juist kwaad dat je weg was gegaan. We speelden in Scandinavië. Best veel mensen daar nog, hoor. En we pasten ons verder aan.' Hij grinnikt. 'We speelden op een gegeven moment zelfs 'Satisfaction'. Van de Stones, weet je wel? Maar die Gerard liet hem niet rocken, het leek wel jazz, zoals we dat speelden.'

Johan glimlacht. Voelt na al die jaren toch nog goed om te horen.

'Enfin. Uiteindelijk stapte Stephan eruit. Die wilde aan zijn maatschappelijke carrière werken. Dat was in feite het einde van de Rocking Blue Boys. Rob en ik hebben samen nog weleens wat gedaan, maar Rob kreeg een aanbieding van een studio, daar is hij een tijd sessiegitarist geweest. En ik heb toen nog een tijdje in de Peacemakers gespeeld.'

Er gaat Johan geen lichtje branden. Chris ziet het.

'O, die hadden ooit een hitje. "She's My Baby"? Maar die hadden ze al voordat ik erbij kwam.' Chris schudt langzaam zijn hoofd. 'Nu snap ik het allemaal beter, maar tóén... Die Eddy hoe-heet-ie-ook-alweer. Die Eddy stond als ventje met z'n neus tegen de ruit naar ons te kijken omdat hij nog niet naar binnen mocht als wij speelden. Vraagt klappertandend van de zenuwen of ik bij hem in de band wil spelen. Ik speelde ze er allemaal uit. Allemaal. Komt zo'n ventje een paar weken later met: "Dit is niet wat de muziek van vandaag vraagt" of zoiets.'

Johan schudt lachend zijn hoofd. Vroeger was Chris bijna intimiderend als hij zich opwond. Nu is het grappig.

'Of ik meer powerchords wilde spelen en die sierlijke, tropische rock-'n-roll wat meer achterwege wilde laten!' Hij staat op. 'De snotneus!'

'Ik begrijp dat het geen succes was.' Johan lacht.

Chris gaat weer zitten. 'Nee! Daarna heb ik voor zoveel bandjes gespeeld. Ik moest de dingen spelen die ze zelf niet konden spelen. Man, er staan zoveel geraffineerde gitaarlickjes op Nederlandse platen die de leden van die bandjes zelf nooit konden spelen. Bijna niemand weet dat ik ze speel. Maar voor een tijdje verdiende het nog aardig...'

Hij neemt een slok van zijn koffie. Johan vindt het fijn dat hij er is. Waarom heeft dat zo lang geduurd?

'Welk vak geef je eigenlijk?'

'Natuurkunde.'

'En dat bevalt...?'

Johan knikt. 'Het is mooi werk. Het is te doen...'

Chris neemt een slok van zijn koffie. 'Ik snapte er niks van, toen...'

'Waar niet van?'

'Dat je de band uit ging. Dat je zoiets saais ging doen. Dat je je basgitaar verruilde voor een schoolbord.' Hij kijkt naar de foto's die op het dressoir staan en wijst. 'Ha. We staan er nog tussen, zie ik.'

Johan loopt naar de foto en pakt het lijstje op. Hij staat zelf helemaal links op de foto. Hij glimlacht. Chris staat naast hem en kijkt strak de lens in. Rob staat aan de andere kant naast Chris en Stephan springt net achter hen op. 'Schaukapelle die Rocking Blue Boys' staat er onder de foto.

Hij zet hem weer terug naast een oude foto van hem met zijn broer en zusje, als tieners. Hij heeft een keurig stropdasje voor en zijn haar zit belachelijk netjes: kortgeschoren aan de zijkant en een scheiding boven zijn rechterslaap. Daarnaast een foto van zijn ouders. Toen zijn vader zeventig werd hebben ze deze bij een fotograaf in een atelier laten maken. Hij kijkt alsof hij zojuist op appel is geroepen, zij probeert nog te glimlachen. Los daarvoor staat een foto die een beetje gekruld is, duidelijk een vakantiekiekje. Zijn ouders zijn wat jonger, ongeveer zo oud als Johan nu is, en zijn vader heeft het bovenste knoopje van zijn overhemd los. Ze kijken naar elkaar en lachen vrolijk. Chris is naast hem komen staan en wijst naar het statieportret van zijn ouders. 'Het was alsof je vader uiteindelijk toch had gewonnen. Alsof je alles wat je had gevonden en gewonnen zo weggooide.'

'Tsja...' Johan veegt wat stof van de bovenkant van het lijstje. 'Ik snap dat je dat zegt...' Heeft Chris gelijk? Een kwartiertje binnen en meteen al de vinger op de zere plek?

Chris wijst naar een van de andere foto's die achter het eerste rijtje staan. Johan samen met Eva. Ze waren net getrouwd en zien er gelukkig uit.

'Tsjonge. Jij en Eva... Hoe... Ik dacht dat jullie juist zo goed...?'

'Ach ja,' zegt Johan. 'Pijnlijk. Het werkte niet.' Hij zucht en gaat zitten. Je kunt eromheen lullen, maar waarom niet gewoon zeggen hoe het zit?

Chris peutert een sigaret uit zijn pakje. 'Mag ik?' vraagt hij.

Johan knikt. 'Weet je wat het is, Chris,' zegt hij dan. 'Ik dacht echt dat ik verder moest. Stoppen met de band was logisch. Toen. En ik heb toen de muziek ook helemaal afgezworen. Cold turkey.' Hij loopt naar de keuken, pakt een asbak en zet die voor Chris neer. 'Ik hoorde alleen nog maar muziek in mijn hoofd. Het hoorde bij het leven dat ik had afgesloten. Het had z'n werk gedaan, ik wilde een ander, meer volwassen leven en ik moest op eigen benen staan.'

Hij gaat weer zitten en kijkt nog eens naar de foto's. 'Maar het werkte voor geen meter. Het voelde alsof ik in een lang, slecht toneelstuk terecht was gekomen. Zo'n *Groundhog Day*-achtig stuk. Elke dag hetzelfde. Kus je vrouw. Naar school. Lesjes afdraaien. Huiswerk nakijken. Les voorbereiden. Beetje tv-kijken. Slapen. Kus je vrouw...'

'Toch wel iets meer dan alleen maar een kus?' Chris grinnikt.

'Ha, jawel.' Johan kijkt op. 'Drie keer in de week op vrijdagavond...'

Chris lacht als een blaffende zeehond een pluk rook naar buiten.

'Enfin. Mijn huwelijk liep op de klippen. Ik werd steeds onrustiger. Uiteindelijk zocht ik het weer in de muziek. Ik wilde niet de nostalgische trip, ik wilde horen wat het me op dat moment te zeggen had.' Hij laat zich tegen de rugleuning van zijn stoel vallen. 'Ik hoorde alleen maar boem-boem-boem. Disco en punk.' Hij schuift weer naar voren. 'Heb je weleens naar punk geluisterd? Wij dachten dat die Britten niet konden spelen, toen in de jaren zestig? Het waren koorknapen vergeleken bij die lui van de punk. Een agressie, niet te geloven. Niet zingen, maar schreeuwen. Gitaar leren te bespelen? Nergens voor nodig. Alle knoppen open en ram maar op die snaren. Maar goed, dat hielp niet echt. Dan weet je gewoon dat je te oud bent voor de popmuziek.' Hij kijkt naar Chris. We hoeven nu toch niet meer stoer te doen? 'Ik mis die muziek, man, dat gevoel de wereld aan te kunnen.' Hij haalt zijn schouders op. 'Uiteindelijk ben ik bang dat ik gewoon mijn jonge jaren mis. Komt nooit meer terug.'

Chris staat op. 'Wat somber.'

Of realistisch, denkt Johan. Ouder worden is niet leuk, zien waar je beland bent in het leven is confronterend, maar je moet het onder ogen zien.

Chris is nog niet klaar. 'Moeten we niet weer gewoon lekker muziek gaan maken? Weet je wat ik eigenlijk nog het meest mis? Op tournee zijn. Weg. Andere plekken. Gewoon weer lekker de podia opzoeken. Spelen!'

Johan schudt zijn hoofd. Dit is even verleidelijk als onrealistisch. Een vlucht naar achteren. 'Alles is anders nu. De muziek. Wij. De jongeren.'

'We hoeven niet voor jongeren te spelen. Er zijn vast mensen van onze leeftijd die nog graag een keer hun muziek willen horen. Onze muziek. Echte muziek.'

'Wij zijn toch anders nu. Onze drijfveer is anders. Jij wilde je bewijzen. Man, wat wilde jij je bewijzen. Als iemand die je niet zomaar weg kon zetten omdat hij iets donkerder is, maar als iemand die gezien moet worden als een steengoeie Nederlandse muzikant.'

Chris wuift met zijn hand. 'Misschien,' zegt hij. 'Zoals jij je wilde ontworstelen aan de benauwde wereld van je vader. We hadden onze redenen. Maar dat maakt de muziek niet minder.'

'Heb jij gehoord hoe rock-'n-roll tegenwoordig klinkt?'

Chris haalt zijn schouders op. 'Het zal wel lawaaierig zijn?'

Johan schiet in de lach. 'Ik hoor de namen gonzen op school. Het is allemaal Nirvana wat de klok slaat nu. Zo barstensvol energie. Maar tegelijk ook bijna dierlijk primitief.'

'Dierlijk primitief?' Chris kijkt Johan aan en steekt een nieuwe sigaret aan.

Hij inhaleert diep. 'Zoals wij ooit Inselaffen waren?' vraagt hij dan.

Johan schiet in de lach. Strikt genomen zullen de scheldende bezoekers in Duitsland het vast nooit tegen hem persoonlijk hebben geroepen, maar Johan voelde zich altijd een van de pinda's, hij hoorde bij de *Indonesische Schaukapelle aus Tulpenland*. 'Mwah,' zegt hij dan, 'wij waren de blauwen.'

‘Man,’ zegt Chris, voor zich uit starend. ‘We waren goed. Echt goed!’

‘Onze zomer was het,’ zegt Johan.

‘Ik ga de anderen bellen.’ Chris hakt de knoop door. ‘Laten we gewoon een keer bij elkaar komen. Dan zien we wel of het nog werkt.’

Johan glimlacht. We kunnen het op z’n minst proberen.

47

Den Haag, 1992

Johan kijkt op het digitale klokje van de magnetron. 2.19 uur. Het ruikt muffig in de kamer van de flat. Op het aanrecht van de open keuken staan nog wat vuile kopjes. Er brandt een lichtje, dat onder aan de keukenkastjes bevestigd zit. Verder is het donker. Op de plaats waar normaal de bank staat heeft de thuiszorg een enorm ziekenhuisbed gezet. Het kan makkelijk hoog en laag ingesteld worden, het hoofdeinde kan omhoog en de leuningen aan de zijkant kunnen omlaag gehaald worden. Johans vader had lang en misprijzend naar het ding gekeken, maar toen hij echt niet meer zelf overeind kon komen en hulp nodig had om zijn behoefte te doen, had hij eieren voor zijn geld gekozen. Johan, Karel en Nel wisten dat hij er nooit meer levend af zou komen, toen zij hun vader op dat bed hielpen.

De dokter was lang optimistisch. Prostaatkanker is niet de meest agressieve vorm van kanker, meneer Berkenbosch moest weliswaar de rest van zijn leven medicijnen slikken, maar die rest kon nog behoorlijk lang zijn. Sneller dan verwacht bleek een chemokuur nodig en nu ligt hij hier. Tweeëntachtig jaar oud, kapot gevreten door een ziekte die geniepige routes in een lijf had gevonden die de dokters niet hadden kunnen blokkeren.

Sinds Johans vader op het ziekenhuisbed ligt, blijven Johan, Karel en Nel om beurten een nacht bij hun ouders. De eerste nacht, zes dagen geleden, was hij wakker geworden. Johan zat bij zijn hoofdeinde. Zijn vader huilde. 'Jongen. Mijn jongen.' Johan legde zijn hand op zijn voorhoofd. Dat voelde vreemd stug aan. Zijn vader sloot zijn ogen en Johan haalde zijn hand weer terug. Zelfs deze aanraking voelde iets intiemer dan hij bedoelde. Een paar minuten later opende hij zijn ogen weer. 'Ik heb...' Hij slikte moeizaam. 'We hebben het elkaar niet makkelijk gemaakt.'

Johan voelde zijn keel branden, alsof hij zojuist een slok klare alcohol had doorgeslikt.

Het oude hoofd draaide van het kleine lichtje af. 'Ik was... Ik ben bang.' Is dit nou doodsangst? 'Ik ben bang dat ik het niet goed heb gedaan.'

'Vader, ik denk dat u alles goed hebt gedaan.'

Zijn vader zwijgt even. 'Nee.' Hij schudt zijn hoofd licht. 'Ik heb het met jou niet goed gedaan. Het is me niet gelukt dat goed te doen.'

'Ik heb het u niet makkelijk gemaakt...' Klopt dat? Johans hoofd zocht koortsachtig naar de keren dat hij echt te ver was gegaan. Eerlijk zijn nu, vader is het ook. 'Denk ik.' Het gaat natuurlijk niet om het elkaar moeilijk of makkelijk maken, het gaat erom of je elkaar echt ziet en of je daarin de ontmoeting, desnoods de confrontatie aan wilt gaan. Hij heeft kansen laten liggen, is het echte gesprek uit de weg gegaan en heeft lafjes en ontwijkend geantwoord op de vragen van zijn vader. Waarom is hij nooit met hem naar Barcelona geweest? Hij had er beslist genoeg geld voor gehad om zijn vader en moeder te trakteren op zo'n reisje.

'Och, moge de goede God ons genadig zijn als wij straks boven bij Zijn troon staan...'

Zijn ademhaling werd zwaar en zijn ogen bleven gesloten.

'Dat is Hij, vader. Vast.'

'Het is in Zijn hand...'

Hij ging hard achteruit. Praten werd te veel. Eten deed hij al lang niet meer en drinken amper.

Gisteren pakte Johans vader zijn hand. 'Mijn zoon...' zei hij. Het was het laatste wat hij tegen Johan heeft gezegd.

Nu zit Johan weer bij zijn hoofdeind. Zijn moeder slaapt inmiddels ook in de kamer, op een opklapbedje naast haar man. Die maakt veel geluid bij het in- en uitademen. Soms stopt het plotseling. Net als je je daar veel zorgen om gaat maken, begint het weer.

Als je waakt bij je ouders zijn de rollen definitief omgedraaid, denkt Johan. Hoelang is het geleden dat zij voor het laatst bij hem hebben gewaakt? Toen hij kind was, als je ziek was, dan mocht je bij vader en moeder tussenin. Johan heeft dat niet veel gedaan. Toen hij tien was voor het laatst. Oom Johan had bedacht dat het leuk was om samen te gaan vissen. 'Dan moeten we wel heel vroeg weg, hoor,' had hij met een serieus gezicht gezegd. 'We vertrekken om zes uur. In de ochtend.' Johan was vroeg naar bed gegaan. Aan het slaan van de klok van de kerktoren kon hij horen hoe laat het was. Over negen en een half uur zou oom Johan er zijn. Dat is krap, maar het moet kunnen. Nog negen uur. Acht en een half. Acht. Oei, oei, oei. Zeven. Dat gaat niet goed morgen. Zes uur. Johan gaat het vissen als een bovenmenselijke inspanning zien. Nog vijf uur. Tijd om alarm te slaan bij zijn ouders. Moeder, ik kan niet slapen. Moeder kon maar moeilijk wakker worden uit haar eerste slaap en zag op haar wekker dat het één uur was. Kom maar even hier. Johan nestelde zich tussen zijn vader en moeder in het te smalle bed. Moeder sliep binnen de kortste keren weer als een os, vader had nooit gemerkt dat zijn jongste zoon in bed was gestapt. Hij snurkte en Johan rook zijn voeten. Met opengesperde ogen staarde hij naar het plafond. Pas om vijf uur bedacht hij dat hij ook níét mee kon gaan met vissen. Tevreden viel hij in slaap.

Zijn vader hoest. Gek, denkt Johan, in een hoest kun je zijn stem herkennen. Een tweede hoest smoort, alsof die hem te veel kracht kost. Hij beweegt zijn rechterhand naar zijn mond. Zou hij zijn kunstgebit missen? Of probeert hij alleen zijn luchtwegen wat meer ruimte te geven? Johan legt zijn hand op het hoofd van zijn vader. Het voelt klam. 'Mijn vader,' fluistert hij.

Tegen zessen schrikt hij wakker. Hij wrijft in zijn ogen en staat op. Even een glas water. Dan realiseert hij zich dat hij zijn vader niet meer hoort. Hij houdt zijn hand bij zijn vaders neus en mond en voelt geen adem. Hij pakt zijn arm en voelt geen pols. 'Moeder. Moeder!' zegt hij zacht maar indringend. 'Ik denk dat hij overleden is.'

Zijn moeder pakt het hoofd van haar man en kust het. 'Ach jongen, ach arme jongen. Eindelijk vrij.' Dan huilt ze zacht.

◆

'Adoeh....' Chris slaat zijn arm om Johans schouder.

Het is vier dagen na het overlijden van zijn vader. Johan zit in het huis van zijn moeder en snuffelt tussen de papieren van zijn vader. Hij regelde alles en zijn moeder heeft geen idee hoe ze betalingen moet doen, hoeveel weduwenpensioen ze zal krijgen en of ze het zich sowieso kan permitteren in dit huis te blijven wonen.

Karel is net weg. Hij en Johan doen de organisatie samen. De clichématige Grote Gebeurtenis heeft ook tussen deze twee broers zijn werk gedaan. Ze spreken elkaar weer vaak, het is alsof al die jaren van weinig contact er niet waren, alsof je gewoon verder kunt gaan waar je gebleven was: twee broers die hun belevenissen en inzichten delen. Ze werken makkelijk samen; Karels organisatiedrang en Johans vasthoudendheid zijn beide nodig.

'Ben je alleen?' vraagt Chris.

'Nel heeft net m'n moeder meegenomen,' zegt Johan. 'Ze heeft zwarte kousen nodig voor de begrafenis.' Het is fijn dat Chris er is.

'En nu?' vraagt Chris.

'Tsja. En nu... nu de grote boeman er niet meer is?' Johan probeert te lachen, maar het lijkt meer op een schorre hoest. Stomme opmerking, ongepast grapje, waarom zegt hij dit nou?

'Dat mag je niet zeggen,' zegt Chris op bezwerende toon. 'Zijn geest is hier nog.' Hij kijkt de kamer rond, alsof hij hem kan zien lopen. 'Pas na zeven dagen verlaat de geest het lichaam. Dat weet je toch?'

Johan schudt zijn hoofd. Zijn vader zou een preek houden als hij het zou horen. Ergens in huis slaat een deur hard dicht.

Chris kijkt op: 'Er is toch niemand?'

Johan staat op. 'Er is niemand, nee.' Hij loopt naar boven. Alles ziet er normaal uit, er zitten twee deuren dicht waarvan hij vrij zeker weet dat ze al dicht zaten. 'Het zal de wind geweest zijn,' zegt hij als hij weer in de woonkamer is.

Chris kijkt hem betekenisvol aan, maar zegt er niks over. 'Op de veertigste dag *selamatan*. Mag je niet vergeten.'

'Wat is dat?'

'Een maaltijd. Met de familie en vrienden eten. Selamatan. Maar hoe gaat het met je moeder?'

'Ze huilt veel. Ach, dat is normaal natuurlijk. We huilen allemaal makkelijk deze dagen.'

'Ach ja...' Het is even stil. 'Maar huilen helpt niet. Het heeft geen zin.'

Johan haalt zijn schouders op. Na een tijdje zegt hij: 'Jij huilt nooit...' Zijn opmerking houdt het midden tussen een vraag en een constatering.

'Huilen is niet goed. Je raakt erdoor uit evenwicht.' Chris kijkt ingespannen naar de vloer, alsof hij weerwoord van de sleetse vloerbedekking verwacht. 'Je huilt om jezelf. Eigenlijk is het kinderachtig.'

'Ik huil om mijn moeder, bijvoorbeeld.'

'Je weet niet precies wat je moeder voelt. En bovendien heeft die er niks aan als je huilt. Ik denk dat je meer huilt omdat jouw omgeving niet meer in balans is. Eigenlijk wil je dat de dingen blijven zoals ze zijn. Grote veranderingen in je omgeving... die laten je huilen.'

'Ik weet niet of het allemaal zo egocentrisch is...'

'Maar dat is het wel. Denk je dat de geest van je vader er wat aan heeft als je huilt? Of je moeder? Jij moet sterk zijn.'

'Ik weet niet...' Johan kijkt naar buiten. 'Jouw vader is ook overleden.'

'Ja.'

'Moest jij niet huilen?'

'Nee. Of... Ik weet dat niet meer.'

'Ik kan me niet voorstellen dat je zoiets vergeet.'

Hij maakt een wegwerpgebaar met zijn hand. 'Soedah.'

48

Den Haag, 1992

'Wat?' Chris kijkt geïrriteerd op uit zijn boek. 'Komt hij niet?'

Klaartje klinkt alsof ze totaal niet verbaasd is. 'Nee. Hij komt niet.' Ze zit aan tafel een kruiswoordpuzzel te maken en kijkt niet op. 'Dat verbaast je toch niet?'

'Dit is al de vierde keer dat hij afzegt. Zie jij hem nog weleens?'

'Heel erg weinig, maar wel iets vaker dan jij.'

Chris staat op en ijsbeert driftig heen en weer door de kamer. 'Het is je zoon, je ziet 'm nooit, hij trekt zich niéts van ons aan en als die jou dan een keer zou helpen met zo'n lekje op zolder geeft meneer niet thuis. Het is verdomme zijn werk.'

'Rustig maar, Chris. Ik kan ook een andere timmerman of zo bellen. Of een aannemer laten komen.'

'Omdat het te veel moeite is voor meneer. Wat voert die kerel dan de hele dag uit dat hij zelfs in het weekend niet langs kan komen?'

Klaartje vindt een woord van haar puzzel en schrijft dat op. 'Ik denk dat hij met zijn vrienden optrekt,' zegt ze. 'Wil je nog koffie?'

Chris gaat weer zitten. 'Ja graag.'

'Ik maak me zorgen om die vrienden van hem, Chris. Dat zijn geen leuke mannen. Grof. Het zijn racistische, nare kerels.' Ze kijkt naar Chris. Die herkent deze blik.

'Ja? Wat wil je dan van mij? Moet ik hem verbieden met die lui om te gaan? Hij is tweeëndertig.'

'Nee. Niet verbieden. Maar je zou 'ns met hem kunnen praten...'

Chris pakt zuchtend zijn boek weer op. 'Is goed.'

'Is goed? Je gaat het niet doen, hè?'

Hij haalt zijn schouders op. Wat moet hij zeggen tegen die jongen? Wat zegt een vader tegen zijn volwassen zoon? Geen idee.

'Chris. Luister. Je móét met die jongen gaan praten.'

'Misschien kan Johan dat doen. Die is goed in dat soort gesprekken...'

'Chris!' Klaartje klinkt niet vaak zó gebeten. 'Jíj moet met hem praten. Jij. Dat gaat niemand voor jou doen.'

Chris klapt zijn boek dicht en staart het raam uit. Hoelang heeft hij die jongen niet gezien? Dat was langer dan een jaar geleden. Veel langer. Je zorgt ervoor dat je zoontje te eten heeft. Je speelt met hem op het strand. Je leert hem gitaarspelen. Maar zelfs dat laatste is bij Rogier niet gelukt.

Klaartje loopt naar Chris en gaat op de leuning van zijn stoel zitten. 'Die jongen mist jou, lieverd.'

'Als hij mij mist, dan zou hij weleens kunnen komen opdagen als we hem vragen thuis iets te doen.'

'Ja,' zegt Klaartje. Ze haalt haar hand door zijn haar. 'O. Ik zie dat je kleurspoeling begint uit te groeien...'

Hij kijkt op naar haar.

Ze glimlacht. 'Ik help je zo wel, hoor. We maken het weer ravenzwart.' Ze pakt zijn haar in een staartje bij elkaar in zijn nek. 'Maar echt, Chris, een zoon komt niet alleen op bestelling wat klusjes in het huis van zijn ouders doen. Misschien moet jij eens naar hem gaan. Misschien moeten jullie eens samen uit eten gaan.'

Chris bromt.

Klaartje geeft hem een zoen op zijn voorhoofd. 'Een zoon heeft een vader nodig.'

◆

'*We are the Rocking Blue Old Men*,' roept Johan lachend als hij de repetitieruimte binnenloopt. Hij heeft zijn bas in een draagtas op zijn rug en houdt zijn handen gespreid open voor zich. Chris en Rob zijn al ingeplugd. 'Rob!' roept Johan en geeft hem een bearhug. 'Hoe is het met jou?'

'Goed, man. En jij?'

'Ik mag niet klagen. Wat voer jij tegenwoordig uit?'

'Ik speel gitaar. Op wat feestjes, of een showtje met de een of ander. En ik doe er nog wat werk bij in een muziekwinkel.' Hij lacht en haalt zijn schouders op. 'Nooit een opleiding afgemaakt,' zegt hij verontschuldigend. 'Jij wel hè? Ik hoor van Chris dat je in het onderwijs zit.' Chris lacht schaapachtig terwijl hij zijn gitaar stemt. 'Wat was het, 1966 toch? Dat we voor het laatst speelden?'

'Zoiets ja...'

Buiten toetert een auto, Johan doet de deur open. Er staat een prachtige Audi voor de deur, Stephan stapt uit. Hij draagt een strak pak. Zijn haar is kortgeknipt en in een strakke scheiding gekamd. 'Heren!' zegt hij terwijl hij zijn Ray-Ban van zijn neus haalt.

'Allemachtig, Stephan. Het gaat goed met je!' zegt Rob lachend.

'Hé,' zegt Stephan. 'Jongens! Wat lang geleden.' Hij slaat Rob op zijn schouder. 'Zie ik daar een buikje?'

'Die auto, waar doe je dat van?' Rob negeert de opmerking over zijn buikje volledig.

'Goena-goena. De geesten zijn me best goedgezind.'

'Best goed? Man, als ik die nummerplaten zie is het een bak van nog geen jaar oud. Ik ben al blij als ik mijn achtstehands Polootje kan blijven rijden.'

'Ik heb een goedlopende praktijk,' zegt Stephan. 'Ik ben advocaat geworden.' Chris fluit zacht tussen zijn tanden.

'Toe maar,' zegt Rob. 'Heb je dan nog wel tijd om te spelen?'

'Mijn vrouw zegt dat het heel goed voor mij zou zijn.'

'Je vrouw?' Chris kijkt naar Rob. Daar wisten zij niks vanaf.

'Ria,' zegt Stephan. 'Tijdens mijn studie ontmoet. Dat had je dertig jaar geleden niet kunnen bedenken, hè? Ik met kort, gekamd haar, een keurige kantoorbaan, een nette vrouw en twee kinderen.' Hij spreidt joviaal zijn handen. 'Modelgezinnetje. Hoe is het met Klaartje?'

'Goed. Goed.'

'En eh...' Hij kijkt naar Rob. 'Trudy toch?'

'Dat je dat nog weet, man!' zegt Rob vrolijk. 'Trudy ja. Goed hoor.'

'En...' Stephan kijkt naar Johan. 'Ach ja. Ik heb jou nog wel gezien.'

Rob en Chris kijken elkaar aan.

'Mijn zoon zat bij hem in de klas.' Dan draait hij naar Johan. 'Is er nog een nieuwe Eva gekomen?'

Johan schudt zijn hoofd.

'Hoe kan dat nou?'

Johan glimlacht. Chris ziet het tafereeltje aan. Hoe doet die Stephan dat toch, de grote vragen stellen alsof hij informeert naar het weer van morgen.

'Wie weet,' zegt Johan. 'Maar ik red het prima, hoor.'

Dan staat Chris op. Genoeg geleuterd, spelen nu. 'Kom, we pakken je kit,' zegt hij.

Stephan tikt 'I Go Ape' af. Rob legt het C-akkoord neer, a-mineur en terug naar c.

'Wacht eens,' zegt Chris. 'Speel jij hier weer een c?'

'Altijd zo gedaan,' zegt Rob schouderophalend.

'Moet een d-mineur zijn,' zegt Chris.

Johan schiet in de lach. 'Ik speelde hier altijd een d. '

'De mensen hebben er evengoed wel op gedanst,' zegt Chris. Hij zegt maar niet dat hij de tekst gisteren heeft opgezocht. De zin '*I'm a monkey's uncle who's a cousin to the chimpanzee*' heeft hij nooit herkend van het singletje dat ze indertijd hebben grijsgedraaid. En als hij hem had herkend, had hij hem waarschijnlijk nooit zo willen zingen. De mensen die de band zagen optreden hadden door de brakke zangzuiltjes sowieso nooit het verschil gehoord tussen de correcte zin en iets als 'Well, *aimaa monkookonkoo woezaakoezaatoeaa zjimpan zieee*', wat meer in de buurt zat van wat Chris toen zong.

Chris kijkt naar Johan. Kijk hem staan daar, meneer de onderwijzer, alsof hij zijn bas altijd om heeft gehouden. Hij en Stephan voelen elkaar perfect aan. Hoor dan, die ritmetandem, als een oude vissersboot komen ze op gang en als de penetrant tikkende klok in het woonkamertje van tante Juul gaan ze door. Kijk Rob. Chris heeft nog vaak genoeg met hem gespeeld, maar met z'n vieren is echt een ander verhaal. Alsof de broers opgetild worden, alsof je kunt zweven op de muziek die je zelf maakt. Dit is precies wat Chris kan en wil. Wat dondert het of het hip is of niet, een muzikant moet maken wat hij wil. Niet waar vraag naar is, maar wat hij voelt.

De band start wat roestig. De foutjes worden soepel uit de arrangementen gehaald en na anderhalf uur spelen geeft Stephan een roffel op zijn zwarte snare. 'We kunnen het nog. Dat is wel duidelijk. Maar vinden we het nog leuk genoeg? Ik wel.'

'En vind je het ook leuk om vooral van pasar malam naar pasar malam te trekken?' vraagt Chris. 'Want dat wordt onze toekomst natuurlijk. Dansen voor bejaarden.'

Johan lacht. 'Ik heb de goeie saté en gadogado wel gemist, hoor. En wie weet welke jongere er nog valt voor echte, transparante muziek. Er komt een revival voor alles.'

'Laten we het gewoon proberen. Zolang we er zelf lol in hebben,' zegt Chris terwijl hij zijn sigaret uitdrukt. 'We hebben natuurlijk één ding verkeerd gedaan.'

Iedereen kijkt hem vragend aan.

'We hadden veel meer eigen liedjes moeten schrijven. Er is niks tastbaars waar mensen ons van kennen. Eén geflopt album. Verder zijn het alleen de vervagende herinneringen.' De herinneringen aan een tijd dat we de wereld aankonden, de beelden van een tijd die hoe verder die van ons af ligt, hoe mooier die wordt. 'Maar man, wat gaven wij een shows!'

49

Den Haag, 1992

‘Gaat het, moeder?’ Johan kijkt haar bezorgd aan. Hij maakt zich eigenlijk zelden zorgen om zijn moeder op de manier waarop zij dat deed over hem. Er zijn zorgen om haar gezondheid, natuurlijk, maar het zijn geen zaken die hem uit zijn slaap houden of die in de weg zitten bij de dagelijkse beslommeringen.

‘Ja hoor,’ zegt ze. ‘Het gaat goed. Waarom vraag je dat?’

Haar stem klinkt hoger dan normaal.

‘Nou ja. U moet het nu maar alleen redden…’

‘Ach, onzin. Ik heb jullie toch? En mijn hemelse Vader zorgt voor mij.’

‘Die doet geen boodschappen.’

‘Johan!’

‘Maar waarin zorgt Hij dan wel?’

‘Johan!’

‘Ik bedoel het niet vervelend.’

Ze zucht diep. ‘Je vader kon het zo mooi zeggen altijd.’ Ze staart naar buiten. ‘Onze hemelse Vader voorziet ons… in eh…’

‘In ons dagelijks brood?’

‘Als hij het zei, begreep ik het en geloofde ik het.’

‘Als u het zelf zegt niet?’

Ze negeert zijn vraag. Johan kijkt naar zijn moeder. Het is bijna alsof zij steeds door hem, via hem leefde en geloofde. Hij, in alles het hoofd van het gezin, de man die haar met vaste hand leidde.

'Het lijkt ineens zo ingewikkeld allemaal. Ik moet ineens allerlei beslissingen zelf nemen. Ik kan hem niks meer vragen. Hij adviseert me niet meer. Als ik iets niet zeker weet, aan wie vraag ik het dan?'

'U kunt mij bellen of Karel of Nel...'

'Een standvastige man. Dag en nacht bij me. Iemand die het de moeite waard maakte aardappels te schillen of lekkere peertjes voor te stoven. Iemand om koffie voor te zetten...'

'Moeder...' Johan laat het klinken als 'zo erg is het allemaal toch niet'.

Er rijdt een brommer langs het huis. Johan hoort hem helemaal tot het eind van de straat. Als het gebrom is weggestorven, zegt moeder: 'Stil is het in huis, vind je niet? Niet dat vader zoveel praatte, maar je hoorde altijd dat hij er was. Hij hoestte wat, je hoorde zijn voetstappen, hij rommelde met spullen. Je hoorde altijd wel iets.'

Ze trekt haar mond in een glimlach, maar de ogen doen niet mee. Ze ziet er oud uit, denkt Johan. Tegen een kennis die naar haar vroeg zei hij laatst: 'Ze heeft er geen lol meer in.' En nu voelt hij dat dat het ergste is wat je over een levend mens kunt zeggen, dat die er geen zin meer in heeft.

'Heb je Eva nog weleens...?' vraagt ze na lang zwijgen. Misschien werd de stilte haar te veel, maar ook Johan weet dat dit een vraag is die ze al lang wilde stellen. En hij weet ook wat de volgende vraag wordt.

'Nee,' zegt Johan. 'Nooit meer gesproken.'

De klok tikt.

'En je hebt ook nooit...?'

'Nee mam, er is geen andere vrouw in mijn leven.'

Johan ziet haar vanuit zijn ooghoek uit het raam staren. Hij doet even zijn ogen dicht en denkt aan die laatste nacht die hij bij zijn vader doorbracht. Het geluid dat hij maakte, terwijl hij naar de dood sliep. Hoe zou dat zijn: alleen in bed liggen, als je het grootste deel van je leven naast dezelfde persoon in slaap bent gevallen? Als vrouw 's nachts alleen in huis. Als ze niet kan slapen en er niemand is die ze kan vragen: hoorde jij dat ook? Niemand om haar nachtelijke zorgen om haar kinderen mee te delen. Het zal toch wel goed met ze gaan? Redt Johan het wel in z'n eentje? Niemand die zijn zware arm onhandig om haar heen slaat. Als het licht is, is het vast een stuk draaglijker, maar 's nachts... 's Nachts zijn alle vragen prangender, alle zorgen groter, alle geluiden enger. Arme moeder.

'Nou jongen,' zegt moeder dan. 'Ik ga aardappelen schillen. Eet je gezellig mee?'

'Eh... Nee...' De stiltes zouden ongemakkelijk zijn. Als je bij je ouders thuis woont, kun je iets voor jezelf doen. Als je langskomt, moet je praten, je verhouden. Alle wissewasjes zijn uitgewisseld, de grote onderwerpen zijn minimaal aangeraakt, meer zit er niet in. Je wordt handig in het ontwijken van het echte gesprek, omdat je weet dat dat tot een aanvaring zal leiden. Als je dat lang genoeg doet, heb je uiteindelijk niks anders meer te bespreken dan het weer, het nieuws en de wederzijdse agenda's.

Zouden de mensen van de kerk wel genoeg langskomen? Daar zijn toch mensen die een psalm kunnen lezen, of een ander stuk uit de Bijbel, en dat feilloos kunnen toepassen op het leven van zijn moeder? Die zo'n tekst als 'mijn genade is u genoeg' zo kunnen laten klinken dat het haar werkelijk troost biedt? Zijn moeder past toch zo hecht in die gemeenschap, waar ze haar leven lang in gefunctioneerd heeft, waarvan ze de taal perfect spreekt, waar ze de mensen kent. Het is de wereld die Johan al een tijdje geleden heeft verlaten. Niet dat hij zichzelf geen gelovige meer zou noemen, maar al zou hij willen, hij kan niet terug. En hij kan vandaag niet eens doen alsof.

'Nee... Ik moet zo...' Hoe zou het zijn, denkt Johan, als je altijd tegen iemand hebt kunnen zeggen dat je bang bent, maar diegene er ineens niet meer is? Dat je als je het te stil vindt de radio of tv maar aanzet. En dat je hoopt dat een van je kinderen weer even langskomt om de stilte en de sleur voor korte duur te doorbreken. Dat je snel van de bank overeind komt als je een van hen hoort aankomen. Dat ze niet denken dat je te moe bent. Hij ziet zijn moeder heus wel stiekem achter een boekje of een blad geeuwen. Want als zij dat laat zien, zou hij misschien denken dat ze moe is en dat hij beter kan gaan.

Hij kijkt naar zijn moeder. Ze is nu achtenzeventig, haar haar in een grijs knotje en haar wangen zakken net onder haar kaaklijn uit. Als Johan gezocht heeft naar vrijheid, waar wilde hij zich dan van bevrijden? Of van wie? Heeft het hem meer opgeleverd dan afstand? Een afstand van zijn moeder die inmiddels zo groot is dat hij voor haar de goede woorden niet meer vindt. Dat de woorden waarvan hij weet dat ze haar helpen voor hem als tegeltjeswijsheden voelen. Dat je je in het bijzijn van je rouwende moeder even eenzaam voelt als zij.

'Ach wat. Ja. Goed. Gezellig.'

50

Bandoeng, 2005

De trein loopt een uur te laat station Bandoeng binnen. Het is tien over zeven in de ochtend en Chris rekt zich nog eens uit. In bijna een etmaal reisde hij met de trein dwars over Java. Het station is groot en druk. Chris haalt een briefje uit zijn broekzak. 'Koffiehuis Oey, Jalan Braga 45, Bandoeng' staat erop. Daaronder '10.00 uur'. Hij hoeft er niet naar te kijken, hij weet uit zijn hoofd wat er staat, maar het briefje is het bewijs dat het echt waar is. Hij is ruim op tijd, het is nog geen halfuur lopen, had Linda gezegd.

'Er is hier in Bandoeng een mooie straat met veel Nederlandse geschiedenis. De Bragastraat. Kom naar Kopi Oey. Je zult het er leuk vinden.'

De Jalan Braga is mooi. Ooit wilden de Nederlanders Bandoeng de hoofdstad van Nederlands-Indië maken, maar door de oorlog kwam daar niks van terecht. Er staan nog veel art-decogebouwen en op de gevel van Kopi Oey prijkt nog altijd de Nederlandse geveltekst KOFFIEHUIS OEY. Chris loopt een halfuur te vroeg een helder witte ruimte binnen. Hij kiest zorgvuldig zijn tafel – echte intimiteit is in deze frisse ruimte ver te zoeken – en bestelt een koffie. Of nee, doet u maar een sinaasappelsap. Hij wil geen onfrisse koffieadem hebben straks.

Stipt tien uur loopt een vrouw met grijs haar de zaak binnen. Ze draagt een stijlvolle, zwarte blouse op een spijkerbroek. Haar haar ligt in een staart op haar rug en ze heeft een kleine handtas bij zich. Ze zet haar zonnebril af en kijkt het koffiehuis rond. Chris staat met kloppend hart op van achter zijn tafel in de hoek. Hij zegt niks. Dit moet haar zijn. Of toch niet? Ze ziet er goed uit. Wat donkerder dan hij zich haar herinnerde. Als ze langzaam naar de counter loopt, ziet hij de wat uitgezakte billen in een iets te ruim vallende broek. '*Selamat pagi*,' hoort hij haar zeggen, op een toon die verraadt dat ze hier vaker komt. Dit moet haar zijn. Chris loopt haar kant op.

'Linda.'

Ze draait zich naar hem toe. 'Jongen,' zegt ze, en ze pakt zijn gezicht tussen haar handen. Hij ziet haar ogen, wat kleiner dan toen, maar nog altijd sprankelend. Haar slapen met een regelmatig kreukeltje in haar huid, zoals het kamermeisje in het hotel elke ochtend een handdoekje in een waaier vouwt. Op en rond haar neus wat subtiele sproetjes die je alleen ziet als je dicht bij haar mag zijn. Haar lippen rood gestift, nog net zo verzorgd als toen: niet overdadig, precies genoeg. Met haar handen tegen zijn weerbarstige wangen zit de omhelzing die Chris al dagen voor zijn geestesoog zag er niet in. Hij legt zijn handen op haar zachte heupen en zegt nog een keer 'Linda'.

Dan zet ze een stap naar de tafel van waar ze Chris op zag staan en laat zijn hoofd zo plotseling los dat Chris het bijna als een klap ervaart. 'Koffie dan maar?' zegt ze terwijl ze gaat zitten. Ze legt haar kin op haar linkerhandpalm, elleboog op tafel en kijkt Chris met een geamuseerde blik aan. 'Ben je daar weer? Laat me kijken. Ja. Je bent nog dezelfde *bangsat*.'

Chris zakt in zijn stoel. Het is lang geleden dat hij een deugniet werd genoemd. Alles verloopt nu al anders dan hij zich had voorgesteld. Niet heel expliciet, maar zo ergens verstopt in zijn hoofd zaten scènes die hij verwachtte, of waar hij op hoopte. Een ontmoeting bij haar thuis. Samen, zonder vreemde ogen. Wie weet wat er dan zou gebeuren. Een vrouw die direct smolt voor zijn charme van toen. Hij had beter moeten weten. Toen nam zij al resoluut de touwtjes in handen, zoals ze ook nu alle details van hun ontmoeting onder controle lijkt te hebben.

'Wat heb je al die tijd in Nederland gedaan?'

'Ik heb muziek gemaakt. Hele goeie tijden gehad, mindere natuurlijk ook, maar we waren echt goed. Nederland, vooral Duitsland, Scandinavië, de Alpenlanden...' Chris beweegt zijn open hand van links naar rechts voor zijn gezicht langs, alsof hij een dikke krantenkop voorleest. 'De Rocking Blue Boys.'

'Zozo, een muzikant.' Ze lacht even. 'Natuurlijk. Ik heb het toen al gezien. En wat doe je hier?' Chris ziet een vriendelijke glimlach en tegelijk een vorsende frons. 'Je jeugd herbeleven?'

Chris lacht schuchter. 'Ik ben nooit meer terug geweest, Linda. Ik wilde de grond weer voelen waarop ik mijn eerste stappen zette. De geuren van het land opsnuiven waar ik ben opgegroeid...'

'En?' Linda leunt nog steeds op haar elleboog.

'Ach.' Chris haalt zijn schouders op. 'Ik ben verward...'

Linda trekt één wenkbrauw op. Ziet er goed uit, denkt Chris. Hoe doet ze dat toch, zo achteloos.

'Ik herken dingen.' Chris leunt met zijn rug tegen de leuning van zijn houten stoel. 'Dit is onmiskenbaar het land waar ik ben opgegroeid. Maar...' Hij pakt zijn pakje sigaretten uit zijn zak. 'Mag ik?' vraagt hij met opgetrokken wenkbrauwen.

Linda knikt.

'Jij?'

Ze wuift zijn aanbod met haar linkerhand weg.

'Ik herken veel dingen. De Kali Mas stroomt op dezelfde plek, de Coen Boulevard is er nog, de Speelmanstraat. Maar tegelijkertijd...' Hij steekt zijn sigaret aan en inhaleert diep, '... is het mijn land niet meer. Er is zoveel gebeurd, zoveel afstand...'

'Wilde je weer even in de buurt van je vader zijn?'

Chris schrikt. Zag ze dat? 'Ik heb zijn graf bezocht. Voor het eerst...'

'Ben je daarom hier?' vraagt ze zacht.

Nee, denkt Chris. Mijn vader is dood, daar verandert een graf of het zien van een graf niks aan. 'Ja...' zegt hij weifelend.

Even later lopen ze door de stad. Twee zestigers onder de bomen over een brede stoep. Brommers razen voorbij, winkeliers proberen grote, kleurrijke schilderijen aan de man te brengen en verkopers staan met flesjes koud water op het trottoir.

'We horen nergens echt bij, Chris. Jij koos voor Nederland, of je werd gedwongen naar Nederland te gaan. Ik koos voor Indonesië.'

Chris knikt langzaam.

'Maar hoe is het? Gaat het je goed daar?'

'O jawel, het gaat goed.' Hij twijfelt. 'Ik heb juist altijd het gevoel dat ik hier thuishoor... Misschien moest ik dit land nog eens zien, ruiken, proeven.' Hij staart naar het einde van de straat. 'Maar misschien is het vooral dwaas...' Hij trekt zijn schouders wat naar achter en vraagt dan monter: 'Hoe is het jou vergaan?'

'Mijn vader werkte bij het consulaat, wij bleven de moeilijke jaren. Ik vond het vreselijk dat jullie weggingen.'

Chris kijkt opzij. Ze glimlacht zonder overtuiging. Hij blijft zwijgen en voelt hoe zijn hart een slag overslaat.

'Maar goed, het werk van mijn vader werd alleen maar drukker. Op het laatst had ik het gevoel dat wij nog de enigen waren. Dat was natuurlijk niet zo, maar een groot deel van onze klas was weg in 1959. Mijn vader stopte met werken in... wat was het? 1965 of zo. Toen gingen wij eindelijk naar Nederland. Ik wist ondertussen niet meer goed of ik blij of verdrietig moest zijn met die verhuizing. Ik was vijfentwintig, niet getrouwd en had geen vriend, daar maakten mijn ouders zich grote zorgen om. Ik ben met ze meegegaan. In Nederland vond ik vrij snel Eddy, we zijn getrouwd. Hij is indo, ook pas later naar Nederland gekomen. Wij konden niet aarden in Nederland.'

'Wie kan dat wel?' Chris lacht en houdt zijn handen open voor zich.

'Serieus: ik was te Nederlands voor het nieuwe Indonesië. Maar toen ik in mijn nieuwe vaderland aankwam, bleek ik daar veel meer Indonesisch dan dat ik hier Nederlands was. Ik heb het twee jaar geprobeerd, het lukte me niet. Nederlanders zijn in Nederland anders Nederlands dan hier. De gebruiken, de ruwheid, de koude ook.'

'Voor een Indonesische ben je behoorlijk direct.'

Linda lacht, nu echt. 'Dat komt door jou. Jij brengt de opstandige tiener weer in mij naar boven.' Ze kijkt hem recht aan. 'Ik kan veel bescheidener zijn, hoor. Maar ik ben hier nog altijd een blanda. Hoe dan ook, we zijn teruggegaan.'

'Kon dat zomaar?'

'Niet zomaar. Dat is een lang verhaal, niet interessant, maar het lukte. Ik heb hier nog familie wonen, dat hielp. Laten we het daar maar op houden. We zijn een pensionnetje begonnen en runnen nu een hotelletje hier in Bandoeng.' Ze zwijgt kort. 'Hielp het? Naar het graf gaan?'

Chris zucht. Waarom wil ze daarover praten? 'Ze zeggen dat je dan iets kunt afsluiten...'

'En?'

Chris kijkt nu ook opzij. 'Linda. Jij bent de enige die weet wat er gebeurd is, die dag.' Hij zucht.

Ze kijkt hem aan. Is dit het moment waarop ze begrijpt hoe belangrijk zij voor hem is? Voor hem kan zijn? 'Chris,' zegt ze lief. 'Je moet gaan praten. Je moet echt praten.'

Als ze terugkomen in het koffiehuis is de tafel waar ze net zaten nog vrij.

Chris denkt na. De logische maar impertinente vraag dringt zich op. 'Ben je gelukkig hier?'

Ze steekt haar hand op naar de vrouw achter de counter. Nog een keer hetzelfde graag, gebaart ze. 'Als ik ooit op een sterfbed lig, misschien heb ik wel pijn, in elk geval ongemak, dan zal ik vast naar deze tijd terugkijken en denken: toen was ik gelukkig.'

Chris fronst zijn voorhoofd en krabt aan zijn rechterslaap.

'Weet je,' gaat ze verder, 'het doet er ook niet toe. Dit is het. Hier ben ik. Hier ga ik het mee doen. Dat najagen van geluk... Het is vermoeiend en je wordt er ongelukkig van. Geluk heeft denk ik te maken met acceptatie.'

Chris zoekt naar een wijs woord, een zin die hem bij haar in de buurt zou kunnen brengen.

Linda leunt ontspannen achterover en bedankt de vrouw voor de koffie. 'Wil je nog wat eten?' vraagt ze.

Chris schudt langzaam zijn hoofd.

'Of dacht je soms dat je bij mij je oude geluk kon terugvinden?'

Chris kijkt geschrokken op. Hij voelt zijn wangen rood worden.

Linda gaat gewoon door: 'Mensen willen altijd terug naar de tijd dat alle keuzes nog openlagen. Die late tienerjaren, dat zijn toch de jaren waarin je gevormd werd, waarin je leven eindelijk een beetje richting begon te krijgen. En hoe rot die tijd ook was, in Soerabaja, dat waren onze mooiste jaren. Ja toch?'

Chris knikt, een beetje schaapachtig.

Ze legt haar rechterhand op de zijne. Twee handen, ietwat rimpelig. De zijne met ranke, soepele vingers. De hare zacht en stevig, handen die het nodige aangepakt hebben. 'Ik heb getwijfeld of ik je wilde zien. Ik vond het moeilijk dat je wegging. Het had anders kunnen lopen. Maar ik heb nagedacht. En dit is wat ik je wil zeggen. En het lijkt me goed als we eerlijk en duidelijk zijn. Ik wil niks laten sudderen. Ik vond je geweldig toen, met die gitaar. Met dat stevige lijf van je.' Ze glimlacht, nu echt lief. 'En ik weet dat jij mij ook mocht. Ik weet ook dat je...' Ze hapert even. '... dat je nog niet echt toegewijd was.' Weer die lach. En weer die kleur. 'Maar we waren jong. Ik had vast een zware dobber aan je gehad, maar ik wilde het uiteindelijk wel proberen. Het is allemaal anders gelopen.' De lach is totaal weg. 'Zo gaat het. Zo kan het gaan.' Ze laat zijn hand los en spreekt wat luchtiger nu. 'We kunnen niet terug. En hoe verleidelijk, uiteindelijk wíl ik dat ook niet. Ik ben blij met mijn leven. Als het anders was gegaan was ik dat vast ook geweest, maar ik ben nu met Eddy. Hij is een goede man. Ben jij getrouwd?'

'Ja.' Chris schraapt zijn keel. 'Met Klaartje.'

'Lang?'

'Een jaar of vijfenveertig...'

'Lang. Mooi.'

Moet ze nu niet vragen of het een goed huwelijk is, denkt Chris. Ze vraagt het niet. Hij zegt er niets over.

'Ik al bijna veertig jaar. Ik leef langer mét hem dan zonder hem. Hij maakt een essentieel deel uit van mijn leven. Het gaat niet om goed of niet goed, om geluk of ongeluk, voor mij is mijn leven met hem de weg waarlangs ik hier ben gekomen. En ik ben er nog, het gaat me goed, dus de weg zal goed zijn. Ik zeg niet dat het de enige weg is, maar het is een goede weg.'

Chris kijkt haar aan. Wát een vrouw. Zijn gezicht klaart op als een Hollandse lentedag. 'Mooi. Mooi wat je zegt. Ik vond het moeilijk om weg te gaan. Ik wilde echt niet. En dat had alles met jou te maken. Misschien wil ik wel terug naar toen.' Zijn lach bevriest en hij zakt terug in zijn stoel. 'Maar ja.' Hij knijpt in zijn eigen wang. Iedereen kan zien dat hij geen achttien meer is.

Linda geeft een zacht tikje op zijn hand en trekt de hare terug. 'Ouwe taaie. Je ziet er goed uit.' Ze drinkt haar koffie in één teug op. 'Vertel eens, van je band?'

Chris sluit zijn ogen kort. 'We speelden ons eerste grote optreden in de Marathon. Dat is de kantine van een rolschaatsbaan die je toen in Den Haag had. De helft was bluf, maar behalve gitaarspelen, konden we ook heel goed bluffen. Helemaal vooraan stond een meisje. Mooi koppie, goed figuur, niet dat sprieterige, en ze keek maar naar mij...'

Die lieve, aandachtige blik heeft Klaartje nog steeds, denkt Chris. Ze heeft altijd naar hem gekeken, hoe hij ook wegkeek. En wat hij ook uitspookte, hij kon bij haar terecht. Zoals een schooier altijd weer een overnachting bij het Leger des Heils kan regelen. Hij zucht onhoorbaar.

'En toen?' vraagt Linda.

51

Den Haag, 1994

Hij weet niet of het verstandig is, maar doet toch nog maar een glas. Het voelt een beetje als een verplichting, maar uiteindelijk valt het altijd mee: het halfjaarlijkse etentje met een paar docenten van de technische school. Het is een vast groepje van acht en het begon kort na zijn scheiding. In dezelfde tijd lagen er nog twee collega's in scheiding en Lidy Harting nodigde hen alle drie samen met vier vrijgezelle collega's uit. Wij zijn de solisten, zei ze, en wij hebben ook weleens zin in een gezellig etentje. Het leek Johan een slecht idee en een meelijwekkende poging singles te koppelen of om een avond te gaan somberen, maar hij had zich over laten halen. Het werd veel gezelliger dan hij had verwacht. Ze hadden gelachen, mooie verhalen uitgewisseld, goede wijn gedronken en Lidy bleek een geweldige kok te zijn.

De andere gasten zijn net weg en de gastvrouw loopt naar haar stereomeubel. 'Hoor dan, hier was ik vroeger hélemaal gek van.' De naald valt iets te hard op een elpee. Er klinken wat korte stoten van de blazers die steeds het bandje antwoorden en dan komt de zijdezachte stem van Al Green: *'I, I'm so in love with you...'* Lidy wikkelt haar armen om zichzelf en laat de mensen aan tafel zien hoe ze met haar handen over haar eigen rug wrijft, alsof ze intiem danst met een ander.

Johan lacht. 'Op wie was je zo verliefd toen je dit hoorde?'

'Op...' Lidy twijfelt. 'Dat maakt eigenlijk helemaal niks uit,' zegt ze dan. 'Ik was gewoon verliefd op Al Green. O, wat een man vond ik dat.'

'Something that can make you do wrong, make you do right,' zingt Al Green. Lidy steekt haar vinger op. 'Luister maar.'

'Yeah hmmm love...' Vijf zachte tikken, dan een soulvolle gitaar en daar is het heerlijk romige orgeltje en vervolgens Al Green weer: *'Yeah, love... Love and happiness.'*

De blikken van Johan en Lidy kruisen elkaar, dan glimlacht Lidy naar haar parketvloer. Ze wiebelt even met haar billen heen en weer over haar stoel alsof ze zo steviger zit en zegt dan: 'Dit is zo'n mooi verhaal.' Ze duwt de wijnfles naar het midden van de tafel. Neem wat, gebaart ze. 'Die Al Green hè, die heeft op een gegeven moment een hit. "*Let's get married today,*" zingt hij. Als dat nummer in Amerika op de eerste plaats staat, komt zijn vriendin Mary langs. Die was al getrouwd, maar ze wilde Al Green.'

Johan grinnikt. De gevaarlijke aantrekkingskracht van een man op het podium.

'Nee wacht!' Lidy wuift haar rechterhand voor haar gezicht heen en weer. 'Zij wil trouwen, Al wil dat niet, zij wordt kwaad. Er staan daar in de keuken grutten op het vuur, *grits*. Eten ze veel in het zuiden van de vs.'

'Memphis toch?' vraagt Johan.

'Memphis natuurlijk,' zegt Lidy. 'Maar die Mary wordt zo kwaad, die pakt die kokende pan grits en giet dat over Al heen. Die moet natuurlijk meteen z'n kleren uit, afspoelen, weet ik wat, die is even bezig. Loopt Mary ondertussen naar zijn slaapkamer. Hij heeft een pistool in de la van z'n nachtkastje...'

'Het blijft natuurlijk het zuiden van de vs...' vult Johan aan.

'En ze schiet zichzelf door d'r hoofd.'

Johan fronst zijn voorhoofd en kijkt haar vragend aan. Wat luguber.

'Maar Al is daar zo van in de war, die ziet het als een soort wake-upcall. Die gooit z'n hele leven om en wordt dominee. Dat is hij nog steeds, dominee in Memphis. Je kunt zo bij hem naar de kerk, hij preekt er elke zondag.' Ze kijkt even naar Johan. 'Ik wil daar per se nog een keer naartoe.'

'Wat een verhaal,' zegt Johan.

'En hij maakte hierna *The Belle Album*. Ken je dat?' Ze loopt naar haar platenkast, pikt er binnen de kortste keren het betreffende album uit, houdt dat omhoog en zingt: *'Belle, it's you that I want, but Him that I need.'*

'Nee,' zegt Johan. 'Dat ken ik niet.'

'En daarna heeft hij alleen maar christelijke platen gemaakt.' Ze trekt nog twee albums uit haar kast. 'Ik vind ze niet zo goed. Hier,' ze schuift ze naar Johan. 'Misschien kun jij er wat mee. Luister maar eens.'

'Ga ik doen,' zegt hij. 'Kunnen we ze de volgende keer bespreken,' voegt hij glimlachend toe.

Het is rond middernacht als Johan thuiskomt. Hij knipt twee lampjes aan en pakt een van de Green-elpees uit de hoes. *Precious Lord* heet het album en het is uitgebracht op het Myrrh-label, ziet hij als hij het vinyl uit de binnenhoes schuift. Mirreplaten. 'Mijn Liefste is mij een bundeltje mirre, dat tussen mijn borsten vernacht.' Staat de mirre hier voor thuiskomen bij God, zoals een man thuis is tegen de zachte huid van zijn geliefde? Hij hoort Al Green 'Precious Lord' zingen, een gospel die Johan kent van Elvis. Daarna 'What a Friend We Have in Jesus'. 'The Old Rugged Cross'. Het is onmiskenbaar die prachtige, zoetgevooisde stem van Green en de arrangementen zijn weelderig, Johan begrijpt precies waar dit allemaal over gaat – en toch grijpt het hem niet.

Hij pakt de cd die hij deze week kocht omdat hij er goeie dingen over las. Hij is net uit. Op de hoes staat een zwart-witfoto van een oudere man met een lange, zwarte jas aan, benen iets wijd. Aan weerszijden geflankeerd door een hond. Aan de bovenkant staat in grote witte letters CASH. Johan legt het hoesje op een stapeltje proefwerken dat hij eigenlijk nog had willen corrigeren voordat hij naar bed zou gaan en steekt het schijfje in de cd-speler.

Johnny Cash maakte steeds opnieuw platen die veel op de vorige leken. *Honk-plakke-plok-plakke-plok-plakke-plok.* Ze hebben het met de Rocking Blue Boys ook weleens gespeeld. Speel zo'n ritme op je gitaar en je kunt van elk countryliedje een Johnny Cash-liedje maken. Hij klinkt nu anders. Een eindje in de zestig moet hij nu zijn. Deze plaat klinkt alsof Cash naast je in de kamer zit. Het plakke-plokgeluid is weg, de arrangementen zijn weg, Johan hoort een oude man en niks anders dan zijn akoestische gitaar. '*The beast in me is caged by frail and fragile bars,*' zingt Cash. Johan veert op. Hier wordt geen enkele poging gedaan de boel mooier te maken dan die is. De breekbaarheid en imperfectie worden op deze plaat toegelaten, gekoesterd zelfs. '*Like a bird on the wire, like a drunk in a midnight choir, I have tried in my way to be free.*' De donkere stem van Cash kiest de kortste weg naar binnen. Zacht tikt hij een-twee-drie, een-twee-drie mee in het walstempo van het nummer. Wat is dit onontkoombaar raak.

Johan kijkt naar zijn basgitaar, die in de hoek van zijn kamer staat. Morgenavond repetitie met de band, dit weekend een optreden op de pasar malam in een gymzaal in Baarn. '*Bebopalula, she's my baby*', zullen ze dan weer spelen, of '*Hey good looking, watcha got cooking? How about cooking something up with me?*' Alsof ze nog altijd in de korte broek over het plein van de zeevaartschool rondrennen. Daar is op zich niet zoveel mis mee, omdat het lekkere muziek is en omdat het herinnert aan een prachtige tijd. En omdat hij van de jongens houdt met wie hij dit speelt. De jongens die hem bij de hand hielden toen hij zijn eigen weg zocht. Muziek is de krachtigste manier om naar een andere tijd of sfeer te trekken, muziek is ontsnapping. Maar deze muziek is geen ontsnapping, het is een spiegel die hem verbazingwekkend diep ontroert. Als rock-'n-roll rondvliegende tienerhormonen zijn, dan hoort hij hier het gerijpte leven.

'If I, if I have been untrue, I hope you know it was never to you.' Het is als een lied dat hij zichzelf toezingt. Toen Johan stopte met muziek maken, geloofde hij de boze act van de Rocking Blue Boys niet meer. Hoelang kun je puberaal boos en opgewonden zijn? De nieuwe kant die de muziek op ging lag hem niet, de oude werkte niet meer, maar heeft hij wel lang genoeg gezocht? Had hij niet toch verder kunnen gaan, móéten gaan met muziek? Niet dat hij zo goed zou kunnen zijn als Cash, maar de gedachte dat popmuziek alleen voor jongeren zou zijn, wordt met deze plaat prachtig ontkracht.

Als het album is afgelopen, drukt hij meteen nog eens op play. Hij schudt langzaam zijn hoofd. Het is gegaan zoals het ging, niet in wrok terugkijken. Hij schenkt een glas whiskey in en sluit zijn ogen. *'Why me Lord,'* zingt Cash, *'what have I ever done, to deserve even one of the blessings I've known...'* De proefwerken blijven onaangeroerd. Als 'Bird on a Wire' opnieuw voorbijkomt, lopen de tranen over zijn wangen. Muziek heeft hem veel gegeven, vroeger, maar het geeft hem nu ook nog steeds gul. Of beter gezegd: weer.

Idioot! Hoe kon hij nou denken dat hij het achter zich moest laten. Dat het een fase was. Hoe heeft hij kunnen denken dat hij zonder kon? En hoezo zou hij niet alsnog kunnen beginnen zelf liedjes te schrijven? Dit is het, deze muziek snijdt hem recht in zijn ziel. De whiskey laat een spoor van hitte tussen zijn longen na. Hij weet, dit is zo'n irreëel moment waarop muziek, liefde, God, geluk en licht allemaal samenvallen. Hier en nu gelukkig zijn, niks meer te wensen hebben, alsof je het leven doorziet. Dit heerlijke ogenblik van genot en tevredenheid. En het is net als wanneer je naar je hypotheekadviseur luistert. Als hij uitgepraat is en je hebt je vragen gesteld, dan begrijp je het, je maakt een keuze, maar een dag later snap je er alweer geen klap van. Maar je houdt je vast aan dat ene moment waarop je het doorzag.

Morgenavond speelt hij 'Hound Dog' en voelen veel mensen zich weer even jong. Deze nacht luistert hij naar een oude zanger en voelt hij zich precies zo oud als hij is: zesenvijftig jaar.

Hoe zou Lidy deze plaat vinden, vraagt hij zich af. Wie weet kan hij 'm eens aan haar laten horen. Dan knipt hij het licht boven zijn tafel uit.

52

Soerabaja, 2005

Nog één keer wil Chris het huis waar hij woonde zien. Nog één keer de mooie dagen voor de geest halen, het muurtje zien waar Rob en hij speelden. De papajaboom in de tuin zien. Nog één keer vanaf daar de stad in.

Bij het karretje aan het begin van de straat staat hij even stil. Soto ajam of saté? Het wordt saté.

'Woonde u hier?' vraagt de verkoper. Zijn vrouw zit naast hem op de stoeprand.

Chris knikt. 'Mooie straat,' zegt de man. 'Welkom terug.'

'Tarima gassi.' Dank je. Aardige man, mooie dag, het gaat zowaar wennen, dit land.

Het is rustig. Een verkoelend windje ruist door de bomen. In de verte huilt een kind. Chris schrikt van het geluid van een plotseling passerende vrachtwagen en prikt zijn satéstokje per ongeluk in de binnenkant van zijn wang. Het huilende kind lijkt plotseling veel dichterbij. '*Andjing* blanda's!' schreeuwt iemand. Honden van de Nederlanders. Het kind krijst 'Mama! Mamaaa!' Het is of hij alle lucht uit de verste uithoeken van zijn zesjarige lijfje perst. Woeste mannen rennen het huis in. Ze hebben lange bamboesperen, Japanse kromzwaarden en pistolen. Zware meubels vallen, glas versplintert en deuren worden dichtgesmeten alsof de donder direct boven het huis buldert. Dan komt zijn vader naar buiten, handen omhoog, zijn hoofd naar beneden en zijn witte overhemd besmeurd met bloed. Twee mannen prikken met hun bamboe *roentjing* in zijn rug. De zoekende ogen van vader vinden zijn zoon. Hij zegt wat. Chris verstaat alleen '... voor mama en huil niet'. Dan wordt zijn vader ruw de truck in geduwd.

'Wat zegt u, papa? Wat moet ik doen?' Chris schreeuwt, maar zijn vader hoort hem niet meer. 'Wat zegt u?'

Dan voelt hij een hand op zijn schouder. 'Gaat het, meneer? Kan ik u helpen?' De satéverkoper vermindert zijn greep.

Chris schudt zijn hoofd. Waarom komen die verdomde beelden steeds terug? Hier nog veel levendiger dan in zijn nachtmerries. '*Sama-sama*,' zegt de man. Alstublieft. Hij geeft Chris een flesje koud water. Grote slokken neemt hij, alsof hij de demonen uit het verleden weg kan spoelen. 'Tarima gassi,' mompelt hij, en hij grijpt gedachteloos naar zijn portemonnee om te betalen voor het water.

'*Tiada. Tidak apa-apa.*' De man maakt afwerende gebaren. Hij wil niks.

'Tarima gassi,' zegt Chris nog eens en hij haalt diep adem. De laatste keer dat hij zijn vader zag, die herinnering, hoort ook bij deze plek. Zijn moeder was met Rob op stap, hij was alleen thuis. Nooit heeft hij verteld wat er die dag gebeurde. Dan draait hij zich van het huis weg en loopt in de richting van de Darmo Boulevard. Net als op die vervloekte dag in oktober 1945 wil hij naar het centrum. Toen rende hij zo snel zijn beentjes hem toelieten. Nu zet hij zijn stappen behoedzaam op de grote stenen platen die de afwatering van de straat bedekken en een soort voetpad vormen. Er liggen gebroken stenen tussen en hier en daar ontbreekt een stukje.

De Darmo Boulevard is een stuk drukker dan de Jalan Dr. Soetomo. Iemand test een speaker op de stoep, er klinkt keiharde *dangdut*-muziek over straat, het optrekkend verkeer bij een stoplicht klinkt als een roffelende onweersbui. Langs de weg zijn winkeltjes en een paar garages, die in correct Indonesisch 'doorsmeer' worden genoemd.

Tegen het eind van de Palmenlaan ligt het Scheepmakerspark. Het is eigenlijk niet veel meer dan een enorme groene rotonde. Midden in het parkje rijzen de grote witte buizen van het Monumen Bambu Runcing boven de bossages uit. Water valt vanuit de openingen boven in de vijver waar het monument in staat. Bamboesperen, Chris voelt zijn benen slap worden en gaat op een bankje langs de weg zitten. Met dit monument eren de Indonesiërs de pemuda's, die met deze wapens de Nederlanders of alles wat westers was te lijf gingen. Zoals nu het verkoelende water langs het schuin afgesneden bamboe naar beneden klatert, zo gutste eens het bloed van de Nederlanders van de punten van de roentjings.

Een stukje verderop, aan de rechterkant van de weg, ligt de Zangrandi-ijssalon. Dit was in de jaren vijftig een populaire plek en het is er nog steeds druk. Chris gaat in de serre aan de straatkant zitten en bekijkt de menukaart. Sommige coupes komen hem bekend voor, hij bestelt de Soes Sweet. Hij krijgt een wat kleffige, smakeloze soes met chocolade-ijs ertussen. Het smaakt naar vroeger, leest hij op de menukaart. Er zitten kleine ijskristallen in zijn ijs, lusteloos lepelt hij zijn schoteltje leeg.

Aan de overkant van de straat staat het witte gebouw met het achthoekige torentje. Waar nu de busjes en een kleine oplegger staan van de mannen die de stoep opnieuw bestraten, stonden zestig jaar geleden de vrachtwagens. Hier eindigde de run van het zesjarige jongetje. De boom waar hij zich indertijd achter verschool ziet hij niet. De plek waar hij urenlang wachtte, totdat – daar was hij van overtuigd – hij met zijn vader terug naar huis zou wandelen. Het gebouw is de Simpang Sociëteit, nu de Tourist Information. Er is een oude en een nieuwere club. Op het plein ertussenin was het druk die dag in 1945. Hier zag hij dingen die hij nooit onder woorden zal kunnen brengen. Pemuda's die schreeuwend heen en weer liepen. Mannen die neergeknuppeld werden. Een vrouw van wie een borst met een kromzwaard werd afgehakt omdat ze er een oranje vaantje op gespeld had. Een man met een verbrijzeld achterhoofd, na een klap met een staaf. Een vrouw die aan haar polsen opgehangen schokkende bewegingen maakt, tussen haar benen is een roentjing omhooggestoken... Chris voelt het soesje zurig achter in zijn keel omhoogkomen. Daar ergens, tussen die doodgeranselde Nederlanders, lag zijn vader.

De stratenmakers schreeuwen opgewekt aanwijzingen naar elkaar. Vrolijke dansmuziek schalt uit hun radiootje. Je kunt een plek niks kwalijk nemen. De kinderen van de kinderen van de daders ook niet. Een land niet. En het heeft geen zin om terug te gaan. Maar hier zijn vreselijke dingen gebeurd. Niet huilen, zegt zijn vader. In de serre van Zangrandi, waar mensen zichzelf en elkaar trakteren op een feestelijk ijsje, mengen de tranen van Chris zich met de restjes chocolade-ijs op zijn schoteltje.

Langzaam steekt Chris over, naar de hoek van het terrein. Op een marmeren plaat die bevestigd is aan een sierlijke toegangszuil leest hij:

THIS WAS AN EXCLUSIVE DUTCH CLUB, FORBIDDEN FOR
NATIVES AND DOGS. FROM SEPTEMBER – NOVEMBER 1945
THE PRI (PEMUDA REPUBLIK INDONESIA) USED IT AS
THEIR MAIN HEADQUARTERS IN THE FIGHTING AGAINST
THE POWERFUL COMBINED ALLIED FORCES WHICH STARTLED
THE WORLD BY ITS DURATION AND TENACITY.

Chris spuugt machteloos een witte klodder tegen de goudkleurige letters op het zwarte marmer. Een ongewapende man in een wit overhemd onder de neus van een zesjarig kind vandaan sleuren, dat zijn de *powerful combined forces*? De machteloze Chinese winkeliers die tegen de wil van de pemuda's eten verkochten aan Nederlanders?

Er zijn zoveel mensen gesneuveld hier. Deze plek is de vloek van Soerabaja. Een hoofdkwartier van beulen. Hier zijn Nederlandse mannen en vrouwen afgemaakt als de honden die de Simpang Club niet in mochten. Niemand weet hoeveel het er zijn, maar wat doen de cijfers ertoe? Ook al zijn het er heel veel, het verzacht of verergert niets van de pijn van het gemis van je vader, die een van die slachtoffers is.

De volgende ochtend loopt Chris langs de bloemenwinkel in de buurt van zijn hotel. Er staan enorme pronkstukken die bij begrafenissen gebruikt worden, maar de zaak heeft ook handzame bosjes, vooral gerbera's en veel kleurig geverfde pluimen. Chris kiest het minst fleurige boeket en wandelt terug naar de Simpang Club.

Bij de oprit naar het middenplein van de club aarzelt hij. Ogen openhouden, niet toegeven aan de horrorbeelden die continu terugkomen. Kijk naar de kalme plek die het nu is. Hij weet niet waar het precies gebeurd is. Hij weet niet eens zeker of zijn vader hier op deze plek het leven liet, of dat hij een van de mensen was die meer dood dan levend achter op de vrachtauto's gesmeten werden. De Kali Mas, de rivier hierachter, zag rood en Chris weet in elk geval dat het bloed van zijn vader de rivier mede gekleurd heeft.

Hij weet ook nog dat hij aan het einde van die dag in de warme, beschermende armen van zijn moeder lag. Hij mocht niet huilen, hij kon niet spreken en hij durfde niet te slapen. Hij was nog niet te groot om opgetild te worden, zij wiegde hem zachtjes, zwijgend heen en weer. Haar rechterarm onder zijn billen, haar linkerhand in zijn haar, zijn hoofd in de ronding waar de schouder overgaat in de nek.

Uiteindelijk legt Chris de bloemen bij de oprit. 15 oktober 1945. Over een paar maanden is het precies zestig jaar geleden. Hij blijft even gehurkt zitten en komt dan moeizaam overeind. 'Mooi, dank je wel,' zegt een van de stratenmakers als hij de bloemen ziet liggen. Hij tikt tegen zijn petje en gaat door met zijn werk.

53
Den Haag, 1994

Johan was niet komen opdagen bij een bandrepetitie. Dat is niks voor hem. Chris heeft hem gebeld, maar er werd niet opgenomen. Dat is ook niks voor hem. Een paar dagen later belde hij nog eens en alweer werd er niet opgenomen. Uiteindelijk ging hij bij zijn huis langs. Niemand deed open. Chris zocht het telefoonnummer van Johans zus Nel, maar vond die niet. Hij belde de lts en kreeg daar te horen dat hij in het Westeinde Ziekenhuis moest zijn, het voormalige St. Joannes de Deo. In zijn oude Peugeot scheurde Chris erheen en vroeg hijgend bij de receptie waar hij de heer Berkenbosch kon vinden. Vierde etage, afdeling oncologie, was het koele antwoord. Oncologie?

Chris holt nu door de gang. Dat is toch iets met kanker?

Johan ligt met zijn ogen dicht in het achterste bed bij het raam. Chris loopt naar hem toe en staat even stil. Net als hij zich weer om wil draaien, opent Johan zijn ogen. 'O sorry, ik geloof dat ik even sliep,' mompelt hij.

'Man! Wat doe je hier?'

Johan haalt bijna onzichtbaar zijn schouders op. 'Ik had al een tijdje last van mijn buik,' zegt hij zacht. 'Ik dacht dat het van de drank kwam. Later vond ik dat ik minder moest eten. En weer later bedacht ik dat ik gewoon gezonder moest eten.' Hij sluit zijn ogen. 'Als je alleen bent, haal je vrij makkelijk iets wat niet altijd even gezond is...' Hij kijkt Chris weer aan. 'Maar dat was het dus niet.'

Chris gaat zitten op het krukje naast Johans bed. 'Maar wat dan wel?'

'Er zat iets in m'n darmen, een tennisbal zo groot. Dat is er nu uit.' Johan lijkt zijn witte laken opzij te willen doen.

Laat maar, gebaart Chris. Dat gelooft hij wel.

'Maar het zag er niet goed uit.'

'En nu...?'

Johan slikt moeizaam. 'Het is een slecht verhaal, Chris. Die tennisbal is eruit, maar het zit overal.'

'Verdomme...'

Hij staart Johan zwijgend aan. Die kijkt bijna verontschuldigend. Het is stil. Dan loopt er een vrouw van een jaar of vijftig de zaal binnen. Ze draagt een elegante, donkere jurk, haar jas hangt losjes over haar rechterarm en haar haar zit in een knotje. Een paar onwillige krullen springen speels rond haar gezicht.

'Hoi Nel,' zegt Johan als zij zich over zijn bed buigt en hem een zoen geeft.

'Chris,' zegt Nel. 'Goed je hier te zien.'

Ze geeft hem drie zoenen, waarbij haar wang de zijne lichtjes raakt en haar mond precies de kant op tuit waar Chris niet is. Dan haalt ze een krukje bij een ander bed weg en gaat zitten.

Nog altijd een mooie vrouw, denkt Chris. Ze heeft een fronsje tussen haar wenkbrauwen en strijkt het laken van Johan strak.

Ze vraagt Johan hoe hij zich voelt, Chris maakt aanstalten om te gaan. Snel laat ze hem weten: 'Wij putten moed uit het geloof dat onze vader ons heeft meegegeven.' Ze plukt een onzichtbaar pluisje van zijn laken. 'Nietwaar, Jo?'

Johan knikt en kijkt een beetje gegeneerd naar Chris.

◆

Johan ziet er slechter uit dan de eerste keer dat Chris hem in het ziekenhuis trof. Hij ligt met een paar kussens in zijn rug met zijn hoofd een beetje omhoog. Zijn wangen zijn ingevallen, zijn nek ziet er verrimpeld uit en zijn ogen liggen angstig diep in zijn gezicht.

'Hoe kán dit nou?' zegt Chris. 'Ik rook, ik drink veel meer, ik leef véél ongezonder... Dit is oneerlijk.'

Johan kijkt rustig langs Chris heen. 'Ik heb altijd gedacht dat dingen met een reden gebeurden. Ik heb geloofd in een bestuurder van de dingen. Geloofd in iemand die naar je omziet. En soms zie je dingen mooi op hun plek vallen, en dat lijkt dan een bevestiging van die overtuiging. Maar hoe ouder je wordt, hoe meer dingen je gruwelijk mis ziet gaan. Ik weet het niet meer. Misschien is er een plan.' Hij haalt zijn rechterhand langzaam over zijn gezicht. 'Maar misschien is het domme pech, dit.'

'Dit is niet logisch.'

'Logisch...' Johan haalt zijn schouders op. 'Wat is logisch dan? Kijk nou, jouw moeder, alles wat ze heeft meegemaakt, zij is er nog. Mijn ouders zijn allebei al dood...'

Chris pakt een bekertje en schenkt bij de kraan water in. 'Jij?'

Johan schudt zijn hoofd één keer.

'Het gaat inderdaad niet om wat logisch is,' zegt Chris dan. Het gaat om de onverdraagzame gedachte dat het ooit afgelopen zal zijn. Maar die gedachte wil hij niet uitspreken. 'Maar jij was altijd veel gematigder. In alles.'

Johan grinnikt moeizaam. 'Ach ja, je kent ons, Hollanders, hè. Matigheid als een deugd. Altijd een appeltje voor de dorst.' Hij slikt en trekt een pijnlijk gezicht. 'Wij moeten rekening houden met de seizoenen. Wij moeten plannen, anders hebben we in de winter niks te eten.' Hij probeert een beetje te gaan verliggen. 'Dus ik heb altijd geprobeerd wat achter de hand te houden. En ik heb gebouwd aan een pensioen.' Hij sluit zijn ogen. 'Dat ik nooit zal aanspreken...'

'Waarom zeg je dit?' vraagt Chris.

'Omdat...' Hij doet zijn ogen weer open en kijkt Chris nu aan, '... ik altijd gezien heb hoe jij voor het moment ging. Ik moet je zeggen, ik zag het vaak hoofdschuddend aan. Hoe kon je zo met geld smijten? En je dwong ons in feite hetzelfde te doen.'

'Omdat we het hadden,' mompelt Chris verdedigend.

'En je dacht niet dat het ooit zou stoppen.' Johan zegt het meer als een constatering dan als een vraag. Hij draait zijn hoofd weg. 'Maar kijk mij nou. Klaar voor de toekomst. Met alles rekening gehouden, alles netjes voor elkaar. Behalve één ding.' Hij kijkt weer naar Chris. 'Er is geen toekomst.'

'Verdomme, Johan,' zegt Chris zacht. Hij kijkt naar buiten. 'Zeg dat nou niet. Niet opgeven!'

'Het stomme is...' Het lijkt wel of Johan wacht met het afmaken van zijn zin tot Chris hem weer aankijkt. 'Jij had het gewoon bij het rechte eind.'

Chris schudt bijna onzichtbaar zijn hoofd. Johan, de verstandige Johan, hij had meer van hem kunnen opsteken. Dan had hij nu misschien niet zo krap gezeten. Dan was hij vast niet van baantje naar baantje gerommeld. Die plichtsgetrouwe Johan had beter voor Klaartje gezorgd, vast en zeker.

'Ik had zoveel van je kunnen leren,' zegt Johan zacht. Hij houdt zijn hand voor zijn borst alsof hij een beker vasthoudt. 'Dat calvinistische ventje dat in me zit, dat is zo hardnekkig. Hoe hard had ik met m'n neus op het nu gedrukt moeten worden? Het gebeurde allemaal voor m'n neus. Het was soms alsof ik dacht dat ik erboven zweefde. Alsof ik alleen maar kon denken aan hoe het verder moest, aan wat er nog moest gebeuren, aan de toekomst.' Hij hoest schor. 'Aan hoe het ooit allemaal beoordeeld zou worden...'

Chris pakt zijn haar in zijn nek bij elkaar, alsof hij er een staartje van gaat maken. Dan laat hij het weer los. 'Ik vraag me af of dat klopt, wat je daar zegt,' zegt hij dan. 'Ik denk dat je jezelf tekortdoet. Ik heb je muziek zien maken. Echt muziek zien maken. Dat kan alleen maar in het nu. Ik heb je zien stralen op dat podium. In het begin was het uit een soort ongeloof, kijk mij hier nou staan. Maar later was het echt. Volgens mij heb je hele gelukkige momenten gehad op het podium.' Hij zakt terug in zijn stoel. 'Het was goed...'

Johan kijkt hem met een flauwe glimlach aan. 'Is dat het oordeel? "Het was goed"?'

'Ja. Het was goed. Het komt goed.'

'Ik geloof... van wel. Ik hoop het.' Johan zucht.

Hij ziet er uitgeput uit. Tijd om te gaan, denkt Chris. Hij staat op. Hij pakt Johans hand, knijpt er even in, laat hem weer los en draait zich om.

'Chris,' zegt Johan. 'Jij hebt mijn leven veranderd. Dat doen niet veel mensen, iemands leven veranderen.'

Chris staat stil en kijkt om. Johan houdt zijn ogen gesloten. Het is of hij slaapt. Zachtjes sluipt Chris de kamer uit.

54

2005

'Lieve Klaartje.'

Chris kijkt nog een keer uit het raampje van het vliegtuig. De lucht is intens blauw. De zon staat laag en zal zo de bovenkant van de wolken felroze en oranje kleuren. Hij weet niet precies of dit een bijdrage aan het dagboek is, of een brief aan Klaartje. Wat hij wel zeker weet is dat hij nooit tegen haar zou zeggen wat hij nu wil opschrijven. Misschien leest ze het ooit.

Al die keren dat we in Scheveningen het strand bezochten, weet je dat nog? Hoe wij 's avonds liedjes speelden en jij luisterde? Hoe we 's middags in de golven doken? Jij bent nooit gek op de branding geweest. Ik wel. Weet je dat als je in de branding duikt en je die grote golven over je heen voelt komen, je even helemaal gedesoriënteerd bent? Het gaat met zoveel geweld, je weet gewoon niet wat boven en onder is, waar het strand en waar de zee is. Die branding was als de kick waar ik voor leefde. En als ik dan weer wist waar ik was, en het strand zag, dan zag ik jou. Alsof jij mijn vaste grond was. Alleen realiseerde ik me dat toen niet...

Toen ik van Schiphol opsteeg, twee weken geleden, maakten we een wijde bocht over de Noordzee. Ik zag het strand waar we ooit zaten en ons uitsloofden, en dat er een flinke branding was. Er waren weinig mensen. Als je zo hoog boven het strand vliegt, beweegt de branding niet. Je ziet een gele strook, het grauwe water en een rommelige witte streep. Stil. Alsof iemand met een grote lekkende pen een slordige lijn langs het strand heeft getrokken. Als je er middenin zit, lijkt alles wat je doet zó belangrijk. Je wordt heen en weer gegooid in de golven van succes, of juist het verdwijnen ervan. Maar als je er van een afstandje naar kijkt... Waar ging het nou eigenlijk om? Een rommelige streep die met een lekkende pen is getrokken.

Dan slaat hij een bladzijde om. Op het lege vel schrijft hij 'Rogier'. Hij staart naar het papier, zijn pen zweeft er een tijdje boven, dan trekt hij een rechthoek om de naam. Ik heb hem niet zoveel te zeggen. We moeten maar weer eens praten.

Hij staart geconcentreerd voor zich uit. Dan pakt hij een envelop die opgevouwen tussen de laatste pagina en het achteromslag van het boekje zit geklemd. Hij kreeg hem van Nel op de dag van Johans begrafenis. 'Ik heb Johan moeten beloven dat ik dit persoonlijk aan jou zou geven,' verklaarde ze.

Elf jaar heeft Chris het opengescheurde envelopje in een la laten liggen. De inhoud stond op een aparte bankrekening. Een appeltje voor de dorst, helemaal in de geest van Johan, zei hij steeds tegen Klaartje. Maar zij vond dat elf jaar lang een slecht idee. Dat is niet in de geest van Johan, zei ze. Hij bedoelde iets anders. Er hadden drieëndertig biljetten van honderd gulden in gezeten. Nu zit er alleen nog een briefje in. Chris vist het eruit. De tekst is met pen in een pietepeuterig klein, regelmatig handschrift geschreven: 'Ik heb het niet meer nodig. Het is niet genoeg, maar het is een begin voor de reis die je volgens mij een keer moet maken. Ik hoop dat je daar vindt wat je hier steeds miste. En ik hoop dat het iets is wat je mee naar Nederland kunt nemen. Johan.'

Dankwoord en verantwoording

Voor de historische onderbouwing van *Blauwe Zomer* en een beter begrip van de Indische cultuur heb ik veel gehad aan de gesprekken die ik heb mogen voeren met de hier genoemde mensen. Ik ben hun zeer veel dank verschuldigd: Andy en Reggy Tielman (beiden van de Tielman Brothers), Eddy Chatelin, Chris Latul en Pim Veeren (alle drie van de Crazy Rockers), Dennis van Leeuwen (van Kane) en Hans Bax (onder andere van de Javalins). In Jakarta sprak ik met Rio Dalimonte (die onder andere met de Tielman Brothers speelde) en in Den Haag met Indorockspecialisten Leon Donnars en Henk Looijestein. Verder dank aan Max Ferdinandus, die zijn ervaringen als verstekeling in de late jaren vijftig met mij wilde delen; aan Theo Rücken die me wilde vertellen over Soerabaja in die tijd; aan de spijtoptanten Lani Wacanno en René Hartwig, met wie ik kon spreken over de politieke situatie in Soerabaja in de late jaren vijftig en aan regisseur Hetty Naaijkens-Retel Helmrich, die onder andere het Indische drieluik *Contractpensions – Djangan loepah!; Buitenkampers – Boekan main-boekan main en Klanken van oorsprong – Poekoel Teroes!* maakte. Ik sprak met Geert Onno Prins, hoofdredacteur van het Indische maandblad *Moesson* over de Indocultuur en met Albert Spenrath over zijn leven als Indische Nederlander in Yogyakarta. Denni Rajagukguk hielp me in de omgeving van Jakarta met korte zinnen in Bahasa Indonesia en maakte me wat wijzer in de lokale flora en fauna.

Ook veel dank aan de redacteuren Harold de Croon, Esmé Wekker, Margo Westerbeek en aan Linda van der Rest en Cécile van Son. Frank en Eva van der Gaag: dank voor het meelezen en het personeel van het Majapahit Hotel (voorheen het Oranje Hotel) in Soerabaja voor de verhalen over de stad.

Er zijn twee mensen zonder wie ik dit boek niet had kunnen schrijven: Woody Brunings en Ricky Koole. Woody heeft me eindeloos verteld over zijn periode als zanger en gitarist in de Indorockband de Crazy Rockers. Hoewel zijn wieg ooit in Suriname stond, bevindt hij zich al sinds zijn dertiende in Indische kringen in Nederland. Hij speelde al in 1960 in de Crazy Rockers en doet dat vandaag de dag nog steeds. Hij heeft geduldig meegelezen en met me gediscussieerd over muziek en historische details.

Ricky heeft met engelengeduld gelezen, kritisch herlezen, me moed ingesproken en lange gesprekken met me gevoerd over personages en verhaallijnen.

Geraadpleegde literatuur:

- *Soerabaja, Beeld van een stad* onder redactie van A.C. Broeshart, J.R. van Diessen, R.G. Gill en J.P. Zeydner © Asia Maior, 1994
- *Rockin' Ramona* door Lutgard Mutsaers © SDU Uitgeverij, 1989
- *40 Jaar Crazy Rockers* door Inge Dümpel en Woody Brunings © Carmiggelt Uitgeverij, 2000
- *Wilde Jaren, een eeuw jeugdcultuur* onder redactie van Tom ter Bogt en Belinda Hibbel © Uitgeverij Lemma, 2000
- *Ontsporing van geweld, het Nederlands-Indonesisch conflict* door J.A.A. van Doorn en W.J. Hendrix © Universitaire Pers, 1970
- *Een land met gesloten deuren* door Tjalie Robinson © Erven Tjalie Robinson, 2011